NARRATIVA

924

Alessandra Selmi

LA PRIMA REGINA

Romanzo

NORD

ISBN 978-88-429-3404-2

In copertina: *Andare al palazzo,* James Hayllar
© Painters / Alamy Foto Stock
Art director: Giacomo Callo
Graphic designer: Davide Nasta

Published by arrangement with Lorem Ipsum | Agenzia Editoriale Milano

LA PRIMA REGINA

A Cristina e Paolo,
per avermi regalato nuove sfide
e gli strumenti per affrontarle

PARTE PRIMA

Monza

Le masse dovranno credere e dire che con un sorriso
Margherita può e sa liberarli dai loro nemici interni:
la discordia, la divisione, la miseria, le vessazioni governative.

IRENE MOROZZO DELLA ROCCA
in una lettera a Margherita,
alla vigilia delle nozze con Umberto

1

Estate 1868

La stanza è ancora buia quando Nina allunga la mano nel letto; il materasso freddo le suggerisce che Bruno si è alzato da un pezzo. Allora, con gli occhi chiusi, si concentra sui rumori. Suo fratello è fuori, se lo immagina in maniche di camicia che solleva l'accetta sopra la testa, i muscoli tesi al massimo, poi la lama ricade fendendo l'aria con un sibilo e si conficca nel ceppo, esattamente nel mezzo, come sa farle fare solo lui; il legno emette un lamento piccato e cede mostrando il proprio cuore pallido. Gli animali assonnati nelle tane tendono le orecchie e allungano il collo.

La loro casa si trova in un punto remoto del parco, proprio accanto al vecchio serraglio che un tempo delimitava la zona di riproduzione dei cervi. È una grande costruzione squadrata, con finestre che si aprono a cadenza regolare su due piani. Bruno e Nina occupano un paio di stanze, esposte a meridione, al pian terreno; se si eccettua la stalla, che ospita la vacca e il mulo, il resto dell'edificio è vuoto da anni; nessuno vuole venire a vivere lì, è troppo lontano dall'abitato e, se suo fratello non fosse il guardacaccia, forse anche loro se ne sarebbero già andati, chissà dove. Attorno, il bosco è fitto e ombroso, così l'edificio risulta sempre un po' freddo e odora di muffa anche d'estate. A Nina piace questo profumo di casa, se ne rende conto soprattutto adesso che è sul punto di lasciarla.

La porta d'ingresso cigola e lei, che non vuole farsi trovare a poltrire, balza giù dal letto e si affretta ad aprire le imposte. Stanotte ha piovuto, un temporale di quelli che a momenti sembrava che il tetto dovesse crollarle sulla testa, ma ora tutto brilla di gocce d'argento. L'alba ha steso sull'erba un lenzuolo umido; presto il sole si arrampicherà oltre la chioma del grande faggio e asciugherà la rugiada, ma gli steli hanno ancora il pallore della luna.

Quando Bruno entra nella camera da letto, portandosi dietro il profumo di pane caldo messo sulla stufa ad abbrustolire, trova la sorella che osserva il bosco con grandi occhi spalancati, come se fosse la prima volta che lo vede. Nina si volta lentamente e lo fissa a lungo; lui distoglie lo sguardo. Hanno entrambi gli stessi occhi tondi e color nocciola di una volpe, gli occhi della loro madre.

Nina l'ha conosciuta solo attraverso i racconti di Bruno, dal momento che è morta dandola alla luce. Era una donna schiva, di poche parole, ma una sensibilità innata le permetteva di comprendere - anzi, di *sentire* - l'animo dei cristiani come quello delle bestie; capiva la fame, il freddo, la paura prima ancora che arrivassero, così teneva sempre pronte una scodella, una coperta, una carezza, per chiunque ne avesse bisogno. La cattiveria, quella invece non la capiva, tanto era estranea alla sua indole, e se qualcuno le rivolgeva parole malvagie, o se al mercato le rifilavano delle uova vecchie o le mollavano uno spintone per passarle davanti, o se qualcuna in chiesa si prendeva il suo scialle, lei dava un'alzata di spalle, come a dire che non l'avevano mica fatto apposta, e poi basta, se ne dimenticava.

Oggi, che Nina ha quindici anni ed è una donna, si rende conto che i ricordi di Bruno sono troppo precisi e ricchi di dettagli per appartenere a qualcuno che, all'epoca, aveva appena cinque anni. In quell'immagine della madre, però, ritrova molto del fratello, come se lui in qualche modo la stesse facendo rivivere dentro di sé; così non lo contraddice mai e anzi spesso lo sollecita: «Dai, raccontami ancora di quella volta che la mamma...» E resta ad ascoltarlo con il mento sul palmo, senza domandarsi se sia realtà o fantasia.

Il padre, invece, Nina l'ha conosciuto eccome, ma se lo ricorda soltanto a pezzi, come lembi di una tela strappata. Le mani: grandi, tozze, col dorso irsuto come la zampa di un orso. La pancia gonfia, tesa sotto la tela della camicia. Gli occhi sbarrati, un po' lenti, con la sclera ingiallita. Qualche insulto che gli usciva dalla bocca con l'alito caldo che sapeva di vino: «Sei stata tu, me l'hai portata via». E Bruno, che si metteva sempre in mezzo a prendersi gli schiaffi destinati a lei.

Quando un male se l'è preso, sei anni fa, la gente li compativa e il curato si è consumato le ginocchia in preghiere. «Come faranno questi due disgraziati, abbandonati dal Signore? Chi si occuperà di loro adesso?» Ma da un giorno all'altro Bruno si è fatto uomo e si è preso cura di lei, ha trovato il modo di mettere la legna nel fuoco e il cibo sulla tavola, ha spalato la neve dal vialetto, ramazzato il pavimento, tenuto alla larga i ficcanaso travestiti da benefattori; e, nella vastità della notte, quando i pensieri si dilatavano e assumevano le sembianze di mostri, insonne ha vegliato sul suo sonno.

Da sei anni, ci sono solo loro in questa specie di tana nel bosco che è la loro casa, che profuma di muffa e pane abbrustolito, e che tra mura scrostate custodisce ricordi belli e brutti.

«Farai tardi», dice Bruno, fermo sulla porta.

Nina sbuffa, poi si affretta a vestirsi. Sul tavolo c'è un pasto sostanzioso, di quelli delle feste: il latte tiepido delle mammelle della vacca, con sopra un dito di schiuma cremosa, burro morbido pronto da spalmare, la conserva di fragole del bosco, due uova sbattute con lo zucchero. Nina spalanca gli occhi e Bruno sogghigna.

«Se mangiamo tutto oggi, non ti resta niente per domani», dice lei.

«Non ti preoccupare di domani.»

Nina invece sì, è preoccupata. Ci sono segreti che Bruno non conosce, che non può rivelargli.

Aggira la sedia e si accomoda. Da qualche anno, ha trovato lavoro come sguattera a chiamata presso i duchi Litta, a Vedano al Lambro. È una grande villa che dista meno di mezz'ora dalla loro casa e, quando i signori vi soggiornano, c'è sempre un gran da fare. La duchessa è una dama elegante, talvolta capricciosa, che si cruccia per questioni che a Nina paiono di poco conto. Le piace scrutarla di nascosto, specie quando riceve ospiti: ferma davanti allo specchio, si osserva con un'espressione corrucciata, poi infila le dita tra i capelli, oppure scuote il capo, scompigliando l'acconciatura che ha richiesto ore di lavoro; solo allora, soddisfatta, fa il proprio ingresso nel salone, concedendosi agli sguardi degli uomini. Nina adorava stare a guardarla, ma ora non può più, perché da oggi cambia padrone.

La ragazza sospira.

« Sarà bello, vedrai », le dice Bruno senza alzare gli occhi dal pane. « Avrai un letto tutto tuo, non dovrai più dividerlo con nessuno, e vestiti nuovi che non puzzano di muffa. »

Nina dà una scrollata di spalle.

« E poi vedrai la principessa Margherita, una principessa vera! »

Oggi pomeriggio arrivano a Monza i principi di Piemonte: lui, Umberto, ha ventiquattro anni ed è l'erede al trono, il primogenito di Sua Maestà Vittorio Emanuele II; lo scorso aprile ha sposato la cugina, Margherita, che ha diciassette anni e per metà sangue germanico, dal momento che sua madre, Elisabetta di Sassonia, è una principessa tedesca. Tutti dicono che la futura regina sia bellissima.

Da settimane si è sparsa la voce e la gente del posto è tutta in fermento, ma Nina è venuta a saperlo solo tre giorni fa. Quando le altre cameriere della Litta hanno scoperto che lei - Nina - sarebbe andata a servizio alla Villa di Monza, sulle prime non ci volevano credere. « Tu?! Una cameriera dei Savoia? Che non sai neanche allacciarti il grembiule? » l'hanno canzonata. Perfino la governante vorrebbe essere al posto di Nina e non si spiega perché non glielo abbiano chiesto. Sembra che in tutta la Brianza non ci sia una donna, nubile o maritata, che non la invidi.

Lei invece non è tanto contenta. Prima di tutto, dovrà trasferirsi a vivere alla Reggia: questo nuovo incarico la occuperà per molte ore al giorno, ogni giorno, e non può mica fare avanti e indietro fino al serraglio dei cervi.

Tutto il suo mondo è compreso e si esaurisce tra la tana nel bosco, la chiesa di San Martino Vescovo e, di tanto in tanto, i sotterranei ombrosi dei Litta a sbattere tappeti e sfregare tegami; il bosco fornisce a lei e suo fratello tutto quello che serve per vivere, e quel che manca Bruno lo baratta con un po' di selvaggina. Che altro dovrebbe volere? Che le importa di vedere una principessa vera? Per quelli che le devono lavare, un paio di mutande sporche sono sempre un paio di mutande sporche: non fa mica differenza chi le abbia indossate.

Ma soprattutto c'è quell'altra cosa, quella che non può rivelare a nessuno, nemmeno a suo fratello, e già il solo fatto di dovergli tenere nascosto qualcosa la fa sentire in colpa. Ripensa al segreto custodito sotto il letto e la vergogna le provoca un conato. Perché mai la duchessa ha preso proprio lei per questo compito?

Nina allontana da sé il piatto.

« Ci pagano bene, lo sai », le ripete Bruno.

È l'unica argomentazione che la induca a essere un po' ragionevole, anche se sa bene che a lui il denaro non interessa.

Due primavere fa, perlustrando la zona di San Giorgio, Bruno aveva trovato una femmina di cinghiale morta da appena qualche istante; il proiettile, aprendosi in innumerevoli schegge, aveva colpito, uccidendoli, anche due cuccioli nati da poco. I cacciatori, evidentemente disturbati dal suo arrivo, si erano dati alla fuga senza preoccuparsi di recuperare il bottino. Bruno la teneva d'occhio da un po' – il più grosso esemplare di cinghiale femmina che avesse mai visto, con zanne così lunghe che, per molto tempo, aveva pensato si trattasse di un maschio – e vi si era affezionato, così aveva deciso di portarsi a casa l'unico dei cuccioli superstiti; con pazienza e dedizione, per tutta l'estate e l'inverno seguenti se n'era preso cura, nutrendolo e tenendolo in un recinto a parte, nella stalla, al riparo dal freddo.

« Diventerà grosso, molto più della madre », raccontava soddisfatto a Nina, vedendolo venire su forte e robusto.

Ci aveva messo un po' a decidersi a liberarlo; ogni volta che, coricandosi, si riprometteva che il giorno dopo lo avrebbe lasciato andare, poi arrivava una grandinata, oppure le temperature si abbassavano o si alzavano bruscamente, e Bruno si diceva che forse non era ancora il momento opportuno, che aspettare ancora un pochino non avrebbe fatto male. Due mesi fa, quando gli aveva aperto il cancello che lo aveva protetto tanto a lungo, nemmeno lui voleva andarsene: uomo e cinghiale si erano guardati a lungo prima che l'animale gli voltasse le spalle, allontanandosi con un grugnito che pareva un rimprovero. Quella notte Bruno non aveva dormito e Nina, vedendolo in pensiero, l'aveva rincuorato: « Nel bosco si troverà una femmina e metteranno al mondo dei piccoli, vedrai ».

Non aveva avuto cuore di dirle che, appena tre giorni dopo, l'aveva ritrovato. Il suo cinghiale era morto, forse ucciso da un lupo: il corpo era stato dilaniato, le carni strappate con furia da denti feroci, l'occhio immobile e vitreo, spalancato per sempre su un mondo di cui non aveva compreso la crudeltà.

È da allora che Bruno ci pensa, non si dà pace. Si è preso cura di sua sorella per tutta la vita, l'ha protetta dalla fame, dal freddo, dai dispiaceri, ma ormai è arrivata l'ora che lasci la casa in cui è nata, che si trovi un marito, che dia alla luce dei bambini. È destino, Bruno lo sa. Non può trattenerla per sempre, più la trattiene e più la rende vulnerabile; sua sorella deve uscire, conoscere il mondo, imparare a difendersi da sola. Questo nuovo incarico alla Villa Reale è una buona occasione.

Nina si alza, praticamente non ha toccato cibo. Sparecchia, risciacqua i piatti, li asciuga con cura. Poi raccoglie tutte le proprie cose in una sacca ricavata da un vecchio lenzuolo su cui ci sono ancora ricamate le iniziali di sua madre.

« Mi verrai a trovare », le dice Bruno sulla porta, stringendola forte.

Sanno entrambi che non accadrà, non tanto presto almeno. Nina annuisce e allunga un sorriso triste. Si allontana nel bosco, scalza, per non rovinare le scarpe buone.

Bruno la guarda sparire inghiottita dalla vegetazione e prega che, sul suo cammino, non incontri il lupo.

2

Nestore non ha chiuso occhio; fino all'alba si è girato e rigirato sul materasso facendo scricchiolare il letto. Ma, quando si assopiva, era anche peggio: piatti sbreccati, valletti insolenti, piogge torrenziali, argenti opachi, cibi insipidi e stoffe sgualcite inquietavano i suoi sogni. Sempre meglio, comunque, della prima notte: giunto a tarda sera da Torino e destandosi in un letto nuovo, sulle prime non ricordava dove fosse e la governante lo aveva trovato che vagava per gli appartamenti reali in camicia da notte.

È arrivato un mese fa, per sovrintendere ai lavori di riapertura della Villa e assicurarsi che ogni cosa sia fatta a modo. Sua Maestà in persona, Vittorio Emanuele II, gli ha affidato il compito: « Nessuno all'infuori di voi saprà occuparsi di questa faccenda come si deve, *me vej* ».

« Vecchio mio », lo chiama il re, e a Nestore questa confidenza, questa infrazione del protocollo piace: non si sente poi così vecchio, ma senza dubbio è *suo*. Serve i Savoia dal 1820: aveva dieci anni, sul trono del Regno di Sardegna sedeva Vittorio Emanuele I e l'attuale re d'Italia era nato da pochi giorni; Nestore è entrato a corte come paggio e ha trascorso tutta la vita al servizio di questa gloriosa dinastia, la più antica d'Europa, e se è arrivato fin qui - a ricoprire l'incarico di maggiordomo presso i principi Umberto e Margherita - non è stato solo per la sua comprovata fedeltà, ma soprattutto grazie al suo instancabile lavoro.

Cammina con passo cadenzato, diretto al salone delle feste, e il parquet che scricchiola un po' sotto il suo peso gli ricorda che è tutto vero. Ora che il tempo che ha davanti è più breve di quello che si è lasciato alle spalle, gli è stata concessa un'ultima occasione per dimostrarsi degno della fiducia del sovrano. E oggi, quando le Loro Altezze Reali, i principi di Piemonte, arriveranno alla Villa, la troveranno adeguata al proprio rango.

Certo, non è stato facile. L'edificio, pressoché dimenticato dopo gli anni dell'occupazione austriaca, giaceva quasi in stato d'abbandono: finora utilizzata saltuariamente dal principe Umberto come residenza di caccia, la Villa non vedeva una vera corte da molto, troppo tempo. *Quel dommage!* È stato necessario sostituire i pavimenti rosicchiati dai tarli, riparare i vetri rotti e le tegole mancanti, pulire ogni canna fumaria, aggiustare le tubazioni, intonacare i muri, scrostare e ridipingere le cancellate, lucidare i marmi, ripristinare e rifornire le cucine, assumere personale adeguato... è stato allora che Nestore Martini ha iniziato a soffrire d'insonnia.

Si concede un istante prima di entrare nel salone, dove la servitù al completo lo aspetta, schierata sull'attenti. La luce calda del mattino entra dalle finestre del piano nobile, rimbalza sullo specchio appeso sopra il caminetto e si infrange sui cristalli del lampadario, facendo risplendere gli stucchi dorati. Affinché le Loro Altezze Reali, spossate dal lungo viaggio di nozze, ritrovino un po' del calore di casa, sono stati fatti arrivare dalle altre residenze sabaude alcuni begli arredi, un magnifico mobile d'ebano intarsiato, qualche dipinto, finissime porcellane cinesi, stoffe pregiate, cristalleria e argenteria. La principessa troverà la Villa senza dubbio un po' spoglia, ma efficiente e funzionale.

Da dietro l'uscio gli arriva il brusio impaziente del personale. Nestore tende l'orecchio; lo sa bene cosa dicono di lui ai piani bassi, che è vecchio, rimbambito e pedante, e che sarebbe meglio se si ritirasse, una buona volta, e lasciasse posto alle nuove leve. Gli hanno perfino messo alle calcagna un assistente tutto sussiegoso che non lo molla un secondo, con la scusa di aiutarlo. Nestore lascia andare uno sbuffo nervoso dal naso. Non ha bisogno di assistenza, lui! Quel giovane in apparenza così servizievole e obbediente è stato messo lì solo per controllarlo. Controllarlo, sì: anzi, per coglierlo in fallo. Il ragazzo vede tutto, osserva tutto, riporta tutto. E intanto impara, perché presto o tardi – lui crede presto, s'illude, lo stolto! – presto o tardi prenderà il suo posto.

Se lo possono scordare! ridacchia tra sé, poi apre di colpo la porta, cogliendo tutti di sorpresa. La sala ammutolisce.

Nestore, immobile sulla soglia, fa correre lo sguardo su ciascuno di loro. Gli staffieri, i responsabili degli uffici di bocca e somegliera, che si occupano di tutto ciò che riguarda il cibo e il vino, il personale di camera, cuochi e sottocuochi, stallieri, giardinieri, le cameriere e perfino le sguattere. Non importa il grado e il ruolo, tutti devono essere lavati e profumati, capelli in ordine, visi sbarbati con cura, unghie nettate, divise e livree in perfetto stato, calzature lucide. Nestore sfila davanti al personale con lentezza esasperante; quando arriva il turno dello stalliere, si ferma e lo annusa, poi lo fissa negli occhi con ferocia sino a fargli abbassare lo sguardo. Che nessuno pensi di potersi prendere gioco di lui!

Nella sala cala un silenzio così denso che si possono sentire i meccanismi della pendola che ruotano. Dopo aver passato in rassegna tutto il personale, Nestore trae un profondo respiro.

« Oggi è un giorno importante », esordisce. « Tra poche ore i Principi Reali arriveranno in questa residenza per trovare quiete e riposo dopo il lungo viaggio di nozze. Nel corso della loro pur breve permanenza, alcuni di voi avranno forse il privilegio di poterne condividere lo spazio. Non importa tuttavia quale sia la vostra mansione: il contributo di ognuno sarà parimenti vitale... »

Un refolo di vento scosta una delle tende, che per qualche istante si leva in aria svolazzando come un fantasma. Nestore rimane rapito dalle forme che il sole disegna sul pavimento. Fuori una cornacchia lancia un grido sgraziato.

La sala intera attende che il maggiordomo finisca il discorso per tornarsene a lavorare in santa pace, ma Nestore rimane immobile come una statua al centro della sala.

Cosa stavo dicendo? Dov'ero rimasto? Rovista furiosamente nei propri ricordi alla ricerca del filo del discorso, di un indizio, qualcosa, qualsiasi cosa, ma non trova niente: la mente è una sacca vuota, floscia, inutile. Il panico arriva con un sapore amaro sulla lingua; allora lui fa vagare lo sguardo verso gli occhi dei presenti e vi si aggrappa come se fossero zattere che possano impedirgli di affondare in quel mare di niente. *Dove siamo?* Si porta entrambe le mani alla bocca per impedire alla domanda di uscire.

Tutti lo osservano: chi sbigottito, chi allarmato, chi divertito. In fondo alla fila, qualcuno bisbiglia parole inudibili. La pendola d'oro emette un *clac,* poi nove rintocchi aggraziati liberano Nestore da quella specie d'incantesimo e ogni cosa torna come prima: la cornacchia sull'albero, la tenda immobile che incornicia la finestra, i disegni del pavimento e gli stucchi del soffitto, la punta delle scarpe lucide dei valletti, le livree che profumano di sapone, le mani arrossate delle serve. E lui, al centro della sala, che deve affrettarsi a finire questo discorso.

« È vostro dovere fare in modo che il soggiorno dei principi di Piemonte sia il più confortevole, il più tonificante, il più dilettevole possibile », continua, come se niente fosse successo, come se neanche si fosse accorto di quei minuti di terribile vuoto. « Faremo in modo che le Loro Altezze Reali trovino in questo luogo tutto ciò che non sanno ancora di desiderare; impareremo i loro gusti e li faremo nostri: non importa l'ora né il motivo, saremo sempre disponibili e pronti ad assecondare ogni più piccolo desiderio; delizieremo i loro nobili palati con le pietanze più prelibate e ci assicureremo che godano di un sonno indisturbato tra soffici guanciali e biancheria profumata. Ripartendo da qui, essi serberanno il ricordo di un soggiorno perfetto e voi... » – li indica a uno a uno – « forse un giorno potrete raccontare di aver avuto l'onore e il privilegio di servire le Loro Maestà. » Dà un'occhiata all'orologio. « Prima di congedarvi, vi ricordo che le questioni personali non devono in alcun modo interferire con il corretto svolgimento del servizio. » Qualcuno borbotta, ma Martini sceglie di lasciar correre. « Un rigoroso rispetto delle regole consentirà a ciascuno di compiere il proprio dovere con efficienza e serenità: per questo non tollererò il minimo accenno di insubordinazione. » Una nuova, significativa pausa. « E ora tornate alle vostre mansioni. C'è ancora molto da fare, siamo ben lungi dal poterci dire soddisfatti. »

I servitori rompono le file e si affrettano a uscire a testa bassa. Nestore rimane a domandarsi se l'accaduto di pochi minuti fa sia stato reale o solo un brutto sogno.

3

Poco prima dell'arrivo dei Principi Reali, tutto il personale viene fatto schierare nel cortile d'onore su due ali che si aprono a sinistra e a destra dello scalone centrale. Sono così tanti che devono disporsi su tre file: raggruppati per mansione e grado, ognuno con una divisa di colore diverso. Sembrano un esercito in parata, davanti quelli più importanti, che si riconoscono per le livree sgargianti, e dietro man mano i ruoli meno prestigiosi. Nina è nascosta nell'ultima fila.

Questa mattina le è bastato vedere la facciata inondata di sole della Villa Reale diventare più grande via via che si avvicinava per capire che la sua vita è cambiata per sempre. Aveva camminato per un'ora nella direzione che le aveva indicato Bruno. « Non puoi sbagliare, è sempre dritto, per di là. » Il temporale della scorsa notte aveva sradicato il tronco tarlato di un vecchio larice, che giaceva di traverso interrompendo il sentiero: per aggirarlo Nina si era smarrita e aveva perso tempo prezioso. « Quando raggiungi le mura, svolta a destra e seguile fino a che non trovi la porta. Di' che devi andare a servizio, ti faranno passare. » Poi è rimasta a lungo a indugiare all'ingresso con l'orecchio teso, accarezzando l'idea di tornarsene al sicuro nel bosco. Dall'interno buio della Reggia provenivano i suoni di un piccolo esercito operoso, gli aspri rimbrotti di qualche insoddisfatto, il pestare ritmico di un mortaio, una donna che canticchiava a labbra serrate, una sedia che veniva trascinata con un lamento, fiamme che crepitavano e lo sfrigolio del grasso in un tegame, il suono dolce di una lingua straniera con le r arrotondate, lo schiocco secco della biancheria che veniva piegata, il tintinnio di cristalli, il raspare di una scopa sul pavimento, ancora urla e richiami, una risata isterica o, forse, l'ultimo respiro di una gallina che sarebbe stata servita in brodo per cena. Se fosse entrata, sarebbe poi riuscita a uscirne?

La governante, che si è presentata come « signorina Frassi », è una donna sulla cinquantina, scura come un corvo nell'abito accollato, con capelli brizzolati che incorniciano un viso lungo e ossuto. È stata lei ad accoglierla questa mattina e a impartirle le prime regole.

« Sei stata assegnata al servizio di camera di Sua Altezza la principessa di Piemonte. Alla Famiglia Reale non si danno mai le spalle: se devi uscire da una stanza in cui si trovano anche loro, lo fai indietreggiando. È assolutamente proibito rivolgere loro la parola se non si è stati interpellati, così come parlare in loro presenza. È sempre vietato guardarli in volto, quindi non azzardarti ad aprire bocca né ad alzare gli occhi.» Parlava spedita, senza pause né esitazioni, senza curarsi che la nuova venuta le stesse dietro, che avesse compreso. Nina avrebbe voluto chiedere: *Vedrò davvero la principessa? Cosa significa «servizio di camera»? Come si fa a uscire da una stanza indietreggiando?* ma la Frassi non gliene aveva concesso il tempo.

Percorrendo corridoi eterni lungo i quali si aprivano saloni dai soffitti altissimi, hanno raggiunto una minuscola stanza nel sottotetto, calda e profumata di lavanda, dove attendeva una ragazza poco più grande di Nina.

Ottilia, la cameriera esperta a cui è stata affiancata, ha una massa di ricci color del rame che la cuffietta non riesce a contenere e labbra carnose come i petali di certe rose poco prima di sfiorire.

Le due ragazze hanno atteso che la governante le lasciasse sole, poi Nina è corsa alla finestrella che si affaccia sui giardini reali e, oltre la cancellata, sul parco immenso, scandagliando il punto in cui il verde brillante dei prati si perde nella boscaglia ricciuta, nella speranza di vedere suo fratello all'orizzonte.

«All'inizio è sempre difficile. Capita a tutte, sai», le ha detto la sua compagna di stanza, aiutandola ad allacciare il grembiule. «Ma poi ci fai l'abitudine, vedrai. Non è brutto qui.»

È una chiacchierona, Ottilia, piena di vita e di fiducia nel futuro. Nina le ha sorriso, trattenendo le lacrime. Dubita che si abituerà mai a questo mondo di lusso e regole assurde; spera solo di passare inosservata e di tornare il prima possibile alla sua vecchia vita dimenticando il guaio in cui si è cacciata.

«Dove diavolo ti sei ficcata?» sbraita la governante.

Nina arretra: ora sa cosa provano i conigli quando una mano si allunga nella loro gabbia. La Frassi la afferra per un polso e stringe con quelle dita che sembrano gli artigli del falco pellegrino. Migliaia di spilli le si irradiano lungo il braccio e Nina teme che glielo voglia strappare via, come si fa con le erbacce nell'orto.

«È qui che devi stare, stupida selvaggia che non sei altro! Qui! Hai capito?» La piazza in prima fila, tra altre cameriere che indossano la sua stessa divisa e che fingono di non vedere.

Da questo punto la visuale sul cortile è così ampia che si

scorge il corteo reale arrivare da lontano. Non una, non due carrozze, come si aspettava Nina, bensì più di dieci meravigliose vetture, scortate da staffieri in divisa rossa e carabinieri a cavallo; la prima, con la cassa blu e gli interni in seta color crema, è trainata da quattro cavalli bianchi con lunghi pennacchi sulla testa e bardature dorate.

La Frassi le pianta una gomitata nelle costole. «Stai dritta!»

Poco prima di varcare la cancellata, il lungo corteo rallenta e, disegnando una curva ampia, si ferma a pochi metri dallo scalone.

Nina può sentire la tensione lungo la fila trasmettersi dall'uno all'altro come un contagio, montando fino a raggiungere il culmine nella governante, così rigida che i tendini del collo sembrano sul punto di spezzarsi con uno schiocco.

La servitù tiene la testa china mentre una nuvola di polvere si deposita a terra e un uomo così fragile che sembra scomparire nell'abito si accosta alla carrozza reale, seguito dagli staffieri. Viene depositato un predellino, lo sportello finalmente si apre.

Nina alza gli occhi, sentendo il cuore galopparle nelle orecchie. La principessa Margherita sarà bella come tutti dicono? Sarà aggraziata, sarà elegante, sarà...

Quando il suo piedino fasciato in una calzatura delicatissima tocca terra, come per magia l'ultimo sole della giornata bagna d'oro il cortile d'onore. Tutta la servitù all'unisono, come un unico organismo, si piega in un profondo inchino. Nina li imita, sentendo su di sé lo sguardo obliquo della Frassi. Prova ribrezzo per sé stessa e vorrebbe correre a nascondersi, non solo perché non ha mai fatto un inchino e si sente goffa e impacciata nella divisa.

Se il segreto che si porta dentro le affiorasse sotto la pelle come un livido? E se tutti potessero vederlo? Se qualcuno curiosando trovasse il denaro che nasconde sotto il letto?

In quella, la principessa le passa proprio accanto, lasciandosi dietro un sentore di violette e zucchero candito. È a pochi passi da lei, così vicina che allungando la mano potrebbe toccarle il braccio. *Sarà calda?* si domanda Nina. *Sarà vera?*

Sua Altezza è un concentrato perfetto di eleganza e disinvoltura; rivolge un saluto a tutti, uno per uno, perfino a Nina, che arrossisce fino alla punta delle orecchie. Margherita ha denti piccoli e bianchissimi, i denti di perla di una vera principessa, una carnagione pallida, quasi trasparente, su cui spiccano gli zaffiri del bracciale, e capelli di un biondo scuro acconciati in onde che catturano la luce del giorno morente.

Un nuovo brivido corre lungo la fila quando l'erede al trono tocca il suolo. Le cameriere squittiscono per l'emozione e, se non fosse per la presenza della Frassi, si metterebbero a saltellare di gioia. Il principe Umberto ha la fronte ampia, baffi foltissimi, occhi vivaci e, anche se l'abito scuro lo fa sembrare un po' austero, è affascinante. Passa in rassegna tutte le cameriere, poi si intrattiene a scambiare qualche parola col vecchio maggiordomo, guardandosi attorno soddisfatto; si complimenta, gesticola, scoppia in una risata spontanea: non si direbbe che, presto o tardi, sarà re. Infine, dà il braccio alla giovane consorte e la coppia si allontana ondeggiando con grazia.

Nina con la bocca spalancata li guarda salire lo scalone centrale, seguiti a breve distanza dal corteo di dame e cavalieri, domandandosi come possano non inciampare in quelle gonne ampie che toccano terra. Una vera fiaba le sfila davanti: due giovani innamorati con il loro seguito di cavalieri e nobildonne, tutte bellissime ed eleganti negli abiti all'ultima moda, con acconciature articolate, vezzosi cappellini, gioielli che mandano bagliori e sorrisi nascosti dietro i ventagli impreziositi da gemme.

«Sono così belli...» sospira Ottilia, accanto a lei.

La Frassi la gela con un'occhiataccia. «Non voglio sentire commenti!»

La magia di colpo s'infrange. Come i reali entrano, l'ultimo sole va a nascondersi dietro la mole immensa della Villa Reale e le ombre si allungano a oscurare il cortile d'onore. Tutta la servitù rientra alla svelta e torna ai propri doveri. A contrasto con la luce di fuori, a Nina i sotterranei paiono ancora più bui e, quando la vista si abitua all'oscurità, nota dettagli che questa mattina le erano sfuggiti: pareti scrostate, macchie di umidità sul soffitto, mobilio vecchio, un vetro incrinato.

La leggerezza e la gioia che ha sentito poco fa alla presenza della principessa sono svanite, lasciandola sola col proprio segreto.

4

Le finestre sono spalancate sull'oscurità immobile del parco. Di tanto in tanto un refolo di vento smuove le tende, portando con sé profumo di tiglio e il richiamo di qualche gufo appollaiato su un ramo. Una guardia marcia proprio lì sotto, avanti e indietro, avanti e indietro, con passo cadenzato. Margherita l'osserva da un po': il lampione le illumina il volto deformandone i tratti, naso bitorzoluto, orecchie enormi, due buchi per occhi e labbra che compaiono e scompaiono con l'ondeggiare della fiamma. Di tanto in tanto, poggia l'arma al muro, si solleva il berretto e si deterge il sudore. Forse è un bel giovane, forse ha un profilo elegante, la mascella squadrata, un sorriso affascinante che mangia il cuore alle donne. Se lo rivedesse domani, se si incontrassero per caso dopo l'alba, non saprebbe neanche riconoscerlo.

Sbadiglia. Il lungo viaggio l'ha sfinita. Quando questa mattina la cameriera è entrata in camera ad aprire le tende era ancora buio, ma Margherita era già sveglia da un pezzo. Sulla piazza un gruppo di ubriachi rideva e si lanciava voci in quel loro dialetto cantilenante, di cui ha colto solo qualche parola. *Chissà cosa si dicono*, si è chiesta. *Chissà se un giorno riuscirò a capirli...*

La corte è partita da Venezia diretta a Milano ai primi chiarori del giorno. Il treno ha risalito tutta la pianura: fuori dal finestrino boschi di betulle che si aprivano in ampie radure, il letto pietroso di qualche fiume, poi di nuovo boscaglia fitta dove il sole non riusciva a entrare, acquitrini attorniati da siepi di rovo, stormi che si levavano in volo in un frullare d'ali, casolari immobili, persone e bestie indaffarate nei campi, contadini con enormi ceste sul capo, carretti pieni di fieno, e ancora alberi che allungavano le chiome verso la luce. Ogni tanto una stazione ferroviaria appariva dal nulla e il convoglio rallentava; gli uomini, colti di sorpresa, si toglievano il cappello e le donne sollevavano in aria i bambini come ostie. Allora Margherita, scostando un po' la tenda, si mostrava sorridente, con la mano alzata. Pochi istanti appena e di nuovo campagna.

Il viaggio di nozze dello scorso mese l'ha portata nelle maggiori città del Regno, provocandole meraviglia ma, sovente, anche spavento. Questa terra immensa, che dai monti appuntiti del Nord si stira verso il mare, questa miscellanea di genti dai dialetti incomprensibili è il Paese su cui, presto o tardi, sarà chiamata a regnare: una nazione antichissima e tuttavia appena nata, l'impasto disomogeneo e spesso in conflitto di vecchi regni inglobati sotto il blasone di rosso alla croce d'argento di Casa Savoia.

Accanto a lei Umberto dormiva con le labbra socchiuse, la camicia sgualcita e un alone di sudore sul colletto.

All'arrivo, dopo un rapido giro della Villa e le presentazioni di rito, è seguito un pranzo leggero *en famille* di appena cinque portate. Umberto praticamente non ha toccato cibo, rigido a capotavola a tambureggiare con le mani sulla tovaglia, più insofferente del solito. Più tardi, mentre gli uomini erano nel *fumoir*, Margherita ha suonato al pianoforte un pezzo di Beethoven e, poco prima delle nove, si è ritirata nei propri appartamenti, seguita dalla dama d'onore, la marchesa Paola Pes di Villamarina, e dalle altre cortigiane. Le cameriere le hanno fatto trovare un bagno tiepido e profumato; sul filo dell'acqua galleggiavano delle margherite. Dopo ha indugiato un po' più a lungo del solito nella toilette da notte, si è fatta spazzolare i capelli due volte, non ha lesinato col profumo.

Forse, stasera, finalmente... si è detta. Non è la prima volta che se lo ripete, certo, ma davvero forse a Monza, in questa residenza che è tanto cara a Umberto, dono del re per le loro nozze, possono riposarsi dopo il lungo viaggio di nozze e avere magari un po' di intimità, imparare a conoscersi. *Forse, dunque, stasera...*

E ora è di nuovo qui che attende, la camicia da notte in mussola che ondeggia mentre fa la spola tra la finestra e il letto, lo scrittoio e la poltroncina, avanti e indietro, avanti e indietro pure lei, come quella guardia là sotto. Quando le pare di sentire un rumore provenire dalla stanza attigua, si affretta a saltare sul materasso e cerca di assumere una posa disinvolta, come se fosse presa in altre faccende. Non vuole sembrare in attesa, dopo tutto.

Stasera, però, congedandosi da Umberto, gli ha sfiorato la guancia con un bacio e gli ha sussurrato: « Ti aspetterò sveglia ».

Lui ha avuto un sussulto, come un moto di stupore. Per un istante l'ha guardata con occhi sbarrati, quasi atterrito. Non avrebbe dovuto essere così diretta, così sfacciata? Eppure è sua moglie. A chi, se non a lei, dovrebbe essere consentita tanta confidenza?

Talvolta, quando è distratto, Margherita ne approfitta per osservarlo con attenzione. Umberto ha il naso dritto e importante, i baffi gli nascondono le labbra, gli occhi sono un po' sporgenti, vivaci, il fisico è asciutto, le mani ruvide. È così diverso da Amedeo che non sembrano neanche fratelli...

Margherita sospira. Non saprebbe dire se suo marito sia *bello*, non sa dire se le piaccia. Conosce così poco l'uomo cui è stata data in sposa... Se sua madre fosse lì, le direbbe quello che le ha già detto tante volte, che tutto ciò che deve sapere lo sa già: « Uno, lui è l'erede al trono. Devi essere *nett*, gentile, perché, due, è tuo dovere dare al più presto un erede alla Corona ».

Tutto il resto è solo una distrazione, Margarethe. Non farti distrarre.

Le capita spesso di sentire nella testa la voce di Elisabetta di Sassonia, così forte e nitida che, di tanto in tanto, si volta, aspettandosi di trovarsela seduta accanto: la postura rigida e altera, le mani che stringono il ventaglio chiuso in grembo e gli occhi, quegli occhi azzurri e opachi come certi laghi in gennaio.

La pendola batte la mezzanotte, Margherita spegne la candela e si infila sotto le lenzuola sbuffando. *Anche stasera niente.* Quasi nello stesso istante, le sembra di sentire uno scalpiccio provenire da fuori, poi due uomini che parlottano a bassa voce, passi cauti sulla ghiaia. Balza giù dal letto e si precipita alla finestra. Per un po' non vede niente, poi un uomo sbuca dalla Villa ed entra nel cono di luce della guardia. Anche i suoi tratti sono deformati dalla fiamma che ondeggia, ma lei lo riconoscerebbe ovunque. Un servitore gli porge il cavallo, Umberto monta in sella e poi guarda su proprio verso le finestre dei suoi appartamenti. Margherita fa un balzo indietro, avvampando per la vergogna. L'ha vista? Forse Umberto se la immagina rannicchiata in un bozzolo sotto le coperte, che sogna tessuti d'arredamento, merletti, cani di piccola taglia, smeraldi, giri di perle e tutte quelle cose che, secondo lui, sognano le donne.

È per questo che non è uscito prima, per essere certo che lei dormisse? Le ha riservato questa delicatezza? *Ti aspetterò sveglia,* gli ha detto. E di certo Umberto non si immaginava che, quando sua moglie promette una cosa, la fa davvero, sino in fondo: la conosce ancora troppo poco.

Un leggero colpo di tallone e il cavallo parte al galoppo. Ha fretta, Umberto. Da qualche parte, c'è un'altra donna insonne che lo aspetta. Lei, almeno, sarà soddisfatta.

Margherita stringe i denti, ricaccia indietro le lacrime. Dalla gola le risale un lungo lamento sommesso. Tutta la rabbia, la frustrazione, l'umiliazione si condensano in questo gemito quasi inudibile, così composto, così regale.

Io non mi faccio distrarre, madre. È lui, semmai, che si fa distrarre.

Tutti sanno che il principe di Piemonte ha delle amanti, è la prima cosa che si sono premurati di farle sapere. « Non farne un dramma », ha tagliato corto sua madre. « Lo sai come sono fatti gli uomini. »

No, Margherita non lo sa - non ne ha mai avuto uno -, ma è disposta ad accettarlo. È da quando è bambina che conosce il proprio destino. *Tieni dritta quella testa, Margarethe! Vuoi che un giorno la corona ti penda di lato?* È disposta ad accettare che ci siano altre donne. Alla fine di regina ce n'è una sola, e sarà lei. È questo che conta, se lo ripete sino allo sfinimento.

Ripensa alla sua infanzia di solitudine, rigore e disciplina, una strada diretta verso un'unica destinazione: il matrimonio, e poi il Regno. È stata preparata per questo. A cosa sarebbero servite, altrimenti, le lezioni di pianoforte, di canto, di danza, di lingue? Per dilettarla, forse? E le buone maniere, il ricamo, la storia d'Italia?

Nessuno può negare che abbia accettato il proprio destino, che sia devota alla Corona, che si sforzi ogni giorno di dimostrarsi all'altezza del compito che Dio le ha assegnato. Nessuno.

Solo Umberto sembra indifferente a tutti i suoi sforzi, come se lei non facesse – come se non *fosse* – abbastanza, come se non la vedesse nemmeno.

Il desiderio di essere amate è una debolezza da popolane, Margarethe.

Margherita non si è mai illusa che quello con Umberto sarebbe stato un matrimonio d'amore. Non sa cosa sia l'amore, non lo vuole neanche sapere, non le interessa. Ha sposato un trono. Non si può dire che non sia stata preparata.

Nessuno, però, le aveva detto quanto questo sacrificio sarebbe stato doloroso.

5

Nestore Martini butta giù le gambe dal letto con un lamento. La notte è stata un continuo alternarsi di veglia e sogni inquieti, al punto che era impossibile distinguerne i confini, e non è ancora finita: l'orologio, dono del re per i suoi quarant'anni di servizio, segna le quattro meno un quarto. Eppure, si dice vestendosi, l'arrivo dei principi di Piemonte è andato bene, ora può tirare un sospiro di sollievo.

Apre il guscio d'argento dell'orologio su cui sono incise le iniziali V.E. e alla luce tremolante della candela osserva gli ingranaggi muoversi a piccoli scatti regolari. L'enorme, complessa macchina che il maggiordomo ha messo a punto nelle settimane scorse ha funzionato alla perfezione; ogni rotellina, dal più umile garzone ai responsabili dei vari uffici, si è mossa in sincronia e, quando qualcosa si è inceppato, lui è stato svelto, inesorabile: una goccia di lubrificante, un giro di vite, un colpetto deciso, e tutto ha ricominciato a girare. E così è – anzi, deve essere – la macchina reale. Decine, centinaia, migliaia di persone lavorano silenziosamente e instancabilmente affinché un principe e una principessa non si accorgano della loro presenza. Quello che vogliono le Loro Altezze Reali è trovarsi a portata di mano un bicchiere di limonata fresca quando hanno caldo. Non interessa mica da dove arrivi il frutto, chi lo abbia spremuto, chi abbia lavato quel bicchiere né chi lo farà dopo, o quanta fatica si faccia in giugno, con questo caldo, a conservare il ghiaccio giù in ghiacciaia. Così sono gli orologi, del resto: a chi guarda l'ora non interessa sapere cosa ci sia dietro, l'importante è essere in orario. Il duro lavoro di un piccolo esercito sotterraneo viene alla luce solo quando le cose vanno male.

Nestore sospira e intanto si rade con cura, pettina indietro i pochi capelli che gli restano, annoda la cravatta, spazzola la giacca, lucida le scarpe. *Dalle scarpe di una persona si può capire tutto,* diceva suo padre. Nestore sorride. Ultimamente gli capita spesso che eventi del passato che credeva perduti per sempre si riaffaccino alla mente con una chiarezza tale da sembrare che risalgano a ieri; proprio come accade alle membra, con gli anni anche la percezione del tempo diventa meno elastica e stabilire con certezza cosa sia remoto e cosa vicino diventa difficile, anzi inutile. Che importanza ha, dopo sessant'anni, se quella cosa è successa ieri o l'altro ieri? Se è successa davvero o invece no?

Nestore scende al piano nobile. Nel salottino rosso è stata accesa una sola candela. La luce rimbalza sugli specchi alle pareti e si riflette all'infinito, catturando il profilo di una giovane serva, intenta a raccogliere dei bicchieri su un vassoio.

«Marianna...»

La ragazza, che credeva di essere sola, fa un balzo, un bicchiere oscilla, lei cerca di trattenerlo, colpisce gli altri, il contenuto del vassoio in un istante è tutto a terra. Nel palazzo addormentato il rumore di cristallo infranto risuona come una cannonata.

«Cosa diavolo combini?» sibila la Frassi, piombata nella stanza.

Nina rimane pietrificata con gli occhi sul disastro ammucchiato ai suoi piedi, cercando di calcolare quanti anni di lavoro le serviranno per ripagare il danno.

«Lo sapevo!» continua la Frassi, mollandole uno schiaffo. «Hai idea di quello che hai combinato, piccola selvaggia?»

«Mi dispiace. Non l'ho fatto apposta...»

«Ci mancherebbe anche!» E giù un'altra sberla.

« Andate pure, Frassi », interviene Nestore. « Qui ci penso io. »

La donna tentenna. « Martini, questa è una delle mie cameriere e io sono perfettamente in grado... »

« Non ne dubito », la interrompe Nestore. « Ma sono certo che abbiate cose più importanti di cui occuparvi. » Aspetta che sia uscita, poi si china e raccoglie i frammenti sul vassoio.

« Scusatemi », mormora Nina con la voce che trema.

Nestore scuote il capo. « Colpa mia, colpa mia. Ti ho scambiata per un'altra persona. Va', procurati una scopa, svelta! »

La ragazza è nuova, altrimenti se la ricorderebbe. Il maggiordomo conosce tutti i dipendenti della Casa Reale, non s'è mai scordato un volto e a ognuno associa un nome, un cognome, l'età, se è maritato o vedovo, se ha figli, qual è l'attività della sua famiglia. Delle molte cose di cui si occupa, conoscere le persone è la più importante e lui, dell'immenso ingranaggio che è stato chiamato a dirigere, conosce ogni ruota dentellata. Certo, di recente qualcosa gli sfugge, confonde qualche nome: può succedere, sono diventati così tanti... ma questa – non ci sono dubbi, ne è assolutamente certo –, questa ieri non c'era. E allora perché l'ha chiamata... Come l'ha chiamata?

Gli torna in mente il sogno di stanotte, l'ultimo prima di alzarsi. Una ragazza, avrà avuto più o meno l'età di questa giovane serva, era seduta ai bordi di un laghetto, proprio il laghetto dei cigni che c'è qui accanto, non distante dalla Villa. Un sottile tappeto di foglie ingiallite galleggiava sul filo dell'acqua scura, rendendone confusi i bordi. Nestore la osservava da lontano, pensosa, immergere una mano e creare piccoli mulinelli. Poi nel sogno – ma era così vivido, così reale... chi potrebbe asserire con assoluta certezza che non si trattasse della realtà, di un doloroso ricordo? – la ragazza si alzava. Indossava un abito leggero, quasi impalpabile, con l'orlo tutto sporco di fango. *Una signorina perbene non porterebbe mai niente di simile,* aveva pensato Nestore. In quella, come se avesse udito i suoi pensieri, lei si voltava e lo guardava a lungo, prima di entrare nel lago; un passo alla volta avanzava, immergendosi sempre di più. L'acqua se la inghiottiva un pezzo per volta, prima le caviglie, poi le ginocchia, il bacino, il petto, il collo... e Nestore non riusciva a far niente. Niente. Una parte di sé sapeva di dover intervenire per fermarla e scalpitava nel suo corpo immobile, ancorato a terra. *Papà,* diceva appena la ragazza, con l'acqua che formava bollicine attorno alle labbra. E poi scompariva per sempre nell'oscurità del lago.

Quando Nestore aveva aperto gli occhi, aveva il cuore impazzito per la paura e la sensazione che non si fosse trattato solo di un sogno. Ma allora di cosa?

« Come ti chiami? » chiede a Nina. E poi, di getto, senza darle il tempo di rispondere: « Assomigli a mia figlia ».

La prima luce che si fa largo tra le tende rischiara il sorriso timido di Nina. La ragazza è impacciata, fa un piccolo inchino goffo, sgraziato. A Nestore, che ha visto passare decine, centinaia di serve, è evidente che questa non ha la minima esperienza della vita di corte. E tuttavia indossa già la divisa delle cameriere personali della principessa.

« Torna al lavoro », le dice, severo. « E d'ora in poi presta più attenzione. »

Nina si volta ed esce dalla sala con gli occhi pieni di lacrime. Nestore la vede riflessa negli specchi e ripensa al sogno di stanotte. Poi vede sé stesso: un vecchio canuto, senza quasi più capelli, ingobbito, ricurvo sotto il peso degli anni, la pelle avvizzita, le mani accartocciate, lo sguardo spento. Anche lui con le lacrime agli occhi.

6

« Finirai con l'amarla. » La voce di Eugenia è tagliente come una scheggia di vetro. Il corpo bianchissimo si perde tra le lenzuola stropicciate nella luce azzurra dell'alba, i capelli sparpagliati sul cuscino, il viso ancora imporporato voltato con ostinazione dall'altra parte.

Umberto scoppia a ridere, lei si gira di scatto e gli lancia un'occhiata severa. « È tua moglie! »

« È solo la futura sovrana. »

Ne hanno già discusso e, in fondo, lo hanno sempre saputo, da quando si sono incontrati, e ancora da prima, da quando sono nati, perché il destino di Umberto era già stato deciso. Il Regno – ogni regno – ha bisogno di una regina e per questo è necessario, anzi obbligatorio, che il principe ereditario prenda moglie. Ma si tratta di un ruolo, non di un vero legame. È solo una recita, messa in scena sul palco della Storia per quelli che stanno in platea, nei palchi, in balconata. È un atto frivolo e al tempo stesso di vitale importanza, perché è su questo copione che poggiano le basi di una nazione e dunque il suo stesso futuro, tanto più in questo momento così delicato che segna gli albori del neonato Stato italiano.

Poi, dietro le quinte, gli attori si levano il trucco, gli abiti di scena, le parrucche, e tornano ognuno alle proprie vite.

Eugenia si tira su a sedere, Umberto la trattiene per un polso. «Ferma», la implora. «Non litighiamo di nuovo.»

«Mi avevi promesso che non avresti consumato il matrimonio.»

Ecco il punto dolente, la questione che la rende pazza di gelosia. È da quando ha saputo delle nozze che non pensa ad altro e tutti i loro discorsi finiscono per incagliarsi lì, come se il semplice atto meccanico che sigilla un'unione formale potesse fare qualche differenza.

«Non l'ho fatto», scandisce Umberto.

Segue una lunga pausa.

Eugenia lo guarda negli occhi, questa volta a lungo, rovistandogli dentro, in cerca non tanto della verità, ma di conferme. Va bene anche una bugia, purché sia ben detta, perché ha bisogno di credergli. «Ma prima o poi dovrai.»

«Sì, dovrò.»

«E allora...»

«E allora niente!» Umberto solleva una mano, sul punto di schiaffeggiarla. «Lei o un'altra, che differenza vuoi che faccia?»

Esattamente un anno fa, Umberto era fidanzato con Matilde d'Asburgo-Teschen. L'aveva veduta solo in un ritratto, prima che un terribile incidente mandasse a monte i progetti matrimoniali di Casa Savoia, così meticolosamente architettati:

l'arciduchessa, non volendo essere scoperta dall'istitutrice mentre fumava una sigaretta, aveva nascosto il mozzicone tra le pieghe dell'abito di tulle, che nel giro di pochi istanti aveva preso fuoco, trasformandola in una torcia umana. Aveva appena diciotto anni.

Più ancora che dall'accaduto, Umberto era rimasto atterrito dal sollievo che aveva provato nel ricevere la notizia. Ma era durata così poco l'illusione di poter essere libero...

« Farò il mio dovere, come l'ho fatto quando l'ho sposata e per ogni giorno della mia vita. Farò il mio dovere, lo sai, e intanto non smetterò di pensare a te. » La tira a sé, la stringe forte, poi affonda il viso nei capelli e si riempie del suo profumo. « Non è cambiato niente », le sussurra. « Niente. »

La sente cedere. Il corpo, prima rigido, ora si lascia andare contro di lui. Forse piange in silenzio. Le scosta una ciocca, cerca con le labbra la pelle delicata del collo, scende lungo la spalla e la addenta come farebbe con una mela acerba. Eugenia emette un grido strozzato, ma non oppone resistenza.

Umberto pensa al duca, il marito di Eugenia, che forse vedrà i segni del suo passaggio, un lieve rossore a forma di sorriso. Il corpo della duchessa è il loro campo di battaglia, un territorio desiderato e conteso. Ma il vincitore era già stato decretato ancora prima dell'inizio delle ostilità e così, quando lui è nei paraggi, il povero duca si ritira con una scusa in qualche altro possedimento, il più lontano possibile, per salvarsi almeno l'onore.

Eugenia gli prende la testa tra le mani, poi lo bacia con una tale voluttà che Umberto sente le forze venirgli meno. Nessun'altra ha questo potere, il potere di divorargli l'anima con un bacio.

« Penserai a me, quando farai il tuo dovere. »

« Penso a te sempre. »

« Voglio che mi pensi *in quel momento*. Voglio che tu chiuda gli occhi e immagini che sia lì con te, noi due soli. Voglio che tu dica il mio nome. »

Umberto ride per nascondere l'imbarazzo. Non vuole pensare al momento in cui dovrà consumare il matrimonio, ora meno che mai.

« Promettimelo. » Eugenia è tornata imperiosa, padrona di sé. È tornata a essere la duchessa Litta che tutti conoscono.

Umberto, alla fine, promette, più per chiudere la faccenda che per autentica convinzione. Poi si riveste cercando di darsi un contegno; ma le dita tradiscono le sue vere intenzioni e lo boicottano, abbottonando la giacca storta. Allora sbuffa e ricomincia da capo, evitando di alzare gli occhi su Eugenia che se ne sta nuda tra le lenzuola come una sirena tra i flutti. Infine si congeda con un ultimo bacio, casto, sulla fronte. « A stasera. »

Chiude gli occhi per assaporare questo istante, il calore della sua pelle, la piccola nuca che sta tutta in una mano. È questo il momento più bello dei loro incontri: non il primo, quando si rivedono dopo una lunga separazione e le loro carni hanno fretta di fondersi tornando a essere una cosa sola, bensì quello che precede l'addio, il più amaro e prezioso. Vorrebbe aggrapparsi a lei, e piangere e disperarsi come un bambino, ma dopo tutto a cosa servirebbe? Tra poco si riaccenderanno le luci sull'antico palco del cerimoniale e l'attore protagonista non può tardare.

È solo una recita, si ripete, allontanandosi in sella al proprio baio. In pochi passi uomo e cavallo spariscono, inghiottiti dalla vegetazione. Umberto estrae l'orologio dal taschino, lo soppesa a lungo, poi guarda l'ora: sarà in Villa appena prima che la corte si sia alzata.

Ripensa alla promessa fatta a Eugenia, alla sua gelosia, così folle e ingiustificata. Ora si sente stupido per aver ceduto tanto facilmente. Perché le ha detto sì? Perché non sa negarle niente?

Per quanto la giovane donna che gli è stata data in sposa sia graziosa – per quanto a lui le donne, e ancor più quelle graziose, non dispiacciano affatto – Margherita, con quel suo essere sempre impeccabile, così instancabilmente dedita al proprio dovere e così intransigente, lo irrita, ma soprattutto lo mette a disagio. Al suo fianco si sente sempre piccolo e insignificante, come se suo padre gliel'avesse messa lì apposta per ricordargli che è finito il tempo degli svaghi e che lui non si impegna abbastanza.

Giunto in vista della Villa, Umberto rallenta, si china sul

collo del baio e gli fa una lunga carezza. Margherita è come il morso per il suo cavallo: può tollerarla, ma non arriverà mai ad amarla.

7

Già dalle prime ore il caldo è intollerabile: gli abiti si inzuppano di sudore e pesano addosso. La corte è venuta a cercare un po' di refrigerio lungo i sentieri che serpeggiano dentro e fuori la vegetazione dei giardini reali, diretta al tempietto neoclassico sulla sponda sinistra del lago dei cigni. Non si muove un filo d'aria e le chiome degli alberi sono immobili come in un dipinto; nel cielo d'un azzurro slavato, la mole assolata della Villa chiude l'orizzonte e sembra che tolga il respiro.

A Margherita questo luogo ricorda le estati che da bambina trascorreva al castello di Agliè, le corse a piedi nudi nell'erba umida del mattino, i lunghi pomeriggi vuoti in compagnia di madame Arbesser, l'istitutrice, le notti odorose di gelsomino.

Il sentiero passa sopra la grotta del Nettuno e costeggia l'acqua verde dove si specchiano querce secolari. Margherita non vede l'ora di scoprirne ogni angolo, dalle collinette che dominano il paesaggio alle grotte scavate nella roccia, dai nascondigli ombrosi degli alberi ai prati assolati che digradano verso l'orizzonte, così si solleva un po' la gonna e allunga il passo, distaccando il gruppo di dame al seguito.

«Prestate attenzione, Vostra Altezza! Può essere pericoloso!» l'ammonisce una.

Lei si ferma e si guarda attorno, in cerca della fonte di tanto pericolo. Cosa può mai succederle di grave? Che il frutto di un ippocastano le cada sulla testa? Che un rovo le graffi una caviglia? Che inciampi in una radice affiorante?

«Pensano che non sappia neanche camminare?» sbotta, rivolta alla Villamarina, più velenosa di quanto vorrebbe.

Anche stanotte non ha dormito. È rimasta sveglia fino all'alba ad aspettare il ritorno di Umberto, immobile nel letto con gli occhi spalancati sul buio e i sensi tesi al minimo rumore esterno, tutta presa da una lunga conversazione interiore che, invece di darle le risposte che cercava, l'ha spossata e resa insofferente.

Prima che la Villamarina possa trovare una risposta, in lontananza alcuni spari mettono a tacere il frinire isterico delle cicale.

« È andato a caccia », mormora pensosa Margherita, « e non me lo ha neanche detto... »

Le dame si scambiano occhiate piene di imbarazzo, senza sapere cosa dire.

« Non lo ha forse fatto ieri, dopo cena, Vostra Altezza? » interviene la Villamarina.

No, Margherita proprio non se ne ricorda. Se Umberto le avesse comunicato l'intenzione di andare a caccia l'indomani, se ne rammenterebbe. Ha una memoria di ferro, lei, e presta sempre molta attenzione a tutto quello che dice suo marito.

« Forse mentre eravate al pianoforte... »

« Forse... » risponde lei con poca convinzione.

Osserva le sue dame, scelte secondo un rigido criterio di lealtà, lignaggio e prestigio, così desiderose di compiacerla, così attente a non irritarla. *Posso fidarmi di loro?* si chiede all'improvviso, e mentre sente nella testa la voce di sua madre che le risponde: *Nein, Margarethe, non essere sciocca!* le vede per la prima volta sotto una luce diversa: non amiche alle quali poter aprire il proprio cuore, non complici da cui ottenere risposte sincere, non alleate su cui contare per costruirsi la propria indipendenza, ma intruse messe lì per controllarla, per far sì che non le venga mai in mente di spingersi fuori dal recinto limitatissimo dei propri doveri, diverse nell'aspetto, ma non nella sostanza, dalle istitutrici che per tutta la sua giovinezza hanno vigilato su di lei. Come ha potuto non accorgersene finora?

Quasi nello stesso istante realizza che con il matrimonio non si è conquistata quella libertà che credeva di poter avere, ma solo una diversa forma di schiavitù: un recinto più ampio, più sfarzoso, ma pur sempre un recinto.

Le lacrime le salgono agli occhi ancora prima che possa accorgersene, ed è così stanca che non fa niente per nasconderle:

non le asciuga col dorso della mano, non si allontana di qualche passo, non volta nemmeno il capo dall'altra parte. Rimane lì, nel mezzo del vialetto, col volto rigato di pianto, sotto lo sguardo imbarazzato delle dame, mentre lo schiocco dei fucili che satura l'aria si tramuta in un rombo sordo che le riempie le orecchie.

Forse è questo che intendevano poco fa, quando l'hanno messa in guardia dai pericoli, se si fosse allontanata troppo: non frutti di ippocastano che le potrebbero cadere sulla testa, non rovi che le graffino una caviglia, non radici affioranti nelle quali può inciampare, ma l'improvvisa, atroce consapevolezza di trovarsi in un immenso recinto. E di essere più sola che mai.

8

L'animale, un maschio adulto con un imponente palco, è ferito. I battitori lo hanno spinto in un punto della riserva dove non ha via di scampo. « A meno di saper volare », ha commentato uno, provocando le risate di tutti, tranne che di Umberto.

Il principe è muto in sella, di pessimo umore. Si immagina la bestia, il cuore che pompa sotto il manto lucido di sudore, il naso umido teso nell'aria ad annusare il pericolo, il respiro doloroso, gli occhi sbarrati dall'orrore. Sa per istinto che sono i suoi ultimi istanti, e tuttavia non si arrende. Disperato corre lontano dal latrato feroce dei cani, si trova davanti un muro, scarta, inciampa, si accascia. Il dolore è atroce, ma non abbastanza per fargli passare la voglia di vivere.

Un colpo, uno solo. Dritto al cuore. Umberto ripensa alle prime battute a cui ha preso parte con suo padre quando era ancora un bambino, i loro unici momenti di vera intimità. C'era una vecchia stamberga tra le montagne del Gran Paradiso che, a paragone dello sfarzo di Palazzo Reale, appariva ancora più fatiscente; la si raggiungeva in non meno di dieci ore a piedi, su per stretti sentieri irti e resi scivolosi dall'umidità della notte. Ma guai a lamentarsi, guai a rallentare. Il vento sibilando soffiava giù dalle cime i primi fiocchi di neve e spegneva continuamente il fuoco al centro dell'unica stanza, ricovero di uomini e bestie. Seduto in cerchio con gli altri, Umberto contraeva tutti i muscoli per impedire al corpo di tremare dal freddo, lanciando di nascosto occhiate a suo padre, in maniche di camicia e con le guance rosse e lucide come mele. Vittorio era così diverso dal sovrano dei ritratti appesi al muro nelle pesanti cornici d'oro! Tra le montagne, in mezzo a gente semplice, mangiando il loro stesso cibo, mutava: dimentico d'essere re, diveniva ilare, espansivo, un po' volgare. Perfino affettuoso.

Si svegliavano ben prima dell'alba e, dopo un pasto frugale, si mettevano in cammino seguendo tracce che Umberto non riusciva a vedere; poteva capitare che rimanessero in attesa per ore, accosciati nell'erba alta, con le membra intirizzite e la schiena che mandava lampi di dolore giù fino ai talloni.

All'inizio a Umberto non piaceva. Certo sempre meglio delle lezioni di storia militare, ma davvero non capiva cosa suo padre ci trovasse nella *chasse* e perché si ostinasse a portarselo appresso. Ci andava perché, be', al re non si dice di no, neanche - soprattutto - se è tuo padre, ma prima ancora perché gli piaceva stargli vicino. Erano, del resto, gli unici momenti in cui sentiva di essere amato.

Un colpo, uno solo. Dritto al cuore. La pallottola deve coglierlo quasi di sorpresa, è importante non far soffrire l'animale, che deve passare dalla vita alla morte in un solo istante, senza accorgersi di niente.

Oggi Umberto è stanco, stanotte non ha dormito. Non sarebbe dovuto venire a caccia, ma il solo pensiero di stare chiuso nella Villa, tallonato da un codazzo di cortigiani sussiegosi e di segretari con un qualche documento da fargli leggere, lo rendeva nervoso. Come se gliene importasse qualcosa del programma di quel maledetto pranzo di gala di dopodomani o di qualsiasi altra diavoleria si stia architettando a palazzo!

E così, nel momento più importante, quello in cui il dito preme sul grilletto, la sua mano ha esitato, scostando a destra la canna del fucile, forse meno di un centimetro, ma abbastanza per mancare il cuore e conficcarsi nella spalla dell'animale.

Un centimetro appena, la differenza tra una morte onorevole e un'umiliazione pubblica.

«*Brut bastard!*»

«Dev'essere in quel punto, Vostra Altezza. Si sarà accasciato nel folto della vegetazione.»

«Lo so, *boja fauss*!» Umberto smonta, molla le redini all'aiutante di campo e solleva una mano, come a dire che da lì prosegue da solo.

Una traccia di sentiero si perde e riappare tra le felci e l'edera che tappezzano il suolo; qua e là l'aglio orsino satura l'aria del suo profumo pungente. Umberto avanza a passi pesanti, scrutando a destra e sinistra con poca convinzione. Non doveva venire a caccia, non ne aveva neanche voglia. Di solito lo diverte, ma oggi il solo pensiero di inseguire un animale fino a sfiancarlo e poi di chiuderlo in un angolo da cui non può sfuggire lo affligge. È la stanchezza, senza dubbio, ma stamattina gli sembra di *sentire* il desiderio di libertà, di vita della bestia.

In pochi minuti lo raggiunge. Il cervo ha trovato rifugio appiattendosi contro un tronco caduto e rosicchiato dagli insetti; quel superbo palco - la sua corona - lo ha reso visibile, tradendolo. L'animale alza sul principe occhi già velati di morte: probabilmente non lo vede nemmeno, ma a Umberto sembra di coglierv i un rimprovero.

Finirò anche io così, si dice, stupendosi di trovarsi indifferente al pensiero della propria morte.

Quando lo raggiungono gli altri, l'animale respira a piccoli dolorosi rantoli.

«Bisogna finirlo, Vostra Altezza», lo supplica Bruno, il guardacaccia. «È una sofferenza inutile.»

A Umberto tornano in mente la prima volta in cui ha mancato il bersaglio - quanti anni aveva? Allora doveva essere appena un bambino - e lo sguardo di delusione e disprezzo di suo padre, che aveva fatto più male del manrovescio. Ancora oggi, quando di rado gli capita di mancare il bersaglio, l'umiliazione gli fa pungere gli occhi.

Il principe dà un ultimo sguardo all'animale, mentre tutti

attorno a lui attendono che si decida a dargli il colpo di grazia, poi molla lo schioppo al guardacaccia.

«Fate voi», borbotta. «Sono stanco.» E si allontana a rapidi passi.

9

L'ufficio è piccolo e disadorno, ma dotato di tutto ciò che è necessario perché sia funzionale: dalla finestra posta un po' in alto la luce cade proprio a illuminare il piano di legno laccato della scrivania, dietro la quale una libreria, con gli scaffali protetti da ante in vetro, conserva i registri che riportano turni, paghe, fornitori, minute, acquisti, tutto annotato con la calligrafia appuntita di Nestore. Non è un ambiente confortevole, di certo non consono al suo rango e alle sue mansioni, ma a lui va bene così: mai lamentarsi, mai chiedere, questo è il suo motto.

Il maggiordomo è seduto con la schiena ricurva e il naso che quasi tocca il foglio. Il responsabile del servizio di bocca, cui spetta il compito di sovrintendere a tutte le attività di cucina, scrive di proposito in piccolo per rendergli difficile revisionare la minuta dei pranzi e delle cene, illudendosi così di fargli passare la voglia.

Dopodomani sera si terrà il primo pranzo di gala alla Villa, seguito da un ballo, cui prenderanno parte centocinquanta selezionatissimi invitati, tra la migliore aristocrazia, i notabili e le autorità locali. L'evento è stato organizzato, come si conviene, con largo anticipo; se stilare la lista e disporre i posti a tavola, rispettando l'ordine delle precedenze previsto dal protocollo, è un compito che esula dai doveri di un semplice maggiordomo, Nestore deve però occuparsi di un'immane quantità di dettagli: una tovaglia stirata male, un orchestrale infreddato, un ritardo o un cambio di programma possono incidere sulla riuscita dell'evento e, come conseguenza, sull'onore di Casa Savoia.

Nestore solleva il foglio e lo allontana da sé. C'è una distanza esatta alla quale l'inchiostro si staglia con nitidezza sulla carta e gli scarabocchi di quell'insopportabile ometto assumono un significato. Il tutto sta nel trovarla e soprattutto nel riuscire a conservarla, perché se la mano trema appena lo sforzo è vano: come l'altro ieri, che ha letto *bœuf* al posto di *œuf*, ed è andato a domandare allo *chef pâtissier* perché mai volesse mettere del manzo nella crema di vaniglia al maraschino. Il giorno dopo, qualche insolente gli ha fatto trovare sul tavolo una lente d'ingrandimento.

Ai piani bassi è pieno di burloni. Ogni tanto gli sparisce il cuscino, che poi ricompare tra i volumi della libreria o sulle scale di servizio; oppure al posto della penna si ritrova una posata, con i rebbi d'argento a mollo nell'inchiostro. Gli oggetti svaniscono o appaiono in luoghi insoliti e, quando Nestore interroga il personale, stanno tutti lì col naso per aria, come a dire che non ne hanno proprio idea.

« Allora sarà stato un fantasma », ipotizza lui con sarcasmo. « Magari quello dell'arciduca d'Asburgo-Lorena che aveva voglia di tornare a Monza. »

« Magari », ribattono quelli con le loro espressioni ottuse.

Altro che fantasma, altro che arciduca! Nestore lo sa bene chi è a fargli i dispetti. Non uno, ma molti. Forse tutti. Vogliono farlo passare per matto, metterlo da parte, prendere il suo posto. Come se ne fossero in grado!

Non ci si improvvisa maggiordomo. E non è neanche una cosa che si possa imparare. Maggiordomo si nasce, è un'inclinazione che uno si porta dentro, un istinto, una vocazione. Che nessuno qui ha. Pensano tutti alla paga, ai turni di riposo, a far la corte a qualche serva, a sgraffignare gli avanzi dalle dispense, a spettegolare alle spalle della Famiglia Reale.

« Servire è un onore! » esclama, immaginando di rampognare un valletto.

In quella, una cameriera passa proprio davanti alla porta aperta e si ferma. « Dite a me, signore? »

Nestore posa il foglio e la osserva. Ha gli occhi arrossati e il naso lucido di una che ha appena pianto.

« Vi chiedo ancora perdono per i bicchieri. »

Oh, sì, ecco dove l'ha vista. È la ragazza che ha rotto quei calici. *Numero cinque bicchieri per rinfreschi in cristallo bianco lavorato a fascia brillantata, traversato dal motto FERT e sormontato dalla Corona Reale.* Altro che smemorato, non gli scappa niente!

« Vieni avanti, entra. Come ti chiami? »

« Nina, signore. » Fa un inchino così goffo che a Nestore viene da ridere.

« Chi ti ha insegnato a fare... quello? »

« Quello cosa, signore? »

« Quella cosa che presumo tu ritenga sia un inchino. »

« Non lo so, nessuno. Non va bene? »

« Ti fa somigliare a una gallina intenta a beccare i vermi a terra. » Sospira. Ma anche questa volta la colpa non è della ragazza. « La governante avrebbe dovuto insegnartelo. »

« Non ne ha avuto il tempo, signore. »

« Il tempo non è una cosa che si ha. Il tempo si trova. Se lo si vuole trovare, beninteso. » Si annota mentalmente di redarguire la Frassi. « Su, forza, riprova. »

« Adesso? »

« Ritieni che non sia urgente? »

« Non volevo dire questo, io intendevo che... »

« Indossi la divisa del servizio di camera della principessa di Piemonte, dunque ti è stato concesso di comparire al suo cospetto. Intendi ripagare un tale privilegio mancando di rispetto alla Casa Reale con la tua goffaggine? »

« No, signore. » Nina si inchina di nuovo.

« Vedi? Tu incurvi la schiena come se dovessi sollevare un secchio. La schiena deve rimanere dritta, la posizione deve essere dignitosa. »

Le fa ripetere più e più volte l'esercizio, correggendola ora con una mano sotto il mento ora aiutandola a rimanere in equilibrio. Nina sente i polpacci bruciare, ma quando hanno concluso il maggiordomo sembra molto soddisfatto. « Non illuderti che sia finita, sei ben lungi dal poterti ritenere soddisfatta. Ti eserciterai appena ne avrai l'occasione. Almeno dieci volte prima di andare a dormire, finché il tuo corpo non avrà memorizzato i movimenti e ti verrà naturale. »

« Va bene, signore. Non so come ringraziarvi, siete stato molto paziente. »

Nestore sorride e per la prima volta da molti giorni, forse mesi, si sente apprezzato. Neanche ricorda quand'è stata l'ultima occasione in cui qualcuno l'ha ringraziato per aver fatto il suo dovere. « Be', forse puoi fare qualcosa per me... » Le passa il foglio con la minuta del pranzo di gala di domani. « Mi presteresti gentilmente i tuoi occhi? I miei sono... » Esita. « Sono un po' stanchi oggi. »

Ma la ragazza pare atterrita e non osa nemmeno allungare la mano a prendere il foglio. « Io... io non... » balbetta. « Vorrei tanto aiutarvi, ma... »

« Non sei andata a scuola? »

« Sì, signore, ma sono passati tanti anni e sono poco più che una sguattera. »

« L'ignoranza non è figlia della povertà, ma della pigrizia », sentenzia. « Ed è madre della schiavitù. » Poi, prima che Nina ricominci a singhiozzare: « E cerca di darti un contegno! Se la principessa ti vedesse potrebbe rimanerne turbata! Vuoi davvero che la luna di miele di Sua Altezza sia guastata dalla tua mancanza di ritegno? »

Nestore rimane a lungo pensoso. Dovrebbe licenziarla; la ragazza è capitata qui per un equivoco, o forse gliel'hanno mandata a servizio apposta per dargli un grattacapo in più, per metterlo in cattiva luce con Sua Maestà. Non sanno più cosa inventarsi per farlo fuori.

La osserva. Nina tiene gli occhi bassi e stringe la mascella per non cedere al pianto. È una creatura semplice, ma gentile d'animo, buona. Cosa ne sarebbe di lei se la mandasse via?

E poi la ragazza gli richiama alla memoria qualcuno, è da un po' che ci pensa. Nestore si sforza. Quegli occhi tondi e chiari, la forma del viso allungata, quei capelli tagliati da una mano rozza, quelle labbra pallide... l'ha già vista da qualche parte. Se solo riuscisse a ricordarsi!

« Le lacrime non hanno mai risolto un problema », sentenzia, quasi parlando a sé stesso.

Non può certo confidarle che, quando sente i pensieri sfuggirgli come sabbia che scivola via dalle mani e l'angoscia salire ad avvelenargli il palato, quando gli sembra di camminare nel vuoto e non sa più dove si trova, ma soprattutto non sa da dove viene, anche lui vorrebbe cedere al pianto. Non può rivelarle che di recente si sveglia spesso col cuscino bagnato e che nel buio talvolta si concede un piccolo sfogo.

« Ora torna al lavoro. »

Resta a guardarla fare un ultimo inchino, questa volta perfetto, poi torna alla minuta del pranzo di gala.

10

« Marchese, voi sareste in grado di dirmi il nome di una guardia, se ve la indicassi? » Margherita, rivolta al cavaliere d'onore, interrompe con poco garbo Cesare Aguilhon, che le stava illustrando le tappe più importanti della storia della città. Il cappellano reale di solito è un ospite particolarmente gradito a Sua Altezza, con cui ama discutere di arte e letteratura. Questa sera, tuttavia, la principessa di Piemonte è distratta.

A tavola siede una trentina di persone, tra cui il sindaco di Monza, Giovanni Uboldi de' Capei, con la moglie, la contessa Matilde Borromeo Arese, la marchesa Maria Trotti Bentivoglio col marito, e un imprenditore locale, Stefano Pagnoni, che ha sulle rive del Lambro uno stabilimento specializzato nella realizzazione di macchine ausiliarie per mulini.

Margherita si sporge un po' sul piatto fin quasi a sfiorare col petto la gelatina al rum. La luce morbida delle candele allunga le ombre, disegnando sulla sua pelle pallida profonde occhiaie.

« Io no, ma... non sarebbe un problema risalirvi, Vostra Altezza », risponde il marchese di Villamarina.

« E da quando ti interessano le guardie, mia cara? » ridacchia Umberto seduto di fronte a lei.

« La scorsa notte », prosegue Margherita, piantandogli in faccia occhi furiosi, « credo di aver assistito a un grave atto di insubordinazione. » La tavola ammutolisce. « Sarà stata più o meno mezzanotte, con questo caldo fatico a prender sonno e dalla mia finestra ho veduto un uomo.»

Umberto tossicchia e si aggiusta sulla sedia.

«Stavo quasi per assopirmi, quando un suono, come lo scalpiccio degli zoccoli di un cavallo, mi ha destata. È così che l'ho veduto: un giovane, potrà aver avuto l'età...» – fa una pausa gustandosi la tensione montare in suo marito – «... proprio la tua età, mio caro. Al punto che, per un attimo, l'ho scambiato per te.» Sorride, poi prende un sorso di champagne e continua con tutta calma, rivolta alla tavolata: «Dunque, quest'uomo era proprio sotto la mia finestra, pensate».

«Un intruso?» domanda il cappellano reale Aguilhon.

«No, una guardia», risponde Margherita.

«Mi pare che fosse proprio dove doveva trovarsi», ribatte Umberto, facendo per alzarsi.

«Al contrario», lo contraddice Margherita, con tono tagliente.

Umberto si lascia ricadere sulla sedia sbuffando.

«Si è tolto lo schioppo, lo ha appoggiato contro il muro. L'ho veduto bene!»

«Avrà avuto i suoi buoni motivi. Forse di origine... naturale?» Umberto ridacchia. «Spero tu non abbia visto anche quello.»

La sala è ammutolita. Ormai è chiaro a tutti di trovarsi nel mezzo di uno scontro fra i neosposi e nessuno vuole essere coinvolto.

«Pensate se in quell'istante si fosse avvicinato un malintenzionato. A quale rischio sono stata esposta.»

«Ma non è accaduto», puntualizza Umberto.

«In ogni caso, un uomo che non fa il proprio dovere *deve* essere punito. Non è così?»

«Questo... senza dubbio», interviene il marchese di Villamarina, sperando di stemperare la tensione. «Faremo in modo che questa guardia sia identificata e trasferita.»

«Oh, no, caro marchese.» Margherita si alza e i commensali la imitano. «Sarebbe troppo facile per lui se lo congedassimo, forse arriveremmo addirittura a fare il suo interesse, non trovate?» Pianta di nuovo occhi furiosi su Umberto, l'unico che non si sia alzato da tavola. « Quell'uomo deve rimanere e compiere il suo dovere. Sino alla fine, come ha giurato di fare. »

Il resto della serata si trascina in un clima che si sforza di essere disinvolto. Margherita al pianoforte sceglie una marcetta allegra, poi un valzer; declama una poesia, parla di letteratura con l'Aguilhon, commenta con leggerezza i fatti del giorno, pare instancabile.

Umberto, invece, con la scusa di fumare scappa fuori. Appoggiato alla balaustra osserva le stelle che riempiono il cielo e, quando ne vede una cadere giù disegnando un arco luminoso, pensa a Eugenia, combattuto se esaudire un desiderio o, almeno per questa notte, rimanere fedele al proprio dovere.

Quando lo raggiunge il valletto recando un vassoio su cui tintinnano dei bicchieri e una bottiglia, è sul punto di cacciarlo via in malo modo.

All'interno, in un alone di luce dorata, Margherita è in piedi a fianco del pianoforte che canta. Tutti gli occhi sono per lei. Ha una voce d'usignolo, acuta e ferma, non ancora quella di una donna matura. Il seno compresso nel corpetto si alza e si abbassa a ogni respiro, il collo bianchissimo ed esile si allunga e scompare nella chioma bionda, acconciata all'ultima moda. Basterebbe molto meno per accendere il desiderio in Umberto, con altre è bastato.

Sua moglie dopo tutto è bella, prenderla stanotte sarebbe un sacrificio tutt'altro che gravoso. Forse, dopo, lei sarebbe un po' meno ostile, un po' meno rigida. Forse gli resterebbe anche il tempo per correre da Eugenia.

Rimane a guardarla a lungo mentre si esibisce nel ruolo di perfetta futura regina. La verità è che la trova stucchevole, irritante, fastidiosa. Il solo pensiero di dover partire con lei per la Germania tra pochi giorni gli mette la nausea.

Pensa a suo padre, che alla Corona ha dato la bellezza di otto eredi, senza che questo gli abbia impedito di avere amanti, figli illegittimi e perfino una famiglia parallela, con Rosa Vercellana, quella contadinotta elevata al rango di concubina ufficiale. Sente crescere il disgusto e, ancora una volta, giura a sé stesso che non diventerà mai come lui.

« Martini, fate preparare la carrozza », ordina al maggiordomo.

Entra e si congeda. Margherita gli rivolge a stento la parola, mentre la corte finge di non vedere.

Umberto è già sulla porta quando un pensiero lo trattiene, gira sui tacchi e torna indietro; va diretto da lei, che è seduta sul divano con la schiena ritta e il broncio, le prende la mano e si inchina leggermente, con deliberata lentezza. Vede i suoi occhi dilatarsi, le guance avvampare, le labbra allargarsi in un sorriso pieno di speranza, sente tremare il polso sotto le sue dita.

Le avvicina le labbra all'orecchio e sibila a denti stretti: « Ci sono uomini che preferirebbero andare in guerra, piuttosto che fare il loro dovere con te ».

11

Lo sapeva, la ragazza non è adatta, pensa Eugenia, osservando Nina impalata sulla soglia, che non osa fare un passo avanti per non calpestare il tappeto.

Ho mandato questa specie di bestiola selvatica a corte, che stupida! Mi sono messa nelle sue mani!

Si passa nervosamente tra le dita una sottile fettuccia di velluto nero. Avrebbe dovuto sceglierne un'altra. Certo, ma chi? Se avesse mandato una delle proprie cameriere anziane, c'era il rischio che a palazzo qualcuno la riconoscesse e che la rispedissero al mittente. Come se non ci avesse già provato!

E poi è talmente difficile oggigiorno trovare una buona serva... Per quanto referenziate, si tratta pur sempre di perfette sconosciute, ragazze del popolo con occhi che luccicano di desiderio davanti all'argenteria, che ficcano il naso dappertutto, che origliano dietro le porte e poi vanno in giro a raccontare chissà cosa. No, quando ne trovi una buona, non la mandi via: te la tieni ben stretta!

Invece questa non la conosce nessuno, nemmeno Umberto l'ha mai vista.

E poi guardala! È così intimidita che se adesso le chiedessi di leccare il pavimento sotto i suoi stessi piedi lo farebbe. Per un attimo è tentata di metterla alla prova.

« Vieni avanti, chiudi la porta. »

Nina obbedisce aggirando il prezioso tappeto.

« Dunque, cos'hai da dirmi? » Il silenzio si protrae per lunghi istanti. « Ma parla, per la miseria! Mi sono presa una serva muta? »

« No, signora », balbetta Nina. « È solo che... »

« Non hai scoperto niente? »

« Sono arrivata appena da qualche giorno, signora. »

In fondo la ragazza non ha torto, pensa Eugenia. Avrebbe dovuto aspettare a mandarla a chiamare, darle più tempo. Ma aver rivisto Umberto le ha risvegliato qualcosa dentro, un'irrequietudine che si manifesta con palpitazioni e tremori; per quanto si ripeta che lui la ama, per quanto alla fine torni sempre da lei, il demone della gelosia non l'abbandona mai.

Inoltre non ha molto tempo: tra meno di due settimane la coppia ripartirà in incognito alla volta della Germania e allora chissà quando potrà rivederlo.

« E poi... » Nina non osa alzare gli occhi su di lei. Sta quasi rannicchiata, tutta chiusa in sé, con le spalle ricurve, contorcendosi le mani arrossate che spiccano come ferite sul grembiule bianco. « Poi non saprei cosa c'è da scoprire, signora. »

La duchessa ha un moto di stizza. Le volta le spalle e finge di osservare dalla finestra i giardinieri che potano la siepe, mentre cerca di tornare in possesso di sé. Prende un bel respiro e si gira lentamente. Deve avere pazienza, sforzarsi di essere conciliante.

« Avvicinati, cara. Non avere paura del tappeto, non morde. » Questa ragazza è l'ultima pedina che le rimane, dopo che l'hanno esclusa dal circolo delle dame di compagnia di Margherita.

« Non voglio deludervi, signora. Vi sono grata per la fiducia che mi avete accordato, ma non credo di essere capace... »

«Dimmi come ti sembra la principessa. Trovi che sia... bella?»

«Certo, signora. È molto bella.»

Eugenia si sente trafiggere il cuore da mille spilli e per un istante le si annebbia la vista. «Parla pure liberamente. Tutto quello che mi dirai resterà tra noi, lo sai», la incita. «Non ti sembra che abbia le gambe corte? Che siano sproporzionate rispetto al busto?»

«Oh, affatto, signora.» E poi, cogliendo un altro moto di stizza, aggiunge: «Cioè, non lo so. Non l'ho veduta».

«Non sei presente ogni mattina al *lever*? Sei la sua cameriera, dopo tutto.»

«Sì, signora, ma non ho guardato.»

Oh, santi numi! pensa Eugenia. *Mi sono presa l'unica che non approfitta del* lever *per dare una sbirciatina!*

«Ma hai tenuto in mano i suoi abiti, li avrai portati alle lavandaie, no?» Le mette sotto il naso la fettuccia di velluto. «La vita com'è, così? Più stretta? Più larga?» Senza aspettare risposta, si alza e si specchia con le mani poggiate sul proprio ventre, trattenendo il respiro, mentre la serva la guarda perplessa. «E il principe? Lo hai visto?»

Nina annuisce. «È molto bello.»

«Questo lo so anche da me!» La osserva a lungo, come non aveva fatto finora. Nina avrebbe bisogno di metter su peso, di prendere qualche forma, è troppo magra per interessare a Umberto. Ma ha un bel visino, un naso piccolo e dritto, denti non ancora guasti. In ogni donna, dopo tutto, si può nascondere una rivale. Chi non vorrebbe diventare la protetta del principe ereditario? «Si assenta spesso? Lo hai visto uscire? Andare da qualche parte?»

«No, signora. Che io sappia, Sua Altezza sta sempre alla Villa.»

Tranne quando è qui con me, sogghigna Eugenia. «E con lei com'è? Ti sembra... distratto?»

«Non saprei, signora. Mi sembra... mi sembra normale.»

«È premuroso? Gentile?»

«Sì, signora. Molto.»

Di nuovo la Litta è colta da un capogiro ed è costretta a sedersi.

Margherita è giovane, molto più giovane di lei, che di anni ne ha già trentuno. Se non ha ancora l'esperienza, ha davanti tutto il tempo del mondo per sedurre Umberto. E lui – Eugenia lo sa bene – non è un uomo difficile da sedurre. Ha un bel dirle che si tratta solo di una formalità, di una recita: a furia di ripetere un copione, si rischia di convincersi che sia tutto vero!

E poi a corte sono tutti dalla parte di lei, il volto giovane, affabile della nuova monarchia sabauda: quella che per le nozze chiede al re l'amnistia generale, quella che in carrozza si mostra al popolo con la capote abbassata, incurante della pioggia, quella che dona agli orfanotrofi le pietre preziose, che prende in braccio i figli delle popolane come se fossero i propri.

La amano tutti, perché non dovrebbe finire con l'amarla anche Umberto?

« Vi faccio portare i sali, signora? »

« No, stupida! » sibila Eugenia. « Voglio che mi porti delle informazioni! Cosa non ti è chiaro? Voglio sapere se Umberto dorme con lei, se la ama, se è in arrivo un erede! »

« Ma non saprei come averle, queste informazioni. »

« Sei la sua cameriera! Non è stato affatto facile farti assegnare questo incarico senza espormi troppo. Perché credi che lo abbia fatto? » strilla. « Tu rifai il suo letto! Guarda le lenzuola! Sono sgualcite? Sono macchiate? E poi fai quello che fanno tutte le serve del mondo: spettegola, perdio! »

« Scusate, signora », mormora Nina. « Non lo sapevo. »

La duchessa si alza, vacilla e deve attendere un istante per ritrovare l'equilibrio, poi si dirige allo scrittoio, apre un cassetto, si lascia cadere sulla sedia. Nina rimane impalata a guardarle le spalle esili e l'attaccatura dei capelli che si allunga come un codino sul collo pallido, mentre il pennino raschia sulla carta.

Quando la Litta ha finito, si rialza e le porge una busta. « Tieni, dagli questo. »

« A... a chi, signora? »

« A chi? A chi? » le fa il verso. « Ragiona, una buona volta! »

« Alla principessa? »

« No, sciocca! Ho detto *dagli,* significa a lui! » Scandisce: « Fai avere questo messaggio a Umberto ».

« Al principe? »

« Quanti Umberto conosci, tu? »

« Ma non saprei come... »

Prima ancora che abbia concluso la frase, la mano della duchessa si muove, animata da una volontà propria, e agguanta la prima cosa che trova: il calamaio le riempie il palmo, freddo a contatto con le dita che tremano. Il braccio scatta indietro, si solleva sopra la testa, l'inchiostro fuoriesce disegnando un arco nell'aria e imbratta la tappezzeria color crema e il soffitto. Il calamaio attraversa la stanza e si abbatte con un tonfo sul volto di Nina. A terra i frantumi rifrangono la luce in fasci colorati che disegnano arabeschi sulla parete.

« Perdonami, ti prego! Non volevo! » esclama Eugenia tremante. Poi subito si pente, si porta il pugno alla bocca, si morde le nocche e resta a osservarla di sottecchi.

Nina tiene la testa china e con una mano nasconde il volto, là dove l'ha colpita il calamaio.

Che rabbia le fa questa serva pavida e abulica! Se gridasse, se almeno piangesse, se avesse una qualche reazione... e invece se ne sta in piedi come uno spaventapasseri e nella sua immobilità, pur senza dire niente, trasuda rimprovero.

« Tu non mi devi contraddire », le dice Eugenia. « Devi fare quello che ti dico. »

« Va bene, signora. Scusatemi. » La voce le esce attutita, quasi inudibile.

« Ti fa male? » La duchessa fa un passo avanti, poi si arresta. « Non è niente di grave, passerà presto, vedrai. Non è niente. »

Nina annuisce senza sollevare il capo.

« Devi consegnargli il messaggio, è importante, capisci? A lui, a lui soltanto. È molto importante. »

« Va bene, signora. »

« Adesso vai, non fare tardi. »

Nina infila la busta in tasca, fa un inchino mesto e si avvia alla porta.

« Aspetta! » la richiama la Litta, colta da un ripensamento.

Nina si ferma sull'uscio, ruota su sé stessa, poi alza gli occhi in quelli della padrona.

Per la prima volta, Eugenia vi coglie qualcosa, una luce che le viene da dentro di cui è inconsapevole lei stessa: non odio, ma ferma determinazione, una specie di fierezza. L'ha forse sottovalutata?

La duchessa scaccia la sensazione di disagio e le si fa sotto con un mazzetto di banconote.

12

Qualche settimana fa, Nina era sul retro della villa dei duchi Litta alle prese col bucato grosso di stagione. Aveva appena finito di bollire la biancheria e stava andando al pozzo a tirare su l'acqua fresca per il risciacquo, quando la governante era venuta a chiamarla. « La padrona ti vuole. Fila, svelta! »

« Io? » aveva chiesto Nina, ottenendo in risposta un'alzata di spalle.

Lavorava dai duchi Litta ormai da qualche anno: aveva rammendato e lavato gli abiti della signora, rifatto il suo letto, lucidato i suoi argenti, la cristalleria, tutte le pentole di rame, e lo scorso autunno, quando la polmonite aveva dimezzato il personale, le aveva perfino servito la salsa verde da accompagnare al bollito. Però mai - mai! - le aveva rivolto la parola.

Salendo le scale di servizio che portavano agli appartamenti privati, Nina si torceva le mani, arrossate e doloranti per le sostanze urticanti del bucato, chiedendosi cosa mai avesse combinato per meritarsi una rampogna dalla duchessa in persona.

La Litta l'aveva ricevuta nel gabinetto privato, riservato agli ospiti più intimi. Stava in piedi accanto allo scrittoio in un abito verde pallido su cui la mano paziente di una sarta aveva ricamato delicati fiori in rilievo che parevano veri; sulla pelle tesa e bianchissima del décolleté aveva una collana di pietre cangianti, ora viola ora blu, che richiamava il fermaglio tra i capelli.

Tutto, per la verità, si era svolto in pochi istanti, così sbrigativamente che, nelle ore successive, Nina era rimasta intontita, a domandarsi se fosse accaduto davvero e se avesse capito bene.

« Vieni avanti, chiudi la porta. »

Nina aveva fatto un inchino che, a ripensarci adesso, doveva essere storto e sgraziato, ma la padrona non sembrava averci fatto caso.

« Ti è stato trovato un nuovo incarico », aveva esordito lei. Poi, cogliendo la delusione nello sguardo della giovane serva, aveva aggiunto: « Andrai a servizio alla Villa Reale, cameriera di Sua Altezza, la principessa di Piemonte ».

In quel momento, a Nina era sembrato che il pavimento sotto i piedi mutasse in sabbia e che le viscere molli della terra la inghiottissero lasciandola senza fiato. *Perché?* avrebbe voluto chiederle. *Non vado bene qui?* Ma le serve non fanno domande, soprattutto a una duchessa che ha la bontà di mandarti a chiamare nel proprio gabinetto privato e di rivolgerti perfino la parola. Le serve eseguono: è così che stanno le cose, da che mondo è mondo, ed è così che staranno sempre, per sempre, in eterno.

La Litta aveva avuto un piccolo moto di stizza, un guizzo dei tendini del collo, uno scatto nervoso del capo, e Nina allora si era sentita in dovere di dirle grazie, ottenendo in cambio quello che per gli aristocratici doveva essere un sorriso.

Nina aveva fatto un altro inchino, ancor più storto, ancor più sgraziato, desiderosa soltanto di poter tornare al suo bucato, che brucia e pizzica gli occhi, ma non fa male a nessuno. Il peggio, però, doveva ancora venire.

« È bene che tu sappia che, anche a servizio della principessa, continuerai a lavorare per me. » La duchessa aveva abbassato la voce di un'ottava e le frasi le uscivano cupe e minacciose. « A palazzo sarai i miei occhi e le mie orecchie: mi riferirai ogni cosa. » Pausa. « Mi hai capita bene? »

Le aveva voltato le spalle senza attendere risposta e da un

cassettino nascosto nello scrittoio aveva tirato fuori un mazzetto di banconote che le aveva allungato con nonchalance.

A Nina erano tornate in mente le prediche della domenica, il curato che dal pulpito tuonava contro i traditori di Gesù, e il suo dito ricurvo puntato contro i parrocchiani infreddoliti nelle panche, perché - diceva - in ognuno di noi si nasconde un peccatore che in qualsiasi momento può cadere in tentazione e, abbandonata la via di luce del Signore, essere condannato alle tenebre della dannazione eterna.

«Cos'è, non ti sembrano abbastanza?» aveva detto la padrona, vedendola immobile con la testa bassa.

Nell'istante in cui Nina aveva allungato la mano per prendere i suoi trenta denari, una nuvola aveva oscurato il sole e il gabinetto privato della duchessa s'era fatto cupo come doveva essere l'anticamera dell'inferno.

Cosa avrebbe dovuto fare?

«Cosa dovevo fare?» ripete ora, seduta sul letto, mentre Ottilia le deterge con una pezzuola umida la ferita sullo zigomo, lasciata dal calamaio della Litta.

L'altra si ferma, fa una smorfia pensosa. «Niente.» Dà un'alzata di spalle. «Tutto dipende da dove nasci, è solo sfortuna.»

«Ma è la volontà di Dio...»

«Ah!» taglia corto Ottilia. «Se fosse per il buon Dio, saremmo nate tutte duchesse, o no? Invece tu sei nata serva, e se per sfortuna a una signora ricca e potente salta in testa di usarti per i suoi scopi... niente! Tu non puoi fare niente!»

Nina singhiozza ripensando alle banconote che le bruciavano in tasca tornando a casa, dopo quella orribile giornata di bucato. Temendo che Bruno le trovasse e che gli dovesse delle spiegazioni, le aveva nascoste in tasca e, partendo per venire a servizio alla Villa, le aveva portate con sé nascondendole sotto il letto, dove ha riposto anche gli ultimi denari della duchessa.

«Non li userò mai», dichiara.

«Qui ti sbagli», ribatte Ottilia, ricominciando a tamponarle delicatamente la ferita. «Non importa da dove vengono, adesso sono tuoi, ti appartengono.»

«Sono sporchi, non li voglio.»

«Consideràli un'indennità.»

Nina allontana la mano di Ottilia. Non sa cosa sia un'indennità e comincia a essere stufa di questo mondo in cui tutti sanno tutto e lei è sempre l'ultima a capire.

Ogni tanto le torna in mente il maggiordomo, con quei volumi riposti in ordine alle sue spalle, custodi di un sapere misterioso e inaccessibile, e quella frase che di giorno in giorno ha assunto sempre più significato: *L'ignoranza non è figlia della povertà, ma della pigrizia. Ed è madre della schiavitù.*

«Mi sa che ti rimane il segno», fa Ottilia, immergendo la pezzuola nel catino. «Proprio un bel ricordo.»

«E adesso?» fa Nina, portandosi le dita allo zigomo e sentendolo gonfio. «Cosa faccio con questa?» Tira fuori dalla tasca la lettera della Litta e la soppesa.

Ottilia si volta e, lesta, le toglie la busta di mano. Poi, senza neanche concederle il tempo per protestare, la apre e la scorre lentamente, con la punta della lingua che sbuca dalle labbra e occhi che brillano di malizia.

Caro mio bene,

sei partito da poche ore, ma quanto è dolorosamente lunga questa separazione!

Sento ancora vivissimo il rammarico per non aver espresso a voce ciò che il mio cuore non osa isperare.

Poiché conosco fino a qual segno ti lasci dominare dalla generosità, so che non mi negherai di prender parte al pranzo di gala. Se tu fossi men generoso, io sarei meno ardita; ma credo che non ti dispiacerà che io ti preghi d'intrometterti nella questione.

Dio sa quando mi si porgerà nuovamente occasione di trattenermi con l'uomo che amo. Non mi sarebbe grave l'aspettare, ma l'impazienza di rivederti cresce in me a proporzione che si avvicina il momento di ottenere questo bene.

E.

«Oh, perbacco!» esclama Ottilia, dopo un po'.

«Cosa c'è scritto?»

L'altra le tende il foglio elegantemente vergato.

Nina lo guarda senza trovare il coraggio di prenderlo in mano e Ottilia scoppia a ridere.

L'ignoranza è la madre della schiavitù, le ripete una vocina dentro di sé. « E adesso? » sospira. « Come faccio? »

« Se non glielo consegni, la duchessa stavolta ti decapita. »

Nina rabbrividisce. « Ma non so come fare! »

Ottilia si prende del tempo, sospira, si guarda attorno come in cerca di una soluzione. Poi ripiega il foglio con cura e, prima ancora di parlare, se lo mette in tasca. « Se vuoi posso darglielo io. »

« Tu? »

Ottilia annuisce pensosa. C'è un valletto che le fa la corte da mesi, attraverso il quale non è difficile arrivare a un attendente e, con un po' di fortuna, da questi all'aiutante di campo. E poi, il passo è breve. « Posso provare. »

« Grazie », dice Nina.

Non sa che con queste sei lettere ha appena cambiato il destino di entrambe.

13

Ottilia è attratta dagli specchi. Da dove viene lei, non ce ne sono tanti e, se a qualcuno saltasse mai in mente di voler vedere la propria faccia, dovrebbe fidarsi del vetro opaco di una finestra o della superficie instabile di uno stagno. Così ci sono ragazze convinte di avere la pelle grigia o magari verdastra, e il bello è che non si sbagliano, perché – da dove viene lei – la gente non ha una gran bella cera. La maggior parte, però, non ha tempo di badare a queste cose, impegnata com'è a sopravvivere, e magari arriva a trent'anni, e poi se ne va al Creatore, senza essersi domandata se sia bella o brutta.

Ottilia invece lo sa, lo ha sempre saputo. Ottilia è bella.

Prima ancora dello specchio che sua madre le ha regalato dieci anni fa a costo di molti sacrifici, sono stati gli sguardi degli uomini a farglielo sapere: ce ne sono alcuni, unti e disgustosi come il fondo di una padella, che riescono a farti sentire nuda, altri incerti e obliqui da fare quasi tenerezza, e altri ancora – i suoi preferiti – vivaci e irriverenti, allegri e spavaldi, che ti attraversano come una scossa e arrivano a toccare qualcosa dentro, un punto nascosto da qualche parte nello stomaco, che ti fanno venir voglia di ridere. Nessuno, comunque, riesce a fare a meno di posarsi su di lei un po' più a lungo di quello che la buona creanza consentirebbe. Poi ci sono gli sguardi delle altre – mogli, madri, sorelle –, tutti traboccanti di disprezzo e riprovazione: come se l'avesse scelto lei di avere questa faccia e queste forme!

« Tienitele strette », le ripeteva sempre sua madre con voce trasognata. « È l'unica ricchezza che hai. »

Prima che Ottilia venisse a lavorare a corte, la Pina passava ore ad acconciarle le ciocche rosse come lingue di fuoco in pettinature complesse, e guai a dire « mi punge » o « sono stufa ». Riusciva sempre a procurarsi qualche giornale illustrato, magari una copia vecchia di anni che la signora presso cui lavorava come serva non ricordava più neanche di avere; con una mano stirava le pagine stropicciate e poi stava a osservarle a lungo con occhi che brillavano di determinazione, come per imprimersele nella mente. Poco importava che il risultato su sua figlia fosse ben lontano da quello sulla carta. « Sei proprio bella, Ottilia », diceva, facendo schioccare la lingua. « Devi trovare uno ricco che ti sposa. »

Per questo, a diciassette anni, Ottilia è ancora nubile; non che non abbia avuto delle richieste – al contrario! – ma a sua madre non ne è mai andato bene neanche uno. Il figlio del fornaio puzzava di sudore, l'aiutante del maniscalco aveva le mani callose, il conciatore manco a parlarne. Solo con un vecchio avvocato vedovo e senza figli si era riusciti ad arrivare a un accordo, ma quello aveva avuto la buona idea di tirare le cuoia poche settimane prima del matrimonio, lasciando tutto a certi nipoti dalle parti di Moncalieri e gettando la Pina nello sconforto.

« Di tanti figli che ho fatto », piangeva, senza curarsi di essere udita, « una sola buona me n'è capitata! Una sola! E adesso guarda che sfortuna! »

I Bonomi non sono solo poveri, sono anche brutti. Denti

sporgenti, nasi uncinati, orecchie enormi, menti sfuggenti, labbra sottili, fronti basse, gambe corte e corpi tozzi: la famiglia è un catalogo degli orrori, e nessuno sa spiegarsi cosa ci faccia Ottilia lì dentro, se sia un dono di Dio o una presa in giro.

«Come sei bella, Tilia», le ha detto suo padre con la voce impastata di vino, una sera di due anni fa.

Era il tramonto di una giornata torrida, Ottilia era andata al pozzo a cercare di tirare su un po' d'acqua e girandosi se l'era trovato proprio di fronte, a pochi centimetri dal viso. I suoi occhi sporgenti erano scivolati lungo il disegno perfetto del naso e sulle labbra tumide, poi giù seguendo una goccia di sudore che le era scesa sul collo per scomparire nella piega tra i seni.

«Sei troppo bella per essere mia figlia», aveva biascicato.

Ottilia non era certo nuova a questo genere di attenzioni, molti uomini di ogni ceto ed età si erano spinti ben oltre i semplici sguardi di lussuria, e lei aveva imparato a tenerli a bada. Ma da suo padre non se lo aspettava proprio.

Così era rimasta immobile, con le membra tese, paralizzate dalla paura, il cuore che martellava nelle orecchie e la gola chiusa, mentre lui le intrufolava una mano sotto la camicia madida di sudore e le strizzava un seno, poi emettendo un ringhio cupo scendeva giù.

La Pina era arrivata poco prima che le sollevasse la gonna. «Schifosa!» aveva gridato. «Maledetta schifosa!» Spinto il marito da una parte, si era avventata su di lei picchiandola con una furia inaudita, avendo però cura di non mirare mai al viso.

Qualche tempo dopo – i lividi erano ormai virati al giallo –, facendo leva su quell'avvenenza che tutti in città conoscevano, era riuscita a trovarle un posto come cameriera a Palazzo Chiablese, allora residenza della principessina Margherita.

I palazzi reali sono pieni di specchi, le dame hanno una vera ossessione per la propria immagine, ma Ottilia non si è ancora abituata. Ogni volta che passa davanti a uno, non può fare a meno di rallentare il passo e con la coda dell'occhio spiare l'altra sé: è ancora bella?

Sono passati due anni da quando ha lasciato la propria casa per venire a lavorare a palazzo; sua madre le aveva detto che qui avrebbe trovato grandi opportunità, che la sua vita sarebbe cambiata, ma fino a oggi non è successo niente, se si escludono qualche valletto con le mani lunghe e un aiuto cuoco con l'alito che puzza d'aglio già a colazione.

Ottilia si dà un'ultima occhiata davanti e di profilo, simula un sorriso a labbra strette e si pizzica le gote per dar loro colore, poi slaccia un altro bottone della camicia, allarga le spalle, alza il mento. Sì, pensa, è ancora bella, ha ancora tempo. Infila la mano in tasca e il contatto con la carta le provoca un brivido di eccitazione. Questa lettera è il suo lasciapassare, la chiave che può aprirle le porte dell'altro mondo.

In quella, il principe entra marciando a passo sostenuto, tallonato dal primo aiutante di campo. « Ebbene? » esordisce quest'ultimo col tono stizzito di chi è stato interrotto mentre stava facendo qualcosa di molto importante.

Ottilia fa un profondo, lentissimo inchino. Non è arrivata fin qui per sprecare l'unica occasione buona che le è capitata in due anni, non si farà congedare in pochi istanti da un sottoposto altezzoso. Il suo sguardo saetta dal principe al suo attendente e ritorno. Umberto la osserva a lungo con espressione indecifrabile, poi solleva la mano in un gesto vago e congeda l'aiutante di campo.

Quando finalmente rimangono soli, Ottilia prova una specie di paura. Si è spinta troppo in là? Ha trascorso così tanto tempo a escogitare un modo per incontrare *quello giusto* che non ha mai pensato al dopo, e ora che se lo trova davanti si rende conto di essere solo una cameriera, avvezza agli apprezzamenti triviali di garzoni e mezzadri, ma che non ha la più pallida idea di come ci si debba comportare in queste circostanze.

Ha le guance in fiamme e il cuore le galoppa nel petto provocandole una vertigine. Si guarda attorno: la stanza, un salottino disadorno con la carta da parati in seta color del sangue, le sembra immensa.

« Ho un messaggio per voi », si affretta a dire, per riempire il vuoto fuori e dentro di sé. Poi si rende conto di aver infranto la regola dell'etichetta che vieta di rivolgere la parola ai reali se non si è interpellati, ed è scossa da un brivido.

I baffi di Umberto si sollevano in un sorriso divertito. Starebbe ore a gustarsi lo spettacolo di questa giovane cerbiatta dal manto fulvo che si è spinta in un territorio sconosciuto, ma oltre la porta lo aspetta una schiera di aiutanti per tormentarlo con qualche nuova, inutile incombenza.

« Vediamo », dice.

Ottilia fa un altro inchino, poi estrae la lettera della Litta e gliela porge, osservandolo di sottecchi. Gli occhi del principe sono attraversati da un baluginio infantile; si porta l'involto alle narici e lo annusa con un'espressione estatica, poi, senza più curarsi della serva impalata nel mezzo della stanza, le volta le spalle e scarta il messaggio.

Trascorre un tempo che pare eterno, infine il principe si gira di scatto con un'espressione pensierosa e la mascella contratta. Ottilia ripensa al contenuto della lettera e si domanda cosa possa averlo contrariato.

« Posso esservi d'aiuto, Vostra Altezza? » chiede.

Umberto risponde di no con un cenno secco del capo, si ficca in tasca il messaggio accartocciato e si avvia alla porta. Un istante prima di uscire, esita. Si volta, lancia un'ultima occhiata a Ottilia, di nuovo sembra sul punto di sorridere.

« Grazie », dice. « Non farne parola con nessuno. » Poi esce.

Ottilia rimane sola nel salottino rosso, che adesso le pare angusto e buio; stringe i denti e deglutisce per ricacciare in gola un grumo di delusione. Cosa ha sbagliato?

Non è abbastanza bella? O forse al principe non piacciono le rosse?

14

Margherita è pronta già da mezz'ora. Sta in piedi con tutto il peso del corpo scaricato sulla gamba destra: la scarpa sinistra, che ieri pareva perfetta, è troppo stretta e adesso il collo del piede le pulsa di dolore. Ma se si sedesse sciuperebbe l'abito in faille e non vuole per nessun motivo sfigurare al primo pranzo di gala a Monza. Così se ne sta ritta al centro del salotto, come il manichino di una modista, condannando anche le sue dame a restare in piedi.

Quando le porte si aprono e Umberto fa finalmente il suo ingresso, sembra che tutta la sala ricominci a respirare. Lui, impegnato a scambiare battute col primo aiutante di campo, si prende del tempo prima di salutarla col baciamano, e Margherita ne approfitta per osservarlo. Suo marito è perfetto con le medaglie che spiccano sul panno scuro dell'uniforme di gala; e poi il collare dell'Annunziata, le cordelline, gli alamari, le controspalline, i ricami d'argento dei paramani... sembra un grande condottiero, proprio come quelli che da bambina si figurava quando le dicevano che sarebbe andata in sposa a un principe. *È mio*, pensa. *Quest'uomo è mio.*

Che si illudano pure, le altre! Cosa possono sperare di avere, dopo tutto? Un pezzettino al massimo, sgraffignato, sottratto di soppiatto e frettolosamente consumato tra un impegno pubblico e l'altro, in un sottoscala buio o tra le balle di fieno di una stalla, dame del Regno e contadine, tutte uguali e indistinguibili, usate e poi dimenticate. L'orgoglio le piega in su le labbra.

Umberto ricambia il sorriso. « Vieni, cara », le dice, porgendole il braccio. « Andiamo a dare ai nostri ospiti lo spettacolo che desiderano. »

La coppia si avvia lungo il corridoio, seguita dalla corte.

Margherita si accorge di avere respiri alti e ravvicinati, il battito del cuore le romba nelle orecchie, si sente la pelle delle guance tesa e ardente. *Eppure non è il tuo primo pranzo di gala, Margarethe!* Fingendo di aggiustarsi l'abito rallenta il passo. Il calore del corpo di Umberto al proprio fianco le infonde calma, si appoggia un po' più a lui. Da dietro le porte provengono il brusio degli invitati e il tintinnare di posate e cristalli. Quanto vorrebbe che questo corridoio fosse infinito, che potessero non uscirne mai! Che tutta la loro vita fosse racchiusa qui, nell'anticamera di un salone delle feste, tra luci soffuse e parole sussurrate!

Forse stanotte... si ripete ancora, e stavolta ci crede, ci crede davvero. *Questa notte accadrà*. Ma nel momento esatto in cui le porte del salone vengono aperte l'incantesimo si rompe:

Umberto fa un passo di lato, staccandosi da lei che, privata del contatto col suo corpo, sente freddo ed è scossa da un brivido. Le luci le feriscono la vista e il dolore al piede sinistro torna a farsi sentire.

«Il principe e la principessa di Piemonte!»

La sala ammutolisce, e Umberto e Margherita sulla soglia si lasciano ammirare a lungo prima di accomodarsi. Lei sorride senza mostrare i denti, radiosa ma distaccata, come le è stato insegnato, come si è allenata a fare davanti allo specchio, mentre sente Umberto immobile e rigido, come pietrificato, poco distante da lei, eppure lontanissimo.

Suo marito, del resto, non fa mistero di avere in antipatia gli eventi pubblici, specie se si svolgono attorno a un tavolo. L'immobilità forzata, il lento susseguirsi delle portate inframezzato dai pezzi dell'orchestra, gli occhi della sala puntati su di lui, la conversazione vuota e superficiale: sono tutte cose che lo mettono a disagio. Assomiglia molto, in questo, a suo padre. Ma guai a farglielo notare: l'unica volta in cui Margherita vi ha fatto scherzosamente menzione, Umberto è trasceso fino all'ira.

«Finirà presto, vedrai», gli sussurra.

Più tardi, oltre le decorazioni floreali del centrotavola, Margherita tiene d'occhio suo marito che non fa nulla per nascondere il proprio malumore; portandosi il bicchiere alle labbra gli lancia sguardi di rimprovero, ma Umberto non la vede neanche; è da quando si sono seduti che tiene la testa girata verso destra, come un mulo tirato per la cavezza, perfino durante il discorso d'apertura.

A Margherita trema la mano mentre ripone il calice e un po' di liquido deborda, allargandosi in una macchia rubina sulla tovaglia.

A cosa sono valse le ore spese nella scelta delle stoffe, le prove dell'abito, le perle che Umberto non fa che regalarle, l'acconciatura che le tira sulle tempie? A cosa serve sopportare con aristocratico distacco il dolore per una scarpa troppo stretta, se poi lui la umilia pubblicamente in questo modo? Non ci vuole un grande acume, del resto, per sapere cosa – anzi *chi* – calamita il suo sguardo, chi tiene per la cavezza quel mulo testardo che è suo marito. Una donna.

Margherita è impaziente di vedere quale tipo piace a Umberto. *Tutte,* le risponde la voce di sua madre nella testa. Ma non può certo piegarsi sul piatto e allungare il collo, non può sporgersi indietro dondolando sulla sedia. Resiste alla tentazione di alzarsi, prende un sorso di vino, poi si china sul marchese di Villamarina che le siede accanto e gli sussurra: «Chi sta guardando, mio marito?»

E, se le serviva una conferma che si tratta di un'amante, ci pensa il cavaliere d'onore, che sbianca e poi subito avvampa, tossicchia, prendendosi del tempo per valutare la risposta migliore da darle.

«Non saprei, Vostra Altezza. Forse...» tentenna il Villamarina, rendendosi conto che Margherita è determinata ad avere una risposta soddisfacente, «forse potrebbe trattarsi della duchessa Litta Visconti Arese.»

Eugenia le è stata presentata ufficialmente la scorsa primavera a Milano: fervente antiaustriaca e animatrice di un vivace salotto milanese, è soprannominata «la Bella Bolognina» per via - *dicono* - della sua avvenenza. Inizialmente Sua Maestà il re le aveva concesso il privilegio di essere inserita tra le dame di palazzo, ma poi certe voci avevano indotto la principessa a limitarne la presenza a corte.

Margherita si sporge un poco sul tavolo. Riesce a scorgerne appena una mano pallidissima su cui spicca un anello con un meraviglioso smeraldo. Non ricorda che il suo nome fosse presente nella lista degli invitati che le hanno sottoposto, e se ci fosse stato non l'avrebbe certo scordato.

«Il duca sfortunatamente ha dovuto declinare l'invito per impegni precedenti», spiega il Villamarina, «ma la duchessa ci teneva a essere presente. Così è stata... ehm... aggiunta all'ultimo.»

La rivede più tardi nella sala da ballo, non molto distante da lei. La duchessa indossa un abito in seta d'un verde cupo, che spicca nella sala stipata di anonime signore in mussola pallida. Il grosso collier risalta sulla pelle diafana del décolleté.

Umberto, che non l'ha persa d'occhio un solo istante ed è rimasto in disparte per tutta la sera con un'espressione torva in volto a guardarla volteggiare al braccio di altri uomini, approfitta della pausa tra un brano e l'altro e attraversa il salone aprendosi un varco tra gli invitati.

No, ti prego, pensa Margherita. *Non farmi questo!*

Giunto davanti alla duchessa, le porge una mano invitandola a ballare.

Margherita sente un fuoco avvamparle dentro e il desiderio irrefrenabile di alzarsi e correre via, poi si guarda attorno sentendo su di sé la curiosità dei presenti. *Ricorda, Margarethe: chi mostra i sentimenti fa sfoggio delle proprie debolezze.* Allora solleva il mento in un gesto di sfida e si costringe ad assistere alla scena con imperturbabile indifferenza.

L'orchestra attacca un valzer brioso che sembra composto per una coppia di amanti spensierati. La Litta simula un accenno di imbarazzo per quella violazione del protocollo, poi finge di voler consultare il carnet da ballo che tiene al polso e Umberto cede a un moto di stizza. Allora Eugenia appoggia la mano piccola e guantata in quella di lui, che la attira a sé e danzando disegna grandi cerchi.

Margherita, impotente, li osserva volteggiare in perfetta sincronia, come neanche dopo cento, mille prove lei e Umberto riuscirebbero mai a fare. Si impone di respirare lentamente, di apparire disinvolta e rilassata, cerca di distrarsi pensando ad altro, forse gesticola troppo nel tentativo di nascondere il tremore delle proprie mani.

Se non sarai tu a dare troppa importanza alla cosa, Margarethe, gli invitati se ne dimenticheranno presto. La portata di questa umiliazione dipende solo da te.

La gonna della Litta intanto si gonfia come un'onda, rivelando la spuma bianca della sottogonna, mentre danza leggiadra, con le guance imporporate e un sorriso indecifrabile sulle labbra: il sorriso di chi è abituato ad avere quello che vuole, di chi non dubita, di chi non ha mai supplicato. E Umberto, leggero come una piuma - leggero nell'animo, prima ancora che nel corpo -, le sorride di rimando, come Margherita non l'ha mai visto fare prima, come a lei non ha mai sorriso.

Mentre le note allegre dell'orchestra sovrastano lo scalpiccio ritmato dei piedi, il tintinnare dei bicchieri e il pettegolezzo della gente, davanti a quella coppia che danza occhi negli occhi come se fossero soli nella stanza e soli al mondo, Margherita finalmente capisce cos'è l'amore.

Capisce cosa le è stato negato. Capisce cosa non avrà mai.

15

Nina si ferma sulla soglia del piccolo ufficio. Il maggiordomo è rivolto alla libreria e parla da solo, è così concentrato nei propri pensieri che non si accorge di lei.

«Questa, poi! Aggiungere un'invitata all'ultimo momento! E che invitata... che invitata! Non una qualsiasi, no! Una duchessa... e che duchessa! Non una duchessa qualsiasi, no!» borbotta. «Come se disporre i posti a tavola fosse un lavoro da niente! Di questo passo, mi faranno ammattire, dico io.»

È il crepuscolo. L'unica finestrella rigurgita un fascio di luce grigia che sfuma i bordi delle cose. Il maggiordomo è così magro che si perde nell'abito scuro; sulla schiena le scapole appuntite spuntano sotto il panno della giacca e dalle maniche, che ricadono sui fianchi come se fossero vuote, escono mani ossute col dorso punteggiato di macchie brune.

«Oh!» esclama lui, quando si rende conto di non essere solo. «Marianna...»

«Sono Nina, signore...» Fa un profondo inchino, proprio come lui le ha insegnato.

Nestore rimane un istante perplesso, poi si mette a trafficare con la lampada a olio e la luce della fiamma colora di giallo il suo viso smunto. «Cosa desideri, cara?»

Nina si è preparata a lungo la risposta, ma ora le parole non escono. Stringe i denti e ricaccia giù le lacrime.

Oggi è tornata a casa. La Frassi le ha concesso appena due ore, così ha corso a perdifiato nel bosco, saltando le radici affioranti e ignorando il pizzicorio delle ortiche che le mordevano le caviglie. Bruno era nella stalla a prendersi cura della giumenta e, trovandosela davanti, ha fatto un balzo che ha spaventato l'animale. Nina è rimasta a lungo rannicchiata nel suo abbraccio, senza trovare il coraggio di dirgli quello per cui era venuta.

«Sei cambiata», ha detto lui allontanandola un po' da sé, senza tuttavia smettere di abbracciarla.

Sì, Nina è cambiata. Sono passati appena dieci giorni da quando è partita per andare a servizio alla Villa Reale, portandosi dietro il proprio segreto e quel mucchietto di banconote sporche. Eppure lei stessa oggi stenta a riconoscersi.

Sono rientrati in casa camminando con lo stesso passo. Bruno ha messo su l'acqua, Nina ha tirato fuori con orgoglio un po' di tè preso dalle cucine reali.

« La principessa è bellissima », raccontava senza riuscire a fermarsi, mentre l'acqua borbottava sulla stufa e il profumo di agrumi sprigionato dal pacchetto impregnava la stanza. «Si cambia d'abito non meno di quattro volte al giorno: per fare colazione, per uscire a passeggiare, prima di pranzo e infine per cena. Non mette mai due volte di fila lo stesso abito, mai. C'è una stanza grande come questa casa piena di vestiti e una dama che le consiglia cosa indossare nei giorni successivi, in base agli impegni previsti dalla sua agenda. Io invece la aiuto a calzare le scarpe, assisto mentre la prima cameriera le acconcia i capelli, che sono lunghissimi, d'un biondo scuro, oppure qualche volta le servo il tè appena sveglia, prima che vada a messa.» Ha indicato la propria tazza come a sottolineare che si tratta della medesima miscela. «Sua Altezza è gentile, ma non mi rivolge mai la parola.»

Bruno la osservava, con il gomito sul tavolo e la testa appoggiata al palmo, gli occhi semichiusi, come se fosse sul punto di addormentarsi, e un sorriso enigmatico in volto.

«E poi devi sapere che non è mai sola. Mai! Da quando si sveglia fino a quando va a dormire, c'è sempre qualcuno con lei. Perfino quando fa il bagno e si sveste. Io non so proprio come faccia! E pure di notte una dama dorme nella stanza accanto, nel caso in cui Sua Altezza abbia bisogno di qualcosa.»

Suo fratello l'ha lasciata parlare senza fare domande a proposito della ferita sullo zigomo e di come se la fosse procurata. Il tempo è volato senza che se ne accorgessero. Quando il campanile della chiesa ha battuto tre colpi, Nina ha avuto un sussulto. La Frassi l'avrebbe punita per il ritardo.

« Domani i principi ripartono », gli ha detto, quando era già sulla porta. E poi per colmare il silenzio che la metteva a disagio: « Andranno in Germania, sai. In incognito, che vuol dire sotto un altro nome, per non essere importunati dalla gente. E dopo forse in Olanda, in Belgio e in Svizzera ». Come se lei sapesse dove si trovavano. Infine, abbassando la voce a un sussurro: « In autunno si trasferiranno a Napoli ».

Napoli invece sa dove si trova. Ottilia glielo ha mostrato su una mappa, tutta eccitata all'idea di partire per il Meridione dove, dice, c'è il mare e non viene mai inverno.

« Io... » Ecco quello che era venuta a dirgli. « Io vorrei... » Ora che ha conosciuto il mondo, che ha scoperto quanto è grande e quante sono le cose che ancora può imparare, Nina non vuole più tornare indietro. Sa che sentirà il dolore della separazione e la mancanza di casa, ma il richiamo delle cose nuove è più forte della paura. « Io vorrei vedere il mare. »

Suo fratello l'ha abbracciata stretta, a lungo, poi si è schiarito la voce. « Va bene », le ha detto, senza che fosse necessario dire altro. « Vai, sii felice. »

L'ha baciata in fronte, è rientrato in casa e si è richiuso la porta alle spalle, perché questa volta non sarebbe riuscito a vederla partire senza piangere.

Ora, davanti al maggiordomo che picchietta nervosamente col dito sulla superficie dello scrittoio, Nina è a disagio.

« Ho dei conti a cui badare, se non ti dispiace », fa Nestore.

« Io, signore... » Nina ha la gola secca e le parole le pungono la lingua. Deve solo ripetere il discorso che ha mandato a memoria: fino a pochi minuti fa lo conosceva alla perfezione. « Io ho un desiderio che osa sfidare la mia modesta condizione. »

« E quale desiderio è sorto nella tua umile mente? »

« Io vorrei... »

Le sopracciglia canute di Nestore si sollevano in modo impercettibile.

Nina si porta le dita allo zigomo e ritrova la ferita lasciata dal calamaio della Litta, che brucia ancora. « Voi avete detto che l'ignoranza è la madre della schiavitù, ma io non voglio più essere schiava. » Ora che lo ha detto, ora che le parole sono uscite da lei e non sono più semplici pensieri, ma hanno preso vita nel mondo reale, Nina sente di star facendo la cosa giusta. « Io non voglio essere schiava », ripete, più forte. « Io voglio potermi difendere, voglio sapere le cose. » Solleva il mento e lo guarda negli occhi con un'espressione di placida determinazione. « Io voglio essere libera. Voglio imparare a leggere. »

Segue una lunghissima pausa. La pendola ticchetta, fuori un cavallo nitrisce, dalle cucine arrivano il pestare del mortaio e profumo di minestra.

« Ciò che dici di volere comporta un grande impegno », sentenzia infine Nestore. « La conoscenza richiede sacrificio, dedizione, umiltà, perseveranza. »

« Sì, signore. Io mi impegnerò, farò tutto quello che sarà necessario: tutto quello che voi mi ordinerete di fare io lo farò. Ve lo giuro sul mio onore. »

Nestore la osserva scettico. « E poi ci vuole del tempo, non sono cose che si imparano in una notte, mia cara. »

« Io ho tempo », ribatte Nina.

Ma io no, pensa Nestore. *Il mio tempo sta per finire.*

« Signore, io sono una serva. » Fa un passo avanti e gli mostra le mani. « Prima di venire qui, pulivo le latrine e svuotavo i pitali, lucidavo l'ottone con una pasta che puzza di zolfo come l'inferno, mi cuocevo le mani facendo il bucato, tiravo su l'acqua dal pozzo, stavo china tutto il giorno a lavare i pavimenti. E, se servisse, lo rifarei. Signore, io so bene cos'è l'umiltà e il sacrificio non mi spaventa. »

« Ebbene », fa Nestore dopo un po'. « Vieni a sederti qui e vediamo un po' cosa ricordi dalla scuola. »

Gli occhi di Nina si illuminano di gratitudine e, per la prima volta da quando è arrivata alla Villa Reale, piange di gioia.

16

« Stai andando da lei? » Margherita è in piedi al centro della stanza, scalza sul grande tappeto, con i capelli sciolti sulle spalle.

Umberto sussulta nel buio e rimane immobile come un ladro colto sul fatto. *Come è arrivata fin nei miei appartamenti? Ha scoperto il passaggio segreto?*

« Stai andando da lei? » ripete Margherita, avanzando nella luce metallica della luna che fa risaltare il lucore della sua veste da notte.

Umberto prende un profondo respiro mentre raddrizza la schiena e allarga le spalle. « Sì », risponde. « Sono in ritardo. »

Segue un lungo silenzio, denso come melassa.

« Quando mi hai sposata, tu mi hai fatto una promessa, Umberto. »

« Il matrimonio è solo un contratto, una pura formalità. Non te lo hanno spiegato? » ribatte lui sarcastico.

« Non ho mai pensato che mi avresti amata, come... » *Come una popolana,* le suggerisce la voce di sua madre nella testa.

Umberto le si fa sotto; la luce obliqua della luna conferisce qualcosa di spettrale al suo sorriso e Margherita prova un brivido di paura.

« E dunque », sussurra lui, chinandosi sul suo viso, « se non è il mio cuore che vuoi, quale altra parte del mio corpo sei qui a reclamare? »

Margherita fa un passo indietro e si stringe nella camicia da notte, cercando di scacciare la sensazione di essere sporca, colpevole. « Rispetto », dichiara poi, sforzandosi di non far tremare la voce.

La risata di Umberto la ferisce e la rende ancor più determinata.

« La Litta, Umberto », fa, con un tono stridulo. « Potevi prenderti qualunque dama del Regno, qualunque. Non avrei avuto niente da ridire. »

Ancora quella risatina che è come uno schiaffo.

« Ma la Litta! Il duca suo marito è un collare dell'Annunziata, la massima onorificenza di Casa Savoia, un 'cugino' del re. Ti rendi conto dello scandalo? Dell'umiliazione che mi stai infliggendo? Che stai infliggendo alla Corona? »

Lui non risponde, allora Margherita rincara: « Sarebbe come... sarebbe come se io ti tradissi con tuo fratello! »

Attenta a non parlare troppo, Margarethe, l'ammonisce sua madre.

« Non è quello che vorresti? » ribatte Umberto. « Amedeo, il bell'Amedeo! Dev'essere stata grande la delusione, quando ti hanno appioppato l'altro Savoia. »

Di nuovo, Margherita si sente sporca senza riuscire a spiegarsene la ragione. « Non essere ridicolo, Umberto. Io voglio solo fare il mio dovere. »

« Ah! » esclama lui.

« Io esigo il tuo rispetto. Tu me lo devi! Lo devi alla Corona! »

« Io non ti devo niente. Niente! » grida. « Mi hanno detto 'sposa tua cugina', e t'ho sposata. Bene! Sarai regina, la prima regina d'Italia. Non ti basta? Se non fosse per me, ad andar di lusso ti avrebbe presa Carlo di Hohenzollern, pensa che affare! Regina di Romania! »

Margherita nasconde il volto tra le mani e singhiozza piano.

« Non dimenticare mai che quello che sei, quello che hai, quello a cui puoi aspirare dipende unicamente da me. Tu da sola non vali niente. Tu o un'altra, non fa nessuna differenza. Non sarai regina perché sei Margherita: sarai regina solo perché Umberto Ranieri Carlo Emanuele Giovanni Maria Ferdinando Eugenio di Savoia, primogenito di Vittorio Emanuele II, ha accondisceso a prenderti in moglie. »

Si pente di aver usato parole così rudi nell'istante in cui gli escono di bocca, ma ormai è troppo tardi. Resta un attimo senza fiato, con il cuore che gli martella nel petto, poi fa per andarsene.

Margherita si aggrappa alla sua giacca e lo trattiene, senza più nascondere le lacrime. « Non andare, Umberto. Io ti supplico. Non andare! » Lascia cadere il capo sul suo petto e piange, scossa dai singhiozzi.

Lui rimane immobile senza sapere cosa fare, mentre sente la camicia inzupparsi delle sue lacrime e il profumo dei suoi capelli salirgli alle narici, confondendogli i pensieri. Sebbene siano sposati da due mesi, non hanno mai condiviso una tale intimità, non sono mai stati così vicini. Solo ora si rende conto di quanto Margherita sia piccola, di quanto, a dispetto delle apparenze, sia fragile e inconsapevole. Come per capriccio, la mente torna a Eugenia, al suo fascino intrigante, alle sue infinite astuzie, a tutte le cose in cui è diversa, e superiore, a Margherita.

« Io la amo », sussurra. « A lei vanno i miei pensieri appena mi sveglio e la porto con me tutto il giorno, fino a quando mi addormento, e poi anche dopo, nei sogni. Soffro quando sono lontano da lei e soffro quando sono con lei perché so che presto o tardi dovrò separarmene. Io la amo, la amo come non amerò mai nessun'altra. Non posso farci niente, Margherita, mi dispiace, non è colpa mia: non si sceglie la persona da amare. » La allontana delicatamente da sé. « Se non fossi quello che sono... Se fossi solo Umberto, il figlio di un maniscalco o di un liutaio... »

« E credi che lei ti avrebbe degnato di uno sguardo? » fa Margherita, ritrovando il contegno.

Umberto scoppia in una risata amara e si avvia alla porta.

« Non andare. » Margherita gli sbarra la strada. « Resta con me! Solo per stanotte, ti prego, resta con me. » Crolla in ginocchio e giunge le mani in preghiera. « Io ti supplico, Umberto. Solo per stanotte. »

« Ti stai coprendo di ridicolo. »

« Ti imploro! Non mi fare questo. »

Umberto la aggira e scende rapido la scaletta che porta direttamente fuori, dove lo attende il cavallo.

« Umberto! »

Il principe sbuffa scambiandosi un'occhiata con la guardia. Monta in sella e rivolge un ultimo sguardo alla Villa dove l'una dopo l'altra si stanno accendendo le luci del primo piano. Le grida di Margherita hanno destato la corte, i valletti, le serve; domani avranno qualcosa di cui chiacchierare e magari qualche giornale repubblicano ci ricamerà sopra per vendere due copie in più.

Si avvia lento, al passo. Tra poche ore partirà alla volta della Germania e il solo pensiero gli opprime il petto. Se suo padre non fosse il re, ma un maniscalco o un liutaio, se il suo nome non fosse seguito da quella lunga sequela di nomi di antenati, se fosse libero di amare chi vuole, resterebbe a Monza e non si separerebbe mai da lei. Mai.

È così preso dai propri pensieri che non si accorge di Margherita che gli è corsa dietro. È a piedi nudi, ha i capelli sciolti, scompigliati, il volto rigato di lacrime, gli occhi gonfi e il naso arrossato. Stringe in mano una pistola d'argento con l'impugnatura in madreperla e il castello inciso a fiorami, così piccola e graziosa da sembrare un gioiello più che un'arma.

« Umberto! » grida, ancora una volta. « Fermati! »

Lui si arresta. Il proiettile lo manca di pochi centimetri e va a conficcarsi nel tronco di un olmo innocente. Il cavallo scarta di lato, il principe stringe le ginocchia, abbassa i talloni, tira bruscamente le redini e rimane saldo in sella. L'aria si satura dell'odore acre della polvere da sparo. Accorrono le guardie che disarmano la principessa. Lei si accascia a terra e piange.

Umberto riparte, senza più voltarsi indietro.

PARTE SECONDA

Napoli

Sono andati li Borboni
sono rimasti li maccheroni
aggio salvato la pelle
viva Vittorio Emanuelle.

FILASTROCCA NAPOLETANA
riportata da Emilio Visconti Venosta

1

Inverno 1868-1869

La carrozza svolta a sinistra, poi, abbandonata la strada lastricata, si inerpica su un sentiero dissestato, tutto buche e gobbe, senza per questo accennare a voler rallentare. Ha fretta, il vetturino, gli hanno detto di non perdere tempo, e se ne infischia di Ottilia, sballottata come un oggetto di poco valore in una scatola troppo grande.

Lei non sa dove sia diretta. Ogni volta, che sia giorno o notte, la caricano su una vettura a noleggio, di quelle scure e anonime, con le cortine di velluto polveroso che puzzano di sigaro umido. Chissà, si domanda, se la strada costeggia il mare, se aprendo il finestrino si sente il rumore delle onde sovrastare lo scalpiccio degli zoccoli e se l'aria profuma di alghe e sale; chissà se la vista abbraccia il golfo su cui il sole brilla come un diamante, se il mare all'orizzonte è punteggiato di barche con le vele bianche come lenzuola stese ad asciugare, se dalla sommità del vulcano si leva il pennacchio di fumo. Le piacerebbe che la strada fosse bella, una di quelle dritte e ordinate su cui si affacciano silenziose le ville dei signori; magari una strada punteggiata di cespugli fioriti che mandano un profumo celestiale, dove le coppie di fidanzati passeggiano a braccetto, senza il rischio di inciampare in qualche cumulo di rifiuti o nella carcassa di un cane.

Le hanno intimato di non scostare le tende, per nessun motivo. E, sebbene Ottilia sia sola nell'abitacolo e nessuno possa dire quel che abbia fatto o non fatto, non osa disobbedire; così se ne sta in un angolo, aggrappata al sedile, senza sapere dove sia condotta: se verso la costa o l'entroterra, se a settentrione o a meridione, o se magari la carrozza stia girando in tondo senza andare da nessuna parte. Certo, sarebbe un bel dispetto.

Ma che importa, dopo tutto? Ottilia lo sa dove sta andando:

sta andando *da lui*, e tutte le strade che portano a lui sono per forza belle.

La carrozza si ferma con un singhiozzo, un valletto apre la portiera e la aiuta a scendere porgendole la mano. Ottilia adora queste piccole attenzioni; allora si atteggia a gran dama tirando un po' su il mento e stringendo le labbra in una smorfia capricciosa.

Si immagina di essere la padrona, una contessa o magari una duchessa, e che il palazzo, con il cortile stretto su cui si affacciano le vetrate dei piani superiori, lo scalone di marmo e i grandi vasi dove crescono rigogliosi gli agrumi, le maniglie lucidate d'ottone, i tappeti, i pavimenti che scricchiolano, che tutto, cose e persone, le appartenga. Allora guardandosi attorno si perde in fantasticherie e sogna di apportare qualche modifica, di sostituire quelle nappe dorate che proprio non le piacciono e di far ritappezzare il sofà d'un rosso cupo, che è meno sporchevole del giallo paglierino, e di far rimuovere quei dipinti di gente sconosciuta che la osserva dall'alto in basso; si figura di cambiare la disposizione delle stanze, tenendo per sé un'intera ala, da cui magari si vede il mare. Finge di non essere solo di passaggio, e finge così bene che alla fine se ne convince, senza accorgersi del sorriso ironico del valletto.

È solo questione di tempo, del resto. Presto o tardi, sarà tutto vero e lui le comprerà un palazzo come questo, o perfino più grande, e magari più d'uno; avrà una carrozza sua, avrà vestiti, scarpine, gioielli, tantissimi gioielli, e servitù che le farà l'inchino quando entra in una stanza. Avrà anche un titolo, ovviamente, da trasmettere ai loro figli, perché è naturale che avranno dei figli: saranno bellissimi, ma soprattutto saranno ricchi, e questo è tutto ciò che conta al giorno d'oggi.

La fanno accomodare in una stanza da bagno dove, nel caminetto impreziosito da maioliche, scoppietta il fuoco; nella vasca c'è già l'acqua calda, profumata di oli di lavanda e rosmarino, con un'intera saponetta tutta per lei e una spazzola di crine. Ottilia si lava con energica determinazione; non serve che le ricordino che lui la vuole pulita: lo conosce bene, ormai, sa tutti i suoi gusti, ogni preferenza, ogni capriccio. Non è difficile accontentarlo.

Si fa trovare sul letto con indosso appena la camicia da notte. Attraverso le tende chiuse non filtra la luce e alla fiamma della candela i suoi capelli sciolti sulle spalle sembrano rame liquido. Talvolta deve attenderlo a lungo, anche per un'ora o due, senza nient'altro da fare che pensare. E, più il tempo passa, più la sua spavalderia si sgretola. Altro che palazzo, altro che duchessa! E se non venisse? E se si fosse stancato di lei? E se ne avesse trovata un'altra?

Le torna in mente la voce di Nina, che la invita a essere cauta, a non farsi illusioni, a non dimenticare il baratro sociale che li separa. *Tutta invidia, tutta invidia!* si ripete Ottilia. E pensa a Rosa Vercellana, che tutti chiamano « la bella Rosina », anche se pare che tanto bella non sia. Figlia di un tamburo maggiore, era una popolana che non sapeva neanche scrivere; poi un giorno ha incontrato Vittorio Emanuele e adesso è niente meno che contessa, e se lui la sposasse potrebbe addirittura diventare regina. Perché non dovrebbe capitare anche a lei, che per giunta è bella davvero?

Oltre la porta sente passi pesanti e ravvicinati, e le basta questo per capire che lui è di cattivo umore. Quando l'uscio si spalanca, una folata d'aria fredda fa venire i brividi a Ottilia, che si porta le coperte al mento. Umberto la osserva per un istante senza parlare, poi avanza, levandosi la giacca con gesto sbrigativo.

« Sono stato trattenuto. » Non lo dice per scusarsi, ma per essere consolato. « Quei dannati diplomatici e le loro inutili chiacchiere! »

Si lascia cadere tra le braccia di lei con un sospiro, mentre il valletto richiude la porta e rimane nella stanza. Non li lasciano soli mai, nemmeno nei momenti di maggiore intimità; all'inizio Ottilia si sentiva morire per l'imbarazzo e durante il coito restava immobile e tesa, con lo sguardo puntato all'intruso. « Perché non se ne va? Mandalo via », gli aveva chiesto la prima volta.

« Non si può », aveva spiegato Umberto con noncuranza. « È il protocollo. »

Protocollo è la parola dietro cui gli aristocratici nascondono tutte le risposte che non vogliono o non sanno dare.

« Nel caso mi servisse aiuto... » aveva spiegato Umberto, come se fosse ovvio.

« Aiuto? Ma ci sono qui io per questo. »

« Appunto », aveva sghignazzato lui. « Nel caso tu mi voglia uccidere. »

Era finita in una risata, ma per giorni Ottilia si era portata addosso una sensazione di fastidio; non tanto perché un estraneo avrebbe assistito a tutti i loro amplessi, ma soprattutto perché Umberto aveva ammesso candidamente di non potersi fidare di lei.

Ormai, comunque, non ci fa più nemmeno caso. « Ci sono qui io adesso », gli dice con una voce che le esce infantile, accarezzandogli le tempie.

Umberto ridacchia. « Sì. » Le afferra una ciocca di capelli e la attira a sé. « Per fortuna ci sei tu. »

La bacia con la voracità di chi addenta una pagnotta dopo un lungo digiuno, senza preoccuparsi di lasciarne un po' per dopo. Tutti i pensieri di Ottilia svaniscono, mangiati da quel bacio. Umberto si aggrappa ai suoi fianchi e si fa largo dentro di lei senza nemmeno spogliarsi. Ottilia si lascia sfuggire un grido e sprofonda il capo tra i guanciali. Lui le solleva le braccia sopra la testa e le afferra i polsi, spingendosi più in profondità. Ottilia allora inarca la schiena e gli cinge i lombi con le gambe, attirandolo a sé senza smettere di guardarlo, di cercare i suoi occhi, che però sono altrove. Umberto ha le sopracciglia corrugate e le labbra socchiuse in un'espressione di ferina determinazione, la fronte già imperlata di sudore e la vena che pulsa sotto la pelle bruna del collo.

Il lume sul comodino si spegne e i rumori della stanza si ingigantiscono. La pendola batte sei colpi, poi torna muta, mentre il letto scricchiola al ritmo del respiro di Umberto che si fa sempre più corto. Ottilia nel buio si sente rimpicciolire tra le sue braccia e prova l'inspiegabile impulso di piangere.

« Umberto, mi ami? » gli sussurra. « Dimmi che mi ami. »

« Sì, sì », ansima lui. « Stai ferma. »

Ottilia all'improvviso sente un formicolio risalirle dai piedi lungo le gambe e allargarsi nel ventre, incendiarle il petto e arrivare fino alla punta delle orecchie. Poco dopo lui la raggiunge con un lento rantolo; poi, privato delle ultime forze, si accascia su di lei, con il cuore che scalcia e il respiro che gli brucia in gola.

L'indomani, Ottilia si sveglia nel letto vuoto. Una cameriera che avrà più o meno la sua stessa età spalanca le tende sul cortile grigio, senza curarsi di non far rumore. « È tardi », sbotta, allungandole il vestito.

Fuori scende una pioggerellina cocciuta che rende tutto triste. Il palazzo è vuoto e silenzioso, molte stanze sembrano chiuse, inutilizzate. Ottilia si domanda a chi appartenga quella dimora, se sia di Umberto o di qualche aristocratico che gliela concede in cambio di favori; poi inevitabilmente si chiede se ne esistano altre, di case e di ragazze come lei, che si lasciano prendere con troppa leggerezza sotto lo sguardo impassibile di qualche valletto e che si svegliano il giorno dopo con i muscoli indolenziti e la sensazione d'essere state gabbate.

Ieri, però, Umberto le ha detto che la ama. Glielo ha detto davvero? Sì, lo ha detto. Deve averlo detto, non può essersi sbagliata.

Nel cortile rimbombano gli zoccoli d'un cavallo, la lugubre vettura a noleggio è venuta a riportarla nei sotterranei di Palazzo Reale. Quasi nello stesso istante, le porte della camera si aprono ed Emilio Saverio Puccioni, l'attendente di Umberto, si ferma sull'uscio per un breve inchino, prima di entrare.

« Sua Altezza si scusa per essersi congedato in tutta fretta », dichiara.

Ottilia non riesce a trattenere una smorfia di compatimento.

« Mi ha incaricato tuttavia di consegnarvi questo. » Le allunga una scatola e rimane a gustarsi la sua reazione.

Il cofanetto è di un velluto blu notte, morbido al tatto, con angoli stondati, lungo circa una spanna. Ottilia lo soppesa senza trovare il coraggio di aprirlo; lo accosta all'orecchio e lo agita piano, sentendo qualcosa muoversi al suo interno.

« Per me? » si lascia scappare. È la prima volta che Umberto le regala qualcosa che non siano sogni e promesse.

Puccioni annuisce, poi guarda dalla finestra, come a dire che si spicci, di sotto l'aspettano e lui ha altro da fare.

Lei lo apre con mani impacciate e tremanti: sul raso color

crema c'è adagiato un bracciale con un fermaglio in oro a forma di conchiglia; le perle assorbono e rilasciano la luce come se la stessero respirando, come se fossero vive. Deve valere una fortuna.

« Oh! » fa Ottilia con un singhiozzo.

Con mani esperte l'attendente estrae il gioiello dalla scatola e glielo sistema al polso, rimirandolo soddisfatto. « Un oggetto di squisita fattura », commenta. « Congratulazioni, signorina. »

Gli occhi di Ottilia si riempiono di lacrime. Ma allora è vero che Umberto l'ama! Non ha mentito, lui l'ama! Non esistono altri posti come quello, non ci sono rivali. E forse un giorno le regalerà un palazzo e un titolo da trasmettere ai loro figli. Presto sarà contessa, sì, presto!

Ottilia piange, mentre Puccioni sempre più spazientito le scosta la sedia e l'accompagna di sotto dal vetturino infreddolito. Piange sulle scale, piange sotto la pioggia, piange nella carrozza che la riporta alla solita vita e poi piange per tutto il resto del giorno, mentre piega la biancheria, mentre sprimaccia i cuscini, mentre si disfa dei rifiuti. Piange di gioia, Ottilia.

Ignora che quel bracciale non è il pegno di un nuovo inizio, bensì un dono d'addio.

2

La processione avanza per le strade della città ingrossandosi a ogni incrocio. Scende una pioggerellina fine cui una moltitudine di teste senza cappello, di corpi pigiati gli uni contro gli altri e di piedi nudi che si calpestano a vicenda impedisce di toccare terra.

Nina, sulla carrozza che segue a breve distanza quella della principessa, diretta a Capodimonte, non ha mai visto così tanta gente in vita sua. Anche se il maggiordomo l'aveva avvertita – « Napoli è la città più popolosa del Regno », le aveva detto con voce tremante poco prima di partire da Monza, come se fossero diretti all'inferno –, la realtà che ha davanti agli occhi è di gran lunga più impressionante di ogni immaginazione.

La via è un budello ombroso stretto tra le mura delle case, dove diverse mani, in disaccordo tra loro, hanno vergato scritte in pittura bianca. *A muorte Umberto,* dice una, parzialmente cancellata e sostituita da *Viva il Re!* Poco oltre, più in grande: *Il poppolo a fame!*

«Questi disgraziati ci faranno arrivare tardi», sbuffa la Frassi.

I principi di Piemonte risiedono a Napoli, a Palazzo Reale, ma sovente la corte si trasferisce a Capodimonte, dove l'aria è migliore. Il convoglio reale è fermo da svariati minuti, bloccato dal fiume di gente che ondeggia dietro la statua del santo, innalzando una litania che forse è in latino.

«Ora Sua Altezza non farà in tempo a cambiarsi per la colazione.» La governante si sporge dal finestrino. «Schifosi! Maledetti!» esclama poi, rientrando subito. «Qualcuno mi ha toccata!»

Ottilia, rannicchiata nel suo angolo, molla una gomitata a Nina. «Eh, le piacerebbe!» le sussurra all'orecchio, ridacchiando. Poi mette fuori la testa proprio quando lo sportello della carrozza reale viene aperto. «Oh, no!» fa.

La folla prorompe in un grido di giubilo che imbizzarrisce i cavalli, le guardie sguainano le spade, volano spintoni, qualche pugno e male parole, la carrozza di servizio viene scossa e pare quasi sul punto di venire ribaltata. Nina e le altre cameriere si sporgono per vedere cosa sta accadendo.

Margherita scende tra la gente, che un cordone di guardie si sforza invano di tenere a distanza. Nina, con la bocca spalancata di meraviglia e terrore, osserva la principessa dispensare sorrisi e parole d'incoraggiamento, senza badare alle mani sudicie di marmocchi e popolane che si allungano per toccarla, e incurante del pericolo; nell'abito d'un tenue lilla, pare un fiore sbocciato per sbaglio al margine della strada.

«Io dico, ma è ammattita?» si lascia scappare la Frassi. «Il colera! Qui hanno il colera! Vuole ammazzarci tutti?»

«Certo che le sue dame si sono ben guardate dallo scendere», fa Ottilia. «Dame *di compagnia*, per modo di dire!»

« E poi guardali, per la miseria! Sembrano scarafaggi! Puzzano! »

Nina vorrebbe puntualizzare che gli scarafaggi non puzzano, ma non è questo il momento. Guardando questa gente che si accalca per poter dire di aver visto da vicino la principessa di Piemonte, i loro visi smunti, gli occhi sporgenti e le bocche senza denti, le mani scheletriche tese coi palmi rivolti verso l'alto, completamente dimentichi del santo cui un istante prima innalzavano preghiere e ora devoti a questa nuova, terrena divinità, Nina si sente pervasa da una profonda tristezza. Cosa differenzia, in fondo, costoro da lei, che fino a pochi mesi fa era una sguattera? Il fatto di stare su una carrozza la innalza forse al di sopra di questi disgraziati che non hanno altro che i propri piedi per spostarsi?

Dalla folla, tra le grida inneggianti a Casa Savoia, si leva qualche grido di protesta: « Viva Franceschiello! Viva i Borbone! »

Margherita per tutta risposta prende in braccio il figlio di una donna che le sta proprio accanto. Questa crolla in ginocchio a baciarle l'orlo della veste, mentre la principessa si interessa di lei, di cosa faccia per vivere, di quanti figli abbia.

« *'A muntagna s'è pigliate tutto cose* », piange la donna. « *Tutto s'è magnate, tutto!* »

« *Pur io! Pur io* », fa un altro che le è accanto. « *Non tenimme chiu niente.* »

« *Facite ambrèss, vuje nobili ca tenite e' sorde... ma a nuje non ce restan manc l'uocchie pe' chiagnere.* »

La principessa sorride soave, li esorta a non perdere la fede in Dio, poi solleva in aria il bambino infagottato nei cenci. « *Chiste è figlio a mme!* » esclama in napoletano.

La gente esplode in un boato di giubilo. Nella carrozza di servizio, alcune cameriere ridacchiano.

« Questo figlio è mio! » ripete Margherita. « Tutti i vostri figli sono miei! Siete tutti figli di Casa Savoia! Re Vittorio non vi abbandonerà, egli vi ama! »

La folla prorompe in un nuovo boato, si agita, scalcia, piange, si abbraccia. Poi, sazia, si cheta. Margherita, sempre lieta e padrona di sé, rimonta in carrozza, si sporge ancora e saluta, mentre il convoglio reale riparte aprendosi lentamente un varco.

Per tutto il tragitto fino a Capodimonte, Nina rimane pensierosa. Anche da questa distanza le è sembrato che la principessa, in genere così padrona delle proprie emozioni, fosse turbata, che la voce le tremasse.

« È per via del figlio », fa Ottilia più tardi, mentre svuotano i bauli. « Del figlio che non arriva. »

Di questa cosa dell'erede parlano tutti ai piani bassi, perfino la Frassi non riesce a sottrarsi al pettegolezzo. Qualcuno si spinge a sostenere che il principe abbia giurato alla Litta di non consumare il matrimonio e che, per non cadere in tentazione, ogni notte si faccia chiudere a chiave nella propria camera.

« Ma è ovvio », continua Ottilia, « non lo vedi com'è lei? Sempre così altezzosa, così rigida. Non è il tipo di donna che piace a Umberto. »

Umberto, lo chiama da qualche mese, e poi fa schioccare la lingua con soddisfazione, come se avesse assaggiato della cioccolata.

Nina guarda a lungo l'amica, pensierosa. « Stai attenta, Ottilia », le sussurra, cercando la sua mano mentre sistemano i bagagli della principessa.

« Attenta a cosa? » ribatte lei, sottraendosi alla stretta. « Umberto mi ama. » Tira fuori dal corpetto il bracciale, da cui non si separa mai, poi solleva il mento all'insù in un gesto che esprime al contempo disprezzo e orgoglio, lo stesso gesto che Nina ha osservato nelle dame della corte quando si pavoneggiano tra loro in assenza di Margherita.

È ancora una serva, Ottilia, ma ha già imparato a comportarsi da duchessa.

3

Da qualche giorno, il maltempo costringe la corte a rimanere a Napoli. A Palazzo Reale, in un angolo del salottino, un po' nascosta dalla vetrina dove sono esposte le porcellane, la porta di servizio è un intaglio discreto, quasi invisibile nella tappezzeria. Sono giorni che Margherita la osserva: senza dubbio conduce ai piani inferiori, ma cosa c'è esattamente là dietro? Un corridoio? Una scala?

Dopo il tour in Sicilia, tra l'inaugurazione di un nosocomio intitolato al re e una serata a teatro, tra un ballo e una processione, le giornate sono lunghe e tediose. Non aiuta il fatto che l'eruzione del Vesuvio non sia ancora finita e che il tempo sia virato al brutto, trasformando le strade che scendono dal Vomero in fiumi di fango. Umberto fa fugaci apparizioni in cui si mostra cortese e gelido, poi sparisce per giorni senza dire dove vada; se Margherita domanda, uno stuolo di zelanti ruffiani si affretta a inventarsi colazioni private, reggimenti da passare in rivista, battute di caccia, corse ai cavalli, come se lei non sapesse - come se *tutti* non sapessero - dove si trova davvero suo marito. Che vada da quella Litta o dalle altre, che vada pure! Meno lo vede, meglio sta.

Non è sapere Umberto tra le braccia di un'altra che la incollerisce, quanto il fatto che qui tutti la trattino come una stupida, come un'incapace. Pensano che creda alle loro inutili menzogne? Che non sia a conoscenza della verità? Pensano che non sia in grado di tollerarla?

Le sfugge una risata acuta e le dame alzano lo sguardo dal ricamo. «Pensavo al mandolino», si giustifica Margherita. «Per quanto mi eserciti, ci sono dei passaggi che non mi riescono proprio.»

Da qualche tempo, un po' per scacciare la noia, un po' per cercare di entrare in contatto con questa terra così diversa da lei e un po' per mostrarsi in sintonia con essa, ha iniziato a prendere lezioni, senza per questo riuscire a sentirsi soddisfatta.

«Serve tempo, sono appena poche settimane che avete iniziato», risponde la duchessa Giacinta di Castropignano d'Afflitto.

«Siete comunque già molto brava, Vostra Altezza», rincara la principessa di Piedimonte.

«Assolutamente! Vi ascoltavo l'altro giorno e pensavo che io al vostro posto non saprei neanche da dove cominciare.»

« Avete un autentico dono per le arti, Altezza. »

Margherita ricaccia indietro il disgusto. Il teatrino delle sue dame che fanno a gara a chi la blandisce meglio non la diverte più. Anzi, la fa sentire ancora più sola.

Le torna in mente un aneddoto su Elisabetta I Tudor che le raccontava sua madre: la regina d'Inghilterra era talmente golosa di zucchero che presto le erano diventati tutti i denti neri; per non farla sfigurare, le sue dame avevano preso ad annerire i propri. Margherita non sa se sia vera, ma ora le sembra di comprendere la morale di questa storiella.

La corte non è tua amica, Margarethe.

Finge di tornare a concentrarsi sul ricamo e lancia un'occhiata obliqua alla porticina mimetizzata nella parete. Cosa si nasconderà mai là dietro?

Se lo chiedesse alle sue dame, le risponderebbero « niente », anche se non lo sanno nemmeno loro. « Niente », che è un modo garbato per dirle di non impicciarsi di cose che non la riguardano. Eppure questo palazzo è suo, questa stanza è sua, dunque anche quella porta lo è. Perché non dovrebbe sapere dove conduce esattamente? Chi sono loro, chi è la corte per stabilire cosa lei debba o non debba sapere? Cosa possa o non possa fare?

Dopo cena, Margherita si ritira e congeda le dame. Più tardi prega inginocchiata accanto al letto, poi aspetta che il palazzo si addormenti e, in punta di piedi, raggiunge il salottino attiguo. Nell'oscurità, la porta di servizio è invisibile. Margherita la spinge appena, facendola ruotare sui cardini silenziosi, e si ritrova in un andito angusto e caldo. Attraverso la parete opposta si sente qualcuno russare. Nella penombra, Margherita avanza, domandandosi come faccia la servitù a percorrere quel corridoio male illuminato senza andare a sbattere. Sotto i piedi nudi sente il pavimento ruvido e impolverato. Dopo alcuni passi, il corridoio scende lungo una scala di pietra. Dai piani inferiori salgono odore di umidità e alcune voci. Margherita si arresta appiattendosi contro il muro. Una ragnatela le solletica l'orecchio, mettendole i brividi; allora lei cerca di mantenere il controllo, inspira, e si concentra sulle voci: due donne, forse giovani, parlano nel loro dialetto incomprensibile. Chissà che cosa si stanno raccontando, se stanno discutendo di piccole banalità come il prezzo del pane o di cose importanti... Malgrado abbia imparato e fatto proprie alcune espressioni, malgrado per non risultare scortese finga di aver inteso, Margherita capisce poco o nulla di quello che le dice la gente per strada.

Il discorso delle due donne compone una strana melodia, che a tratti è fluida e orecchiabile, per poi incagliarsi in un groviglio di consonanti spigolose e ripartire con un singhiozzo. È bello stare ad ascoltarle, pensa Margherita. C'è nel loro scambio qualcosa di complice.

Si siede su un gradino e rimane a sentire con gli occhi socchiusi. Un uomo si unisce a loro, dice qualcosa con timbro basso, sensuale. Ride. Margherita se lo figura bello, con la pelle del viso scurita dal sole su cui spiccano occhi color del mare, e prova un po' di invidia. Una gli risponde con una specie di trillo, Margherita se la immagina arrossire, poi lui se ne va e le due donne ricominciano a parlottare fittamente.

Più il tempo passa, più a Margherita sembra di cogliere alcune parole e addirittura frasi intere. Pare che parlino di qualcuno cui hanno prestato del denaro e che dopo non s'è fatto più vedere; una sembra preoccupata, l'altra invece è scettica, disincantata.

Quanto le piacerebbe prendere parte alla conversazione, sedersi con loro e farsi raccontare tutti i dettagli! Chi era costui? Lo conoscevano da molto tempo? Quanti soldi s'è fatto prestare? A cosa potevano servirgli? Dove potrebbe essere ora? Le discussioni della servitù sono molto più interessanti, molto più autentiche del vano chiacchiericcio della corte.

Se lo facesse, però, romperebbe l'incantesimo. Le donne scatterebbero in piedi - è quello che fanno tutti quando la principessa entra in una stanza -, si profonderebbero in inchini e, tenendo lo sguardo basso, comincerebbero a parlare in italiano, dicendo per lo più banalità prive di interesse; da stanotte, poi, temendo ogni istante di trovarsela alle spalle, perderebbero per sempre la loro spontaneità.

Non riuscendo più a resistere alla curiosità, Margherita si alza e cautamente sporge il capo. Le due donne sono di spalle in una stanzetta piccola, arredata appena con un tavolo di legno rustico al centro; alla luce di un lume a petrolio, stanno lucidando dell'argenteria; Margherita riconosce il servizio di posate che è stato usato per cena e prova un indefinibile turbamento.

Lentamente torna sui propri passi, risale la scala e con sollievo ritrova la porta segreta che conduce al salottino. Nella propria camera infine accende il lume. Le mani, i piedi, la camicia da notte: tutto è grigio come se si fosse intrufolata in una canna fumaria. Il pensiero delle espressioni perplesse e delle congetture delle dame, domattina, le strappa una risata.

Non appena si infila a letto, sente la stanchezza avvincerla. L'immagine di quelle due donne che lucidano l'argenteria discutendo di un misterioso debitore scomparso la accompagna verso il sonno, regalandole la soddisfazione di aver fatto qualcosa che la corte, senza dubbio, disapproverebbe.

4

Quando scende la sera, dopo che le altre cameriere, sotto l'occhio vigile della Frassi, si sono occupate della principessa, Nina finge di aver dimenticato qualcosa e, nascosto il libro nello scialle, si intrufola nell'ufficio del maggiordomo. Nestore è assopito sulla sedia, con la testa che penzola da un lato.

«Signor Martini», lo scuote piano.

Lui rinviene con un sussulto, poi la osserva con occhi velati. «Marianna», mormora.

«Sono Nina, signore.»

«Certo, certo. Siediti pure, cara. Leggimi qualcosa.»

Questo è il momento della giornata che Nina preferisce, e non importa quanto sia stanca e se le pungano gli occhi per il gran sonno: ha sempre voglia di rifugiarsi in una nuova storia.

La biblioteca di Palazzo Reale è stipata di volumi che giacciono dimenticati negli scaffali e che vengono spolverati dalla servitù. Si tratta, in larga parte, di edizioni di lusso con rilegature preziose, in marocchino a grana fine, morbida e resistente, di colore rosso cupo, con lettere d'oro incise tra le nervature del dorso. La principessa, di tanto in tanto, se ne fa portare uno da sfogliare davanti alla finestra e, se è di suo gradimento, lo tiene per qualche giorno sul comodino.

Per settimane, Nestore ha proibito a Nina anche solo di prenderli in mano. La ragazza ha imparato a leggere sul *Manuale dell'accurato agricoltore per campi, orti e giardini* e, solo quando, a insindacabile parere del maggiordomo, si è dimostrata degna, ha avuto accesso a un più agile volume intitolato *Viaggio in Savoia. Descrizione degli Stati Oltramontani di Sua Maestà il Re di Sardegna.*

In piedi, alla luce tremolante della candela, Nina doveva leggere ad alta voce fino a quando Nestore non decideva di congedarla, spesso molte ore dopo. « *Assez*, bambina! Ora puoi andare a dormire. » Talvolta la ragazza incespicava nelle parole più lunghe, oppure sbagliava la dizione o si mangiava una pausa dopo una virgola; allora il maggiordomo picchiettava con l'unghia sul tavolo, segno che bisognava ricominciare da capo.

Nina tornava in camera nel mezzo della notte, con gli occhi gonfi e arrossati.

« Ma si può sapere perché non la smetti? » chiedeva Ottilia il giorno dopo, mentre rifacevano il letto della principessa o cambiavano l'acqua ai fiori, e Nina era un continuo sbadigliare. « Ormai hai imparato. Cos'altro ti serve? »

Ma, secondo il maggiordomo, la ragazza era ben lungi dall'aver imparato. *Colui che si accontenta è condannato alla mediocrità*, sentenziava.

« Ah, quello poi! » sbottava Ottilia. « Non lo vedi che è fuori di senno? L'altro giorno lo hanno trovato che parlava a una delle palme dell'androne. L'aveva scambiata per non so quale duchessa, e ce n'è voluto di tempo per farlo tornare in sé. »

A Nina non piace quando Ottilia si prende gioco di lui. Certo, talvolta Martini fa vagare nel vuoto gli occhi acquosi come se non sapesse dove si trova, oppure dice insensatezze e capita che, quando è davvero molto in collera, abbia degli improvvisi, incontrollati scatti d'ira e urli con una veemenza insospettabile per quel corpo rinsecchito. Una volta tornato in sé, però, avvampa per la vergogna e Nina prova una gran pena nel vederlo piangere come un bambino – *Pardonnez! Pardonnez-moi!* – e guardarsi attorno come per constatare la portata del danno che ha provocato.

Nina, in fondo, gli deve tutto: se oggi è in grado di leggere una lettera, di essere libera dall'ignoranza, che è la madre della schiavitù, è solo merito suo; è lui che dopo tanto tempo le ha insegnato di nuovo come si impugna una penna, che ha guidato la sua mano sul foglio, che l'ha esortata a non perdersi d'animo. Nessuno a palazzo si è preso tanta cura di lei, nessuno.

Ha portato dunque pazienza quando lui l'ha costretta a leggere, rileggere e talvolta copiare il noiosissimo tomo sulla coltivazione dell'anice di Arnerio Laurisseo o la *Teorica degli stromenti ottici destinati ad estendere i confini della visione naturale*.

Un giorno, però, Nina ha sentito la principessa discutere di letteratura con le sue dame. Raccolte attorno al camino dove un ciocco sibilava sommessamente, le nobildonne ascoltavano i commenti e le analisi di Margherita che, gesticolando con enfasi, leggeva ora questo ora quel brano. Più tardi, preparando la camera per la notte, Nina aveva ritrovato quel volume sul comodino della principessa: *Le confessioni di un ottuagenario* di un certo Ippolito Nievo, si leggeva sul frontespizio. Incuriosita dal titolo e trovandovi un nesso con l'anziano maggiordomo, Nina s'era smarrita nella lettura e la Frassi l'aveva trovata così: ne era seguita una terribile sfuriata.

«Ero curiosa», si era giustificata Nina quella sera, a rapporto da Nestore. «La principessa ne parlava con un tale trasporto...»

«Ah, che sfacciata! Ardisci paragonarti a Sua Altezza, ora?»

«No, signore. Ma sono stanca di manuali sulla pratica inglese del drenaggio e della telegrafia elettrica. Non ci sarebbe qualcosa di meno... di più...»

Nestore aveva sollevato le sopracciglia e sgranato gli occhi. «Ebbene!» aveva detto poi con un sospiro. «Quando avrai finito di copiare questo, e se non vi avrò ravvisato errori, ti concederò di poter passare a letture più amene.» Con un sorrisetto, aveva posato sul tavolo un tomo con il piatto in cartone liso sui bordi, intitolato *Manuale sulla cachessia acquosa o marciaja delle pecore compilato dall'ispettore Antonio Salvagnoli Marchetti.* « Ma bada bene: neanche un errore. »

Una settimana dopo, Nina si era guadagnata il diritto di sfogliare i preziosi volumi della biblioteca del palazzo e così aveva scoperto i romanzi. Le storie dei personaggi talvolta erano così avvincenti e così ben scritte da darle l'impressione che essi esistessero davvero e le capitava, mentre lucidava le scarpe della principessa o ne sprimacciava i guanciali, di domandarsi dove fossero in quel momento, cosa stessero facendo; in breve, si era ritrovata a vivere, a soffrire e a gioire con loro, a prenderne le parti o a odiarli con tutta sé stessa. Se era stata una brutta giornata, se la principessa era di malumore o la Frassi era stata particolarmente sgarbata, quando la stanchezza la sovrastava e la mancanza di casa le annodava la gola, il pensiero che sul comodino avrebbe trovato un buon libro era sufficiente a darle la forza di non arrendersi.

Da quando è stata introdotta alla lettura da Nestore, il suo mondo si è dilatato: ogni giorno impara qualcosa di nuovo e questa consapevolezza la riempie di gioia.

La conoscenza è una fonte inesauribile ed eterna, ripete spesso Nestore.

« Siediti, Marianna. Siediti qui e leggimi qualcosa. I miei occhi non sono più quelli di una volta, lo sai. »

« Sono Nina, signore. »

Nestore la guarda con occhi opachi, pieni di stupore.

« Chi è Marianna? » Non ha mai osato domandarlo, ma questa sera, vedendo il maggiordomo più assente del solito, le sembra che ricordare potrebbe essergli d'aiuto.

« Chi? » fa Nestore con una vocina infantile.

« Marianna, signore. La nominate sovente e mi domandavo chi fosse. »

« Oh! » fa Nestore pensoso. Poi, dopo un tempo lunghissimo: « Marianna è la mia bambina, la mia adorata bambina ».

Nina dubita che un uomo tanto anziano possa avere una bambina. « E quanti anni ha, se mi è lecito chiedere? »

« Ah, non lo so! Non lo so davvero! » Fa un gesto con la mano, come per scacciare delle mosche che gli ronzano davanti al naso.

Nina rimane perplessa e non sa se indagare oltre.

«Sai», fa Nestore, sorridendole, «tu me la ricordi molto. Aveva i tuoi stessi occhi e forse anche il naso, sì, anche il naso è somigliante. Ma soprattutto avete la stessa pertinacia.»

«Pertinacia, signore?»

«Sì, cara. Pertinacia, dal latino. Testardaggine, caparbietà, cocciutaggine, ostinazione.»

«Oh!» esclama Nina. «Ed è una cosa buona?»

«Non direi. Non per una donna.»

Nina ci riflette su, non pare convinta. «E ora dove si trova vostra figlia?»

«Chi?» fa Nestore. «Quale figlia?»

«Marianna, signore. Dal momento che ne avete parlato al passato...»

«Ma cosa dici?» esclama lui, d'improvviso divenuto scontroso. «Come osi? Io non ho nessuna figlia. Capito?» Con la mano butta giù le carte dal piano dello scrittoio e poi le calpesta. «Nessuna figlia! *Aucune!*»

Nina si china a raccogliere i documenti, pazientemente li riordina, li impila in un mucchietto che ripone sulla scrivania. «Scusate, Martini.» Fa un inchino mesto e se ne va.

5

Margherita è alla finestra, nell'abito accollato di velluto verde che la fa apparire ancora più pallida. Il valletto è appena entrato ad annunciare l'arrivo della principessa Elisabetta di Sassonia.

«Dovrei scendere ad accoglierla?» domanda torcendosi le mani.

«Dipende da come vi sentite, Vostra Altezza», risponde la marchesa Pes di Villamarina.

Margherita si volta, pondera la decisione rosicchiandosi

l'unghia dell'indice, poi lo scalpiccio degli zoccoli dei cavalli che rimbombano nel cortile la riporta alla finestra.

Elisabetta di Sassonia scende dalla carrozza e i suoi occhi chiarissimi guardano in su, verso il primo piano di Palazzo Reale. Margherita solleva una mano in segno di saluto, che sua madre non ricambia.

La visita non era in programma. Margherita lo ha appreso appena qualche giorno fa, tramite una lettera in cui Elisabetta annunciava l'urgenza di parlarle *de visu* di faccende della massima importanza. Non era necessario entrare nel dettaglio: Margherita sa bene di cosa si tratta.

« Un dovere, Margarethe », le dice più tardi Elisabetta, mentre sono sole nel salottino giallo e sorseggiano il tè. « Hai un unico dovere. » Il cucchiaino tintinna nella tazza. « Non è poi molto, non credi? »

« *Oui, maman.* »

« Ebbene? »

Margherita non risponde. Rimane a fissare alcuni frammenti di foglie di tè rimasti sul fondo della tazza.

« Margarethe, guardami », le ordina Elisabetta. « Lo sai dove ti trovi? Rispondi. »

Lei annuisce.

« *Nein!* » sibila sua madre. « Ti trovi nel palazzo che fino a non molto tempo fa è stato dei Borbone. Sono in esilio a Roma, ma i loro amici sono là fuori, da qualche parte, a stringere alleanze, a complottare col papa, con Isabella di Spagna, coi francesi e chissà con chi altri, ad architettare piani e sobillare la popolazione con il solo intento e la ferma determinazione di tornare a sedere sul trono di Napoli. » Posa la tazza con la mano che le trema. « Era necessario far venire tua madre, imporle un viaggio tanto lungo, pericoloso e stancante, per dirti cose che dovresti già sapere? »

« No, *maman*. Mi dispiace. »

« Il re ha voluto che tu e Umberto vi stabiliste qui proprio per arginare questo pericolo. Il popolo, Margarethe, deve sapere di poter contare sui Savoia: non vorrai che rimpiangano il *Re Lasagna*, quel Franceschiello! »

Segue un lungo silenzio.

« E intanto Amedeo avrà presto un figlio da Maria Vittoria... » continua Elisabetta, come parlando a sé stessa. « Dio non voglia che la Corona d'Italia debba un giorno passare nelle mani del ramo Aosta a causa della tua mancanza di dedizione. »

Margherita stringe i denti. Quando le è giunta la notizia della gravidanza della Dal Pozzo Della Cisterna, le è sembrato che la terra le si aprisse sotto i piedi. Sebbene fosse felice per la cognata, una parte di lei si è sentita derubata di qualcosa. Amedeo è gentile e premuroso con la moglie; il loro è stato un matrimonio d'amore, al punto che pure il re, inizialmente contrario alle nozze, ha finito con l'accondiscendere. A volte le sembra che Maria Vittoria abbia tutto ciò che a lei è stato negato: un marito pieno di attenzioni e delicatezze, il primo di una folta schiera di figli e, ora che la rivoluzione ha detronizzato Isabella II di Borbone, forse anche la Corona di Spagna.

« Non commiserarti, Margarethe », le dice Elisabetta, leggendole nel pensiero. « La tua razza non te lo consente. »

Margherita sente un'onda di parole agitarsi nel petto e spingere per uscire. Vorrebbe dirle di quale inferno sia la sua vita in questa città così caotica, così disordinata, così diversa e lontana da lei, di come rimpianga l'algida Torino, con i suoi viali ampi e le strade vuote e i parchi silenziosi. Vorrebbe dirle del Vesuvio, col suo pennacchio di fumo che esce dalla sommità come una minaccia continua. Vorrebbe dirle che ha paura, sì, una gran paura, ma non lo dà a vedere: perché Margherita deve essere un esempio, deve infondere sicurezza anche quando il terreno trema come se volesse scrollarsi di dosso l'umanità intera, e la gente strepita e piange per le strade. Vorrebbe raccontarle di come si senta sola in questo palazzo enorme e sconosciuto, così diverso da quelli in cui ha vissuto finora, che non riesce a sentire suo e che talvolta le fa paura; vorrebbe dirle che lo renderebbe volentieri ai Borbone. E vorrebbe dirle del mandolino: lei detesta il mandolino, ne detesta la forma e il suono. Vorrebbe dirle che lo detesta, ma che lo studia lo stesso con impegno e costanza, perché è importante che agli occhi della gente di qui sembri integrata.

Vorrebbe dirle di come sia sempre circondata, ma forse sarebbe meglio dire assediata, da qualcuno che, con la scusa di essere al suo servizio, la osserva, ne spia ogni gesto, ne giudica - sì, ne giudica - ogni dettaglio: gli abiti, le acconciature, quello che mangia e non mangia. Perfino i silenzi qui vengono presi in esame. Vorrebbe dirle delle dame e delle cameriere che allungano il collo ogni mattina durante il *lever* per vedere in che stato versa il suo giaciglio, se sul suo viso ci sono i segni di una notte insonne, se i vestiti le vanno un po' più stretti, se per caso ha un po' di nausea. Vorrebbe dirle dei vari: *Come vi sentite oggi, Vostra Altezza?* e: *State meglio, Vostra Altezza?* e: *Tutto bene, Vostra Altezza?* che in realtà significano solo: *Non è ancora in arrivo alcun erede, Vostra Altezza?* e: *Siete sicura di fare abbastanza, Vostra Altezza?* E poi dei risolini, delle parole bisbigliate, delle allusioni, degli sguardi sfuggenti che non riescono a nascondere il disappunto. E delle voci, certo, del pettegolezzo che esce dai suoi appartamenti e gira come un refolo per tutto il palazzo, dalle soffitte alle cucine, dai salotti alle cantine; la sua vita presa, scomposta, sezionata, manipolata, distorta, riportata in ogni dove con tono ora greve ora ilare. E poi anche fuori dalla Reggia, e per tutta Napoli, fino in Sicilia, nel resto del Regno, anche per merito di quegli orribili fogli come *Il Gazzettino Rosa*, che non perdono occasione per darle contro, per mettere in giro voci maligne, per sobillare le masse; la sua intimità sulla bocca di lavandaie e ciabattini, orfani e prostitute, delinquenti e usurai, tutti lì a sentenziare cosa sarebbe meglio per lei, cosa dovrebbe fare, cosa le manca, cosa farebbero loro al posto suo.

Vorrebbe dirle di Umberto, che in fondo è l'ultimo dei problemi, perché non c'è mai; ha sempre una battuta di caccia, un impegno, un'udienza privata, qualcosa - *qualcuna* - che viene prima di lei, che gli interessa di più. E che, in fondo, a lei va bene così, perché il solo pensiero di dover condividere l'intimità con lui, di trascorrere del tempo insieme le fa venire, quello sì, la nausea.

Vorrebbe dirle che gli unici momenti in cui si sente in pace sono quelli in cui riesce a sgattaiolare di nascosto giù per la scala di servizio che va diretta ai piani bassi. Se ne sta là quasi ogni notte, rannicchiata sull'ultimo gradino, infischiandosene di blatte e ratti che le zampettano accanto, con l'orecchio teso alla pancia del palazzo ascoltando i discorsi semplici di sguattere e garzoni, che ora riesce a intuire, fantasticando d'essere una di loro e che sulle sue spalle non poggi il peso di una nazione intera.

Vorrebbe dirle che è umana. Se lo ricorda, sua madre, di aver messo al mondo un essere umano e non un simbolo senza personalità né sentimenti?

E poi vorrebbe anche dirle - ci ha pensato a lungo in questi giorni d'attesa e tormento, da quando le è giunta la lettera che le comunicava l'arrivo della madre - vorrebbe dirle che, se avesse saputo, se anche solo avesse intuito che la vita da futura regina sarebbe stata questa prigione, questa tortura, questa umiliazione, all'epoca le avrebbe risposto che no, se lo togliesse dalla testa: Margarethe non è all'altezza del compito. Meglio il convento.

« Umberto mi tradisce », riesce a dire soltanto.

L'altra fa una risatina piena di sarcasmo.

« Mi tradisce smaccatamente, *maman*, in continuazione. »

« Se tu lo tenessi occupato, forse lui non avrebbe di che distrarsi. »

« Non è così che vanno le cose. »

« Ho avuto due figli, mia cara: so bene come vanno le cose. »

« Quindi sapete bene che bisogna essere in due, in determinate circostanze. »

« Gli hai sparato, Margarethe. Cosa ti aspetti che faccia? »

Oh, pensa Margherita, *quanto mi dispiace d'averlo mancato!*

Un valletto viene ad annunciare che a breve sarà servita la cena e Margherita sente che il tempo a sua disposizione si è esaurito, che l'ha sprecato. Perché non è riuscita a parlare? Perché non si è ribellata?

Ma poi, se anche lo avesse fatto, cosa avrebbe ottenuto? Non c'è modo di sfuggire al destino, e il suo destino è questo, il suo destino è qui.

« Non voglio ripetermi », conclude Elisabetta alzandosi e fingendo di non notare gli occhi lucidi e le gote arrossate della figlia. « La Corona necessita con urgenza di un erede: che ti piaccia o no, deve nascere in questa città e assumere il titolo di principe di Napoli. È necessario che il matrimonio venga consumato, altrimenti potrebbe anche essere annullato, esponendo la famiglia a un pericolo enorme, per tacere dell'umiliazione che stai infliggendo a tutti noi.»

«Capisco...»

«Devo ricordarti che qui non stiamo parlando di te, ma del futuro della dinastia e dell'Italia unita, per la quale centinaia, migliaia di uomini hanno versato il loro sangue? Vuoi che tutto ciò venga sacrificato al tuo egoismo, alla tua immaturità, alla tua inadeguatezza?»

«No, *maman*.»

«Dunque, fa' il tuo dovere, Margarethe. Fa' quello per cui sei stata messa al mondo.»

6

«Questo!» strilla Nestore. Le sue urla sono così forti che tutti i piani bassi sono accorsi a vedere cosa sta accadendo. «Lo vedi questo?»

Il maggiordomo agita un calice sotto il naso di un valletto. È una giornata insolitamente mite; un raggio di sole buca il cristallo e si rifrange in innumerevoli scaglie multicolore sulle pareti dell'ufficio, conferendo alla stanza un aspetto fatato.

«Lo sai cos'è questo?» sbraita Nestore. «È un insetto. Inset-to!» scandisce. «*Dégoûtant, horrible!*»

Il vecchio nel suo abito scuro che gli cade addosso come un mantello troppo grande non bada agli altri, forse non li ha nemmeno visti e, in ogni caso, non farebbe differenza: la sua collera è tale che la consapevolezza di avere un pubblico non sarebbe sufficiente per chetarlo. Stringe il calice tra le dita ossute con tanta forza che il gambo si spezza e gli taglia il palmo. Se ne avvede solo quando due grosse gocce di sangue cadono a terra. Allora arriva il dolore: dapprima freddo, subito si irradia caldo per tutta la mano e sale a bruciargli le nocche e il dorso.

Nestore, più indispettito che spaventato, scaglia ai propri

piedi il calice che si polverizza in un istante, poi si affanna a calpestare le gocce di sangue che imbrattano il pavimento. « Via! Via! *Dégoûtant, horrible!* »

Nina entra in quel momento e stenta a credere ai propri occhi. Il maggiordomo salta e scalcia come se stesse pigiando dell'uva in un catino immaginario, mentre tutti lo guardano divertiti e qualcuno addirittura lo scimmiotta, simulando un balletto sgraziato. Il polsino della camicia del vecchio, di solito sempre linda e stirata impeccabilmente, si sta imbrattando di sangue. Possibile che nessuno si renda conto della gravità della situazione?

« Basta! » grida Nina. « Quest'uomo è ferito! Non lo vedete? Deve essere medicato! »

Tutti gli occhi si appuntano su di lei. Qualcuno, che non l'aveva mai notata prima, domanda al vicino chi diavolo sia questa guastafeste.

« È una delle cameriere della principessa, viene dal Settentrione. »

« Ah... quelli poi! »

La Frassi, che fino a quel momento era rimasta in disparte anche lei a osservare, si stacca dalla parete. « Forza, forza, signori. Torniamo al lavoro! » Batte le mani e tutti escono alla spicciolata, chi borbottando, chi ridacchiando.

« Marianna, mia cara! » fa Nestore alla vista di Nina. « Hai visto che disastro hanno combinato qui? »

Lei lo prende delicatamente per mano e lo fa sedere. « Cos'è successo? »

« Era convinto di aver visto un insetto nel bicchiere », interviene la Frassi.

« Quale insetto? » domanda Nestore, divenuto mite tutto d'un tratto.

« Non c'era nessun insetto », continua la Frassi.

« E perché non glielo avete detto? »

La governante dà un'alzata di spalle, poi distoglie lo sguardo. « Pensaci tu, va bene? » dice uscendo. « Io ho faccende più importanti di cui occuparmi. Raccogli tutte le schegge, poi c'è da lavare a terra. E vedi di fare alla svelta, non perdere tempo in chiacchiere come al tuo solito. »

Con le grandi mani ossute del maggiordomo tra le sue, Nina aspetta che la Frassi sia uscita, poi bagna un fazzoletto e tampona delicatamente la ferita di Nestore. « Fa male? »

« No, cara Marianna. »

« Sono Nina, signore. » Gli benda la mano con una pezzuola pulita, poi si occupa del polsino macchiato di sangue. « Dovremo provare con del sapone a freddo. »

« Oh... » mormora Nestore, avvedendosi solo in quel momento della camicia sporca. « Sì, il sapone a freddo andrà bene. » Fa una lunga pausa. « Vedi, ci sono macchie che si possono rimuovere senza difficoltà: per l'inchiostro usiamo il limone, per la cera il vapore, per la cioccolata il ghiaccio. Ma poi ci sono macchie - le peggiori - che si imprimono indelebilmente, e allora non v'è nulla, *rien,* che si possa fare per porvi rimedio. » Solleva in aria il dito ricurvo e conta. « *Un,* le macchie sulla nostra coscienza. *Et deux,* quelle sulla nostra reputazione. Ma, se, nel primo caso, solo noi possiamo vederle e nella segretezza del nostro animo possiamo, seppure con dolore e vergogna, imparare a conviverci, nel secondo esse giacciono sotto la vista di ognuno, come un marchio d'infamia. E, dal momento che non v'è alcun modo, in terra come in Cielo, per cancellarle, è importante, anzi vitale, che la nostra coscienza e la nostra reputazione restino sempre immacolate. » La guarda a lungo negli occhi. « La tua coscienza è pulita, Nina? »

Lei ha un sussulto e istintivamente si porta la mano alla cicatrice sullo zigomo, lasciata dal calamaio della Litta. Sotto il suo letto ci sono ancora quelle banconote, il prezzo della sua complicità, la macchia indelebile sulla sua coscienza.

È stata Ottilia a insistere perché le portasse con sé a Napoli. *Non vorrai mica bruciarle!* Sì, Nina lo avrebbe fatto, le avrebbe bruciate.

« La mia coscienza purtroppo non lo è », sussurra Nestore alzandosi e raddrizzandosi a fatica. A Nina sembra di sentire lo scricchiolio delle ossa.

« Perché? » gli chiede. Le sembra impossibile che un uomo tanto saggio e generoso abbia delle colpe da scontare nel proprio passato.

Nestore sospira. « La mia famiglia vantava nobili natali ma, ben prima della mia venuta al mondo, una infausta serie di coincidenze l'aveva messa nella condizione di non poter disporre di un grande patrimonio. Così fui avviato a una scuola di paggeria, acciocché ricevessi un'educazione proporzionata alla mia nascita. Furono anni lieti e spensierati, ma anche di duro lavoro, durante i quali mi fu insegnato a cavalcare, danzare, giocar di spada...» Sorride, rivivendo con gli occhi della memoria quei giorni ormai lontani.

Fuori il sole è andato a nascondersi dietro il mare e il suo riverbero tinge di rosa e d'arancione ogni cosa. Nina accende una candela e rimane in ascolto, consapevole dell'importanza di quel momento: da quando lo conosce, hanno trascorso molto tempo insieme, ma è la prima volta che il maggiordomo le schiude i segreti delle proprie origini.

«Ho dedicato a questa famiglia tutta la mia vita, con dedizione e integrità morale. E ora...» Al vecchio trema la voce e fingendosi indaffarato le volta le spalle. «Ora che il mio tempo volge al termine, mi domando se a Casa Savoia, cui pure devo tutto ciò che ho, tutto ciò che sono... ebbene, mi domando se non abbia sacrificato troppo, dal momento che non ho nient'altro.»

«E Marianna?» domanda Nina.

Il maggiordomo la guarda come se non capisse. «Marianna?»

«Sì, signore. Marianna, vostra figlia.»

«Oh!» fa il vecchio, come se si risvegliasse da uno strano torpore. «Marianna...»

«Raccontatemi di lei, vi prego.»

Nestore solleva gli occhi al soffitto. «Marianna se n'è andata, io l'ho cacciata, ripudiata», dice con un sorriso amaro. «Era promessa sposa a un conte di antichissima e specchiata nobiltà piemontese. Certo lui era ben più anziano di lei, che aveva appena diciassette anni, e sì – ne convengo – forse mancava del fascino che una fanciulla di quell'età spera di trovare nel compagno di una vita, ma il brav'uomo avrebbe provveduto a lei garantendole un'agiatezza alla quale diversamente la mia povera bambina non avrebbe potuto aspirare. Tutto era già stato concertato, ma pochi giorni prima delle nozze

Marianna si era opposta, diventando sorda a ogni mia argomentazione: aveva perfino minacciato di togliersi la vita se l'avessi data in sposa a quell'uomo, che aveva apostrofato con parole crudeli e affatto veritiere. A nulla erano valsi i miei richiami all'onore e al senso del dovere. Marianna, la mia piccola, mite figliola, che fino a poco tempo prima era stata una creatura d'animo gentile, una fanciulla devota e rispettosa, era d'un tratto divenuta folle, come se un demone si fosse impadronito di lei.»

Nina ascolta con la bocca spalancata, immaginandosi la ragazza trasfigurata nei tratti dal demone evocato da Nestore.

«Ben presto avevo scoperto il motivo che soggiaceva dietro tanta insensatezza. Ella aveva infatti rivelato d'essersi innamorata di un giovane, di poco più grande di lei.» Fa una risatina sarcastica. «Un tale, impiegato di banca.»

«Oh!» si lascia scappare Nina.

Nestore coglie il suo scetticismo e si accalora: «Un borghese, un borghese qualunque! *Quelle honte! C'était vraiment une chose répréhensible!* Sarei dovuto stare a guardare mentre il sangue dei Martini, dopo secoli di accorte politiche matrimoniali, si mischiava a quello di gente che deve lavorare per vivere? Gente le cui mani toccano il denaro?»

Nina abbassa gli occhi. Non può fare a meno di pensare che anche Nestore, dopo tutto, lavora.

«No», puntualizza lui, come se le avesse letto nella mente, «il maggiordomo non è un lavoro. È una missione, una vocazione. Il maggiordomo è moralità, onore, rettitudine, virtù!»

«Che ne è stato di Marianna?»

«Chi?» Di nuovo quello sguardo vuoto.

«Vostra figlia.»

«Oh, suppongo si sia sposata con quel tale. Dio non voglia che abbiano generato della prole.»

Nina non sa cosa rispondere, dunque si china a raccogliere i frantumi del calice. Nestore la osserva sentendo salire le lacrime agli occhi. La ragazza ha una mente rapida e determinata, un animo incline alla gentilezza. Sovente è stato molto severo con lei, forse talvolta troppo esigente; ma Nina ha saputo elevarsi sopra il proprio rango con pazienza, dedizione e curiosità.

Ha svolto tutti i compiti che le sono stati assegnati senza mai lamentarsi, senza mai obiettare, senza mai domandarne il motivo, affidandosi a lui con incrollabile fiducia e genuino desiderio di conoscenza.

Oh, pensa, *se avessi avuto una figlia, l'avrei voluta proprio così.*

Ma i rimpianti non hanno alcuna utilità e, in ogni caso, ormai è troppo tardi. Ci sono momenti, brevissimi, orribili momenti, in cui Nestore riesce a cogliere con atroce lucidità tutto il proprio declino, come se vedesse sé stesso di lontano scendere lungo una scala ripida che si perde nelle profondità del suolo: parole che mancano, ricordi che affiorano all'improvviso e che diventano indistinguibili dalle fantasticherie, ingovernabili scatti d'ira seguiti da altrettanto ingovernabili torpori, lunghissimi vuoti che gli lasciano addosso una spossatezza insopportabile e una macchia d'urina nei calzoni.

Ci sono momenti, come questo, in cui Nestore torna padrone di sé e si vede ormai in fondo a quella scala, piccolo e ricurvo, come sbiadito, prossimo a sparire per sempre. Non può dire quanta strada gli resti, ma sa con assoluta certezza di trovarsi alla fine del percorso e guardandosi indietro gli sembra che la sua vita sia corsa via in un lampo, che forse lui l'abbia sprecata appresso a cose di poca importanza, che avrebbe potuto usare meglio quella manciata di anni che Iddio gli ha donato. Allora più della morte e dell'ignoto, che talvolta lo chiamano come sirene, più di ogni altra cosa teme di sparire. Non che il suo misero corpo torni alla cenere, questo no. Ma il pensiero che tutto ciò che in questa vita ha conosciuto, tutto il sapere che ha accumulato, tutte le cose che ha veduto, i suoi ricordi belli e brutti, e tutta la saggezza che ha conquistato vadano dispersi, che sfumino con lui in fondo a quella scala ripida e buia è la cosa più crudele di questi atroci momenti di lucidità.

Forse è per questo, pensa, che Dio ha messo Nina sul suo cammino: perché, dopo tutto, l'unico modo per non perdere una cosa è donarla a qualcuno che ne sia degno.

7

La giornata è fredda ma limpida, e la corte si è trasferita a Capodimonte. La pioggia ha reso il cielo d'un blu brillante, che sulla linea dell'orizzonte si fonde col mare. Dopo la colazione, Umberto e Amedeo escono a passeggiare nell'erba ancora umida dello Spianato che circonda la Reggia, da cui la vista abbraccia il golfo.

Suo fratello è arrivato ieri sera, con un giorno d'anticipo rispetto alle previsioni, gettando nel panico quel *povr'om* del maggiordomo e ancor più Margherita. Aveva viaggiato praticamente senza fare soste e, come aveva scorto un sofà, vi si era lasciato cadere. Umberto non lo vedeva da mesi e l'aveva trovato diverso: Amedeo aveva forse qualche chilo in più, ma soprattutto una vitalità talmente incontenibile da risultare perfino fastidiosa. I suoi occhi cerchiati di stanchezza avevano qualcosa di acceso, una luce che Umberto non vi aveva mai scorto, come se stesse sempre sorridendo, come se i suoi pensieri fossero da un'altra parte, una parte migliore.

Da poco gli era nato un figlio ed era bastato un attimo per capire che tutta l'energia di Amedeo arrivava da lì, dall'essere divenuto padre. Ogni suo discorso andava a sbattere lì e, per quanto tutti con garbo cercassero di cambiare argomento, si finiva sempre a parlare di Emanuele Filiberto, del faccino roseo, degli occhi che sono proprio quelli della madre, dei piedi così sproporzionati al resto. Era così stordito dalla felicità da non rendersi conto della tensione che le sue parole sollevavano nella stanza.

Umberto teneva d'occhio Margherita, che agli altri forse sembrava gaia come sempre. Ma il modo in cui giocava col bracciale, stringendolo e rigirandolo come se volesse strapparselo via, la mano che andava continuamente al giro di perle, come per controllare che fossero ancora lì, e poi gli sguardi bassi e obliqui, per evitare di incontrare quelli altrui, il continuo sistemarsi sulla sedia e gli incisivi che torturavano il labbro inferiore: tutto in lei parlava di disagio, di colpa. Si è ingannato, o forse lei lo guardava come per implorarlo di porre fine a quello strazio?

Umberto è felice per suo fratello, che non ha mai visto così traboccante di amore e gioia, ma al contempo ogni sua parola gli brucia come una frustata sulla pelle. Davanti a questo entusiasmo, a questa grande emozione che inebetisce Amedeo rendendolo prolisso e un po' patetico, Umberto si domanda se anche lui un giorno proverà le stesse cose. E, mentre se lo augura, mentre invidia benignamente il fratello, una parte di sé nelle profondità del suo animo gli sussurra che lui non sarà mai così, che i bambini non gli interessano, e implora Dio di concedergli ancora qualche anno di leggerezza.

Stanotte si è rigirato a lungo sul materasso, poi ha sognato che gli nasceva un figlio: usciva dal corpo della madre tutto coperto di muco e sangue, ma già con la corona sul capo. Il piccolo urlava e scalpitava nelle mani della levatrice, che glielo porgeva. « È un maschio », si congratulava. Umberto si sentiva all'improvviso sollevato, come quando da bambino aveva portato a termine una traduzione dal latino, e non gli importava che fosse fatta bene o male; finalmente poteva uscire a cavallo o allenarsi con la spada. Suo figlio era caldo e minuscolo. Umberto gli sorrideva, sentendo di amarlo come non aveva mai amato niente e nessuno, e che la sua vita era finalmente completa. Ma il bambino all'improvviso spalancava gli occhi, che erano velati proprio come quelli che aveva descritto Amedeo la sera prima, grandissimi e scuri; si divincolava e tirava fuori il braccio dalla fasciatura. « Tu! » lo additava suo figlio. « Tu mi hai condannato! »

Umberto si è svegliato nell'istante in cui faceva cadere a terra il bambino, che si infrangeva come un vaso di porcellana.

« Lui lo hai visto? » chiede Umberto, riferendosi al padre.

Amedeo annuisce. « Vengo proprio dalla Mandria. »

« Dalla Mandria? »

« Passa più tempo là che a Palazzo Pitti. » Amedeo dà un'alzata di spalle. « Lo sai che quando c'è di mezzo la Vercellana... »

Umberto lascia andare uno sbuffo che finisce con un ringhio basso. « Io quella... » Stringe i denti fino a sentir dolere le tempie. « Non gli verrà mica in testa di sposarla! »

«Dio solo sa se lei non lo vorrebbe.»

«Che disgustosa arrampicatrice sociale! E scaltra come una volpe. Quel dannato cugino, poi, l'Aghemo, tutto preso a trafficare, a manovrare... Non si può mai stare tranquilli, con quelli. Ma è pur sempre una popolana. Non può diventare la prima regina d'Italia!»

«Non accadrà, il governo non glielo permetterebbe.» Si ferma, lo trattiene per un braccio. «Sarà Margherita, lo sai.»

Umberto abbassa lo sguardo e il fratello finalmente si rende conto di aver toccato un tasto dolente.

«Mi ha detto di darti questa.» Amedeo gli porge una lettera da parte del re e rimane a osservarlo.

«Ah!» fa Umberto, riponendola nella tasca interna della giacca con un gesto stizzito.

«Non la apri?»

«Immagino già cosa contenga», sbuffa. «Richiami al senso del dovere, allo spirito di abnegazione, alle responsabilità... Detto da lui, poi, che vorrebbe elevare al rango di sovrana una rozza analfabeta venuta dal popolo.»

«E perché non il suo cavallo, allora?»

«Perché con il suo cavallo non ci va a letto!»

Ridono fino alle lacrime e Umberto prova sollievo nel ritrovare la complicità e l'affetto per il fratello, che solo ieri era arrivato benignamente a odiare.

Poi s'informa sulla situazione in Spagna. Da quando la regina Isabella è stata detronizzata, lo scorso settembre, si fa un gran parlare del futuro della Corona e non è mistero che Vittorio Emanuele stia tramando per insediare su quel trono uno dei suoi: forse Tommaso, il fratello di Margherita, che però è ancora troppo giovane, o meglio ancora Amedeo.

«Finirà che diventi re prima di me», ridacchia Umberto. «Amedeo I di Spagna! Senti come suona bene!»

Amedeo però non ricambia. «Non sarei ben accetto in Spagna», mormora. «Ne abbiamo già parlato. Gliel'ho detto, io non... non credo che sarei all'altezza del compito.»

«E lui?»

Amedeo fa una smorfia amara. «Lo conosci. Taglia corto, finge di non sentire quello che non gli torna comodo e poi tira dritto per la sua strada.» Cogliendo lo sconforto nello sguardo del fratello, conclude: «Siamo figli del re, Umberto. Non abbiamo scelta. Rispondiamo a un bene più grande del nostro».

«Non a tutti i figli di Vittorio Emanuele tocca questo destino», replica l'altro. «Quelli che ha avuto dalla Vercellana hanno i privilegi dell'essere figli del re e nessuna responsabilità. Una vita di agi, di lusso sfrenato, denaro, sperpero, palazzi... Possono cambiare idea, possono sbagliare, possono innamorarsi e scegliere di sposare chi amano!»

«Non possiamo farci niente, lo sai. È Dio che l'ha voluto.»

«No!» ribatte Umberto, senza più riuscire a contenere la collera. «È nostro padre che lo vuole. A loro non sa dire mai di no, è accondiscendente, benevolo, chiude un occhio su tutte le scelleratezze, sorride bonariamente delle cadute di stile, finge di non vedere la vergogna che gettano sul nostro nome, ne fa perfino sfoggio vantandosi pubblicamente di quanto siano robusti e sani. E a noi cosa resta?» Tira fuori la lettera di suo padre, la sventola in aria con un gesto furioso e grida: «Patria, dovere, sacrificio!»

Il cielo sopra di loro si annuvola di nuovo, il vento porta odore di pioggia e qualche foglia morta. I fratelli tornano verso la Reggia, ognuno perso nei propri pensieri.

Quando arrivano in vista del palazzo, Amedeo si arresta e dopo un attimo di esitazione gli dice: «Questo matrimonio deve avere un erede, Umberto». Ha lo sguardo dolente di un ambasciatore poco convinto del messaggio che sta portando.

Lui si irrigidisce, stringe le labbra così forte che i baffi gli sfiorano il mento. «Non anche tu, ti supplico.»

Il mattino seguente, all'alba, Umberto parte diretto a nord.

8

La carrozza avanza lenta aprendosi un varco nella nebbia. «Tra non molto dovremmo esserci, Vostra Altezza», grida il cocchiere, cercando di bucare con lo sguardo il muro color latte davanti a lui.

Umberto, rannicchiato in un angolo, emette un borbottio rabbioso. Ha viaggiato sostando appena per cambiare i cavalli e dormire qualche ora. Non ha voluto usare il treno, per non dare nell'occhio, o forse per prendersi del tempo prima di rivedere suo padre. La lettera di Vittorio Emanuele gli pesa nella tasca come se fosse di pietra.

Vieni. Debbo vederti colla massima urgenza.

Il re, si sa, non ama dilungarsi, specie per iscritto. E, del resto, non v'era poi molto da dire, il motivo per cui è stato mandato a chiamare è evidente, ma questa missiva è più che concisa: è imperativa. Gli ricorda un altro messaggio, risalente a circa un anno prima, quando Umberto si trovava a Milano e suo padre lo aveva convocato in tutta fretta a Torino, un messaggio che in poche parole aveva cambiato la sua vita: *Vieni, t'ho trovato la sposa.*

Se, tuttavia, il tono della lettera non fosse sufficiente a mettere di cattivo umore Umberto, c'è il luogo dove è stato convocato. Al castello della Mandria, nel cuore del vecchio Piemonte, Vittorio, lontano dal cerimoniale di corte e da orecchie indiscrete, si gode una placida vita da ricco uomo di campagna. Qui, tra lunghe battute di caccia e sostanziosi manicaretti, può smettere i panni del sovrano e appoggiare i gomiti sul tavolo, ridere sguaiatamente, appisolarsi in poltrona, imprecare o petare, come tutti i cristiani nell'intimità della propria casa.

Qui, soprattutto, vive con la donna che dice di amare, l'impresentabile, la rozza Vercellana, quella a cui tutti i salotti sono preclusi, quella che frequenta i teatri minori e che ai ricevimenti deve portarsi un valletto che la faccia ballare dal momento che nessun gentiluomo si sognerebbe mai di farlo. Insieme con questa donna, che lui chiama affettuosamente Rosina, qui crescono la loro prole, un bizzarro incrocio di volgarità e arroganza cui, inspiegabilmente, Vittorio è legato da un profondo affetto, che farebbe perfino tenerezza se non fosse che tutto ciò che essi hanno è stato sottratto ai figli legittimi. La Mandria è il loro nido, direbbe qualcuno – la loro tana, preferisce Umberto –, e se suo padre l'ha mandato a chiamare qui, proprio qui, è anche per metterlo a disagio. Lei sarà presente?

È da quando ha lasciato Napoli che riflette su come comportarsi; cerca di prevedere quello che suo padre gli dirà e immagina di rispondergli per le rime. Non ama Margherita, no, non l'ama, anzi talvolta la detesta. Eppure ha obbedito e l'ha sposata. Nessuno può rinfacciargli di non essere devoto alla Corona e alla patria: ogni apparizione pubblica, da Venezia alla Sicilia, è stata un autentico successo, il popolo adora la coppia reale e nessuno, all'infuori della ristretta cerchia della corte, potrebbe mai sospettare il sacrificio che gli costa stare lontano da Eugenia.

Che stia tranquillo, il re: l'erede arriverà, la successione sarà garantita. Gli si conceda solo un po' di tempo, solo un altro po'. In fondo, è maritato da meno di un anno, non c'è bisogno di avere tutta questa fretta. E non lo si paragoni, per carità, a suo fratello: il suo è stato un matrimonio d'amore! Va bene, lui ha già avuto un figlio, ma s'era sposato un anno prima.

Umberto conta con le dita i mesi di vantaggio di Amedeo, come se la questione fosse meramente matematica, poi scrolla il capo.

All'improvviso, vecchi ricordi riaffiorano alla mente. Dopo il tragico incidente occorso alla sua prima promessa sposa, Umberto s'era messo in testa di voler passare il resto dei suoi giorni con Eugenia. Forse era stata proprio la morte di Matilde, quel doloroso senso di leggerezza, a rafforzare in lui l'idea di poter essere libero. Avrebbe rinunciato a tutto, sì, a tutto, pur di stare con la donna che amava; il trono sarebbe passato ad Amedeo, molto più preparato, molto più adatto di lui a questo ruolo. E loro? Umberto passava ore a fantasticare di fuggire in un luogo remoto, dove nessuno sapesse chi era e dove avrebbe potuto condurre una vita semplice, vera.

Poi gliene aveva parlato. Eugenia lo aveva osservato a lungo, come faceva certe volte quando era determinata a leggergli dentro, ed era scoppiata in una risata acuta e crudele. «Ma dunque dici sul serio! Dici sul serio, povero amore mio!» E, vedendo Umberto incupito, gli aveva fatto cadere sulla fronte, sugli occhi, sulle labbra e sul petto piccoli baci. « Ti amo tanto, sai. »

Avevano fatto l'amore senza fretta, con un po' di noia e, prima che lui ripartisse, lei lo aveva attirato a sé, stringendolo forte, come se volesse imprimere sul suo corpo la forma del proprio.

« Umberto », gli aveva detto, prendendogli il capo tra le mani e affogando gli occhi nei suoi, « tu sei nato per diventare re, e sarai un magnifico re, amato dal popolo. » Aveva gli occhi lucidi. « Vorrei tenerti solo per me, Iddio sa se non lo vorrei! Ma non potrei vivere sapendo di averti allontanato dal tuo destino. Non potrei, amore mio. »

Sarà il luogo dove è diretto che lo mette di cattivo umore, sarà che sa bene cosa lo aspetta, ma adesso si domanda se dietro le lacrime di Eugenia non si nascondesse un interesse personale e se le parole velenose di Margherita non dicessero il vero: *Se fossi il figlio di un liutaio o di un maniscalco, pensi che lei ti avrebbe voluto lo stesso?*

La carrozza rallenta, nell'abitacolo arriva attutito il suono della ghiaia sotto le ruote. Voci lontane; si avanza ancor più lentamente, poi il rimbombo degli zoccoli nell'androne del palazzo, segno che il momento è giunto.

Quando Umberto scende dalla carrozza e si trova davanti suo padre, rimane come istupidito. Vittorio indossa un paio di stivali morbidi ancora sporchi di fango, il panciotto con gli ultimi bottoni aperti, il cappello un po' storto sulla fronte ampia; un vecchio bracco con gli occhi lacrimosi gli scodinzola a fianco, guardando ora il padrone ora il figlio, come se anche lui cercasse di intuire il tenore di quell'incontro.

Umberto raddrizza la schiena e china il capo in segno di saluto. Suo padre fa un gesto sbrigativo con la mano, poi gli volta le spalle e si avvia all'interno. « Te la sei presa comoda », commenta.

« Non mi sono neanche fermato », fa, guardandosi attorno in cerca della Vercellana.

Vittorio sbuffa, poi indica fuori da una finestra, dove lo scheletro di un albero è sbiadito nella nebbia. « Adesso arriva bello, vedrai. »

Percorrono il corridoio al primo piano, arredato in stile rustico, sotto lo sguardo vitreo di cervi e stambecchi impagliati e appesi al muro. Il pavimento di legno scricchiola sotto i loro passi. Gli appartamenti privati sono deserti e silenziosi; niente valletti ritti accanto alle porte, segretari indaffarati, cameriere cinguettanti: qui il personale è ridotto all'osso.

Umberto viene fatto accomodare in una stanza piccola e calda, con una sola finestra che si affaccia sul parco. Ha giusto il tempo di rinfrescarsi e cambiarsi d'abito; quando la pendola batte dodici rintocchi, suo padre lo manda a chiamare.

« Avrai fame. » Vittorio fa strada in un salottino al cui centro c'è una tavola apparecchiata per tre. « Rosa ha fatto lo stufato al barolo. »

Umberto sente un nodo stringergli le viscere e il sangue pulsare alle tempie. La Vercellana è in piedi, in un angolo, con le mani inanellate raccolte sulla gonna troppo ampia e lo sguardo basso, colpevole. Umberto la trova più brutta di quanto ricordasse e di nuovo si domanda cosa vi veda suo padre; a parte il fatto che cucina un ottimo stufato, cosa che del resto farebbe qualsiasi serva piemontese senza che per questo sia necessario nominarla contessa.

Rosa si inchina, un profondo, lentissimo inchino. « Avete fatto buon viaggio, Altezza? » domanda.

Umberto non risponde. Con lo sguardo saetta verso il padre in una muta domanda: *Deve per forza esserci anche lei?*

« Sediamoci », taglia corto Vittorio, lasciandosi cadere sulla sedia. Poi picchia sul tavolo, come a dire che non è un invito, ma un ordine.

« Non ho appetito », mente Umberto, ancora immobile sull'uscio.

« Io sì », fa Vittorio aprendo il tovagliolo e fermandolo nel colletto della camicia. « Siediti. »

La Vercellana sparisce, poi torna seguita da un servitore che reca un tagliere con un grosso salame, seirass di pecora e verdure crude e cotte da intingere nella bagna cauda. Nella stanza si diffonde il profumo penetrante del tartufo, subito sovrastato da quello dell'aglio. Accomodandosi sulla punta della sedia,

Umberto deve ammettere a sé stesso di essere affamato e che questi odori gli ricordano casa, rendendolo nostalgico.

Il pranzo è lento, accompagnato da un vino rosso vellutato che va subito alla testa. Si parla di Napoli, dell'eruzione dello scorso autunno, delle vittime e poi della calorosa accoglienza che i principi di Piemonte hanno ricevuto in Sicilia. Vittorio si tiene per tutto il tempo ai margini dell'argomento più importante, quello per cui Umberto è stato chiamato alla Mandria, alzando di tanto in tanto sul figlio gli occhietti divertiti. Si fa versare dell'altro vino, si informa sulla salute della nuora, ne canta le lodi – la bellezza, la devozione, la forza di carattere – e, quando finalmente sembra venire al punto, cambia argomento, si complimenta con la cuoca, poi passa alla situazione in Spagna, alle sue ambizioni su quel trono, ai Borbone di Napoli e di nuovo ad Amedeo, all'altra nuora, al loro bambino...

Arriva il dolce. La Vercellana spiega che lo fa preparare con uova freschissime, perché questo è il segreto: uova freschissime e un goccio di armagnac al posto del rum. Vittorio le sorride, poi appoggia la manona sul dorso di quella di lei e gliela stringe. « È proprio brava, la mia Rosina. »

Umberto, prigioniero di quella scena di banale quotidianità, davanti a suo padre con occhi resi languidi dal vino, non riesce a contenere il disgusto.

« Mi ha dato due figli, Manuflo e la Vitta, che sono una benedizione di Dio », fa Vittorio, schioccando la lingua.

A Umberto sembra che la Vercellana sia scossa come da un brivido, che accenni ad alzarsi. Ma la sua mano è prigioniera di quella del re, che la costringe a restare.

« E tu quando lo fai un figlio? » va finalmente dritto al punto Vittorio. « Non è mica difficile. »

Umberto si sente avvampare e abbassa lo sguardo; la vista del *bonet* ancora intatto nel piatto gli mette la nausea.

« Margherita è bella, o no? Te l'ho presa giovane, sana. Cos'ha che non va la donna che ti è stata data in moglie? » Vittorio scruta a lungo il figlio. « O forse sei tu che hai qualcosa che non va? Federico di Prussia non ci avrebbe impiegato così tanto tempo; quelli quando devono fare una cosa la fanno. Ho messo al mondo un incapace? »

Umberto alza il capo con uno scatto. Padre e figlio si sfidano un istante.

«Mi ha sparato», sibila Umberto, e intanto cerca nella memoria tutte le parole che si era preparato, il discorso così razionale, inattaccabile. Che fine ha fatto? Si è perso anche lui nella nebbia, nel buon vino, nell'abbondanza del pasto, sotto lo sguardo bovino della Vercellana, nei modi triviali di suo padre, nell'informalità del luogo.

«Ah!» ride Vittorio. «Ma se non ti ha neanche sfiorato!» Beve un sorso di vino, poi continua: «Non sai come si fa? Te lo devo spiegare? Vuoi chiedere a Federico di Prussia? Eppure hai delle amanti, sei mio figlio, su questo non ci sono dubbi».

«Non mi pare questo il contesto...»

«Me ne frego del contesto! Tu devi mettere al mondo un erede! Cosa c'è che non ti è chiaro?»

«Lo farò, al momento opportuno.»

«Il momento opportuno era sei mesi fa!» Vittorio diventa paonazzo e per un istante Umberto teme che un boccone lo abbia soffocato o che gli sia venuto un colpo apoplettico. Poi il re si alza, si allontana barcollando.

Più tardi padre e figlio escono a fare una passeggiata a cavallo. Vittorio aveva previsto bene: mentre pranzavano il sole ha disperso la nebbia e ora davanti a loro la campagna umida si estende a perdita d'occhio, fino alle pendici dei monti con le sommità bianche di neve.

«La maggior parte dei miei sudditi, i tuoi futuri sudditi, non ha niente. Si ammazzano di lavoro, crepano di fame, di freddo, di malattie.» Vittorio è immobile in sella con lo sguardo fisso in lontananza. Sembra che non muova nemmeno le labbra, che le parole escano dalla sua persona senza passare dalla bocca. «Tu hai tutto: hai palazzi, servitori, donne e cavalli. Tutto quello che hai è perché te l'ho dato io, Umberto. È perché sei mio figlio, l'erede al trono. Credi che sia tutto dovuto?» Si volta e lo fissa con uno sguardo pieno di sofferenza. «Credi che sia facile essere re? Che consista solo nel farsi vedere al balcone, inaugurare qualche istituto per orfanelli, passare in rassegna qualche reggimento, sedere a capotavola ai banchetti di Stato, leggere un discorso scritto da altri? Te ne accorgerai! Oh, se te ne accorgerai! » Scuote il capo. « Essere re offre molti privilegi, ma richiede un prezzo, un prezzo altissimo. Il sovrano non è una persona, è un simbolo; essere re significa esporsi al giudizio dei posteri, all'odio della gente, essere fraintesi, pagare anche per i loro errori. Questo significa essere re, significa darsi al popolo, annullare sé stessi per un bene più grande. Significa non poter appartenere a sé stessi. Il mio corpo, la mia vita non sono miei: appartengono alla patria. Il mio volere non conta, io come persona fatta di carne non conto. Non posso sposare la donna che amo, non posso vivere con lei nelle residenze ufficiali, non posso dare il mio cognome ai nostri figli, non posso nemmeno ballare con lei ai ricevimenti. Credi che mi vada bene? Che lo abbia scelto io? Ci sono nato, proprio come te. Chiamala cattiva sorte! Piangi, impreca, disperati, fai quello che ti pare. Ma poi consuma questo dannato matrimonio. »

Umberto lo guarda e per la prima volta lo vede vecchio, appesantito, stanco. Non è la stessa persona ritratta nei dipinti, impettita a cavallo, con una mano sull'elsa della spada in segno di comando, il mento alto, la sfida negli occhi. È solo un vecchio pingue, reso nostalgico dal vino. Umberto si domanda chi dei due sia il vero, l'autentico Vittorio Emanuele, se nella medesima persona possano convivere due anime tanto opposte, o se uno dei due non sia altro che un bluff, una messa in scena.

Per quanto si sforzi, non riesce a provare pena per questa versione fragile di suo padre che si lamenta della propria condizione in un castello circondato da un parco infinito, con a fianco una donna disgustosamente semplice che gli prepara arrosti e *bonet*, e due figli a cui dà nomignoli ridicoli e palate di denaro - denaro estorto a suon di tasse e balzelli ai sudditi dei quali si dichiara servo - per pagare i loro capricci borghesi.

Il giorno dopo Umberto ha in programma di ripartire alla volta di Monza. Gli dicono che suo padre è uscito presto per andare a caccia e che gli manda i suoi saluti e inspiegabilmente lui si sente deluso, ferito.

Poco prima che salga a bordo della carrozza, lo ferma la

Vercellana. «Sono venuta ad augurarvi buon viaggio, Vostra Altezza.»

Lui la gela con uno sguardo pieno di odio.

«Mi dispiace per ieri», continua Rosa. «Non avrei voluto essere presente.»

«Cosa cambia?» fa Umberto con un piede già sul predellino.

«Vostro padre ha a cuore solo il vostro bene. Egli vi ama molto, Umberto. Non fa che ripeterlo, sapete.»

È una bugia, lo sanno entrambi. Se Vittorio loda i suoi figli, non sono mai quelli legittimi, ma i *bastardi*, gli usurpatori.

Umberto si volta, torna indietro e le si piazza davanti. «Voi! Non nominate il mio nome!» le sibila in faccia. «In mia presenza o meno, non osate farlo mai più.»

«Non sono vostra nemica, dovete credere alla mia buona fede.»

Umberto ride amaramente. «Certo, come no! Voi siete solo la sgualdrina del re e tutto ciò che avete a cuore è l'interesse vostro e quello dei vostri figli. Con le vostre piccole, sudicie mani pensate solo ad arraffare quanto più potete, fintanto che Dio vi consentirà di farlo, e per ottenere i vostri scopi non esitate a mentire, a manipolare, a distorcere la realtà a vostro piacimento, a calpestare e sfruttare il prossimo. Ora vi presentate al mio cospetto recitando la parte della vittima, vi dichiarate innocente, mi tendete una mano amica! E sono certo che in cuor vostro lo pensiate davvero, che siate genuinamente convinta di non aver mai fatto del male a nessuno, che la vostra coscienza sia linda, immacolata. Che colpa ne avete voi, in fondo, se quando eravate poco più che una ragazzina vi siete innamorata di mio padre e da lui siete stata riamata? Non è questo, del resto, che eravate venuta a dirmi poco fa? Che la vostra unica colpa è d'amare il re, ma che non intendete con i vostri sentimenti arrecarmi danno alcuno?» Inspira, trattiene il fiato, stringe i pugni. Poi le si fa ancora più sotto, si china su di lei, sussurra: «Credete che abbia dimenticato l'infanzia infelice che avete cagionato a me e ai miei fratelli? Il dolore, la solitudine e l'umiliazione che avete inflitto a mia madre? Quella povera donna ha sopportato in silenzio mentre voi vi insinuavate nella nostra vita, nei nostri palazzi, sotto le nostre lenzuola, e ne ha patito fino a morirne. Credete che abbia dimenticato tutte le volte in cui l'ho vista supplicare mio padre di non lasciarla sola, che non l'abbia sentita piangere nella sua stanza, mentre in quella accanto voi facevate i vostri sudici comodi? Credete che si possa perdonare la leggerezza con cui avete calpestato le nostre vite in onore di quello che voi chiamate amore e che altro non è che bieco interesse? Credete che basti venire qui a farmi un bel discorso per cancellare tutto questo? Io non sono mio padre, Vercellana, le vostre moine su di me non sortiscono alcun effetto. Non mi muovono a pena le vostre scuse, sono disgustato dal vostro cattivo gusto, da tutti i vostri sforzi per apparire una persona perbene, per cancellare le vostre spregevoli origini, e non credo, non crederò mai alle vostre buone intenzioni. Non sarete mai come noi. Non sprecate dunque tempo cercando di guadagnarvi un alleato. Pregate Dio, piuttosto, perché quando verrà il momento io vi toglierò tutto quello che avete sottratto alla mia famiglia e ricaccerò voi e la vostra lurida schiatta nel posto da cui venite e a cui appartenete».

Rosa non risponde, ma sostiene il suo sguardo. Umberto vi coglie qualcosa di feroce, una determinazione, un istinto animalesco che gli mette i brividi. A lungo si è chiesto cosa leghi suo padre a questa donna, e ora finalmente ne ha la risposta: quest'anima ferina, questa forza muta e insopprimibile, questa fierezza volgare e prorompente. Sono due anime gemelle separate dal ceto sociale.

La Vercellana fa un altro profondo inchino, poi indietreggia e rientra. Umberto sale a bordo, la carrozza riparte. Prima che abbia raggiunto i cancelli, Umberto picchia col pugno, il cocchiere arresta la vettura.

«Cambio di programma», ordina il principe. «Torniamo direttamente a Napoli.»

9

Il ricordo risale ad almeno tre anni fa. Una mattina, Margherita si sveglia in preda a forti dolori: un dente posteriore, che fino al giorno prima non sapeva neanche di avere, di punto in bianco le fa un male terribile, di quelli che ti tolgono il sonno e la ragione. Ha già visto altri soffrirne e serba un terribile ricordo di bocche piene di sangue, urla, pianti e svenimenti; pertanto tace, si tiene il dolore e non dice niente a nessuno, nemmeno all'istitutrice, cui di solito racconta tutto. Passerà, si dice. Ma il dolore non passa e, anzi, la guancia si gonfia, scotta terribilmente, al punto che in breve non è più possibile tenerlo nascosto.

« Cosa accade, *ma petite souris*? » domanda madame Arbesser, con quel misto di dolcezza e arguzia che Margherita adora.

Lei scuote il capo tenendosi la mano sulla bocca. *Niente*, vorrebbe dire, ma appena parla fitte insopportabili si irradiano fino all'orecchio.

Le applicano delle compresse fredde, fanno impacchi di erbe, provano con una garza imbevuta di brandy. Qualsiasi cosa, supplica Margherita, qualsiasi cosa ma, per pietà, non il dentista. Niente però sortisce l'effetto desiderato e dopo due notti insonni risulta evidente che non ci sono alternative.

« Farà male? »

« Non molto », risponde la Arbesser, distogliendo lo sguardo.

Quando arriva il medico, Margherita è tesa come una corda di violino, al punto che non le fa più male soltanto il dente, ma perfino la punta dei piedi.

« Il mio sorcettino sarà coraggioso », le sussurra madame facendola sdraiare sul letto, « perché ormai è una donna, e le donne sono sempre coraggiose. »

Le prende la mano e se la stringe al petto. Margherita annuisce e, docile, apre la bocca. Il dottore le orienta il volto verso la luce in modo da poter vedere meglio, le sposta la lingua, scruta a lungo, pensieroso; fa una smorfia, scuote il capo. A Margherita si riempiono gli occhi di lacrime, ma è quando vede la grossa pinza che il panico si impossessa di lei e d'istinto cerca di scappare.

Ancor più delle mani che la tengono ferma, sono le parole della Arbesser. « *Ma souris* », dice, accarezzandole la fronte madida di sudore, « un giorno sarà una splendida regina. Le regine sono forti, antepongono il dovere a sé stesse e lo accettano con dignità e coraggio.»

Margherita chiude gli occhi e per darsi forza si immagina seduta su uno splendido trono dorato con gemme incastonate nei braccioli; indossa una lunga veste in faille di seta con fiori ricamati sul corpetto, e sente sul capo il peso rassicurante della corona.

Il dolore è lancinante. L'osso della mandibola scricchiola e si incrina, le esce un grido stridulo e sgraziato mentre cerca furiosamente di sottrarre le mani alla presa dell'Arbesser. Ancora uno strattone, due, più forte, più deciso. La fitta le arriva fino al cervello, seguita da un conato di vomito. Il medico ansima per la fatica, ma non molla la presa, sembra che voglia staccarle tutta la testa. Infine il dente cede, un grosso molare insanguinato con lunghe radici uncinate.

«Brava, sorcettino. Brava!»

Margherita ha giusto il tempo di domandarsi se è stata abbastanza coraggiosa prima di perdere i sensi.

Le regine antepongono il dovere a sé stesse e lo accettano con dignità e coraggio. Le torna in mente adesso, quando sente la porta aprirsi e un brivido le percorre la schiena.

Ha aspettato tanto questo momento; una dama le ha annunciato che il principe suo marito le avrebbe fatto visita, e lei sulle prime non ha compreso. Forse, ecco, si immaginava qualcosa di più discreto, di più intimo.

Umberto procede nella stanza quasi in punta di piedi e quando le porte gli si chiudono alle spalle ha come un sussulto. È impacciato, non osa guardarla, e Margherita trova questa versione timida di suo marito ancor più disgustosa. *Dignità e coraggio.*

Nelle ultime settimane, da quando è tornato dalla Mandria, Umberto è cambiato. Dalla sua agenda sono spariti tutti gli impegni e le sta sempre appresso, che siano a Capodimonte o a Palazzo Reale come ora. L'altra sera, durante una rappresentazione nel teatrino di corte, le ha perfino preso la mano e trovandola fredda l'ha tenuta a lungo nelle sue, causando bisbigli e qualche colpetto di tosse alle loro spalle. Essere più gentile e premuroso deve costargli uno sforzo titanico, anche perché

Margherita non ha alcuna intenzione di rendergli il compito facile.

«Fa... fa freddo», dice lui con quella voce roca e sgraziata che le ricorda il raspare di uno zoccolo sulla ghiaia.

«Chiamo per far ravvivare il fuoco», ribatte Margherita.

«No, no», la ferma lui. Si guarda alle spalle, per sincerarsi che la porta sia chiusa, poi attorno, che siano davvero soli. «Vengo sotto le coperte.»

«Come preferisci.» No, dopo tutti questi mesi di umiliazioni, non gli renderà il compito facile. Poi però si dice che, se questo dente dev'essere tolto, conviene finirla alla svelta. *Dignità e coraggio.* Scosta un po' le coperte e si fa da parte. «Dal mio lato è più caldo.»

Umberto si accomoda e rabbrividiscono entrambi. Oltre la porta sembra di sentire dei passi.

«Bene», dice Margherita per colmare il vuoto tra loro. «Dunque è giunto il momento.» Lui è così vicino che non solo può sentire il calore della sua pelle attraverso la stoffa leggera della camicia da notte, ma le sembra addirittura di udirne il cuore. O forse è il proprio.

Come sarà? È da tempo che se lo domanda, che cerca di figurarselo, da quando le hanno detto che sarebbe andata in sposa al cugino. Ora però sente crescere emozioni che non aveva considerato, che non conosce e a cui non sa dare nome. Paura e curiosità: quanto ci vorrà? Farà male? E come si sentirà, come sarà Margherita, *dopo*? Sarà diversa? Ma diversa come?

Non devi fare niente, Margarethe. Gli uomini sanno tutto quello che c'è da sapere sull'argomento. E tuo marito più di ogni altro.

Umberto spegne il lume sul comodino e Margherita si sente precipitare nel buio mentre i tizzoni morenti nel camino la spiano con occhi di brace. Quando la sua mano le si posa sulla spalla, le scappa un grido.

«Sono io», sussurra Umberto al suo orecchio. «Sono io, tranquilla.»

I suoi baffi le solleticano il collo, poi scendono verso il seno. Margherita rimane immobile e rigida, trattenendo il fiato; cerca di distrarre la mente, di pensare ad altro, ma tutti i suoi sensi sono all'erta. Umberto insinua la mano sotto la camicia da notte e risale lentamente accarezzandole la gamba. Lei sente la pelle tendersi, come se volesse dilatarsi per offrirgli una superficie maggiore su cui scorrere e non volesse perdersi nemmeno un millimetro del suo tocco; i capezzoli le si inturgidiscono fino a farle male e, quando Umberto vi posa la mano, Margherita lo sente sorridere nel buio e detesta il proprio corpo, così debole, così sfacciatamente collaborativo.

Non vuole che le piaccia, non vuole. Non è così che lo aveva immaginato e non è così che deve essere: si tratta di un dovere, e i doveri non sono mai piacevoli.

Ma Umberto sembra farlo apposta, ci sguazza, anzi senza dubbio si diverte un sacco. Con le labbra umide vaga per il suo corpo fino a quando trova i capezzoli, e allora li succhia, li mordicchia strappandole un gemito. Si interrompe quel tanto che basta per farglielo desiderare ancora, poi le prende la mano, se la porta al petto e con una lentezza esasperante la guida giù verso il proprio membro.

« No », fa lei, presa dal panico. « Ti prego, no! »

Ma, quando finalmente Umberto si posiziona tra le sue gambe e per un istante esita, Margherita non riesce a fare a meno di muovere il bacino verso di lui, chiamandolo a sé.

Quando tutto è finito, le braci nel camino si sono spente e dietro le porte non passeggia più nessuno. Margherita adesso vorrebbe restare sola a rimettere ordine nelle emozioni, ma in pochi minuti Umberto è crollato addormentato accanto a lei, occupando quasi tutto lo spazio del materasso.

Per una settimana, si dice, rinuncerà al dessert. Sì, è deciso: niente dolci. Sarà sufficiente? si domanda. O dovrebbe confessare al cappellano che le è piaciuto?

Traffica per accendere il lume, poi si tira su sui cuscini e rimane a osservare suo marito, sentendo di odiarlo come non era ancora arrivata a fare. Dunque è *questo* che le ha negato per tutti questi mesi, per concederlo alle altre. È *questo* che fa ogni sera con una diversa. E se lei lo desiderasse ancora, se non riuscisse più a farne a meno? E se lui tornasse a negarglielo?

Poi si rende conto che domattina al risveglio lo troveranno qui, nel suo letto – nudo! – e si sente morire per la vergogna. *Poiché sia vero, bisogna che tutti vedano, Margarethe.*

Una domanda, però, la tiene sveglia fino all'alba. Umberto, all'apice del piacere, ha davvero pronunciato il nome della Litta?

10

Estate 1869

La notizia era nell'aria ormai da tempo, nonostante tutti gli sforzi della Frassi per tenere ogni cosa segreta. Come se fosse possibile nascondere una faccenda simile! Alle cameriere, poi.

Ottilia è in un angolo della dispensa al piano interrato di Palazzo Reale, seduta su una panca tra sacchi di farina e bottiglie di olio, e a Nina basta un'occhiata per capire che c'è qualcosa che non va.

« Ti ho cercata dappertutto », le dice.

Ottilia scrolla il capo e le allunga un foglio di giornale tutto sgualcito.

« Cos'è? »

« Non hai mica imparato a leggere? E allora leggi! » le risponde l'amica, velenosa.

Sono settimane, ormai, che Ottilia è intrattabile e Nina non sa spiegarsene il motivo. Cerca pretesti per accapigliarsi con tutti, sbuffa in continuazione, risponde in modo irriverente perfino alla governante, all'improvviso scoppia a piangere senza motivo, poi corre a nascondersi e non si fa trovare per ore.

Nina si siede accanto all'amica, prende il foglio, lo stende bene con le mani, inizia a leggerlo.

« Qui, qui! » fa Ottilia, puntando il dito tremante. Poi si copre il volto con le mani.

« Oh », fa Nina. « Allora è vero... » Prende la mano dell'amica e gliela stringe, senza trovare le parole per consolarla.

Cosa potrebbe dirle, del resto? Da mesi il principe non la manda più a chiamare e, nonostante Ottilia finga che la cosa non le interessi, è evidente che non si dà pace.

« Ma certo che è vero! Si sapeva, l'avevamo capito tutti », singhiozza Ottilia.

Erano i primi di marzo, la primavera si annunciava col trillo delle rondini e col profumo di mimosa che si spandevano nell'aria. La principessa di punto in bianco aveva iniziato a non sopportare più i fiori, era vietato mettere vasi nelle sue stanze perché diceva che le davano la nausea; poi aveva cominciato a sentirsi male ogni mattina al risveglio e Nina aveva preso a servirle la colazione in camera, su vassoi che tornavano nelle cucine senza essere stati neanche toccati. La principessa deperiva, era pallida, emaciata, sempre stanca; i dottori si davano il cambio, la Frassi era sempre più nervosa, ma nell'aria si respirava un'energia strana.

Poco dopo erano iniziate a correre le voci ai piani bassi. « Sono gemelli », diceva una. « Mia sorella stava male uguale e ha avuto due gemelli. Due maschi! »

« Finalmente un erede! Non se ne poteva più d'aspettare! »

« Eh! Qua se il principe non si dava una mossa... »

Ottilia scrollava le spalle. « Bisogna vedere, poi, se il padre è Umberto. »

Ma le conferme che il matrimonio era stato finalmente consumato fioccavano da ogni parte. Gennaro, uno dei valletti, andava dicendo in giro che lui quella notte aveva sentito tutto, e non era il solo, anche se ovviamente nessuno era disposto a credergli. Altri sostenevano che da qualche tempo il principe aveva preso a dormire con la principessa tutte le notti, e scandivano: « Tutte. Le. Notti ». E poi si facevano strani calcoli, si parlava di « giorni sì » e « giorni no » e ogni momento di riposo era buono per speculare, avanzare ipotesi, fare previsioni. Per mesi non si era parlato d'altro, e ora la conferma ufficiale.

Ottilia alza su Nina occhi rossi di pianto. « E adesso? » le dice col labbro che trema.

« Ma non... » *Non è detto che il padre sia Umberto,* vorrebbe dirle. Ma le parole non escono. Vuole confortarla, non prenderla in giro.

« Tu me l'avevi detto di non cascarci », piagnucola Ottilia. « Me l'avevi detto! »

Sì, Nina gliel'aveva detto, ma l'amica era così felice che non l'avrebbe comunque ascoltata.

« E adesso che cosa faccio? »

« Niente », risponde Nina. « Cosa puoi fare... »

« Eh! » sospira Ottilia rannicchiandosi su sé stessa. « Se però lui mi ricevesse... se solo me lo facessero vedere... Se potessi parlargli, le cose cambierebbero. » Si alza e misura la stanza a lunghi passi, sotto lo sguardo impotente di Nina. « Viviamo nello stesso palazzo, in fondo! Cosa ci vuole? »

« È un palazzo grande. »

« Ah, ma no! Sono quelli, io lo so. Sono loro che non me lo vogliono far vedere. » Dice spesso « loro » e « quelli là » riferendosi ora agli aiutanti di campo, ora agli attendenti, ora ai valletti, e persino ai paggi. « E adesso lei avrà il suo erede, bella contenta, e io? A me cosa mi rimane? » Solleva la manica e mostra il bracciale di perle che non si toglie mai, nemmeno per dormire, perché teme che « quelli » glielo rubino. « Cosa mi resta? »

Si porta la mano al ventre e lo accarezza con una tale delicatezza, con tale amore, che all'improvviso Nina, anche se non ha idea di come avvenga, capisce tutto.

L'abbraccia stretta, sentendo le lacrime salirle agli occhi. « Da quanto lo sai? »

« Da tre mesi », risponde l'altra con aria colpevole. « Almeno tre mesi. »

« Ma perché non me lo hai detto? »

« E che cosa avresti fatto? Lo avresti riferito alla Frassi? »

Nina si sente ferita. « Ti avrei aiutata. »

« E come? Non c'è più niente da fare! Niente! » Si accarezza di nuovo l'addome e Nina si ritrova a immaginare la creatura che inizia a vivere sotto la divisa da cameriera di Ottilia.

« Se solo me lo facessero vedere... »

Nina annuisce. Vorrebbe dirle che, forse, non sono « quelli »: forse è il principe che non la vuole più vedere, perché, quando lo voleva, « loro » si davano un gran da fare a procurarle carrozze a noleggio e appartamenti discreti fuori città. Vorrebbe dirle che per lui è stata solo un gioco, una distrazione, un capriccio; che è stata usata, come si usano un calzascarpe o un cucchiaio, che dopo si dimenticano in un cassetto. Che non è stata colpa sua, perché fidarsi non è mai una colpa; e non è stata stupida, ma illusa da persone che si sono avvantaggiate della sua ignoranza e che hanno alimentato le sue speranze. E che adesso è costretta a tenersi il frutto di questo inganno senza che il principe, probabilmente, lo verrà mai a sapere.

Ma che senso avrebbe dirglielo? Le farebbe solo male e, in fondo, sono cose che sa anche lei.

Nina sente la rabbia crescere e all'improvviso la dispensa le sembra troppo piccola per riuscire a contenerla. Ora le parole del maggiordomo, tutte le volte in cui l'ha messa in guardia da pericoli che lei non poteva vedere, la severità di certi ammonimenti, gli inviti al « pudore » assumono un significato diverso, completo. Disgustoso.

« Vieni », dice a Ottilia. « Usciamo. »

Percorrono il corridoio interno e raggiungono la porta da cui i fornitori scaricano le merci. Su un carretto, alcuni grossi granchi si contendono lo spazio angusto di un secchio accanto a un groviglio di tentacoli e teste di polpo. Il garzone del pescivendolo le accoglie con un fischio d'apprezzamento. Nina afferra l'amica per mano e la porta via, lontano. Sente le lacrime bruciarle negli occhi, il cuore ribellarsi nel petto e un sapore amaro in bocca.

Raggiungono lo scoglio dove spesso Nina si siede a leggere guardando il mare.

Ripensa ai romanzi che sfoglia di nascosto da Martini, di duelli per l'onore di una dama, di promesse di eterna fedeltà. Le sembra tutto così ridicolo, adesso, così falso. E si sente stupida, perché lei a quelle storie ha creduto: anzi, le ha desiderate.

« Troveremo un modo », le dice tirandola a sé. « Ti aiuterò io, te lo prometto. »

Una settimana dopo, però, Ottilia sparisce.

PARTE TERZA

Roma

Se mai si trattasse un giorno di andare a Roma,
lascerei questo compito a Umberto, ve lo giuro.
Per nessuna cosa al mondo voglio mettervi piede.

VITTORIO EMANUELE II
parlando con il barone de Talleyrand-Périgord

1

Roma, febbraio 1871

Una porta divide gli ambienti della servitù riservati agli uomini da quelli delle donne. Poco prima delle dieci, la Frassi passa in rassegna le stanze delle cameriere, sbircia sotto i letti e apre gli armadi; più o meno la stessa cosa – ma probabilmente con meno zelo – la fa, per l'ala degli uomini, il nuovo maggiordomo, un tipo corpulento e indolente, che cammina strascicando i piedi come parla strascicando le parole. Al rintocco della pendola, la porta che collega i due universi viene chiusa a chiave e nessuno, per nessun motivo, ha il permesso di sconfinare, pena l'espulsione immediata dal servizio. Una cameriera ha raccontato a Nina la storia di un valletto che, nel tentativo di raggiungere la stanza dove dormiva una certa ragazza, per poco non ci ha lasciato le penne, cadendo dal cornicione; che sia verità o leggenda, la Frassi ha preso l'abitudine ogni sera di sincerarsi personalmente che tutte le finestre siano serrate.

La stanza di Martini è l'ultima in fondo al corridoio; il vecchio maggiordomo è l'unico che abbia diritto a una camera tutta per sé, per rispetto della sua età e della sua posizione, ma soprattutto perché durante il sonno è agitato, e a nessuno verrebbe mai in mente di passare la notte accanto a uno che parla, urla, ride o piange, si alza e prende a calci il pitale, quando va bene.

Da tre giorni, però, Nestore non si alza più dal letto. Resta immobile supino e sonnecchia, rifiutando con ostinazione sia cibo sia acqua. Appena può, Nina viene a vedere come sta e, quando il vecchio sente la sua voce, apre gli occhi.

« Come vi sentite, signor Martini? » gli chiede. « Vi porto del brodo caldo? »

Lui non risponde; sorride e torna a dormire.

Quando viveva nel bosco con Bruno, Nina ha visto alcuni

animali morire di vecchiaia: volpi, ricci, cinghiali, gatti, allodole... giunti a una certa soglia della vita, col pelo incanutito, le piume diradate, gli occhi opachi e ciechi, i denti consumati, tutti hanno cercato un posto tranquillo e, semplicemente, hanno atteso la fine. Questa è l'idea che si è fatta Nina della morte, qualcosa che vince per sfinimento, quando ci rassegniamo e smettiamo di opporci a lei. E questo sa, per istinto, di avere davanti quando guarda il suo vecchio mentore: un uomo che ha deciso di lasciarsi scivolare nell'oblio. A cui mancano poche ore.

Così, quando la Frassi, alle dieci in punto, viene a intimarle di uscire, ché bisogna chiudere a chiave la porta, lei scuote il capo. « Preferisco rimanere. »

« Come... come sarebbe? » balbetta sconcertata la governante.

Nina sostiene il suo sguardo e fa di nuovo no con la testa. « Non lo lascio solo. »

La Frassi sbianca, poi avvampa. « Ma le regole... il decoro... »

« *Pesstassèra* appena », interviene il nuovo maggiordomo, allungando le sillabe.

« Ma se si venisse a sapere... » ribatte la Frassi. « Cosa direbbero? Cosa penserebbero? »

« *Ellèi* non lo dica *annessùno*. »

Nina e Nestore vengono lasciati soli. Lui sonnecchia, lei di tanto in tanto prova a fargli suggere un po' d'acqua da una pezza imbevuta, poi si rassegna e torna a osservare il torace ossuto che si dilata e si restringe come una spugna.

Verso mezzanotte, un rumore di passi concitati desta Nina che si era assopita sulla sedia, con le braccia conserte e il mento sul petto.

« Il prete è venuto? » domanda la voce di un uomo fuori dalla porta.

« Certo, Maestà », risponde la Frassi. « È venuto ieri per l'estrema unzione. »

Nina è ancora assonnata e non ha il tempo per riflettere sul significato di quel « Maestà », che la porta si spalanca e si trova davanti il re in persona. Allora balza in piedi e abbozza un inchino.

«Comoda, comoda», fa Vittorio Emanuele, rivolgendole un'occhiata distratta per concentrarsi su Martini. Si lascia cadere sulla sedia e sospira: «*Oh, me vej... me vej...*»

Nina lo ha visto molte volte, però mai così da vicino, e ne rimane affascinata. Certo, pensa, una persona può apparire molto diversa in base al posto in cui si trova: nella stanzetta spoglia del maggiordomo, dove le travi del tetto sono così basse da passarci sotto a malapena, senza stucchi, senza specchi, senza arazzi, senza guardie d'onore, alla luce dell'unica candela di sego sul comodino, perfino il re sembra uno qualunque. È in abiti civili, indossa un completo di buona fattura ma logoro, con la camicia stropicciata e il colletto ingiallito, non ha né cappello né bastone. Il sovrano è un uomo corpulento, con capelli bruni tirati indietro sulla fronte ampia, gli occhi ancor più piccoli per la stanchezza, gli enormi baffi che spiccano sulla pelle rubizza del viso, e il collo tozzo, taurino.

A Nina tornano in mente certi pettegolezzi che girano ai piani bassi, a cui non ha mai dato peso e che ora tuttavia assumono un significato diverso. Il re, andava raccontando Ottilia con tono tra il cospiratorio e il compiaciuto, non sarebbe veramente «il re»: il primogenito di Carlo Alberto, infatti, sarebbe morto in culla a causa di un incendio e sostituito con il figlio di un tale Tanaca, di professione macellaio in Firenze; poi a supporto di questa tesi faceva notare la differenza di corporatura e di gusti tra padre e figlio, il primo magrissimo, slanciato, colto, raffinato e pio, il secondo un po' meno.

Nina non dubita che il re sia davvero il re, ma davanti a quest'uomo con mani tozze e arrossate e il naso a patata capisce il senso di quei pettegolezzi. In fondo, visti abbastanza da vicino, siamo tutti uguali, sovrani e macellai, pensa.

Cosa ci fa lì a quell'ora?

Lui si volta e con la voce rotta dall'emozione le dice: «Mi ha visto nascere».

«Ci stiamo prendendo cura di lui, Maestà», interviene la Frassi.

«Tutta la vita», fa il sovrano rivolto a Nina, senza curarsi della governante. «È stato con me per tutta la vita. È stato come un padre.»

Nina annuisce. Sa bene cosa vuol dire il re.

Intanto fuori dalla porta si è formato un capannello di curiosi. Non capita tutti i giorni che il monarca si inerpichi su per le strette scale che portano agli alloggi della servitù per dare l'ultimo saluto a un vecchio servitore.

«Sapete», continua Vittorio, alzando la voce per essere certo che tutti lo sentano, «non ho mai conosciuto un uomo così devoto, così fedele. Per tutta la vita ha servito Casa Savoia con dignità, con inflessibile rigore, con un tale senso del dovere da far impallidire i miei generali.»

La Frassi incrocia lo sguardo di Nina e abbassa il capo.

Proprio in quella, Martini si desta, strabuzza gli occhi e puntellandosi coi gomiti sul materasso cerca di alzarsi. «Maestà!» ansima.

«Giù, giù», sussurra Vittorio, mettendogli una manona sulla spalla.

«Maestà, siamo a Roma?» chiede Nestore con voce flebile, quasi inudibile.

«Sì, *me vej*. Ce l'abbiamo fatta, Roma è italiana. L'Unità è compiuta.»

«Oooooh!» La bocca sdentata del maggiordomo forma una o piena di meraviglia. «Siamo a Roma», ripete Nestore con un sorriso. «Adesso posso morire in pace.»

Nella stanza cala un silenzio spettrale. Vittorio tossicchia, Nina tira su col naso.

«*Sussù*», interviene il nuovo maggiordomo, spingendo fuori i curiosi. «Adesso andate *addormìre*.»

I servitori rivolgono un ultimo inchino al re, accasciato sulla sedia, con gli occhi lucidi.

«Tu rimani *quiffuòri*», ordina il nuovo maggiordomo a Nina, «nel caso servisse qualcosa.»

Le luci del corridoio vengono spente e Nina rimane sola, con le spalle appoggiate alla parete. Una lama di luce gialla esce dalla porta socchiusa. Dall'interno si sente il re parlare a bassa voce, indistintamente, per svariati minuti; poi il borbottio si interrompe, seguono un silenzio e un singulto. Nina tende l'orecchio, domandandosi se debba entrare. Le sembra di sentire un lamento, lungo e acuto, come un urlo soffocato. E se Nestore avesse bisogno di aiuto? Si sporge e sbircia dentro.

Vittorio Emanuele è piegato sul letto di Martini e gli tiene la mano; il suo corpo è scosso dai singhiozzi. Il re piange come farebbe il figlio di un macellaio che ha appena perso il padre.

2

Nemmeno il maltempo, che da giorni affligge la città, stasera è riuscito a tenere in casa l'aristocrazia romana che, uscendo quasi di soppiatto dai portoni laterali per entrare nelle carrozze lucide di pioggia, ora affolla l'Apollo. Così, appena dopo l'*Ouverture*, i palchi sono già tutti pieni.

Margherita li passa in rassegna a uno a uno col piccolo binocolo in madreperla, ripetendo mentalmente nomi e titoli, così come le sono stati insegnati.

Terzo ordine, a destra: i fedelissimi Odescalchi, Baldassarre con la moglie Emilia e, in piedi dietro la cognata, Ladislao, entrambi esiliati da Roma per aver osato brindare, nel '66, al re d'Italia, Vittorio Emanuele II, e da poco ritornati in città.

Più in basso, i Barberini, ostili a Casa Savoia: Teresa, elegantissima in un corpetto che le comprime il busto accentuandone la vita sottile e il petto d'un pallore abbagliante, tiene un raffinato salotto dove accoglie solo la nobiltà « nera », fedele al papa. I principi di Palestrina sono sposati ormai da vent'anni, e tuttavia di eredi neanche l'ombra; pare che la pia Teresa si consumi le ginocchia a furia di pregare ma, dicono le malelingue, a trentasette anni suonati nemmeno un miracolo può impedire che l'altro ramo della famiglia, i Corsini, chieda di spostare l'asse ereditario in proprio favore. E allora addio titoli e patrimonio.

Primo ordine, a sinistra, l'unico palco vuoto: gli irriducibili Sacchetti. Il marchese Urbano, foriere maggiore dei sacri palazzi apostolici, è colui che si è rifiutato di consegnare le chiavi del Quirinale, costringendo il povero generale La Marmora a chiamare un fabbro affinché i nuovi proprietari, i Savoia, potessero prendere possesso del palazzo.

Sempre sulla sinistra, secondo ordine: il marchese Giovanni Patrizi Naro Montoro, vessillifero di Santa Romana Chiesa, sfoggia con orgoglio ribelle barba e capelli lunghi; lo fa, pare, per protesta contro la moda dei capelli « all'umberta » e soprattutto contro chi questa moda l'ha portata anche in Roma.

Margherita sospira abbassando il binocolo. Accanto a lei Umberto sembra tutto preso dal proscenio dove Leporello compatisce sé stesso. *Notte e giorno a faticar...* Non le è difficile immaginare che suo marito si illuda di poterlo comprendere, che creda di capire come si senta un umile servitore o addirittura che pensi di essere come lui. Per tutto il tragitto dal Quirinale non ha fatto altro che lamentarsi del tempo, dell'umidità, di questa città che non gli piace, perché è ostile e per giunta – per citare il re in persona – « puzza di erbe cotte ». *E non voglio più servir!* Cosa avrebbe dovuto dirgli, che ha ragione?

Allunga la mano guantata e la appoggia sulla sua. Umberto inspira e si volta a sorriderle, sforzandosi di spingere un po' più su gli angoli della bocca: che anche i palchi più distanti possano vedere l'affiatamento di questa giovane coppia principesca, il futuro del Paese. Margherita annuisce inclinando il capo con grazia, mentre i pensieri vagano altrove.

Dopo la Breccia di Porta Pia e il plebiscito di annessione, Roma è diventata a tutti gli effetti parte del Regno di cui, da meno di un mese, è anche la capitale: il sogno risorgimentale di un'Italia unita si è finalmente compiuto. Ma si sbagliano coloro che credono che il lavoro sia finito, e non si illude certo Margherita: la strada è ancora lunga.

La città è divisa, spaccata in due: da una parte la nobiltà « nera », come gli Aldobrandini, i Patrizi Naro Montoro, i Sacchetti, rimasti fedeli al papa, e sono la maggioranza; dall'altra la « bianca », che ha abbracciato le idee liberali e si è schierata apertamente con Casa Savoia, affrettandosi a occupare posti vacanti a corte o nel governo provvisorio.

Se c'è una cosa, però, che mette tutti d'accordo è l'opera, o almeno questo è quello che l'aristocrazia racconta a sé stessa per nascondere il vero motivo per cui sono tutti qui. Che siano nere o bianche, non è certo infatti per il *Don Giovanni* che le dame di Roma hanno tirato fuori i gioielli più appariscenti e tollerato di inzaccherarsi l'orlo degli abiti migliori. Perfino coloro che dicono di avere in odio Vittorio Emanuele, che lo chiamano « invasore » e « usurpatore », quelli che lo accusano di tener prigioniero papa Pio IX, quelli che hanno chiuso i loro portoni in segno di lutto, perfino gli irriducibili, perfino loro non hanno saputo resistere e ora gremiscono l'Apollo.

Vedere e farsi vedere. Fingendosi interessati a Mozart, coi binocoli si osservano da una parte all'altra del teatro, bisbigliandosi nelle orecchie commenti sulle toilette ardite delle signore o aneddoti disdicevoli del loro passato. Con buona pace del compositore, del librettista, degli orchestrali e dei cantanti, il vero spettacolo va in scena nei palchi, e in uno in particolare. Lo spettacolo stasera sono loro, Umberto e Margherita.

Sul proscenio, il commendatore muore con uno straziante accompagnamento di archi e ottoni in crescendo. Margherita si porta il mazzo di fiori al petto in un gesto assai più teatrale di quello degli stessi cantanti. Umberto si inclina verso di lei e le sussurra qualcosa all'orecchio. Lei sorride, sentendo tutti gli occhi su di sé, poi di nuovo fa vagare con discrezione la vista per la sala.

Le lenti del binocolo ingrandiscono il bel volto di un giovane incorniciato da riccioli ribelli: ha una pelle bianchissima e perfetta, labbra sottili, fronte ampia, ciglia lunghe a ombreggiare occhi che da qui paiono neri, occhi che la osservano. Margherita ha già notato la sua figura snella e le spalle ampie, messe in risalto dall'abito perfettamente tagliato, all'ingresso del teatro; stava con un gruppo di dame che si sono inchinate a lei con ritrosia. Lui, al contrario, s'è voltato con l'indolenza di un felino, poi ha chinato garbatamente il capo, mostrando un accenno di sorriso che gli ha piegato verso l'alto i baffi radi e scuri.

Nella confusione dei saluti e delle presentazioni non c'è stato modo di sapere chi fosse quel giovane elegante, ma più tardi, nell'intervallo dopo il primo atto, Margherita ne approfitta per richiamare con un cenno della mano l'attenzione della principessa Pallavicini.

« Quello è il principe Filippo Orsini », le bisbiglia la dama all'orecchio. « È nipote dei principi di Torlonia, i più ricchi banchieri di Roma. »

Lui si volta, come se avesse sentito, ma l'espressione sul viso è impassibile. Margherita non lo perde mai di vista: che sia tra due dame che lo incorniciano coi loro abiti vaporosi o nel riflesso dello specchio mentre sorseggia una coppa di champagne o di profilo mentre discute animatamente con altri gentiluomini. È lui che fa sempre in modo di trovarsi in un punto della sala da cui lei lo possa vedere, o è lei che lo cerca ovunque?

« Avete scelto bene, Vostra Altezza », commenta la marchesa Lavaggi, guadagnandosi un'occhiata gelida di Margherita.

« Suo padre Domenico, principe di Roccagorga », spiega la Pallavicini, « è Assistente al Soglio Pontificio, ma la famiglia è titolare di varie proprietà nell'ex Regno delle Due Sicilie, che senza dubbio non vogliono perdere. Intrattenere buoni rapporti con Casa Savoia può tornar loro utile. »

Margherita lo osserva, domandandosi se sia il fatto che è un « nero » a renderglielo tanto interessante, se non sia la sfida della conquista, più che l'uomo in sé, ad affascinarla. In fondo, è solo questione di tempo prima che tutte queste persone - incluse quelle che adesso si inchinano malvolentieri - si pieghino al corso degli eventi. Da qualcuno bisogna pur cominciare.

Più tardi, nel palchetto, i principi di Piemonte ricevono la visita di alcuni aristocratici, desiderosi di essere presentati. Margherita si mostra con tutti garbata ma distante: per niente al mondo questa gente deve pensare che sia bramosa di piacere loro. Non lo deve pensare, soprattutto, l'Orsini, che la osserva con ostinata discrezione. Margherita ne ha la certezza, poiché sente il suo sguardo pesarle addosso come una veste umida. Quando le luci si spengono e il sipario si alza, torna a far vagare la vista sui palchi.

« Quella accanto a Filippo è sua moglie, la principessa Orsini, *née* Hoyos », le sussurra la Pallavicini, seguendo il suo sguardo e trovandolo fisso su una donna con capelli d'un castano ramato raccolti in un basso chignon. « Ventiquattro anni, è l'ultima figlia del conte Hoyos, appartenente a uno dei più potenti casati dell'Impero Asburgico. »

« Molto bella », si lascia scappare Umberto.

« Sì », conviene Margherita a denti stretti. « Vorrà dire che ne faremo la conoscenza al prossimo ricevimento al Quirinale. »

Segue un breve silenzio, rotto dal commento della Lavaggi: « Temo purtroppo che la nobiltà nera non accetterebbe di prendervi parte, Vostra Altezza ».

« Marchesa », ribatte Margherita, senza curarsi di abbassare troppo la voce, « voi sottovalutate il fascino dei vini piemontesi. »

Il secondo atto è lentissimo e noioso. Non volendo mostrare eccessivo interesse per l'Orsini, Margherita si concentra sull'opera. Al momento dell'aria *Vedrai, carino,* stringe i denti per reprimere uno sbadiglio e gli occhi le si riempiono di lacrime, cosa che - si augura - verrà scambiata per emozione. Umberto è stufo: tossicchia in continuazione, accavalla le gambe, si gratta la nuca. Margherita calcola che non potrà essere di ritorno al Quirinale in tempo per dare la buonanotte al suo bambino e si sente pervadere dallo sconforto. Allora cede alla tentazione d'afferrare il binocolo e, dopo aver fissato lo sguardo sul proscenio per un tempo che ritiene sufficiente, lo fa vagare con disinvoltura per la sala, come se non cercasse nulla o nessuno in particolare.

Il palco degli Orsini però è vuoto e Margherita prova una strana delusione. Si è dunque sbagliata? Il peso che per tutto il tempo ha sentito su di sé non era lo sguardo ostinato del principe, ma la propria sicumera?

3

Non dovrebbe trovarsi lì, non dovrebbe. Una signorina in giro per una città che non conosce. Roma, non una città qualsiasi. E da sola, per giunta. Le sembra di sentire la voce di Nestore: *Quelle horreur! Quelle disgrâce!*

Nina cammina a passo svelto, rasente i muri, con la testa bassa, senza badare ai richiami della gente, soprattutto senza fermarsi. Le fanno male i piedi ormai. Tra non molto dovrebbe giungere a destinazione; anzi, per la verità, dovrebbe già essere arrivata. Le hanno detto di andare sempre dritto verso sud costeggiando il ghetto, poi di attraversare il fiume. La casa si trova in un vicolo chiuso da una chiesa. Come se a Roma ci fossero poche chiese! Come se di vicoli così non ne avesse visti una decina!

E poi a Nina pare impossibile che Ottilia viva in un posto simile; lei stessa non vede l'ora di andarsene. Sono mesi che la cerca. Gli indizi erano così pochi e vaghi! Ogni istante libero lo ha dedicato a ritrovarla. Ha chiesto in giro e spedito lettere cui non ha mai ricevuto risposta; le sembrava di essere sulle tracce di un fantasma. La gente scuoteva il capo, tirava su le spalle, qualcuno rideva di lei.

« Ma perché ti affanni? » le ha chiesto la Frassi. « Se n'è andata. Cosa te ne importa? »

Nina avrebbe voluto risponderle che l'amicizia è come le iscrizioni antiche che ha visto in giro per la città; le persone che hanno inciso la pietra non ci sono più da duemila anni, ma le loro parole rimangono ancora e rimarranno per sempre: un'amicizia non si può più cancellare.

Ovunque sia Ottilia, qualsiasi scelta abbia compiuto, merita di sapere che Nina non ha dimenticato la promessa di prendersi cura di lei.

Del resto, la Frassi, chiusa, anzi asserragliata nel proprio piccolo mondo di specchi, da cui riesce a vedere unicamente sé stessa e i propri bisogni, non potrebbe capire che, quando manteniamo fede a una promessa, non lo facciamo solo per la persona a cui questa promessa è stata fatta, ma lo facciamo anche per noi stessi. È per sé che Nina sta cercando Ottilia, perché se non lo facesse tradirebbe il bisogno di giustizia che sente dentro. Come potrebbe vivere sapendo di aver avuto l'opportunità di fare del bene e di non averla colta? Di averla sprecata per pigrizia o leggerezza?

« Scusate! » domanda a una donna che passa di lì, trascinandosi dietro un bambino cencioso. « Cerco una persona, si chiama Ottilia Bonomi. Mi potete aiutare? La conoscete? »

L'altra fa no con la testa. « Che faccia ha? Com'è fatta? »

« Dovrebbe essere... più o meno come me. »

La donna la squadra con aria scettica, indecisa tra la diffidenza e l'incredulità. « Qui come te non ce ne sono. Sei cieca? Non vedi dove siamo? » abbaia. Il bambino attacca a piangere e lei se lo porta via.

Nina rimane nel mezzo della strada, tra bucce di patata e stracci bagnati. Si è trattato dell'ennesimo scherzo, non è la prima volta che si divertono a mandarla in giro a caso, a darle indicazioni sbagliate. Ai piani bassi staranno ridendo di lei e della sua ossessione per Ottilia. E adesso?

« Senti! » fa la donna, tornando verso di lei. « Qua non c'è nessuna Ottilia, però a pensarci bene una come te c'è. Deve avere la tua età. » Indica col dito dall'unghia annerita tre scalini che scendono a un portone verde rosicchiato dai tarli. « Lì, prova lì. Di più non posso aiutarti. »

Nina aspetta che la donna si sia allontanata, poi imbocca gli scalini e bussa. Dall'interno provengono il lamento di un bambino e l'odore di qualcosa arrostito sul fuoco, ma nessuna risposta. Bussa ancora e la porta si apre.

« Ti ho detto di no! Basta! » strilla una donna. « Vai via! Vai via! »

Nina rabbrividisce di paura e scappa fuori, alla luce, all'aria aperta. Cosa sperava di trovare qui? Poi però un pensiero la blocca. La voce... quella voce l'ha già sentita, sì, la conosce.

Vince la paura e torna dentro, inseguendo il pianto isterico del bambino e il puzzo di carne bruciacchiata. La ragazza sta trafficando con la stufa che fa fumo mentre ai suoi piedi il marmocchio allunga le braccia verso di lei. « Ah, maledizione! » impreca. Poi si volta.

Nina e Ottilia si ritrovano dopo quasi due anni.

4

Il piccolo Vittorio Emanuele profuma di latte e sapone alla mandorla. Margherita chiude gli occhi e si concentra, affondando il naso nella piega morbida che il collo forma congiungendosi con la spalla. Lui resta immobile, con gli occhi spalancati di stupore e un vago sorriso sulle labbra umide. Gli è rimasta addosso l'essenza dolce della balia, qualcosa di violetta e bergamotto, ma soprattutto Margherita ritrova nel figlio il proprio odore, la traccia olfattiva che lega loro due soltanto, per sempre.

Da quando Roma è stata conquistata e la corte dei principi di Piemonte ha preso possesso del Quirinale, le giornate sono lunghe e piene di impegni; dal momento che il re non si è ancora deciso a trasferirsi, grava su Umberto e Margherita tutto il peso di rappresentare Casa Savoia nell'Urbe, il che si traduce in un impressionante numero di eventi pubblici e privati che la tengono lontana dal suo bambino. La separazione è così dolorosa che ogni volta - ogni volta - Margherita si trova in bilico a lottare contro la tentazione di rimandare tutto con una scusa.

Margherita libera il figlio dall'abbraccio e rimane a osservarlo mentre corre in tondo sulle gambette paffute. Suo figlio cresce così alla svelta che talvolta le sembra, se si assenta per qualche giorno, di non riuscire più a riconoscerlo: da quando, per esempio, ha preso l'abitudine di rovesciare il cavalluccio e di montarlo al contrario? Chi gliel'ha insegnato?

Si scambia un'occhiata interrogativa con l'istitutrice, in piedi in un angolo della nursery, che sorride con evidente imbarazzo e poi alza gli occhi al soffitto, come a dire che non ha idea di come il principino impari certe cose.

« Andate pure », le dice Margherita. « Qui basto io. »

Miss Elizabeth Lee, inglese di origine irlandese, è una brava donna, fedele, obbediente e mansueta; in più, vuole un gran bene al bambino, questo è fin troppo evidente. Eppure talvolta - e forse proprio per questo - Margherita sente di odiarla, non fosse altro perché Vittorio trascorre più tempo con questa estranea che con lei. E se suo figlio pensasse che è quell'altra, sua madre? Se volesse più bene a lei?

Le torna sovente alla memoria madame Arbesser e l'affetto che provava per lei, la gioia nel vederla comparire sulla porta, la sensazione di essere al sicuro in sua presenza, qualcosa che con sua madre non è mai riuscita a sentire.

Non vuole che suo figlio provi lo stesso. Non vuole dividerlo con nessuno.

Vittorio saltella emettendo strilli acuti e improvvisi, senza mai perderla di vista, come se volesse misurare l'entità dei propri progressi dalle reazioni della madre; ruota su sé stesso, poi si aggira traballando per la nursery, sfiora con la testa il bordo del lettino, si avvicina pericolosamente al caminetto, spinge una sedia, si aggrappa alla gamba del tavolino. Margherita non fa in tempo a dirgli di andar piano, che il piccolo inciampa e finisce a faccia in giù sul tappeto.

Margherita sente una scossa che la attraversa dalla testa ai piedi e che le contrae tutti i muscoli, mentre l'istinto le ordina di alzarsi e di correre da lui. La porta si apre e Miss Lee la trova aggrappata ai braccioli della poltroncina, né seduta né in piedi, con gli occhi puntati sul bambino a terra che piange disperato.

Margherita fa un gesto stizzito con la mano, che la lascino in pace, può sbrigarsela da sola. Si alza e si accoscia accanto al bambino. Non è niente di grave, constata con un sollievo che le disegna un sorriso sul volto; è stato solo un brutto spavento.

« Su, su », gli dice, accarezzandogli le guance arrossate, rigate di pianto. « Non è niente. Non è successo niente. » Lo prende in braccio e lo stringe a sé, sentendo con uno strano piacere la camicia inumidirsi delle sue lacrime calde. « Non è niente, non è niente », gli ripete, finché il bambino non si calma.

Sulla tappezzeria pallida proprio di fronte a loro spicca il grande dipinto del re, che Margherita ha espressamente voluto nella nursery; il sovrano in uniforme, ritratto in piedi davanti al trono drappeggiato di rosso, guarda lontano con espressione accigliata.

« Guarda, guarda », sussurra al bambino, indicando il quadro. « Chi è quello? Chi è? » E, poiché Vittorio non risponde, continua: « Quello è il re, tuo nonno. Si chiama Vittorio Emanuele, come te. Lo sai? Te l'ho già detto. Sì? »

Il bambino si perde nello sguardo rassicurante della madre, mentre il suo corpo è ancora scosso dagli spasmi del pianto.

« Tuo nonno, il re », ripete Margherita, facendogli cadere sulla fronte un bacio delicato, proprio dove si sta formando un piccolo livido. « Tra molti, molti anni, anche tu un giorno sarai re, piccolo mio. Sarai un bravo re, vero? »

Il bambino annuisce mansueto, guadagnandosi un altro bacio in fronte.

« Tuo nonno non piange mai », gli dice con voce ferma, « perché i re non possono farlo. »

Vittorio chiude gli occhi e si raggomitola nel suo abbraccio, pronto ad ascoltare ancora una volta la fiaba dei sovrani di Casa Savoia. La storia parte da molto, molto lontano, quando l'Italia ancora non esisteva, ed è tutto un alternarsi di valorosi combattenti e sontuose residenze, di duchi, conti e principesse, di traversate per mare ed eserciti schierati in battaglia, di scontri, cavalli imbizzarriti, paludi insidiose e armature lucide e inscalfibili.

Sono sempre le stesse parole, sempre la stessa identica storia. A Margherita piace raccontarla – la conosce a memoria: è così, esattamente così, che l'hanno raccontata a lei da quando aveva l'età di Vittorio –, tanto quanto a suo figlio piace starla a sentire, sebbene sia troppo piccolo per poterne capire il senso. Ma non è la storia quel che conta, almeno non ancora. Quel che conta sono loro due, soli nella stanza, occhi negli occhi: un nucleo di carne e sangue scisso da poco, il presente e il seme da cui si rigenererà il futuro della Corona.

« Piccolo, piccolo mio », gli sussurra sentendolo cedere al sonno.

Respirava da pochi minuti quando Vittorio ha cambiato la sua vita; gli è bastato qualche vagito per spezzare il tempo in due. C'era un prima e c'è un dopo.

Prima. Margherita, sprofondata tra i guanciali madidi di sudore, si sente risucchiare nel vuoto; le rimangono così poche forze che non sente nemmeno più il dolore o, forse, non gliene importa. Riesce solo a pensare che, se muore adesso, portandosi dietro il bambino, tutta la sua vita non sarà servita a niente. La disperazione le dà la forza per spingere ancora una volta.

È un maschio, Vostra Altezza! Un maschio!

Dopo. Le mettono davanti suo figlio, l'erede. Ora pensa che può anche morire, ed è così esausta che quasi se lo augura. Poi non ricorda più niente. Riapre gli occhi e trova quelli di Umberto che le tiene la mano nella penombra. « È un maschio, Margherita. »

Quando i medici le comunicheranno che non potrà averne altri, proverà un sollievo che non riuscirà nemmeno a confessare a sé stessa.

Vittorio dorme con un braccio che penzola e la bocca socchiusa. Margherita lo osserva sentendosi finalmente completa. « Tu sei il dono più grande che mi ha dato Dio. »

Dio glielo ha dato, non Umberto; Umberto è stato solo un mezzo, uno strumento.

Prima Margherita era un guscio vuoto, un compito svolto a metà, un problema irrisolto, un'asola senza il bottone. Era una pedina leggera, ossigeno sottratto ad altri in una stanza piena di uomini. Ora è madre: madre di un maschio, l'erede. Non ha più niente da dimostrare, può essere quello che vuole.

Ora Umberto non serve più a nulla.

5

Quando Nina si avvicina per abbracciarla, Ottilia fa un passo indietro. Sente ancora addosso l'odore dell'uomo, il suo sudore acido, l'alito pesante, l'impronta delle mani callose sul seno, e teme che anche l'amica possa sentirlo. Nina rimane accanto al letto sfatto, con le braccia sollevate in aria come se reggesse una cesta invisibile. Ottilia le lancia un'occhiata di traverso e non può fare a meno di provare odio: con la sua vestina immacolata abbottonata fin sotto il mento, le scarpe lucide, le unghie pulite, i capelli raccolti in ordine sotto il cappello, il viso pieno e le gote arrossate di salute le ricorda tutto quello che ha perduto, che le hanno portato via.

Nina si presenta da lei ogni settimana nel suo giorno di riposo, anche se Ottilia non glielo ha mai chiesto; porta uova, latte, pane, coperte, sapone, denaro, tutto quello che può servire a lei e al bambino. Se non avesse un bisogno del demonio di tutta quella roba, Ottilia le direbbe di non tornare mai più.

« Vieni, Ambrogio, vieni qui! » lo incita Nina, mostrandogli una crosta di formaggio.

Il piccolo è di una magrezza impressionante e, nonostante alla sua età dovrebbe già saper camminare, riesce a malapena a reggersi in piedi per qualche minuto prima di ricadere sul sedere. Nina non riesce a trattenersi dal paragonarlo al principe di Napoli, che è nato dopo di lui, ma già sgambetta per il palazzo aggrappato alla veste della nanny.

« Se solo suo padre lo vedesse... » fa Ottilia, prendendolo in braccio. « Se me lo facessero incontrare! »

È per questo che ha lasciato Torino, anche se qui non ha nessuno che la aiuti e per mantenersi è costretta a dare il proprio corpo a ubriaconi, storpi e soldati, sul letto accanto a quello dove dorme suo figlio. Non appena ha saputo che il principe si era trasferito a Roma, ha raccolto in tutta fretta le proprie cose ed è partita verso sud. Per stare vicino a Umberto, per poterlo rivedere.

« Lo volevo chiamare come suo padre, lo sai? » fa Ottilia. E senza aspettare risposta: « Me l'hanno proibito, hanno detto che era uno scandalo ».

« Ambrogio è un bel nome. »

« Mah! » fa Ottilia schifata. « È quello di mio padre, me lo hanno imposto. Io Umberto, lo volevo chiamare. Umberto! » È presa da un attacco di tosse catarrosa che la costringe a posare il bambino a terra. « Se lui sapesse in che condizioni vive suo figlio... » riprende, con la voce rotta. « Se lo sapesse, ti pare che lo farebbe vivere così? »

Nina non risponde e Ottilia scoppia in una risata piena di rancore.

« Ma te lo ricordi il primo giorno che sei arrivata a palazzo? » le fa. « Sembravi un cerbiatto a cui avevano scuoiato la mamma. Con le cameriere scommettevamo che non saresti durata una settimana. E invece guardati qui! Sei seduta sulla punta della sedia che pari una marchesa, con le ginocchia strette e la schiena dritta. » La osserva a lungo, senza nascondere il disprezzo. « Ogni tanto penso che non avrei dovuto proporti di consegnare io a Umberto la lettera della Litta... Dovevo farmi gli affari miei, dovevo! Vedi, a voler aiutare la gente? Forse oggi saremmo l'una al posto dell'altra.»

La guarda ancora e prova fastidio per quel suo essere così perbene, così retta e incorruttibile, così pulita fuori e dentro. No, ammette Ottilia con sé stessa, non avrebbero mai potuto essere l'una al posto dell'altra, e se anche non si fosse offerta di consegnare quella dannata lettera, se fosse stata Nina a farlo, senza dubbio lei non si sarebbe mai cacciata in un guaio simile, perché Nina è una di quelle che davanti a un bivio non scelgono mai la scorciatoia, loro imboccano la strada in salita, quella lastricata di sacrifici e buona volontà, si fissano obiettivi modesti ma arrivano sempre a destinazione. Non come lei, che ormai si è persa.

Si passa la mano sul volto per scacciare via il pensiero, poi sente il bisogno di trovare qualcosa di positivo da dire, per non sfigurare davanti all'amica. «Ma poi, sai, guardo il mio bambino e penso che non importa, che ne è sempre valsa la pena. Quelli mi hanno cacciata e poi si sono presi tutto, anche il bracciale di perle mi sono dovuta rivendere, e mi hanno dato due soldi. Ma mi rimane sempre l'Ambrogio, che è la cosa più bella che mi ha regalato Umberto.»

Nina la osserva raccogliere il bambino da terra e annusargli il sedere. Ottilia dice sempre «quelli» e «loro», senza che sia chiaro a chi si riferisca; talvolta a Nina sembra solo che ce l'abbia col mondo intero per le sciagure che le sono capitate, che incolpi tutti per poter assolvere sé stessa.

Se ti perdi, tuo danno, ripeteva sempre Nestore. E solo adesso Nina capisce cosa volesse dire.

«L'unica cosa che vorrei è rivederlo. Perché Umberto è buono, è generoso, lui non farebbe mai una cosa simile a suo figlio. Glielo dico sempre all'Ambrogino: tuo papà è un grand'uomo, tuo papà ti vuole bene! Glielo dico eccome, sai? Lo deve sapere che suo padre diventerà re, che lui è il primo dei suoi figli e che, in un mondo più giusto, l'Ambrogio un domani sarebbe sul trono.» Ride scoprendo denti ingialliti e gengive pallide. «E va bene, io magari non gli interesso più, ma, se sapesse che ha una creatura, io ti dico che se ne prenderebbe cura, non lo lascerebbe venire su così, in questo quartiere, che un domani mi diventa un delinquente o si fa ammazzare. Guarda il re, per esempio: anche Vittorio Emanuele ha dei figli illegittimi, è una cosa risaputa che gli piacciono le donne a quello. Non parlo solo dei Vercellana, eh, dico tutti gli altri, e ce ne sono tanti, si sa. Ma Vittorio se ne prende cura, spende un patrimonio, se lo può permettere. Ecco, se Umberto lo sapesse, magari l'Ambrogino me lo farebbe adottare da qualcuno, gli darebbe un'istruzione, lo manderebbe a corte per esempio e un domani potrebbe fare il paggio, tanto è bello. È una persona perbene, il mio Umberto. Sono loro che non me lo vogliono far vedere, perché sono invidiosi. »

Nina si alza. « Devo andare », le dice. « Mi aspettano al Quirinale. »

Ora Ottilia vorrebbe trattenerla con una scusa qualsiasi, perché il pensiero di rimanere di nuovo sola le fa paura. E poi finché c'è lei in casa gli uomini non osano entrare. « Senti », la richiama, quando è già sulla porta. « Stai ancora cercando la figlia del maggiordomo? »

Nina si blocca con il piede sullo scalino, trattenendo il respiro.

« C'è uno in città, un giornalista », fa Ottilia. « È una canaglia, però sa sempre gli affari di tutti. » Strappa un vecchio pezzo di giornale e con un lapis in un angolo scarabocchia un nome. « Se c'è uno che può aiutarti, è lui. »

Le allunga il foglio e, prima che possa fare un passo indietro, si ritrova prigioniera dell'abbraccio di Nina.

6

Quest'ala del palazzo non è ancora stata aperta e il salottino non è riscaldato. Margherita rabbrividisce nell'abito da sera che le lascia scoperte le spalle e il petto. Avrebbe dovuto portarsi uno scialle, ma non c'è stato tempo. Non dovrebbe essere qui, il suo posto è in cima allo scalone, al fianco di Umberto.

« Vostra Altezza si prenderà un malanno », commenta la marchesa Lavaggi.

Margherita sbuffa senza voltarsi. Poche cose la irritano come quando parlano di lei in terza persona; è una cosa che le altre dame sanno già, ma queste di Roma sono nuove e devono ancora imparare a conoscerla. Impareranno, si dice, c'è tutto il tempo.

« Da qui si vede la piazza », sussurra, sollevandosi sulle punte e sbirciando giù attraverso le persiane accostate.

« Certo, è ovvio », fa la Lavaggi col suo fare sbrigativo, che a Margherita ispira simpatia.

Il palazzo illuminato per le grandi occasioni si specchia sul selciato lucido di pioggia; davanti al portone il picchetto di corazzieri è già disposto in attesa degli ospiti.

« Dite che verranno? »

La dama non risponde, così Margherita si volta e ripete: « Verranno? »

La Lavaggi abbassa lo sguardo. « I nostri senza dubbio, Altezza. »

« Macché i nostri! » sbotta Margherita, tornando a sbirciare la piazza. « Intendo gli altri, i neri. » Per esempio, gli Orsini. « Tutti, insomma. »

Gli inviti per il primo gran ballo al Quirinale sono stati mandati per tempo, stampati sulla carta d'Amalfi. Nel salone delle feste attorno al grande tavolo a ferro di cavallo ci sono duecentottantasette sedie che non devono rimanere vuote. Tra i centrotavola di fiori freschi che richiamano i colori della bandiera italiana, davanti a ogni piatto è stato posto il menu che sulla copertina reca le iniziali dei principi di Piemonte sormontate dal nodo Savoia; all'interno, l'elenco di diciannove portate è stato pensato per stupire, dalle ostriche che aprono il pasto ai delicati filetti di fagiano passando per i tartufi allo champagne, per chiudere con una serie di dolci che spaziano dai marroni dell'Auvergne alla suprême di ananas *à la Cavour*, accompagnati da vini invecchiati fino a cento anni. Queste mura non hanno mai visto una tale abbondanza.

Margherita ha sorvegliato personalmente ogni dettaglio, dalla scelta delle porcellane alla disposizione dei posti a tavola, fino alle musiche di accompagnamento. Non è il suo primo ricevimento, ma questo ha un significato diverso, speciale, e non solo perché è il primo che si tiene al Quirinale, nella nuova capitale del Regno.

« Non verrà nessuno », ha ripetuto Umberto per tutto il giorno. Roma lo mette di pessimo umore e il fatto che suo padre, il re, non si sia ancora trasferito gli rende questa città ancora più invisa. « Non so perché ti sei voluta impuntare con questo dannato pranzo di gala. È troppo presto, bisognava aspettare. »

Il motivo che rende questo ricevimento diverso da tutti quelli che lo hanno preceduto è che è il primo che Margherita ha *voluto*. Gli altri li ha, in un certo senso, subiti: erano stati decisi da altri e tutto il suo contributo si era ridotto ad approvare la minuta delle portate, a farsi venire il capriccio di sostituire la posateria, a far presenza e a sorridere agli invitati. Ma il ricevimento di stasera lo ha preteso, è stata una sua iniziativa. Tutti a corte, del resto, sono del medesimo parere di Umberto, che sia un azzardo, che sarebbe stato meglio aspettare.

« Aspettare cosa? » gli ha tenuto testa. « Sarà sempre troppo presto. E in ogni caso... »

« Vedrai! » è sbottato lui, uscendo e piantandola da sola con le sue dame. « Andrà tutto alla gran puttana! »

Umberto sa sempre come ferirla, ha una specie di istinto che gli fa subito trovare il punto in cui lei è più vulnerabile, quello che la sua corazza non arriva ancora a proteggere, dove l'anima è molle e le sue cattiverie penetrano senza sforzo. Ora è una risposta volgare, ora un'occhiata gelida alla toilette che lei ha scelto con cura, ora uno sguardo pieno di lussuria rivolto a una delle dame, ora una risatina di scherno diretta a ciò che la appassiona, dipinti, letture, musiche, e che lui ovviamente detesta. Margherita si domanda se lo faccia apposta o se semplicemente non si dia pena di riflettere sull'effetto che le fanno certe sue uscite infelici; l'odio che talvolta arriva a provare per lui la induce a ritenere che suo marito non sia abbastanza intelligente per farlo di proposito.

La loro tregua è durata quel tanto che è bastato per mettere al mondo un figlio - quando ne parla con lei, e solo con lei, Umberto lo chiama « l'erede », come se volesse sminuire anche quello, riducendo perfino il loro bambino a un simbolo, a un ruolo senza vita, come se volesse rimarcare il motivo per cui è venuto al mondo, che non si illuda che sia stato un atto d'amore –, poi è tornato il gelo, dapprima impercettibile, come certe mattine che annunciano l'inverno coi prati imbiancati di brina, e in men che non si dica la neve brilla nei campi e gli zampilli nelle fontane si tramutano in sculture di ghiaccio.

Ed è ancora una volta al piccolo Vittorio che Margherita si aggrappa col pensiero per non perdere la speranza, per ricordare a sé stessa il proprio valore, per dirsi che adesso è tutto cambiato, che non ha più bisogno di Umberto né di nessun altro. Che è abbastanza.

«In fondo», mormora, tornando a sbirciare la piazza dove si aggirano alcuni curiosi infreddoliti, «hanno dato tutti conferma.»

«Vostra Altezza rischia di prendersi una bella infreddatura», divaga la Lavaggi.

«La volete smettere di parlarmi come se non fossi nella stanza?»

La dama rimane spiazzata e, come suo solito, nello sforzo di trattenere la risposta che ha sulla punta della lingua e che le costerebbe il posto a corte, si lascia sfuggire un singhiozzo. «Intendevo dire... che non vorrete certo ammalarvi giusto ora che...»

Proprio in quella dalla piazza sale uno scalpiccio di zoccoli ed entrambe le donne si appiattiscono contro il vetro per vedere meglio. Troppo tardi: la carrozza è un'ombra che scivola lesta dentro il palazzo.

«Era la livrea degli Aldobrandini?» fa Margherita.

«Non ho visto, Vostra Altezza. Sembrava...»

«Guardate là.» Margherita indica un'altra carrozza che risale lenta la piazza. È un'imponente berlina con la cassa scura su grandi ruote dorate.

«Cinque valletti, oltre al cocchiere!» commenta la Lavaggi con voce stridula. «I Sacchetti non vogliono passare inosservati.»

«Stanno entrando!» fa Margherita, senza riuscire a trattenere l'eccitazione. «Ecco che ne arriva un'altra, un'altra!»

« I Theodoli, Altezza! E subito dietro i Barberini. E là in fondo... » La dama si solleva sulle punte, allunga il collo.

L'una dopo l'altra, la piazza si riempie di carrozze in fila per entrare a palazzo. Sembra che tutta la nobiltà nera si sia data appuntamento per assaltare il Quirinale.

Margherita, la fronte e le mani appoggiate al vetro freddo, li osserva trattenendo il respiro, con gli occhi umidi e la gola secca. Davanti alla prova del proprio successo, d'improvviso si rende conto di cosa ha rischiato, di quello che sarebbe accaduto se quelle duecentottantasette sedie fossero rimaste vuote, della vergogna che la sua cocciutaggine avrebbe gettato su Casa Savoia. Di come Umberto ne avrebbe approfittato per umiliarla, per sottrarle il poco spazio che è riuscita a conquistarsi dopo la nascita di Vittorio.

« Altezza, dobbiamo andare », fa la Lavaggi sulla porta, « o non arriveremo prima degli ospiti. »

Margherita ha un sussulto. Quasi si era dimenticata di cosa la aspetta. Si volta ed esce a piccoli passi veloci.

« Svelta, svelta! » fa rivolta alla dama. Solleva la gonna quel tanto che le basta per non inciampare, maledicendo la crinolina che le pesa addosso, poi inizia a correre.

Una principessa non corre, Margarethe! La voce di Elisabetta di Sassonia si perde nell'altezza della sala delle Logge, assorbita o forse inghiottita dalle guardie svizzere affrescate sulla volta. Margherita non riesce a trattenere il riso: la sua risata acuta si dilata e si moltiplica rimbalzando tra le pareti mentre attraversa correndo le sale vuote che conducono allo scalone.

« Oh, mio Dio! Oh, Signore! » ansima la Lavaggi rossa in volto, cercando di starle dietro.

Margherita non le bada e continua a correre, sentendo l'eccitazione crescerle dentro, a fatica contenuta dal corpetto. Cosa direbbe papa Pio IX, si domanda, divertita, se sapesse che le sale della sua antica dimora vengono usate per una gara podistica?

Raggiunge Umberto un istante prima che gli ospiti varchino la porta.

« Si può sapere dove diavolo eri? » sibila lui a denti stretti.

Per un istante è tentata di rispondergli con qualche commento pieno di veleno, poi si dice che non ne vale la pena. « Mi sono raccolta un attimo in preghiera. » Inspira, il cuore ricomincia a battere a ritmo regolare man mano che gli ospiti le sfilano davanti, inchinandosi.

Il 20 settembre i bersaglieri del Regno sono entrati in città da Porta Pia con un assalto durato appena poche ore e senza grande spargimento di sangue; qualunque esercito ben attrezzato e numericamente superiore, del resto, può vincere le difese avversarie e abbattere un muro. Ma la vera conquista di una città è una faccenda più lunga, complessa e sottile, che inizia quando la polvere dei cannoneggiamenti si è posata a terra e si sollevano i calici nei pranzi di gala; è un gioco d'astuzia e di seduzione, che richiede intelligenza, perseveranza, garbo: è una violenza gentile. Per questo lo giocano le donne.

E, dopo stasera, ormai non ci sono più dubbi: Margherita conquisterà la Città Eterna.

7

Umberto si sistema meglio sulla sedia che oscilla impercettibilmente. L'anziana principessa alla sua destra non smette un attimo di parlare: ha avuto la pessima idea di rivolgerle una domanda e adesso questa parla, parla, parla... Umberto si chiede dove trovi, alla sua età, tutto questo fiato e tutti questi argomenti, e prova sollievo per il marito che, riposando da vent'anni sotto una lapide, non la deve stare a sentire ogni giorno.

Se almeno gliene avessero messa una giovane accanto, sbirciarle nel décolleté non sarebbe stato così difficile.

Reprime uno sbadiglio sorseggiando il vino, poi fa vagare lo sguardo per la sala. Dal soffitto affrescato pendono tre enormi candelieri in cristallo la cui luce calda si infrange e si moltiplica rimbalzando sugli specchi. Il vociare degli invitati sovrasta l'orchestra, che suona invano un valzer. Dall'alto, le figure allegoriche degli affreschi osservano la tavolata a ferro di cavallo che occupa l'intera sala. Chi lo avrebbe mai detto che sarebbero venuti tutti?

Accanto a lui, Margherita discute d'arte e antichità col principe Filippo Orsini; per la verità, lui parla mentre lei ascolta rapita, col gomito sul tavolo, il volto appoggiato al palmo, occhi negli occhi. Solo in quella a Umberto viene in mente che è stata proprio lei a sovrintendere alla disposizione dei posti e per la prima volta nella serata gli viene da ridere: un bel giovane per sé, una vecchia carampana per lui. Difficile credere che sia stato un caso.

Si tratta senza dubbio di uno scherzo, di un dispetto, o forse di un sottile messaggio. Nulla, del resto, con Margherita viene lasciato al caso: non c'è niente che lei tema più della casualità, dell'improvvisazione, della fatalità, di ciò che non può controllare. Anche per questo si destreggia con sicurezza e disinvoltura nei meandri, spesso insidiosi, del cerimoniale di corte, dove ogni più piccolo e all'apparenza insignificante dettaglio è pianificato con cura maniacale e ha un significato preciso.

La disposizione dei posti a tavola, per esempio, riflette in modo impietoso quello della società. Al centro, siedono i Principi Reali e accanto a loro gli ospiti più importanti; man mano che ci si allontana dal fulcro del potere, i posti diventano meno prestigiosi, anche se sempre molto ambiti. Tra coloro che hanno avuto il privilegio di ricevere un invito, quelli che stanno alle estremità del tavolo non contano quasi niente. C'è gente che impiega tutta la vita per avanzare di uno o due posti appena e non è raro che da un errore, involontario o no, nella disposizione degli invitati nascano incidenti diplomatici e rimostranze più o meno veementi che si protraggono per settimane.

Ogni cosa a corte - dalle persone alle posate - ha il suo posto: è così da secoli e sarà così per sempre. Solo Umberto si sente fuori posto e, nella smania di trovare una ragione a questo disagio che a volte gli fa venire voglia di urlare, è giunto alla conclusione che, se si rassegnasse a stare dove gli hanno detto che deve stare, sarebbe tutto più semplice, meno doloroso.

Basta pensare a Margherita, così compresa nel proprio ruolo, così dedita, così fiera che si potrebbe pensare che se lo sia scelto di propria iniziativa. Basta pensare ad Amedeo, che gli astuti giochi di potere del loro padre hanno messo su un trono che non voleva: anche lui ligio e obbediente, ha lasciato l'amata terra natia, imbarcandosi per Cartagena, dove da pochissimo è stato incoronato sovrano di Spagna. Inviso al popolo e dunque sempre in pericolo di vita, eppure là, impavido e fermo, da bravo soldato. Probabilmente anche suo fratello, in questo stesso istante, sarà seduto al centro di una lunga tavolata, brindando alla Corona e ai Savoia.

È Vittorio Emanuele l'unico che possa permettersi il lusso di fare quel che gli pare, mentre gli altri devono solo obbedire. Roma non gli piace e forse non ha torto, ma la verità è che quel vecchio scaramantico teme la nuova capitale da quando una specie di indovina gli avrebbe predetto, molti anni addietro, che sarebbe morto al Quirinale; allora se ne tiene alla larga, fa visite sporadiche e frettolose, spesso in incognito, prende tempo, rimanda la decisione, accampa scuse, si lagna con i consiglieri che gli sollecitano il trasferimento. E intanto manda avanti il figlio.

Non è sempre stato così, del resto? Suo padre gli ha imposto di sposare la cugina, di consumare il matrimonio, di generare un erede e di tenersi alla larga da Eugenia, e alla fine ha sposato la Vercellana. Altro che *Fert*! *Fate quel che dico, non fate quel che faccio*, dovrebbe essere il suo motto.

A Umberto sfugge un ringhio basso che mette a tacere la principessa.

Certo, si è trattato di un matrimonio morganatico, senza nessuna conseguenza dal punto di vista ereditario, senza nessuna ufficialità, poco più del contentino per un uomo che, in quel momento, era gravemente malato e credeva d'essere in punto di morte. Eppure... A Umberto ogni tanto viene il sospetto che sia stata tutta una messa in scena, magari orchestrata da Rosa stessa, per riuscire a spuntarla.

Ecco, pensa, facendo vagare lo sguardo per l'immensa tavolata. La Vercellana è una delle poche che sono riuscite a risalire tutta la scala sociale in brevissimo tempo, ben più determinata e astuta dei cortigiani che non muovono un solo passo all'infuori dell'etichetta reale. Lei, che le regole non le conosce e dunque non ha paura di infrangerle. Lei, che viene dal popolo e dunque non ha niente da perdere. Certo, c'è stato un prezzo da pagare. La Vercellana vive relegata nell'ombra, tenuta alla larga dagli ambienti ufficiali, ma alla fine - almeno lei - ha ottenuto quello che voleva.

Tutti hanno il loro posto e se lo fanno piacere, senza mai domandarsi dove vorrebbero essere, se avessero potuto scegliere. E per questo, forse, sono felici.

Soltanto quando tiene in braccio suo figlio Umberto sente di non voler essere altrove. Chi lo avrebbe mai detto che proprio lui, così legato alla propria indipendenza, così insofferente a qualsiasi vincolo, un giorno, di punto in bianco, si sarebbe scoperto ostaggio di una creatura che pesa meno di tre chili? Che il sorriso di un bambino avrebbe avuto il potere di cambiare il verso di un'intera giornata? Che da un certo punto in poi tutte le sue azioni, tutti i suoi pensieri sarebbero stati orientati a un solo scopo, anzi a un'ossessione: rendere suo figlio felice?

Il pensiero vola a lui, lontano, che dorme rannicchiato sotto le coltri, ai pugni stretti ad acchiappare qualche sogno - chissà cosa sogna, si domanda spesso Umberto, ed è una cosa che non si è mai domandato nemmeno di sé stesso -, al fiato caldo che gli esce dalle piccole labbra, alle ciglia lunghissime come quelle di sua madre. Se solo riuscisse a vederlo più spesso, se questa città e tutti questi impegni non lo tenessero lontano da lui...

Sorride e la principessa al suo fianco lo interpreta come un segnale per poter ricominciare a blaterare.

Umberto si agita un po' sulla sedia e, giusto per interrompere l'idillio con l'Orsini, molla una gomitata a Margherita. Lei non accenna nemmeno ad accorgersene; allora Umberto si china sul suo orecchio e, con un sorriso distante, come se stesse commentando la buona riuscita della serata o la perfetta cottura dell'agnello, sussurra parole udibili a lei soltanto: « Datti un contegno con questo benedetto principe, ti stai coprendo di ridicolo ».

Lei si irrigidisce impercettibilmente. Stringe le labbra, raddrizza la schiena, si porta una mano al cuore. Poi anche le sue labbra si allargano in un sorriso radioso che arriva a farle brillare gli occhi, annuisce, indica qualcosa lontano da loro e approfittando della distrazione degli ospiti ribatte: «Non più di quanto abbia fatto tu finora».

Umberto scoppia in una risata genuina. La verità è che, se non ama Margherita, ne ammira gli artigli velenosi, con cui lei di recente ha imparato a difendersi, trovando dentro di sé forze che non sapeva di avere. È l'erede che le ha dato questo potere?

8

Quando Nina sale la stretta scala che conduce alla redazione del giornale, ha i respiri così alti che il cuore le rimbomba in gola. Dall'alto sente provenire un brusio interrotto da tonfi e dal clangore delle macchine, poi urla, risate. Chi troverà lassù? Come la accoglieranno?

Un ragazzino che sta uscendo in tutta fretta con un fascio di fogli sotto il braccio la travolge e per poco non la fa ruzzolare giù; Nina si aggrappa al corrimano, poi si volta con l'intenzione di redarguirlo, ma quello è già fuori che corre nel sole. *Qui non siamo a palazzo*, si dice, *dove i valletti ti cedono il passo.*

Nello scontro sono caduti a terra alcuni fogli. Nina si china a raccoglierli e legge.

Oggi «L'istrice», tutto ancora esultante per le belle, sublimi emozioni provate nella serata di ieri, è per intiero dedicato ai Signori Coniugi, Principe e Principessa di Piemonte.

Roma era là, tutta per festeggiarli. L'allegrezza brillava sui loro volti. Naturalmente parliamo della Roma ufficiale, della Roma rappresentata dagli Aldobrandini, dagli Orsini, dai Sacchetti... la Roma non ufficiale, quella che per i giornali di corte non conta, attendeva tranquilla ai fatti propri.

Nei paraggi del Quirinale, oltre il solito viavai c'era un centinaio di individui i quali sarebbero stati felicissimi di poter entrare nel Palazzo e, in omaggio agli Augusti, ripararsi dalla pioggia e saziarsi del sontuoso banchetto.

Come Dio volle, si pranzò e si bevette e rumorosi brindisi risuonarono nelle sale del Palazzo, ove ancora aleggia l'odore dell'incenso di Papa Pio IX.

La Principessa Margherita mi riuscì simpatica; bionda e ben formata mi parve di statura un po' più piccola dell'ordinaria; in ogni modo questo sarebbe certo un sacrifizio per far sembrare più grande qualche suo parente.

Non è concesso sapere a cosa il Principe pensasse; certo però la Signora cui dava il braccio non avrà avuto, almeno per stasera, a lodarsi troppo della sua amabilità.

No, questo decisamente non è il posto per lei, con questa gente non vuole avere niente da spartire; se a palazzo sapessero che è stata qui, la Frassi ne approfitterebbe per cacciarla e, forse, non avrebbe nemmeno torto. Si volta e fa per tornare giù, ma il pensiero di Marianna e, soprattutto, di Nestore la trattiene. Allora prende un bel respiro, stringe i denti e risale la scala con piglio deciso.

Oltre la porta, si apre un corridoio su cui si affacciano numerose stanze. Nina avanza a timidi passi, domandandosi che faccia possa avere un giornalista. *Di sicuro,* pensa, *una poco raccomandabile.*

« Cercate qualcuno? » le domanda una voce maschile alle sue spalle.

Nina sobbalza per lo spavento.

« Non temete, non temete! » ride lui, mostrandole il palmo delle mani macchiato d'inchiostro. « Sono disarmato... a meno che non consideriate la penna un'arma. » Ride ancora mostrando denti bianchissimi che spiccano sul volto abbronzato. È un tipo alto con una gran zazzera di capelli biondo scuro e occhi verdi che sorridono. « Vedo che avete letto il mio articolo », continua, indicando il foglio che Nina tiene accartocciato in mano. « È stato di vostro gradimento? »

« Oh, cielo! Non direi proprio! » sbotta Nina.

« Ci avrei giurato », ribatte lui, squadrandola da capo a piedi.

« Non ho mai letto tante falsità in vita mia, e per giunta scritte in malo modo. La vostra prosa è sgraziata oltreché ingiuriosa. »

Lui dà un'alzata di spalle e incrocia le braccia. « Dunque siete qui per candidarvi come redattrice? »

Nina avvampa e abbassa gli occhi. Di nuovo il pensiero di Nestore le impedisce di scappare via. « Cerco una persona, un giornalista », dice. « Achille Riva. »

Lui prorompe in una risata così rumorosa che alcuni colleghi alzano la testa dalle loro scartoffie.

Nina si sente morire. E se Ottilia si fosse presa gioco di lei? E se le avesse dato indicazioni errate? « Scusatemi », mormora. « Evidentemente mi sono sbagliata. Non volevo importunarvi. » Gira sui tacchi e si avvia alla porta, ma lui le sbarra il passo.

« E se ve lo indicassi... voi cosa mi dareste in cambio? »

Lezioni di scrittura? pensa Nina. « Non credo di avere alcunché che possa interessarvi. »

« Oh, su questo punto vi sbagliate », sussurra lui, sporgendosi verso di lei fino quasi a sfiorarle la guancia con la punta del naso. Poi, tornando ilare: « E cosa vorreste da Achille Riva, a parte insultare la sua prosa... *sgraziata oltreché ingiuriosa*? »

Nina impiega un po' a rendersi conto di aver offeso la persona da cui sperava di ottenere aiuto. « Oh, mio Dio! » esclama portandosi la mano alla bocca. « Io vi chiedo scusa, signore. Non sapevo foste voi! Vi chiedo umilmente scusa. »

« E perché mai? » ribatte lui, facendole strada verso un ufficio angusto e polveroso, stipato di carte e volumi fino al soffitto. « Non siete mica l'unica a pensarlo: imperatori, re, principi, primi ministri, sindaci, notabili di tutti i tipi e avvocati... soprattutto avvocati... Perfino mio padre lo pensa! Ma ciò non mi impedisce di continuare a farlo. » Sposta una scatola piena di carte e spolvera la sedia col fazzoletto. « Dunque accomodatevi e ditemi quale motivo ha spinto una signorina perbene come voi da un pessimo giornalista come me. »

Nina, che non è mai stata da sola in una stanza con un uomo, a parte il vecchio maggiordomo, rimane sulla porta senza trovare il coraggio per entrare.

«Via, non fatevi supplicare», ridacchia lui. «Posso anche uccidere la lingua italiana, ma mai una bella donna come voi.»

Nina rimane turbata da quel complimento indiretto e non sa come reagire.

«Chi vi manda?» chiede Achille.

«Un'amica, Ottilia Bonomi.»

Lui rimane un istante con lo sguardo perso al soffitto, poi esclama: «Ah, sì, la prostituta di Trastevere».

«Come osate esprimervi a quel modo?»

Lui rimane impassibile. «E cosa credete che faccia in quella stamberga, la vostra amica?» Poi si accende con tutta calma un sigaro che appesta l'aria. «Va in giro dicendo che il suo marmocchio è figlio del principe ereditario», butta fuori insieme con una boccata di fumo azzurrognolo.

«E voi le credete?» domanda Nina abbassando la voce.

Lui dà un'alzata di spalle. «Non ne ho idea. In ogni caso non sarebbe la prima.» Si rende conto che le sue parole l'hanno turbata e sente il bisogno di aggiungere con tono più dolce: «Insomma, sono voci. La gente dice un sacco di sciocchezze. Se poi si tratta della Famiglia Reale...»

«Grazie», mormora Nina, sedendosi sulla sedia.

«Dunque, perché Ottilia vi ha mandata da me?»

«Sto cercando una persona, Marianna Martini. È la figlia del mio...» Esita. Poi inspiegabilmente le viene voglia di raccontare tutto: «È la figlia di un maggiordomo che ha servito per tutta la vita presso la Casa Reale. È stato un uomo molto generoso con me, sapete: mi ha insegnato a leggere e scrivere, ma non solo. Mi ha donato tutto il proprio sapere, la sua immensa saggezza. Senza di lui oggi sarei...» *Sarei come Ottilia.* «Egli ha creduto in me, nonostante fossi solo una sguattera. Mi ha protetta, mi ha liberata dalla schiavitù dell'ignoranza.»

Achille rimane ad ascoltarla mentre le si riempiono gli occhi di lacrime. Gli piacciono il suo accento del Nord con le e aperte, che a volte scivola nell'inflessione cantilenante del Sud, e le parole scelte con cura e naturalezza. Gli piace la grazia con cui si sistema la gonna mentre parla. Gli piace la determinazione che traspare in ogni suo gesto, senza mai diventare rude.

«Egli è morto lo scorso inverno, dopo la Breccia di Porta

Pia, senza aver potuto realizzare il desiderio di rivedere la propria figlia, perduta molti anni orsono ma mai dimenticata. »

« Capisco », fa Achille. « Quanti anni ha? Dove vive? »

Nina scuote il capo. « Non lo so. Le informazioni che il mio mentore mi ha dato erano confuse, spesso contraddittorie. In questi mesi, purtroppo, non sono riuscita a venire a capo di nulla. » Alza su di lui occhi bagnati di lacrime e pieni di speranza. « Potete aiutarmi a ritrovarla? »

Achille pensa che no, non può. La figlia qualsiasi di un maggiordomo qualsiasi, di età indefinita, che potrebbe trovarsi in un punto qualsiasi del Regno, dal Piemonte alla Sicilia, ammesso che non si sia trasferita all'estero o, peggio, che sia morta: sarebbe come cercare un ago in un pagliaio.

Non ha tempo per queste sciocchezze, ne ha già perso fin troppo per scrivere di cronache mondane come un qualunque scribacchino: era a Suez per l'apertura del Canale, nell'avamposto di Villa Torlonia quando le truppe italiane sono entrate a Roma, a Madrid per l'incoronazione di Amedeo I di Spagna, e prima ancora a Torino quando la manifestazione contro il trasferimento della capitale a Firenze è stata repressa nel sangue, ed è arrivato a Napoli a documentare l'eruzione del Vesuvio quando l'aria era irrespirabile e il terreno fumava ancora. È un giornalista, lui, si occupa di inchieste, di scandali, di guerre, di moti popolari, non di signorine scomparse. E poi tra pochi giorni dovrà ripartire per Parigi, dove il Comitato Centrale della Guardia Nazionale sta dando filo da torcere alle truppe regolari.

« Vi posso pagare », dice Nina.

« Non serve », le dice lui secco, alzandosi. « Tornate tra una decina di giorni. Vedrò cosa riesco a scoprire. »

Nina si alza e si congeda profondendosi in mille ringraziamenti. Achille la guarda dalla finestra rimpicciolire nella via fino a scomparire. Ha appena rinunciato a documentare un grande avvenimento storico solo per rivederla.

E non le hai nemmeno chiesto come si chiama, si dice. *Sei proprio un pessimo giornalista!*

9

Nei giardini del Quirinale, la primavera mostra i primi indizi di sé. Una brezza leggera agita le palme, portando profumo di fiori recisi, e sulle rose spuntano i primi boccioli, ancora chiusi come pugni; una coppia di giovani gazze gioca nell'acqua della fontana, il cui zampillio ha qualcosa di frivolo, come la risata di una signorina impertinente.

Margherita, a passeggio con il principe Orsini, non se ne avvede, perché non ha occhi che per lui. Sopra le loro teste, le chiome dei pini marittimi sembrano sul punto di aprirsi come enormi ombrelli mangiandosi pezzi di cielo dove le nuvole corrono veloci. Dietro di loro, le dame si tengono alla giusta distanza affinché non si possa dire che siano soli, ma abbastanza perché di fatto lo siano.

Non è la prima volta che si incontrano qui. Tutto è cominciato con una frase che lui ha fatto cadere quasi per caso durante il pranzo di gala e che lei ha raccolto quasi solo per cortesia. Il sottosuolo di Roma, sostiene l'Orsini, è una miniera di tesori, come dimostrano ampie zone della città, ma solo una piccola parte è stata portata alla luce ed è pronto a scommettere che, proprio sotto il Quirinale, ci sia un mondo nascosto.

«Non mi avete ancora detto», fa Margherita, dondolandosi appena al suo fianco, «da quando vi interessate di archeologia.»

«Oh, da molto, Vostra Altezza. Ma forse non da abbastanza per potermi definire un esperto.»

«Suvvia, non sminuitevi», ribatte lei, appoggiandogli per un istante la mano sul braccio e ritraendola come se scottasse. «Sono certa...» continua dopo un breve silenzio pieno di imbarazzo, «sono certa che avete molto da insegnarmi.»

L'Orsini si ferma, costringendola a fare altrettanto. «Insegnare? A voi, Altezza? Non mi permetterei mai.» Lancia un'occhiata obliqua al seguito di dame, che si fingono interessate alla ghiaia del vialetto. «Tuttavia sono onorato di poter condividere con una così sublime mente le mie piccole passioni.» Accenna un inchino, poi le prende la mano guantata e la sfiora con le labbra.

Margherita si irrigidisce tutta, tendendo i muscoli della schiena e del collo. Cosa dovrebbe dire? Così tante risposte le frullano nella mente. *Piccole passioni? Il nostro eroico passato non può certo dirsi cosa piccola.* No, eroico passato suonerebbe troppo retorico. E poi nostro, assolutamente no, si offre a troppe interpretazioni. *Mente sublime? Vorrete dire curiosa: non oso definirmi addirittura sublime.* No, parlare di sé la farebbe apparire smaniosa d'attenzioni. *Vi sono grata per la stima che riponete in me.* No, una futura regina non è grata di una cosa ovvia come la stima dei propri sudditi. *Condividere una passione con voi è...* No, questo soprattutto no!

« Non è comune, sapete », continua lui, lasciandole la mano e rimettendosi in cammino, « trovare qualcuno, e ancor più una donna, che si appassioni di archeologia. »

Stando ai pettegolezzi che sono giunti alle orecchie di Margherita, il principe trascura qualsiasi cosa in favore dei suoi amati scavi. Compresa la moglie, cosa che non la rende felice.

« I più la ritengono una materia... » Ridacchia, regalandole un'occhiata complice. « Morta. »

Margherita scoppia in una risata così acuta da far drizzare le orecchie perfino ai giardinieri intenti a potare una siepe di bosso. « Io credo che dal nostro passato abbiamo molto da imparare », fa poi, divenuta seria. « Nel bene e nel male. »

« La vostra saggezza è seconda solo alla vostra bellezza. »

Di nuovo Margherita si sente affondare in tutte le risposte che vorrebbe, ma non può, dare. La verità, constata, è che tra le numerose cose che le hanno insegnato, e tra quelle ancor più numerose che ha imparato a proprie spese dopo le nozze, manca l'arte della seduzione.

Una principessa non ha bisogno di sedurre nessuno, Margarethe. Ma la verità è che Margherita non è mai nemmeno stata sedotta. L'hanno presa, l'hanno data in sposa a un cugino, gliel'hanno messo nel letto, le hanno fatto generare un erede, il tutto senza che nessuno si sia mai preoccupato di renderglielo gradevole.

E ora che si trova per la prima volta davanti a un essere umano vero, a un uomo che la guarda come nessuno l'ha mai guardata, che le dice cose che toccano corde nascoste dentro di lei, che la copre di attenzioni e complimenti che vanno ben oltre il cerimoniale, si sente come se andasse in guerra senza l'armatura.

Come dovrebbe reagire? Secondo la marchesa di Villamarina, a cui di recente ha chiesto consiglio, dovrebbe mostrarsi indignata quel tanto che basta da non farlo desistere. Ma come si fa a sapere in anticipo fin dove un uomo desidera spingersi?

Mi pare ovvio dove vuole spingersi l'Orsini, Margarethe. Non essere ingenua.

« Via, non esagerate... » fa lei allungando il passo.

Ma il principe le prende il polso e la trattiene. « Non esiste esagerazione al vostro cospetto, Margherita », le sussurra all'orecchio.

« Vi supplico », implora Margherita tremando.

Si trovano in un punto dei giardini dove alte siepi, potate con cura a formare muri di vegetazione, creano un labirinto ombroso, fatto di gomiti e rientranze misteriose. Margherita si guarda attorno e scopre con sollievo di essere sola.

Se ne avvede anche l'Orsini, che approfitta di quell'attimo di insperata intimità. « Sono io che vi supplico », le dice, stringendola a sé. « Concedetemi la vostra amicizia. »

« Ma via... non siate... »

« Vi imploro! »

« Non serve, non serve », fa lei, cercando di liberarsi dal suo abbraccio, senza troppa convinzione. « Avete già la mia... »

Il bacio mette a tacere ogni obiezione. Si posa leggero sulla sua bocca come il frullare d'ali d'una farfalla e si sofferma un istante cancellando il mondo attorno a loro. A Margherita sembra di poter sentire sulle labbra il pulsare del suo cuore, come se attraverso quei pochi centimetri di pelle che li tengono uniti le loro anime si fossero fuse insieme. Poi scivola via, rapido e furtivo, e Margherita si sente cadere nel vuoto, al punto che si deve aggrappare alla sua giacca per non finire svenuta a terra.

Vi prego, fatelo di nuovo, vorrebbe dirgli. *Nessuno mi aveva mai baciata prima.*

10

«Signore, io devo chiedervi di arrivare al punto. Ho soltanto due ore libere e non mi è concesso di ritardare.» La voce di Nina trema nello sforzo di controllarsi.

Achille, accanto a lei, si arresta. Ha insistito per venire a passeggiare al Pincio, adducendo la scusa che al giornale ci sono orecchie dappertutto, ma giunto qui si è perso a indicarle il panorama verso San Pietro, le antiche rovine sotto di loro, le gemme sugli alberi e gli uccelli che vi nidificano. Nina è tesa. Cosa penserà la gente, vedendoli l'uno accanto all'altra? E se qualcuno del Quirinale li vedesse? *E poi perché tanta segretezza?* si domanda, iniziando a essere indispettita da quelle lungaggini.

«E così siete cameriera presso la principessa di Piemonte...» le dice lui, lasciandosi cadere su una panchina.

Nina rimane in piedi. Achille è pieno di domande, di curiosità, di interesse, ma questo probabilmente è normale, dato il lavoro che fa: è un impiccione di mestiere. Ciò, tuttavia, non lo autorizza a prendersi gioco di lei.

«Vi ho già risposto, signore, e non è questo il motivo del nostro appuntamento.» Alla parola «appuntamento» lui sorride compiaciuto e lei si sente ribollire di rabbia. «Se non avete le informazioni che vi ho chiesto, non ve ne faccio una colpa. Va bene. Non importa, troverò un altro modo.» Sì, ma quale? «Vi prego però di non farmi perdere altro tempo.»

«Non volete sedervi?»

«Sto bene così, grazie.» Le sue mani guantate si contraggono nervosamente.

«Ebbene», dice Achille, stendendo le lunghe gambe e stiracchiandosi come un gatto al sole. «Non sono riuscito a trovare alcuna donna con quel nome, nessuna Marianna Martini in tutto il Regno italico. O, almeno, nessuna figlia di un maggiordomo di Casa Savoia con quel nome.»

Nina si sforza di non far trasparire la delusione. «Capisco.»

«Non mi risulta che il vostro mentore abbia mai avuto una figlia.»

«Evidentemente non avete cercato nel posto giusto.»

Achille solleva impercettibilmente le sopracciglia. «Può essere.» Si guarda attorno, poi torna su di lei. «Tuttavia ho trovato qualcuno, un parente prossimo che potrebbe darvi tutte le risposte.»

Nina sobbalza per lo stupore e subito se ne pente. «Di chi si tratta?»

«Siete sicura di non volervi accomodare?»

Nina capisce che è il prezzo da pagare per avere l'informazione e, guardandosi attorno, si siede sulla panchina, ben distante da lui. «Ebbene?»

«Un fratello gemello», fa Achille, con aria compiaciuta. «Nato, pare, solo pochi istanti prima e quindi erede di tutto il patrimonio di famiglia. L'unico parente che gli sia rimasto, a quanto mi risulta.»

«E dove si trova costui?»

Achille estrae dal taschino del panciotto un piccolo foglio ripiegato e lo solleva in aria. «Qui ho il suo indirizzo.» Lunga pausa. «Ma ve lo darò a una condizione.»

Nina si alza di scatto, portandosi la mano alla cicatrice lasciata dal calamaio della Litta. Tutte quelle domande su di lei, il suo passato e l'impiego a palazzo: ora le è tutto chiaro. «Se sperate di sapere qualcosa sulla principessa, signore, vi avverto che siete sulla strada sbagliata. Da me non avrete nessuna informazione che possiate riportare, deformata ad arte, in quel vostro orrendo foglio satirico che avete l'arroganza di chiamare giornale e che non va bene nemmeno per incartare i carciofi.»

Achille scoppia in una risata così fragorosa che attira gli sguardi dei passanti e Nina si sente morire per la vergogna.

«I carciofi!» fa, scosso dalle risate. «I carciofi!» Va avanti a lungo, accasciato sulla panchina, con gli occhi pieni di lacrime, infine si alza. «Vi sbagliate, mia cara. Le informazioni sulla vostra padrona non mi servono, posso averle da chiunque. Per la verità, ne so molto più di voi che le vivete accanto. Volete che vi racconti qualcosa?»

«Non sono interessata alle vostre malignità repubblicane.»

« Dicono che il nobile cuore della vostra cara principessa palpiti per un rampollo dell'aristocrazia nera della città, in barba al vincolo matrimoniale che la lega all'erede al trono. »

Sono voci che girano anche ai piani bassi, a cui Nina non ha mai dato peso. « Sono solo ingiurie, tutte falsità. »

Lui dà un'alzata di spalle e si ficca le mani in tasca. « Dunque lo volete questo indirizzo? »

Nina stringe i denti e non gli risponde.

« Badate che il fratello del vostro maggiordomo è ancora in vita, ma non so per quanto... »

« Siete a dir poco irrispettoso. »

« E perché mai? È acclarato che tutti, prima o poi, dobbiamo morire. E in considerazione dell'età di quest'uomo possiamo dire che è già stato molto fortunato. Buon per lui. »

Nina sbuffa. « Dite sempre quello che pensate, voi? »

Un'altra alzata di spalle. « Faccio anche di peggio, signorina. Io lo scrivo. »

« Se non sono le informazioni ciò che vi interessa, cos'altro? »

Achille abbassa la voce. « Voglio qualcosa di più prezioso. » Si china sul suo orecchio e le sussurra: « Voglio un bacio ».

Nello stesso istante le cinge la nuca con una mano e la attira dolcemente a sé, sfiorandole con le labbra la pelle calda della guancia. La ragazza ha un profumo di erba appena falciata, di fieno steso al sole a essiccare e di qualcos'altro che Achille non riesce a individuare, qualcosa di nuovo e vecchio insieme, di irresistibile, che gli provoca un capogiro.

Nina salta indietro con un urlo. « Siete un essere ripugnante. Siete disgustoso! » Fa per correre via, ma lui la trattiene ancora.

Achille esita, sul punto di attirarla nuovamente a sé e riempirsi il naso del suo profumo unico, di imprimerselo per sempre nella mente. Ma l'odio che legge nei suoi occhi lo fa vergognare di sé stesso.

« Prendete », le dice, allungandole il foglio. « Ve lo siete meritato. »

11

Con le giornate che si allungano sempre di più, Margherita ha preso l'abitudine di venire nel coffee house per il tè. La prima volta che è stata qui c'era anche l'Orsini, ed era stato proprio lui a raccontarle la storia di questa piccola, preziosa dépendance voluta da papa Benedetto XIV nei giardini del Quirinale e ora pressoché dimenticata. Vi si erano introdotti quasi di nascosto, senza badare alla polvere e ai vetri rotti attraverso i quali sussurrava un refolo di vento ostinato; lui le aveva mostrato gli affreschi, la cui bellezza era evidente anche sotto le macchie di umidità.

« È un vero peccato », aveva detto Margherita, « che questo delizioso posto sia stato trascurato tanto a lungo. »

Lui si era preso del tempo. « Trovo che sia ingiusto che il valore di un luogo sia calcolato sulla scorta delle attenzioni che riceve. » L'aveva guardata a lungo, con ostinazione. « Ci sono *cose* meravigliose di cui *altri* non riescono a cogliere il valore... ma la colpa non è mai delle cose in sé: la colpa è sempre di chi non è in grado di apprezzare la propria fortuna. »

Margherita sapeva che avrebbe dovuto rispondergli in modo piccato. Le era sembrato di sentire, in lontananza dentro la propria testa, la voce attutita di sua madre che le suggeriva le esatte parole da usare: che non si permettesse di mancare di rispetto al principe suo marito, la cui sensibilità non era affatto in discussione. L'Orsini, però, si era ben guardato dal menzionare Umberto e l'ambiguità delle sue frasi sarebbe potuta volgere in una trappola, come ad ammettere che, sì, anche lei si sentiva ingiustamente trascurata. Non era stata tuttavia l'astuzia a suggerirle di tacere, bensì una specie di felicità che l'aveva lasciata senza parole.

Da allora viene qui a sorseggiare il tè con le sue dame. Lascia che loro parlino, parlino, e intanto pensa che ci sia lui seduto accanto: lui con i libri che le regala solo dopo averli letti – *Se lo sfogliate, potete ancora sentire sulle pagine l'impronta delle mie dita* –, lui con i ragionamenti così elevati che talvolta Margherita non arriva a comprendere, lui con le piccole e grandi attenzioni, la memoria infallibile, le citazioni dal latino, i gusti musicali più ricercati, e quei baci caldi come ceralacca con cui non appena restano soli le sigilla le labbra.

« Cosa volete che vi dica... è giovane, è bella! Non possiamo certo negare che tutto questo offra dei vantaggi », sta dicendo la principessa Pallavicini.

« Ed è astuta. Sa bene come usare certi... *vantaggi.* »

Margherita, con gli occhi chiusi e il volto al sole, ascolta. Non sa di chi stiano parlando, ma in fondo non le importa; i pettegolezzi sono tutti uguali, a prescindere da chi sia la vittima.

« Se fosse tanto astuta », obietta la marchesa Lavaggi sistemandosi meglio sul divanetto di vimini, « farebbe più attenzione a essere discreta. »

« È difficile essere discreti, oggigiorno. Si sa tutto di tutti, ormai. »

« Questa città è troppo piccola e le bocche sono troppo grandi. »

Risatine. Tintinnio d'argento sulle porcellane. Margherita apre gli occhi. C'è qualcosa nel tono di questa conversazione che la inquieta, anche se non saprebbe dire cosa, dal momento che non è diversa da tutte le altre che ha sentito di recente.

« Ah, l'amore! » sospira la marchesa di Villamarina. « Rende avventate anche le più sagge. »

« Non credo sia amore. Penso più all'interesse. »

« Ma se è maritata da neanche sei mesi! »

La Lavaggi dà un'alzata di spalle. « Pure suo marito! Eppure questo non gli impedisce di andarsene in giro come un cane randagio a... »

Un colpetto di tosse la mette a tacere. Tutte volgono lo sguardo a Margherita.

« A far cosa, marchesa? » domanda lei, candida, divertita all'idea di mettere in difficoltà le sue dame.

« Via, lo sa tutta Roma! »

« Il conte non è il ritratto della devozione, ecco », spiega la Villamarina a bassa voce.

« Gli uomini del resto hanno le loro necessità », fa la Pallavicini.

« Necessità! » sbuffa la Lavaggi. « Non sono mica animali. »

« Non ne sarei tanto convinta », ribatte Margherita, provocando risate e altri tintinnii.

« Ecco, vedete, il punto... » continua la Pallavicini. « Il punto non è quello che fa lui, non è mai questo il punto. Sono uomini, si sa, possono fare quel che vogliono. Ma noi... »

Margherita torna a prestare attenzione, pur senza volgere lo sguardo, per non dare a vedere che l'argomento le interessa. Oltre la vetrata del coffee house l'ultimo sole della giornata lambisce la sommità di una palma.

« Noi dobbiamo stare attente. » Tutte annuiscono. « La donna è l'emblema della purezza, il vessillo dell'onore. Tutti gli occhi si volgono a lei come a un esempio di rettitudine ed ella non può sbagliare. Le è affidato un compito talmente importante che non le è concesso il più piccolo passo falso. Una distrazione, una minima mancanza, e la sua reputazione è macchiata per sempre, e con la sua quella di tutto il casato. Sta a noi tutto il peso di preservare il buon nome di una famiglia, e lo dobbiamo portare con fierezza e orgoglio, nonostante tutte le difficoltà. »

Margherita si volta, sul punto di domandare se stiano parlando di lei. *Mi pare ovvio, Margarethe.*

« Lo trovo francamente ingiusto », fa la Lavaggi.

« Io penso che questa sia la nostra forza, il nostro potere più grande. »

« Io penso invece che sia una grande ingiustizia », ribatte la Lavaggi, infervorandosi. « Prendete una donna, e non importa quale, se sia popolana o nobile. Se è bella, si dirà che è discinta, tentatrice, provocante, impudica; se è brutta, Dio la aiuti perché nessuno vorrà prendersela in moglie. Se è ricca, la vorranno sposare tutti, ma non per merito suo: avrà un padre o un fratello che è ricco per lei. Se è ricca di suo, il patrimonio sarà di dubbia provenienza. E se per disgrazia fosse intelligente, oh, povera ragazza! Non c'è sciagura peggiore per una donna che essere dotata di intelletto. Qualsiasi cosa faccia di buono in tutta la vita, non sarà mai per merito suo; ma, se dovesse sbagliare – e per sbaglio intendo anche solo posare lo sguardo un po' troppo a lungo su un bel giovane – se dovesse sbagliare, allora è condannata, lei e la sua stirpe! » Si ferma ansimando, con la tazzina che le trema tra le mani.

Segue un lungo silenzio pensoso.

« Ne convengo », fa la marchesa di Villamarina dopo un po'. « Ma purtroppo le cose stanno così. »

Poi alza gli occhi in quelli di Margherita, e lei vi legge un avvertimento.

Sì, Margarethe, sta parlando a te. È ora di porre fine a qualsiasi legame che non sia più che ufficiale.

12

Monferrato, estate 1871

I cardini del cancello arrugginito cigolano, annunciando l'arrivo di Nina. Il giardino antistante la casa è infestato di erbacce che hanno ormai nascosto quasi del tutto il vialetto, costeggiato da alberi da frutto che non vengono potati da anni. La facciata austera, erosa dall'umidità, con le persiane chiuse e scrostate, parla di un passato di opulenza. Nina non fatica a figurarsi questa antica dimora nel pieno del suo splendore, quando dai tiri a quattro smontavano signore col cappello piumato al braccio di uomini col bastone dall'impugnatura in argento. Ora le sembra di sentire la voce di Nestore che racconta gli antichi fasti del proprio casato, ma non sa dire quanto della propria immaginazione sia frutto dei romanzi che lui tanto vituperava e che lei non ha smesso di leggere. *Répréhensible, honteux!*

La porta si apre e sull'uscio appare una cameriera il cui grembiule bianchissimo e perfettamente stirato stride a confronto della decadenza da cui è circondata. « Dovete essere la signorina Nina, suppongo », esordisce con un sorriso sul viso paffuto. « Avete fatto buon viaggio? »

Per la verità, il viaggio è stato un incubo. Nina ha dovuto aspettare che parte del personale di corte si trasferisse a Monza per l'estate e fino all'ultimo non è stato possibile sapere se la principessa sarebbe rimasta alla Villa o avrebbe preferito andare a Stresa a far visita alla madre. Poi ha dovuto supplicare la governante che le concedesse due giorni di riposo e superare il suo interrogatorio: non riusciva a credere che Nina avrebbe usato – *sprecato*, per dirla con le parole della Frassi – il proprio tempo in quel modo. *Ancora con questa storia del maggiordomo? Si può sapere cosa speri di ricavare?* E non c'era verso di farle capire che sì, voleva solo trovare Marianna, e no, non aveva nulla da guadagnarci. Poi il viaggio vero e proprio, il treno di terza classe, la carrozza torrida e sovraffollata, l'odore persistente di sudore e gli sguardi obliqui, ostili della gente. E, per tutto il tempo, il ricordo di quel bacio che le brucia ancora sulla guancia dopo molti mesi, come se fosse ancora lì, dove tutti possono vederlo, come un marchio d'infamia.

Ma quando viene fatta accomodare nel salotto e si ritrova davanti la copia esatta di Nestore Martini – la stessa testa calva, le stesse mani col dorso macchiato, lo stesso naso lungo e sottile, gli stessi occhi vivaci, solo un po' meno smarriti – sa con certezza che ne è valsa la pena.

« Vi stavo aspettando, mia cara », esordisce Tarcisio Martini, alzandosi a fatica dalla poltrona.

Il vecchio indossa una eccentrica veste da camera in velluto che Nestore non avrebbe nemmeno voluto prendere in mano, soprattutto in questa stagione. Forse, pensa Nina inchinandosi con grazia, i gemelli Martini non erano poi così uguali.

Tarcisio annuisce ripetutamente osservandola in silenzio. « Mi ha parlato molto di voi, siete proprio come vi aveva descritta. »

« Nestore? » fa Nina, confusa. « Volevo dire... il signor Martini? »

« Certo, mia cara. Nelle sue lettere non faceva mistero di essere molto orgoglioso dei vostri progressi. »

« Oh! » esclama Nina sentendo le lacrime salirle agli occhi.

« Ma andiamo per gradi. Posso farvi portare qualcosa da mangiare? Immagino sarete affamata! Perdonerete se tutto il mio personale si riduce alla signora Arrigoni, a cui tuttavia vanno riconosciuti il valore e l'efficienza di una schiera di valletti. »

La stanza è calda, ombrosa; attraverso le persiane accostate, la luce cade obliqua su un grande tappeto rosicchiato. Viene servita una colazione abbondante, che praticamente Tarcisio non tocca, limitandosi a sorseggiare il proprio vino e a osservare la ragazza. Si discute del viaggio, del pessimo stato delle ferrovie, del tempo che ultimamente è capriccioso e instabile. Nina, impaziente di ottenere le informazioni su Marianna, si rende conto che sarebbe scortese andare diretta al punto; il vecchio, evidentemente, non gode spesso della compagnia di qualcuno che non sia la fidata governante e ne approfitta per chiacchierare, come se lasciasse uscire tutte le parole tanto a lungo trattenute. Se Nina china gli occhi sul piatto, le sembra di avere ancora davanti Nestore: lo stesso accento, la stessa cadenza, la stessa scelta dei vocaboli.

« Dunque, mia cara », dice Tarcisio, quando viene servito il caffè. « Ditemi il motivo che vi ha portata da me. »

« Sto cercando vostra nipote, signore. »

« Mia nipote? »

« Sì, signore. Marianna, la figlia di vostro fratello. Nestore mi ha parlato tanto di lei; l'ho cercata ovunque, ma finora senza successo. Forse voi potete aiutarmi. »

Segue una lunga pausa. « Marianna, dite? La figlia di mio fratello? »

Il tono perplesso di Tarcisio spinge Nina alla cautela. E se si trattasse di una figlia illegittima? La ragazza si sforza di tornare indietro con la memoria ai racconti del maggiordomo: per quanto fossero confusi e, spesso, contraddittori, è certa che lui le abbia parlato di una moglie e della loro bambina.

Ma se per qualche motivo Nestore non ne avesse mai parlato al fratello? O se fosse un argomento delicato, magari spinoso? Se ci fossero segreti che nessuno è intenzionato a riportare alla luce?

« Mi dispiace che abbiate fatto tanta strada per niente », dice Tarcisio. « Non c'è più alcuna Marianna. »

« Co... come? » All'improvviso le tornano in mente le parole di Achille. *Non mi risulta che il vostro mentore abbia mai avuto una figlia.* « Ma il signor Martini mi ha... »

Tarcisio scuote il capo con vigore. « No, cara », le dice dolcemente, ma con fermezza. « Mio fratello ha avuto una figlia, certo, ma Marianna è morta quando era appena una bambina. Fu un tragico incidente: la sventurata creatura affogò in un lago, durante un attimo di distrazione dei genitori. E per scrupolo di completezza preciso quello che voi, avendolo conosciuto, in realtà già sapete: Nestore non era il tipo d'uomo che metteva al mondo figlie illegittime. »

« Ma com'è possibile? Lui mi ha... » Nina è colta da un capogiro.

La stanza, angusta e torrida, all'improvviso le sembra dilatarsi: le pareti si allontanano da lei, rimpicciolendo i quadri appesi alla tappezzeria, si allarga lo spazio tra i mobili, il tappeto si allunga, i soprammobili svaniscono, la finestra è un riquadro pallido non più grande di un francobollo; Nina si sente sola al centro di un immenso salone deserto quando il pavimento le manca sotto i piedi e inizia a cadere nel vuoto.

« Vi sentite bene? » La voce di Tarcisio la riporta al presente.

« No », ammette lei. « Non molto. »

Nina non riesce a resistere al pianto. Tutti i segnali che non ha colto o cui non ha dato importanza adesso le appaiono lampanti: i racconti contraddittori, l'incapacità di dirle quanti anni avesse o dove si trovasse Marianna, certi dettagli improbabili. E poi non è stato lui stesso a ripeterle più volte di non avere figli? Perché allora Nina non gli ha creduto, ma è stata disposta ad accettare l'altra versione, quella della figlia perduta? Perché delle due storie ha scelto di fidarsi di quella che, adesso, le pare più assurda?

Che stupida! Che stupida! Faceva bene, quel giornalista, a ridere di lei. Per mesi ha inseguito un fantasma, un'illusione, una menzogna! E tutto il tempo sprecato ad ascoltarlo, a dare retta ai deliri di un pazzo? Avevano ragione ai piani bassi quando le consigliavano di lasciarlo perdere, di non dargli retta.

Nina vorrebbe solo scappare via, dimenticare al più presto questa brutta avventura, tornare sui binari della propria vita ordinaria. Che senso ha restare? Perché prolungare la sofferenza?

La governante la fa accomodare in una stanza stipata di

vecchi mobili e riadattata a camera degli ospiti, poi le serve una cena fredda, probabilmente composta dagli avanzi del pranzo, e in breve la casa diventa silenziosa. Nina si immagina il palazzo ormai vuoto, le stanze un tempo vive ora serrate a chiave, i vecchi mobili mangiati dai tarli, coperti con grandi lenzuola polverose, i ragni che ricamano ragnatele negli angoli delle pareti.

C'è ancora luce fuori quando Nina si stende sul letto. Le lenzuola mandano un leggero odore di muffa che le ricorda casa. Il solo pensiero di rivedere Tarcisio, così somigliante al vecchio maggiordomo, le mette angoscia. Con la scusa del lungo viaggio di ritorno, domattina di buon'ora ripartirà e si lascerà tutto alle spalle; non ne parlerà con nessuno, non ci penserà mai più. Poi, esausta per il lungo tragitto e per tutte le emozioni della giornata, cede al sonno.

L'indomani la governante va a svegliarla con una tazza di tè leggero e profumato. «Il padrone vi aspetta per il *petit déjeuner* sulla terrazza posteriore.»

Non sono nemmeno le sei. Il sole pallido del primo mattino disegna l'ombra lunghissima del palazzo sul parco ancora umido della notte e l'aria è piena del canto degli uccelli. Tarcisio è sulla terrazza, seduto su una sedia che guarda lontano, con un mucchietto di carte in grembo.

«Avete dormito bene, mia cara?»

Nina si accomoda. A differenza di ieri, non riesce a nascondere la fretta, mentre si sforza di imburrare lentamente il pane e di non far sbordare fuori dalla tazzina il caffè.

«Immagino non sia stato indolore conoscere la verità», le dice il vecchio con quei modi affettati che tanto le ricordano Nestore e che adesso la infastidiscono. «Mi duole d'esser stato il latore di una così deludente informazione.»

«Non è colpa vostra», ribatte Nina, più brusca di quanto vorrebbe.

Lui sorride con lo sguardo perso nel vuoto. «Me lo aveva detto, sapete, che quando vi indispettite assumete questa postura rigida del busto, come se indossaste un'armatura. Il vostro modo per difendervi, diceva.»

«Davvero?» fa lei, scettica.

«*Mais oui.* È tutto scritto qui, nelle sue lettere. Negli ultimi tempi non parlava d'altri che di voi.» Le mostra il plico di carte, su cui Nina riconosce la calligrafia ordinata e spigolosa del suo mentore. «Vorrei che le teneste voi.»

«Oh, no!» esclama Nina. «Non posso, sono vostre. Non mi permetterei mai.»

Tarcisio si stira verso di lei e le copre la mano con la propria, fredda e ossuta. «Ah, signorina. Comprendo la vostra delusione. Ora vi starete domandando: se la storia di questa figlia era una menzogna, allora anche tutto il resto lo era? C'è qualcosa di vero in quello che mi ha detto? Ma la domanda giusta è un'altra. La domanda è: la storia di Marianna era davvero una menzogna?»

Nina alza su di lui occhi pieni di furore. «Ma se ieri mi avete detto che non esiste più nessuna figlia... Ora vorreste sostenere il contrario?»

Lui sorride picchiettandole il dorso della mano. «Ma no, ma no! Non infervoratevi, bambina mia. Vi confermo che mio fratello ha perduto la sua unica figlia e che poco dopo è diventato vedovo; non ho intenzione di rimangiarmi quanto vi ho detto ieri.» Poi si fa serio. «Ma siete sicura che, parlandovi di Marianna, lui stesse mentendo?»

«Non vi comprendo», fa Nina.

«Vedete, mio fratello ha dedicato tutta la propria vita a Casa Savoia. Non pensiate che non abbia avuto delle buone occasioni. So che è difficile crederlo ora, ma a suo tempo Nestore è stato un giovane affascinante, con una discreta rendita, un'eccellente educazione e delle ottime prospettive: un buon partito, come si usa dire ai giorni nostri. Ma cosa volete che vi dica? Giusto o sbagliato, ha scelto di rinunciare a tutto il resto per essere fedele alla Casa Reale. È stato, forse, il suo più grande rimpianto, e non mi stupisco che negli ultimi anni, vedendo la fine approssimarsi, vi abbia ripensato con tanta intensità.» Prende un sorso di caffè e continua: «Un giorno, dopo un'esistenza lunga e piena, come vi auguro sarà la vostra, anche voi arriverete a guardarvi indietro. Ora no, certamente: il vostro passato è ancora troppo breve. Ma forse, tra molti anni, vi ritroverete a fare questa amara considerazione: che il tempo è volato e pare ieri che eravate poco più di una bambina, e invece già la vostra pelle avvizzisce, la vista si accorcia, le giunture dolgono, il fiato manca. Allora sarà naturale tirare le somme, domandarvi se non abbiate sprecato il tempo che vi è stato concesso, se non avreste potuto usarlo meglio. E vi garantisco che, per quanto la vostra vita sarà stata ben spesa, vendereste l'anima al diavolo per poter tornare indietro e aggiustare qualcosina». Si prende del tempo per guardare lontano. «Ma, dal momento che questo, per fortuna, non è possibile, ecco che la mente ci viene in aiuto per alleviare il rammarico, per addolcire il passato, costruendo mondi immaginari nei quali rifugiarsi. Nemmeno io ero certo che foste davvero esistita finché non vi ho veduta di persona. Con la fantasia si può vivere ben più di una vita, non trovate?»

Nina pensa alle storie contenute nei romanzi e alla sensazione di libertà, di infinite possibilità spalancarsi davanti a lei ogni volta che apre un libro.

«Non siate troppo severa con lui. Mio fratello non voleva ingannarvi. Al contrario, ha consegnato nelle vostre piccole mani tutti i propri sogni: non solo la vita che ha avuto, ma anche quella che avrebbe voluto avere. Vi deve aver voluto molto bene per avervi fatto dono anche dei propri rimpianti.»

«Ma adesso come faccio a sapere cosa era reale e cosa no?»

«È reale ciò che volete credere che lo sia.» Le allunga il plico di carte, poi si alza. «Ma ho parlato troppo, mia cara, e mi sono affaticato. Vi prego, prendetevi del tempo. Finite la vostra colazione, mentre leggete qualcuna di queste lettere; saziate il vostro corpo e il vostro cuore. Potete restare tutto il tempo che volete, la vostra presenza porta gioia in questo luogo. Quando sarete pronta, una vettura vi riporterà in stazione.» Le appoggia la mano sulla testa e con il pollice traccia una croce sulla sua fronte. «Che Dio vi protegga, bambina.»

Rimasta sola, Nina soppesa a lungo le lettere prima di avere il coraggio di sfogliarle. Nonostante abbia compreso il discorso di Tarcisio, si sente ancora ferita. *Caro fratello*, inizia la prima, datata giugno 1868, *oggi ho fatto la conoscenza di una giovane serva che mi ricorda qualcuno, anche se ancora non so dire chi. È la creatura più spaventata e triste che abbia mai incontrato. Si aggira per il palazzo come un uccellino che ha smarrito la via del nido e va a sbattere contro gli specchi.*

Gli occhi di Nina si riempiono di lacrime. Ricorda bene quei primi giorni alla Villa di Monza e deve riconoscere che in poche parole Nestore è riuscito a descrivere il suo stato d'animo di allora. Il sole si alza e scavalca la vecchia dimora dei Martini, mentre lei, incurante del caldo, è immersa nella lettura. Il maggiordomo aggiornava con puntualità il fratello sui progressi di Nina – *La ragazza ha scoperto i romanzi. Era solo questione di tempo prima che l'inevitabile accadesse* –, manifestando ora preoccupazione – *Quell'Ottilia, con la sua smania di accasarsi, temo che possa avere una cattiva influenza* –, ora soddisfazione – *Il suo accento ha quasi del tutto perduto la volgarità d'un tempo e se Iddio mi concedesse il tempo non dispero che potrei insegnarle almeno i rudimenti del francese* –, ora autentico orgoglio: *La ragazza dà prova di un intelletto così raffinato da rammaricarsi che sia appena una serva, ma forse un giorno, grazie anche ai miei insegnamenti, ella potrà aspirare a qualcosa di meglio che vuotare pitali.*

Nelle lettere al fratello, il maggiordomo, che con lei era sempre stato molto severo ed esigente, si lasciava andare alla tenerezza, senza contenere l'affetto per Nina. Parlava anche dei propri momenti di smarrimento, descrivendoli con atroce lucidità e raccontando di come la vicinanza della ragazza attenuasse la paura. Dava prova di una insospettabile ironia quando raccontava la vita ai piani bassi, i bisticci delle cameriere, l'arroganza dei valletti, il rancore della Frassi, la smania di affermazione che contagiava tutto il palazzo, dalle serve ai nobili, ognuno preso dalla propria scalata sociale.

Mi rincuora constatare che l'anima pura della mia piccola Nina si eleva sopra le bassezze umane.

Quando Nina sale a bordo della vettura che Tarcisio le ha messo a disposizione, ha il cuore leggero come una bolla di sapone.

Leggere le lettere di Nestore ha riaperto la ferita per la sua perdita, ma al contempo le ha dato la consapevolezza di essere stata amata ben più di quanto avesse capito.

Forse la Marianna di cui le parlava il maggiordomo non è mai esistita, ma è a lei che Nina deve questa meravigliosa scoperta.

13

Roma

Oggi è il giorno, Margarethe. Hai aspettato anche troppo a lungo. Non puoi più rimandare.

Domani la corte lascerà la torrida, semideserta Roma e partirà per Monza. Margherita passeggia facendosi ombra col parasole merlato di pizzo che fa pendant con l'abito leggero.

Filippo Orsini le cammina accanto. « Va tutto bene, Margherita? Sei silenziosa oggi. »

Lei gli lancia un'occhiata obliqua. Le dame non sono abbastanza distanti da consentire che le si rivolga in tono tanto confidenziale.

Di questo passo ti rovinerà, Margarethe. Ci sono giorni, come oggi, in cui la voce di sua madre le risuona più forte e insistente nella testa.

Filippo si rende conto di aver oltrepassato il limite. « Non vi sentite bene, Altezza? »

« Sì », risponde Margherita, pensosa. « Sì. »

Fallo ora, Margarethe!

Quando erano bambini, lei e suo fratello Tommaso amavano giocare all'aperto. Appena ne avevano l'occasione, uscivano a correre nei prati. A Margherita piaceva giocare a far battaglia: immaginava d'essere un cavaliere e che la veste che le pesava addosso impedendola nei movimenti fosse una lucente armatura. Era un gioco proibito, naturalmente, e proibito solo a lei, perché una principessa non agita nell'aria un rametto fingendo che sia una spada. Mentre i maschi possono rotolarsi nell'erba, inseguire i gatti nelle cantine, andare a caccia e arrampicarsi sugli alberi, le principesse raccolgono i fiori, siedono all'ombra a leggere, stanno al chiuso a ricamare. Tutte cose che, a quel tempo, non rivestivano alcuna attrattiva per Margherita. Quando però Tommaso non aveva altra alternativa, gli andava bene che la sorella ingaggiasse duelli con lui, tanto più che Margherita non era meno spavalda di molti compagni maschili. Non piangeva mai; se cadeva e si faceva male, non si lamentava; se Tommaso si comportava in maniera scorretta, non andava a riferirlo a madame Arbesser; se ne stava zitta, in attesa di potergli restituire la pariglia. E nelle sfide era sempre lei a lanciarsi per prima, senza la minima paura. Così almeno poteva sembrare osservandola dall'esterno. Margherita aveva paura eccome, ma trovava sempre dentro di sé un coraggio ostinato che la spingeva a esporsi ai pericoli. Tra farsi male e passare per codarda, era la seconda possibilità a spaventarla di più.

« Avete letto i libri che vi ho mandato la scorsa settimana? » le chiede l'Orsini. « Vi ho sottolineato alcuni passaggi che... »

« No », lo interrompe lei, brusca. « Non ne ho avuto il tempo. »

« Oh », fa l'Orsini, senza riuscire a dissimulare il dispiacere. « Immagino siate stata molto presa dai preparativi per la partenza. »

« Infatti. »

« Mi mancherete, Margherita. »

Ora, Margarethe. Non essere codarda.

« Ho disposto che vi siano restituiti », dice lei d'un fiato, girandosi e provando a sostenere il suo sguardo. « Tutti. » Poi abbassando gli occhi: « Tutto quello che mi avete donato vi sarà restituito oggi stesso, e vi sarei grata se voleste fare altrettanto con le mie cose ».

« Perché? » domanda Filippo. « Cosa ho sbagliato? »

Sei tu che hai sbagliato, Margarethe.

« Sono io che ho sbagliato, concedendovi una confidenza che vi ha alimentato forse delle illusioni. Vi domando scusa per questo. »

È col popolo che ti dovresti scusare. Con la corte. Con tuo marito. Con Dio.

L'Orsini rimane senza parole.

« Vi prego di restituirmi tutte le lettere. »

« Certo », mormora lui. « Ma sai che non le mostrerei mai a nessuno. »

Dicono tutti così, Margarethe. E poi ti rovinano.

Margherita si guarda attorno; le dame non si vedono. Pochi passi li separano dal coffee house che è stato teatro di tanti momenti di intimità. Si fermano sulla porta. « La tua amicizia mi è stata cara in un momento in cui mi sentivo sola ed ero debole, vulnerabile. »

« Non vorrai insinuare che io abbia approfittato... »

« No, Filippo. Sono io, ti ripeto, che ho sbagliato. Questa nuova capitale, il vortice di impegni, il peso delle responsabilità. Ho ceduto alla debolezza di voler essere umana. »

« Ma tu *sei* umana », si infervora lui. « Sei la più umana che io abbia mai conosciuto. »

Una regina non può essere umana.

« Il mio ruolo me lo vieta. »

« Ma cosa abbiamo fatto di... »

« Tu? Nulla. Tu sei un uomo, Filippo. Puoi avere una moglie e... » Margherita esita. « Puoi avere tutto quello che desideri, alla luce del sole. Ma io sono una donna, a me non sono concessi passi falsi. Nessuno accorre in mio aiuto per giustificare i miei errori. Quando un uomo sbaglia, tutti voltano la testa dall'altra parte; ma, quando è una donna a farlo, tutti gli occhi sono su di lei: ogni mancanza viene sezionata, amplificata, la più piccola leggerezza può costarle la reputazione. Se tu domani andassi in giro a dire d'aver avuto una... » Di nuovo un'esitazione. « Anche se nulla di quello che dici fosse vero, tu ti conquisteresti la stima, l'ammirazione, l'invidia dei tuoi pari. Ma io cosa otterrei? Sarei rovinata per un pettegolezzo, per un capriccio. »

« Siamo stati discreti. Lo saremo ancora di più se sarà necessario. »

« Non esiste abbastanza discrezione in una corte, lo sai. L'unico modo perché qui non si sappia una cosa è che non accada mai. » Si guarda di nuovo attorno, poi entra nel coffee house, lasciando l'ombrellino fuori, segnale per la corte che la principessa non vuole essere disturbata. « Ogni volta che mi sposto, se per esempio ho voglia di venire a fare una passeggiata fuori programma, la corte deve esserne avvertita. Non c'è spazio per gli imprevisti né per le improvvisazioni. Tutti sanno sempre dove mi trovo. Mi seguono perfino in bagno. Perché credi che lo facciano? Perché non mi manchi nulla, certo; per la mia sicurezza, senza dubbio. Questo è quello che dicono. Sia come sia, Filippo, mi controllano, non c'è nulla che temano di più della mia iniziativa. Vivono nel terrore che mi sottragga alla loro sorveglianza, alla loro influenza. Se non sanno una cosa, è perché fingono di non saperla. Come ora. Tu credi che le mie dame non sappiano quello che sta accadendo? Che non vadano a riferirlo ai loro mariti? E che dalle bocche dei loro mariti non arrivi alle orecchie del mio? »

Era ora che te ne rendessi conto, Margarethe.

« Ma tu... »

« Io un giorno sarò regina, Filippo. La prima regina d'Italia. Deve bastarmi questo a colmare ogni mancanza. » Poi si corregge: « Mi basta ».

« Ti basta davvero? »

« Non ha importanza cosa voglio io. Un intero Stato guarda a me come a un esempio, il popolo cerca in me il conforto alle proprie sciagure e la forza per andare avanti nelle difficoltà. Posso e intendo essere molto più di una principessa che inaugura nosocomi e orfanotrofi. Posso dare conforto agli ammalati, posso essere una madre per gli orfani, posso rappresentare un simbolo di unità, di coesione, di fratellanza per una nazione che fino a poco tempo fa neanche esisteva. Posso essere il motivo del loro orgoglio. Non ti sembra abbastanza? » Lui non risponde. « Se per essere tutto questo debbo rinunciare a te, ebbene io sono pronta a rinunciarvi. »

La scorsa notte, Margherita si è domandata molte volte se non possa essere entrambe le cose: la prima regina e una donna felice. Cosa le impedisce, del resto, di donare sollievo agli sfortunati e, al contempo, anche a sé stessa? Ogni volta la voce di sua madre è arrivata a spezzare le ali ai suoi sogni.

Una donna di dubbia moralità vorrebbe dunque insegnare la mo-

ralità agli altri? Cosa scriveranno gli storici di te, un giorno? Che tra una scappatella e l'altra ti divertivi a varare una corazzata? Tutto quello che potrai aver fatto di buono e nobile nella tua vita sarà adombrato, annientato dal pettegolezzo. Di tuo marito diranno che è stato un re buono, che ha promulgato leggi buone, che è stato un impavido condottiero, che è accorso in sostegno dei disgraziati. Nessuno darà importanza alle sue avventure sentimentali e, se lo faranno, sarà solo per magnificarne la potenza. Ma di te i posteri ricorderanno solo le debolezze.

«Non ci vedremo mai più, dunque?»

«No, Filippo. Questa è l'ultima volta che ci vediamo.»

14

Monza

La strada è un solco polveroso che si perde nella profondità del bosco, dove il sole non riesce mai a penetrare. L'aria immobile e umida odora di muschio.

Con le spalle appoggiate a un albero, Achille inspira e ritrova all'improvviso il profumo di Nina, quel misto indescrivibile di erba appena falciata e fieno steso ad asciugare che gli è rimasto impresso nella memoria e che non è più riuscito a trovare da nessun'altra parte, in nessun'altra donna. Se chiude gli occhi, gli sembra di averla vicino e di poterla stringere a sé ancora una volta.

Gli hanno detto che la ragazza ha un fratello guardacaccia che vive in questa zona remota del parco, e che nel proprio giorno libero lei viene a fargli visita. Se le indicazioni che gli hanno dato sono corrette, tra non molto dovrebbe passare proprio di qui.

Si leva il cappello e si tampona la fronte col fazzoletto, mentre scruta il limitare della vegetazione, sperando di vedere Nina comparire col suo passo aggraziato. E se si fosse sbagliato e non fosse questo il posto? O se lei non venisse, se avesse degli impedimenti? Se fosse già... *impegnata*?

No, pensa, glielo avrebbero detto. Anche a Monza, Achille ha orecchie e occhi dappertutto: spie direbbe qualcuno, amici preferisce lui. Amici ben pagati, quindi affidabili. Se la ragazza fosse legata a qualcuno, sarebbe venuto a saperlo, anche se gli sembra strano che la mano di una così graziosa signorina non sia già stata promessa. Possibile che i suoi contatti a corte non ne siano al corrente?

«Cosa ci fate voi qui?»

La voce che gli arriva alle spalle è un singulto pieno d'ansia.

Achille si volta con un balzo. Nina è accaldata, deve aver camminato a passo spedito, e dalla crocchia le sono sfuggite alcune ciocche dove sono rimasti impigliati aghi di pino e foglie secche; non porta il cappello e indossa una camicia nera col colletto sbottonato che lascia intravedere un lembo della pelle arrossata del petto. Da sotto l'orlo della gonna spuntano i piccoli piedi nudi.

Cosa ci fate voi *qui!* vorrebbe ribattere Achille. Secondo i suoi calcoli, sarebbe dovuta apparire dal lato opposto del bosco e non coglierlo di sorpresa, afflitto contro un vecchio tronco. Lui sarebbe stato in piedi nel suo abito di lino nuovo e le avrebbe fatto un galante baciamano, guardandola arrossire. Così doveva andare.

«Vi stavo aspettando», le dice. «Volevo vedervi.»

Se sperava in una reazione lusingata, magari camuffata da disappunto come si conveniva alle signorine perbene, deve rimanere deluso. Nina resiste alla tentazione di fare un passo indietro, ma è come se tutto il suo corpo volesse contrarsi fino a sparire; trattiene il fiato, si incurva e chiude impercettibilmente le spalle, abbassa il mento, serra le labbra e stringe i pugni. Un piccolo animale selvatico e guardingo che si prepara alla lotta.

«Non volevo spaventarvi», le dice Achille. «Mi chiedevo se poi avete trovato quell'uomo, il fratello del vostro mentore.» Ovviamente conosce già la risposta, ma una scusa deve pur inventarsela per impedirle di scappare via.

Non sa nemmeno lui perché sia venuto a cercarla. Si trovava nei paraggi per lavoro, certo, segue sempre la corte a caccia di notizie succose, e poi ha intenzione di scrivere un articolo sull'amante del principe di Piemonte, che i maligni chiamano *regina in partibus*. Ma questo è poco più di un pretesto.

Nina resta immobile e all'erta. Ad Achille sembra quasi di sentire i suoi pensieri. *E siete venuto fin qui solo per questo?* La ragazza si guarda attorno in cerca di una via di fuga, poi si porta istintivamente la mano alla guancia, nel punto esatto in cui, la scorsa primavera, si sono posate le sue labbra, e avvampa.

« L'ho trovato », risponde infine con voce ferma. « Le vostre informazioni erano corrette. »

Perbacco, certo che lo erano! è sul punto di risponderle lui, ma cogliendo di nuovo diffidenza nei suoi occhi si limita a farle un piccolo inchino compiaciuto. « E cosa vi ha detto? »

« Nulla che possa essere di vostro interesse », ribatte Nina, rimettendosi in cammino.

Achille si affretta ad affiancarla. « Oh, no, vi sbagliate! » si lascia sfuggire. « Di voi mi interessa tutto. »

Lei si irrigidisce di nuovo e allunga il passo, tagliando per il fitto del bosco.

« State andando da vostro fratello? » continua Achille, faticando a starle dietro.

La ragazza è piccola ma agile in quel territorio che conosce bene. Salta una radice, si china per schivare un ramo, scarta di lato per aggirare un albero caduto, scavalca delle ortiche. Va diretta lungo un percorso non tracciato che, Achille è pronto a scommetterci, riuscirebbe a trovare anche se fosse bendata.

« Mi dicono che è da sempre guardacaccia », continua lui con il fiatone. « Che non avete nessun altro al mondo. »

Lei gli lancia un'occhiata piena di risentimento.

« Scusate, sono stato indelicato, non volevo ferirvi. » Una ragnatela gli solletica la pelle del viso e gli resta impigliata nella barba. Achille si lascia sfuggire un gridolino, che strappa un sorriso a Nina.

« Insomma, si può sapere cosa volete? » gli dice arrivando in vista della casa e fermandosi di colpo.

Lui capisce che teme che il fratello li veda insieme e si scopre ferito. « Sono in partenza », fa, aspettandosi che Nina domandi per dove. Ma la ragazza non cade nella trappola e continua a fissarlo con occhi spavaldi. «Domani parto», ripete, sentendosi un po' ridicolo.

«Buon per voi», ribatte Nina. «Io invece rimango. Il resto della corte arriverà sul far della sera e avrò tutti i bagagli da sistemare. Dieci bauli di abiti, di cui non gliene andrà bene neanche uno, potete starne certo. Vorrà l'unico che abbiamo lasciato a Milano. Allora bisognerà correre a prenderglielo. Ovviamente sarà sciupato e dovrà essere stirato. E quando sarà pronto per essere indossato non le interesserà più.»

Achille ride.

«Non ci trovo niente di divertente», scatta lei, risentita.

«Venite con me, allora.» Non sa nemmeno lui da dove gli sia uscita. Non era certo venuto per proporle di scappare insieme, ma ora che lo ha detto gli sembra la cosa più sensata da fare.

Gli occhi di Nina sono attraversati da un lampo di tentazione che dura appena un istante, poi cercano la casa del fratello e infine tornano a posarsi su Achille, fieri e spavaldi.

«Andiamo via», insiste Achille, tendendole la mano.

«Voi siete pazzo.»

Nina scarta per aggirarlo, ma lui ne intuisce le intenzioni e le si para davanti sbarrandole il passo. Per poco non gli va a sbattere contro. Ancora una volta il suo profumo gli accende un fuoco dentro e con una mano le cinge la vita attirandola a sé. Lei non oppone resistenza, allora Achille si china sulle sue labbra.

«Vieni via con me», sussurra solleticandola con la barba.

La sente tutta scossa da un brivido e la stringe più forte, assaporandola con un lentissimo bacio.

Per alcuni minuti nel bosco tutto si fa silenzioso e immobile, e al mondo rimangono solo loro due. Poi un rumore alle loro spalle rompe l'incantesimo.

«Nina, sei tu?»

Il guardacaccia, dunque, ha visto tutto? La ragazza è compromessa?

Achille apre le braccia e Nina gli sfugge via come un uccellino che spicca il volo.

«Ferma!» la richiama. «Aspetta un attimo, ti prego!»

Nina si ferma a breve distanza da lui, ma non trova il coraggio di voltarsi.

« Tu meriti di più che svuotare bauli e stirare abiti », le dice. « Vieni via con me. »

La vede esitare, poi risoluta scuote il capo e gli scappa via.

15

Umberto si china sulla culla dove il bambino dorme con respiri profondi e ritmati, e rimane a osservarlo a lungo, con la punta del naso che quasi sfiora la guancia del piccolo.

« Sei sicura che stia bene? » domanda, dopo un po'.

Eugenia, mollemente adagiata sulla chaise-longue, solleva un po' la testa e gli sorride di rimando.

« Non sta dormendo troppo? » insiste Umberto.

Lei sospira. « Te l'ho detto, stanotte non ha chiuso occhio per via del caldo. »

« Perché non siete partiti per il lago, allora? » ribatte Umberto, senza smettere di osservare il bambino.

Eugenia non risponde e rimane a guardarlo con la tempia appoggiata sul palmo e un'espressione trasognata in volto.

« Là fa più fresco, si dorme meglio », insiste Umberto.

« Volevamo vederti. »

Lui si volta di scatto. « Vi avrei raggiunti. »

Eugenia scuote il capo. « Non ne avresti avuto il tempo. Domani devi già ripartire. »

In quella, il bambino si desta e inizia a piangere, allora Umberto lo solleva in aria per osservarlo meglio, poi se lo rannicchia contro il petto e lo culla dondolando le braccia. « No, no, su! Non piangere, Alfonsino. »

Richiamata dal pianto del bambino, entra la balia. La scena che le si presenta è un tipico quadretto famigliare: una madre esausta per la notte insonne, con l'abito stropicciato non meno degli occhi, e un padre apprensivo che culla il figlio saltellando per la stanza con movenze sgraziate ed espressioni buffe.

« Fuori! » sibila la duchessa. Poi, con tono più dolce, rivolta a Umberto: « Avevo detto di non disturbare ».

Quando c'è lui, non tollera che si intrometta alcuno: non tanto per evitare chiacchiere tra la servitù, che del resto spettegolerebbe comunque, ma perché vuole che quei pochi momenti in cui riescono a essere soli siano davvero tutti per loro.

Umberto non si è accorto di niente, preso com'è a far riaddormentare il bambino cantandogli una ninnananna inventata sul momento.

Pochi giorni fa è successa più o meno la stessa cosa, a Roma. Vittorio era nervoso, o forse eccitato per qualcosa che gli toglieva il sonno, così s'era destato proprio mentre i suoi genitori stavano discutendo e, avendo forse percepito la tensione, era scoppiato a piangere. Il pianto di Vittorio ha qualcosa di metallico che entra nella testa di Umberto e gli lacera i pensieri. La nanny è subito accorsa e si è portata via il bambino, consolandolo con parole dolci e piccoli baci, mentre Margherita rimaneva come impietrita sulla poltroncina, con la schiena rigida e gli occhi sbarrati.

« Avresti potuto prenderlo in braccio, per una volta », gli ha rinfacciato lei, col solito tono tagliente che tira fuori la cadenza germanica di sua madre.

Umberto sulle prime non ha risposto. Come dirle che non riesce a toccare suo figlio senza provare uno strano disagio? Che quando lo guarda in lui non riesce a vedere altro che uno strumento della Corona, poco più che un oggetto? Che, per quanto scavi dentro di sé alla ricerca di un nucleo d'affetto – e Dio solo sa quanto ci abbia provato –, si trova arido e indifferente nei suoi confronti?

È una terribile consapevolezza che affiora soprattutto quando Umberto è con l'altro figlio, l'illegittimo, Alfonso, come se l'esistenza dell'uno gli smuovesse il ricordo dell'altro, portando alla luce tutte le differenze, tutte le inevitabili ingiustizie.

« Un giorno diventerà re », ha infine replicato a Margherita, che cercava di ricacciare indietro le lacrime stringendo i denti. « Non gli sono concesse debolezze. »

Era una scusa gretta, certo, ma non del tutto. Non è forse il palazzo a parlare del bambino in terza persona, come se non fosse neanche un essere umano? Non sono forse stati i dignitari di corte i primi a congratularsi per quella nascita, che metteva il ramo al riparo dai problemi di discendenza? E non sono sempre loro a ripetere in continuazione quale grandioso sovrano sarà questo piccolo che a stento si regge in piedi da solo? Vittorio ha finito da poco di essere allattato al seno ed è già stato ridotto a un ruolo.

« Pa-pà! Pa-pà! » scandisce Umberto ad Alfonso, che ha smesso di piangere e lo osserva con grandi occhi umidi. « Perché non parla? Non sta bene? »

« È stanco », ripete Eugenia. « Ha bisogno di dormire, rimettilo giù. »

« Dovevi portarlo al lago », insiste lui. « Vero? » fa, ora rivolto al bambino. « Vero che volevi andare al lago al freschetto? Di' bene: pa-pà. »

Ecco, per esempio, un'altra differenza. Vittorio non lo può chiamare papà. Può chiamarlo padre, può chiamarlo Altezza. A nessuno a palazzo verrebbe in mente di suggerirgli di chiamarlo papà, nemmeno a Margherita, che pure si affanna in ogni modo per cercare di creare un legame tra i due. E lo stesso Umberto, se suo figlio gli si rivolgesse con quelle quattro lettere, probabilmente resterebbe sconcertato da tanta confidenza.

Non è che gli voglia male, beninteso. Vittorio è comunque suo figlio, il primo, quello legittimo. Ma quando lo guarda rivede in lui Margherita. Le somiglia così tanto! Hanno gli stessi occhi, la stessa attaccatura dei capelli, lo stesso naso. Le somiglia soprattutto quando gli riserva certi suoi sguardi pieni di rimprovero e disapprovazione; si direbbe che sia troppo piccolo per fare una cosa del genere, e forse si tratta di un parto della fantasia dettato dai sensi di colpa, eppure Umberto ne è assolutamente certo: Vittorio lo osserva con lo stesso gelido sdegno della madre.

Le assomiglia, sì, però in peggio. Pare che nessuno a palazzo se ne sia accorto, di certo non se n'è avveduta sua madre, per la quale il figlio è un condensato di perfezione. Ma Vittorio, inutile negarlo, è piccolo per la sua età, troppo piccolo: in più è sgraziato, con la testa sproporzionata rispetto al corpo, e gambe corte che sembrano attaccate a un torso lunghissimo, pesante. È come se egli fosse una replica sbiadita della madre, in apparenza somigliante eppure privo di quella forza interiore, della sua ferrea volontà, del suo slancio vitale. E dunque quello dovrebbe essere il suo erede, colui che ne prenderà il posto, che un giorno guiderà la nazione?

Perché questo è il punto, e forse questo è anche il motivo per cui - Umberto ora lo capisce con una lucidità che gli lacera il cuore - suo padre non è mai riuscito ad amare i figli legittimi quanto i bastardi avuti dalla Vercellana: se, per Umberto, Alfonso è quasi un prolungamento di sé, un modo per estendere la propria esistenza in eterno, un ponte con il futuro, Vittorio è il suo costante *memento mori*. L'erede, un'altra testa su cui appoggiare la Corona. Quello che verrà dopo di lui.

Come si può davvero amare qualcuno che è una specie di predatore, in attesa di prendere il tuo posto? La cui stessa esistenza equivale alla fine della tua?

Umberto adagia nella culla il bambino addormentato, poi si siede sulla chaise-longue accanto a Eugenia. « Un giorno gli dirai chi è il suo vero padre? »

Il bambino porta il nome dei Litta, dal momento che il duca Giulio ha accettato di riconoscerlo come proprio. È un Litta, ne erediterà le sostanze e, quando un giorno si sposerà e metterà al mondo dei figli, essi porteranno il nome dei Litta.

« A suo tempo », risponde lei.

« Deve saperlo, Eugenia », insiste Umberto. E poiché lei non risponde: « Voglio che lo sappia ».

« Sarebbe uno scandalo », mormora Eugenia. E non si riferisce al bambino, ma al duca che non merita un'altra simile umiliazione.

« Succederà comunque, la cosa è di dominio pubblico », ribatte Umberto dando prova di non aver compreso. « Allora voglio che lo sappia da sua madre, non da qualche aristocratico alticcio che si lascia sfuggire il pettegolezzo al circolo. »

Segue un lungo silenzio.

« Va bene », concede alla fine Eugenia. Gli fa una lenta carezza, guardandolo a fondo negli occhi. « Al momento opportuno lo faremo insieme. »

Nonostante tutta la loro buona volontà, quel momento non arriverà mai.

16

Il viale che dalla Villa Reale conduce a Vedano al Lambro è un lungo rettilineo che sembra disegnato da un paesaggista impaziente. Sono giorni che Ottilia lo percorre avanti e indietro a tutte le ore, tirando su la polvere da terra, col bambino appeso al collo che frigna perché ha fame o sete o sonno o caldo, vai a capire.

«Suuuu, su!» gli dice, facendolo sobbalzare piano. «Vedrai che adesso tuo padre arriva.»

Umberto deve passare di lì. *Deve.* Ottilia ha rinunciato a mangiare per giorni per potersi comprare il biglietto del treno da Roma. Sola andata: primo, perché comunque di soldi per il ritorno non ne aveva; secondo, perché quando lui vedrà il bambino, quando saprà che è suo, sangue del suo sangue, sistemerà ogni cosa. Li ha spesi anche per un vestito decente.

Ciò nonostante, le signore perbene la guardano storto. Ecco, pensa Ottilia, tutto quello che anche lei avrebbe potuto avere le sfila accanto nelle carrozze aperte: cappellini di paglia impreziositi da nastri con cui ci puoi comprare un pezzo di manzo, gonne e sottogonne da vestirci un educandato, bracciali che tintinnano allo sventolare dei ventagli. Tutta una gara a chi sfoggia la toilette più appariscente, sempre nei limiti del decoro, s'intende.

Il dolore che Ottilia prova ogni volta che ne incrocia una è così intenso che lo sente anche l'Ambrogio e riattacca a frignare. Non è tanto il pensiero di quello che non ha, e che non avrà mai, a ferirla. È la consapevolezza di aver giocato male le proprie carte, di aver sprecato l'unica mano buona che la vita le ha dato. Se non fosse arrivata a sfiorare la fortuna, a sentirne sulla lingua il gusto zuccherino, non saprebbe mai cosa si è persa e forse oggi sarebbe felice nei suoi stracci, coi pidocchi e la pellagra. E invece lo sa eccome: ha visto tutto quello che si può arrivare ad avere, quello che ai più viene negato. Si è illusa di poterlo avere anche lei.

Ah, pensa Ottilia appoggiandosi a un albero a riposare, *quella è gente che le cose le compra, ma che non divide niente con nessuno.*

Poi di lontano scorge la sagoma che aspettava, sfumata nella calura che viene su dalla terra. Non può essere che lui, è il suo stomaco a dirglielo, prima ancora che la vista. Umberto monta un baio col manto lucido di sudore. Ottilia lo riconoscerebbe tra un milione, per il modo in cui sta ritto in sella, con il peso impercettibilmente spostato a destra, disinvolto e regale. Sono due anni che non lo vede.

Ottilia si stacca dall'albero e va a occupare il centro esatto del viale. Proprio in quella l'Ambrogio ricomincia a piangere. Lei non se ne accorge nemmeno, tanto i suoi sensi sono tutti concentrati sull'incontro che sta per avere luogo.

Giunto a una decina di metri, Umberto rallenta fino a fermarsi. Ottilia va verso di lui col bambino che frigna sollevato per aria: che suo padre lo veda bene, che lo riconosca. Con il principe c'è solo una giovane guardia, che non ha ancora capito cosa sta succedendo e che non ha la prontezza d'intervenire, così Ottilia riesce ad arrivargli proprio sotto.

«Umberto», gli dice, «questo è tuo figlio.»

Lui rimane impassibile. Solo lei, che lo ha conosciuto tanto intimamente, si accorge del lampo di autentico terrore che gli passa negli occhi.

Stupida! Cosa si aspettava che accadesse? Che lui smontasse da cavallo, che li cingesse entrambi in un tenero abbraccio, piangendo di gioia per averli finalmente ritrovati? Sì, Ottilia lo sperava, se l'era immaginato così, anche se adesso le sembra tutto patetico, assurdo.

«Umberto...» lo supplica.

Lui distoglie lo sguardo, poi dà un colpetto di talloni e con un buon gioco di redini la aggira.

Ma no, Ottilia non è venuta fin qui da Roma con un biglietto di sola andata e un abito decente perché tutto si risolva in pochi istanti di imbarazzo e fastidio. Allora lo insegue, mentre gli strepiti del bambino innervosiscono i cavalli.

«Via, via! allontanatevi!» fa la guardia, con tono bonario. «Non costringetemi a sfoderare l'arma.»

«Umberto!» ripete Ottilia. «Guarda tuo figlio, ti prego. Guardalo. È tuo.»

Per tutta risposta lui fa partire il baio al trotto. Lei allora gli va dietro di corsa, nonostante il caldo che toglie l'aria e le scarpe che le fanno male, finché non inciampa in una radice e mamma e bambino finiscono con la faccia a terra.

Quando è abbastanza lontano da sentirsi al sicuro, il principe si gira un'ultima volta a guardare il proprio passato rimpicciolire dietro di lui.

Il giorno dopo vengono a metterla in guardia certi tizi vestiti bene, ma con la faccia da delinquenti, gente che sa sempre come trovarti: che non osi mai più avvicinarsi al principe ereditario, le ingiungono, se non vuole che le tolgano il bambino e la facciano internare. Ottilia stringe l'Ambrogio così forte che per poco non lo soffoca. *Piuttosto che darlo via lo ammazzo con le mie mani*, pensa. Poi addolciscono la minaccia con una busta gonfia di banconote e se ne vanno ridacchiando, come si esce da un'osteria dopo un'allegra bevuta.

Ottilia rimane appoggiata al muro con le gambe che le tremano e la gola secca. Il bambino strepita con tutto il fiato che ha in corpo, rosso come se stesse per prendere fuoco. A Ottilia cedono le ginocchia e si rannicchia a terra nella macchia della propria urina, poi si dondola a lungo piangendo in silenzio. Quando l'Ambrogio si è finalmente addormentato, apre la busta e conta: tremila lire, roba da camparci bene per un po'.

Li userà per comprarci una rivoltella, decide. E poi tornerà ad ammazzarlo.

PARTE QUARTA

Roma

La dinastia sarà democratica
o avrà finito di esistere.

UMBERTO I

1

Gennaio 1878

« Figlio... » La voce di Vittorio Emanuele è un soffio appena udibile.

La camera è piccola, calda, sovraffollata. La luce fredda del mattino che entra dall'unica finestra rende ogni cosa smorta e squallida. Il re non ha mai voluto trasferirsi negli appartamenti di rappresentanza del Quirinale rivestiti di specchi e stucchi dorati. Esalerà il suo ultimo respiro in una modesta stanzetta a pian terreno, così come ha sempre vissuto, con quell'insofferenza per il cerimoniale che molti hanno scambiato per rudezza.

« Figlio », ripete il re, più forte. Solleva il capo dai guanciali e fa girare lo sguardo sui presenti.

Umberto ed Emanuele si scambiano un'occhiata fugace, poi Umberto aggira il fratellastro e si inginocchia al capezzale del padre. « Sono qui », gli sussurra, prendendogli la mano.

Vittorio sembra sorridere, ma forse è una smorfia di dolore. Tossicchia, gli manca il fiato, pare sul punto di soffocare e Umberto per un istante teme che suo padre gli muoia così, all'improvviso.

No, pensa, *è troppo presto, ho solo trentaquattro anni, non sono pronto. Non sono ancora pronto.*

In fondo, però, se lo augura. Se il momento è giunto - e i medici sono stati chiari su questo punto - Umberto desidera che la cosa si risolva alla svelta, il più velocemente possibile. L'attesa è più dolorosa di ciò che inevitabilmente verrà. Allora vuole che arrivi subito domani, che lo lascino da solo a sbrogliare la matassa di cose che sente agitarsi dentro di sé.

Vittorio ricomincia a respirare con ritmo lento e faticoso. Chiude gli occhi e libera la mano dalla presa di Umberto. « Figlio », ripete, indicando Emanuele.

A Umberto sembra che il proprio cuore si fermi; lo stomaco fa una capriola e gli arriva in gola, poi prende fuoco, e in un attimo nelle orecchie sente come il crepitio delle fiamme. Si alza cercando di imprimere dignità ai propri movimenti, stringe i pugni per nasconderne il tremore e, tenendo gli occhi bassi, fa un passo indietro, poi un altro e un altro ancora.

Emanuele prende subito il suo posto. « Padre! » singhiozza. « Padre mio! Non lasciatemi, vi prego! Abbiamo tutti bisogno di voi! »

Perché gli hanno permesso di rimanere? Aveva ragione Margherita, avrebbe dovuto farlo allontanare dalle guardie. Ma quello gli si è gettato ai piedi, implorava, ci mancava poco che piangesse: verme, canaglia, omuncolo senza dignità! E adesso è qui tra i piedi, osserva tutto, prende nota, riporta ogni cosa. Forse domani, quando tutto sarà finito, ci si accorgerà che manca qualcosa dall'argenteria, perché questa gente è così, non ci si può fidare. Per fortuna, almeno, sua madre è in Piemonte; per quanto la Vercellana possa viaggiare veloce, non farà mai in tempo ad arrivare prima che...

Umberto si ritrova in un angolo della stanza, impietrito, impotente, a far da spettatore mentre il fratellastro con le sue lacrime e i suoi singulti, con quella vocina stridula e le moine, coi sospiri e le patetiche banalità che gli escono di bocca, con la sua stessa presenza, copre di ridicolo l'intero casato.

Prima che Umberto se ne accorga, Margherita gli arriva alle spalle e gli sibila all'orecchio: « Riprendi il tuo posto ». Poi gli fa scivolare entrambe le mani sulla schiena e lo spinge con ferma delicatezza: Umberto si ritrova accanto a Emanuele.

« Figlio mio », dice ancora il re. E Umberto spera che questa volta stia parlando a lui. « Prenditi cura di tua madre. »

« Sì, padre », dice Emanuele. « Lo farò. »

« Non darle grattacapi. »

« No, ve lo giuro. »

A Umberto sfugge un sorriso amaro. *Tu?* vorrebbe dirgli. *Che con i tuoi lussi, i tuoi capricci, i tuoi fallimenti sei costato allo Stato quanto una guerra d'indipendenza? Tu adesso giuri di diventare dalla sera alla mattina un esempio di rettitudine e assennatezza?* Se il momento non fosse tanto drammatico, se non risultasse fuori luogo, glielo direbbe. Ma non serve, perché Emanuele si gira e glielo legge negli occhi, poi ricomincia a singhiozzare senza ritegno.

« Via, via », interviene Margherita, che ha gli occhi lucidi, ma non perde il controllo di sé fino al punto di piangere. « Lasciamo un po' d'aria a Sua Maestà, sono certa che gli gioverà. »

La mattina trascorre lenta, mentre fuori scende una pioggerellina sottile e la notizia che il re è in fin di vita inizia a farsi largo per la città. Umberto, seduto accanto al padre, gli conta i respiri; nelle apnee, che si fanno di ora in ora più lunghe, trattiene il fiato anche lui, quasi senza rendersene conto. Ripensa alle sue parole, a come gli ultimi pensieri non fossero rivolti al futuro del Regno e della Corona, ma a piccole banalità borghesi - prenditi cura di tua madre, bada che tua sorella non commetta sciocchezze, non fare troppi debiti, mangia bene, contieniti nel bere, stai attento quando monti a cavallo -, così piccole e così banali che, sulle prime, Umberto le ha trovate stucchevoli. Ma in fondo, si dice adesso, quando si è sul punto di rendere l'anima a Dio, cosa è davvero importante? Cosa resta di cui preoccuparsi, se non il bene delle persone che amiamo?

Per lui, invece, le preoccupazioni sono appena all'inizio. Mentre suo padre si spegne un respiro alla volta, Umberto ha tutto il tempo per interrogarsi su cosa lo aspetta, per immaginare sé stesso re, per domandarsi che sovrano intende essere, pur senza riuscire a darsi delle risposte. Alle sue spalle, sente la presenza di Margherita, ora raccolta in preghiera, ora impegnata a dare disposizioni, a impartire ordini con il garbo e la fermezza di una che è nata per essere regina, che la Corona ce l'aveva nel sangue prima che sulla testa. La sua presenza, che spesso lo ha infastidito, ora gli infonde una specie di serenità, come se sentisse che con lei al suo fianco tutto andrà per il meglio.

Margherita, in fondo, è stata un regalo di suo padre, è lui che l'ha scelta, che gliel'ha imposta. Forse, si dice, il vecchio ci aveva visto lungo. Forse deve essergliene grato.

Poco dopo le due, il mento del re si abbassa in un ultimo spasmo, come se la bocca cercasse aria che non trova più. Tutti gli occhi sono su di lui. Segue un lunghissimo silenzio d'attesa.

Umberto incrocia lo sguardo del dottor Baccelli, che con un cenno secco del capo gli conferma che suo padre è appena spirato.

«Siamo diventati sovrani», si lascia sfuggire Margherita.

Emanuele prorompe in un pianto infantile e sgraziato, e Umberto sente di odiarlo come non era ancora arrivato a fare. Lo odia non solo perché questo imbucato, questo usurpatore gli ruba la scena. Lo odia soprattutto perché si rende conto di non riuscire a soffrire quanto lui, e questa distanza, questa indifferenza lo fa sentire in colpa.

«Smettetela di frignare, una buona volta», lo aggredisce. «Datevi un contegno, siete ributtante.»

«Fate presto, voi», ribatte Emanuele tra i singhiozzi. «Voi adesso siete re. Ma io che cosa sono?»

2

Il piazzale è stipato di gente venuta ad assistere al giuramento dell'esercito al nuovo sovrano. Pare che lui avrebbe voluto essere chiamato Umberto IV, in continuità coi propri avi, ma che abbia finito per ascoltare il consiglio del ministro dell'Interno Francesco Crispi, che ha scaltramente suggerito di «ricominciare da capo», e dunque si chiamerà Umberto I.

Achille Riva si guarda attorno. *L'Onere*, il giornale per il quale lavora adesso, gli ha riservato un posto con una visuale migliore, insieme con altri giornalisti, ma lui preferisce aggirarsi tra la folla, come un comune cittadino.

«Dopo tutto questo viaggiare», lo ha canzonato il suo nuovo direttore, «non sei più capace di stare seduto?»

Achille non ha raccolto la provocazione. La verità è che, di solito, se ti mettono a sedere in un punto della piazza, non è per sincerarsi che tu stia comodo, ma perché vogliono essere sicuri che tu veda solo quello che vogliono che tu veda; non è gentilezza, bensì smania di controllo.

«Non scriverò quello che mi direte di scrivere, beninteso»,

ha messo subito in chiaro, accettando l'incarico con *L'Onere*. Sperava, forse, che si tirassero indietro? Che gli offrissero una scusa per ripartire?

È in Italia da meno di due settimane e, negli ultimi sette anni, non ha trascorso più di tre mesi fermo nello stesso posto, nonostante le lettere di suo padre che gli ingiungevano di tornare a casa assumessero un tono via via più risentito e minaccioso.

Il fatto è che ad Achille non piace stare dove gli dicono di stare. È tutto sua madre, come non smettono di rinfacciargli in famiglia: uno spirito libero, un ribelle. Qualcuno dice che era una pittrice o una poetessa, qualcuno dice una strega, altri ancora usano termini meno gentili, più espliciti. Achille aveva dieci anni quando è morta e non saprà mai chi è stata davvero sua madre. L'unica certezza è che era una donna bellissima, perché ci sono dei dipinti che lo provano, anche se non appena suo padre si è risposato sono finiti in cantina a fare la muffa insieme con tutte le altre sue cose.

Forse è da allora che Achille cerca la verità, forse è per questo che è diventato un giornalista, guadagnandosi il disprezzo del padre e, di conseguenza, l'esclusione da un cospicuo testamento.

Achille dà un'alzata di spalle, poi si solleva sulle punte giusto in tempo per vedere il generale Bruzzo, comandante della divisione, andare incontro a Sua Maestà.

Per quanto Umberto possa impegnarsi, riflette il giornalista osservando il nuovo sovrano a cavallo con gli occhi umidi per l'emozione, nell'inevitabile confronto con Vittorio Emanuele II, che passerà alla Storia come colui che ha unificato la nazione, può solo partire svantaggiato. L'Italia che il «padre della patria» lascia in eredità al figlio è ben lontana dall'immagine del Paese idilliaco che vorrebbe dare di sé: conoscendo il re galantuomo, che notoriamente aveva le mani bucate, c'è da aspettarsi che abbia lasciato un ingente passivo nelle casse dello Stato.

Auguri, pensa Achille nell'istante in cui si leva alto e tonante il grido dell'esercito che giura fedeltà a Umberto I.

Sul piano internazionale, l'Italia è irrilevante, guardata dagli altri Stati con leggerezza quando non addirittura con scherno. V'è poi la questione mai del tutto risolta con papa Pio IX per la « nefasta usurpazione » di Roma: il pontefice è anziano, probabilmente non resterà ancora a lungo sul soglio di Pietro, ma difficilmente il successore si mostrerà più amichevole nei confronti di Casa Savoia. Come gestirà i rapporti col Vaticano il nuovo re, che non nutre gran simpatia per il clero, la cui moglie tuttavia è devota fino a essere bigotta?

Il problema vero, però, è in casa. Achille fa girare lo sguardo sulla folla venuta ad assistere al giuramento: viste da qui, queste brave persone tutte schiacciate nel piazzale, che allungano i colli per vedere meglio, sventolano bandiere e si asciugano le lacrime scimmiottando il loro re, sembrano tante e sembrano tutte ferventi monarchiche. Ma l'Italia vera, quella che Achille ha risalito nei giorni scorsi per raggiungere Roma, è molto diversa: gli italiani sono poveri, sono analfabeti, sono infelici. Molti sono arrabbiati, e di conseguenza sono pericolosi.

Quanto a lungo questo re, che ha giurato « innanzi alla nazione » di « non esercitare l'autorità reale che in virtù delle leggi », riuscirà a essere democratico?

Forse, conclude Achille sorridendo sotto i baffi, Umberto sta piangendo di disperazione.

Si solleva ancora sulle punte e, approfittando dell'altezza che gli consente di svettare sopra le altre teste, fa vagare lo sguardo ai margini opposti della piazza in cerca di un volto conosciuto. È da quando ha messo piede sul molo di Napoli che pensa a Nina, che cerca di immaginarsi come il suo viso possa essere cambiato nel tempo, che tipo di vita conduca oggi, quanti figli abbia messo al mondo, se sia felice. In fondo, non ha mai smesso di pensare a lei, se l'è portata appresso per tutto questo tempo in ogni tappa del suo irrequieto girovagare.

Il ricordo di quell'ultimo bacio rubato nel Parco di Monza ha i colori vividi di qualcosa accaduto appena ieri. Achille ricorda ancora il suo odore, il suo sapore, la forma del suo corpo contro il proprio. Ricorda l'istante esatto in cui Nina è stata in bilico tra accettare la sua proposta – *Vieni via con me* – e la paura dell'ignoto. Sa per certo che, se non fossero stati interrotti, l'avrebbe convinta a partire. Sa per certo che lo voleva anche lei.

Ma sette anni sono tanti. La vita va avanti e le occasioni perdute non tornano indietro.

Cosa sarebbe successo se l'avesse rincorsa, invece di guardarla scappare via senza muovere un muscolo? Se si fosse inginocchiato davanti a lei promettendole amore eterno, se l'avesse chiesta in sposa a suo fratello? Nina avrebbe detto sì?

E lui sarebbe riuscito a rinunciare al richiamo dell'avventura? Sarebbe riuscito a stare dove gli avrebbero detto di stare, pur di averla accanto per sempre?

Scuote ancora una volta il capo. Non ha ritrovato Nina in nessuno dei volti che gremiscono la piazza, probabilmente lei è altrove, con un altro uomo.

In fondo, la risposta a tutte le domande la conosce: se Nina avesse voluto partire, lo avrebbe fatto; se Achille avesse voluto fermarsi, l'avrebbe fatto. La verità è che nessuno dei due lo voleva davvero.

3

« In presenza di Dio, io giuro di osservare lealmente lo Statuto, di non esercitare l'autorità reale che in vista delle leggi e in conformità di esse; di far rendere a ognuno, secondo le sue ragioni, piena ed esatta giustizia... »

La voce di Umberto è ferma, alta. Solo Margherita, che lo conosce bene, vi coglie un'incertezza, come un tremore. Sospira e distoglie lo sguardo. Accanto a lei, Vittorio guarda ora suo padre ora le Camere riunite, bevendosi ogni dettaglio con grandi occhi spalancati, che la meraviglia rende un po' ebeti.

« ... e di condurmi in ogni cosa colla sola vista dell'interesse, della prosperità e dell'onore della nazione. »

Questa mattina l'ha ripetuto più volte davanti allo specchio. Lui avrebbe improvvisato, naturalmente, ma Margherita ha insistito: « Nessuna esitazione, caro. Deve essere perfetto, impeccabile ».

« *Boja fauss* », ha sbuffato lui agitando il foglio in aria. « Sono poche righe, chi vuoi che se ne accorga? »

« Il mondo intero, Umberto. Sono tutti lì a osservarci. » Poi si è corretta: « A osservare *te* ».

Lui ha ripetuto e ripetuto e ripetuto, finché Margherita non si è ritenuta soddisfatta. Ora una vocale pronunciata male, ora una parola sbagliata – « lentamente », al posto di « lealmente » –, ora una pausa di troppo, ora invece troppa fretta.

« Ancora? » ha sbuffato Umberto. « Non ti va mai bene niente. »

« Se solo tu ti applicassi un pochino... con un po' più di convinzione! »

Il risultato è che ora Margherita sa a memoria sia il giuramento sia il proclama e, mentre il re pronuncia le solenni parole, lei muove impercettibilmente le labbra come se fosse al posto suo.

Quando ha finito, Umberto fa una lunga pausa, abbassa lo guardo, il suo pomo d'Adamo va su e giù due, tre volte, poi cerca con gli occhi Margherita, la fissa e sospira. *È andata.*

Lei sente gli occhi pizzicare, allora con la mano cerca Vittorio, se lo tira un po' più vicino e gli stringe la spalla, come in una specie di timido, goffo abbraccio: mai come in quel momento loro tre sono stati una famiglia. *È andata.*

C'è ancora la questione della corona da risolvere. Da sempre i sovrani d'Italia vengono incoronati con la Corona Ferrea – è così dal 996 con Ottone III di Sassonia ed è successo perfino a Napoleone Bonaparte nel Duomo di Milano – e Margherita non riesce a rassegnarsi all'idea che non sia possibile. Il pontefice è contrario, com'è ovvio, dal momento che la Corona Ferrea contiene al proprio interno uno dei chiodi della croce di Cristo, e il Santo Padre si oppone a che una reliquia venga usata per incoronare un Savoia. Come dargli torto, dopo la Breccia di Porta Pia e la presa di Roma? Margherita comprende, certo che comprende.

La sala prorompe in un applauso. Vittorio si porta le mani alle orecchie e alza lo sguardo su di lei, implorandola di farli smettere. Margherita chiude gli occhi e si immagina che quell'applauso sia per lei, solo per lei: si vede assisa su un trono, un magnifico trono impreziosito d'oro e di gemme, posizionato su una pedana che la eleva sopra tutti gli altri, e sul capo le sembra quasi di sentire il peso della Corona Ferrea. È un oggettino straordinariamente piccolo e leggero, così fragile, e tuttavia emana una specie di forza come se al proprio interno serbasse il potere e la saggezza di tutti coloro che l'hanno indossata nei secoli.

Margherita inspira. Nelle narici le sembra di sentire profumo d'incenso e fiori, ed è colta da un capogiro che la costringe ad aggrapparsi alla balaustra davanti a sé, mentre la pelle della schiena e delle spalle è percorsa da un brivido che le scorre lungo i fianchi e poi scende giù lungo le cosce, facendole tremare le ginocchia. Improvvisamente le sembra che il pavimento si allontani dai suoi piedi, poi si rende conto che è lei a venire sollevata, come se una enorme mano invisibile la stesse sorreggendo sospesa nell'aria per mostrarla al mondo intero sotto di lei.

Vittorio si aggrappa alla sua gonna e la strattona con piccoli gesti nervosi. Margherita sbarra gli occhi e di colpo si ritrova a Montecitorio.

« Andiamo via, *maman* », dice Vittorio mettendo il broncio.

Margherita non risponde e cerca di darsi un contegno unendosi all'applauso dell'aula. È ancora scossa per quello che le è accaduto, che *crede* le sia accaduto, anche se non sa cosa sia successo. Quella sera confesserà alla marchesa di Villamarina di aver avuto la sensazione, per un attimo, un attimo soltanto, che la mano di Dio le posasse sul capo la Corona Ferrea.

4

Il gioco è semplice. A turno, uno della banda finge di cadere; anzi, cade davvero; ci scappa sempre un ginocchio sbucciato, qualche livido, un polso dolorante, graffi qua e là, si sa, sono rischi del mestiere, è inevitabile. Per questo si fa a turno, perché non è mica giusto che sia sempre lo stesso a uscirne ammaccato. Dunque uno della banda si tuffa. Certo, molto dipende dall'abilità del cascatore. È capitato per esempio che Cosimo si facesse beccare; è sempre troppo teatrale, Cosimo: si lancia, salta, rotola e strilla come un maiale sgozzato, senza che gli esca manco una lacrima. Gliel'hanno ripetuto mille volte: ci vuole eleganza anche nel cadere, se no la gente non abbocca e passa oltre. Quasi nessuno, però, rimane indifferente a un bambino che ti casca proprio davanti ai piedi, si fermano tutti. Ed è allora che arrivano gli altri. Qualcuno accorre in soccorso del falso ferito, gridando: *È mio fratello! Sorellina mia!* o qualcosa che faccia sembrare la situazione più grave di quel che è. In questo, Cosimo non lo batte nessuno. Presto la confusione cresce insieme col senso di colpa. *Non toccatelo, per carità del Signore! Potrebbe avere una gamba rotta! E se restasse storpio per sempre? Chi lo dirà adesso a nostra madre?* Dalle case attorno ficcano fuori il naso a curiosare, tutti gli occhi sono puntati sul piccolo in lacrime steso come un tappeto sul selciato fangoso. Nel parapiglia nessuno bada ai due o tre che accerchiano il malcapitato e con minuscole mani di velluto gli rovistano nelle tasche. Incredibile quello che la gente tiene nelle tasche; se ne possono ricavare dei bei soldi o un orologio con tanto di catena, una volta perfino un anello con una pietra così grossa che pareva finta, e addirittura un pugnale col manico tempestato di gemme. Tutto finisce in pochi istanti e di solito nessuno si accorge di niente. Poi via, di corsa, senza mai voltarsi indietro. È la regola numero uno: ognuno per sé, come recita il detto, perché è più difficile acciuffare sei mocciosi che si sparpagliano in sei direzioni diverse. L'hanno imparato quella volta che si sono trovati tutti insieme chiusi in un vicolo senza uscita, e le botte che hanno preso se le ricordano ancora. La vera abilità, comunque, sta nel trovare il pesce giusto da far abboccare. Deve essere ricco, sì, ma non troppo, perché per diventare così tanto ricchi hanno imparato a badare alle proprie tasche e non si fanno fregare facilmente; deve essere vecchio, ma non troppo, perché quelli troppo vecchi si sa che sono egoisti e di un bambino che piange può anche essere che non gliene freghi niente. Non deve essere del posto, questo è abbastanza ovvio, ma soprattutto deve essere solo, come quello che sta attraversando la strada adesso.

Non si è mai vista la sua faccia da queste parti, è nuovo; più che grasso si direbbe massiccio, ha un bastone da passeggio con l'impugnatura dorata a forma di testa di cane, zoppica a destra e si guarda in giro come un ebete che ha perso la strada. *Questo*, pensa Ambrogio, *non si accorge che lo stanno derubando nemmeno se gli levano di dosso i calzoni*. Con un cenno del capo conferma agli altri che ha deciso: il pesce di oggi è lui.

Lo studia con una specie di nostalgia, mentre si prepara a rotolargli tra i piedi; un po' gli spiace, questo è il suo ultimo pesce. Non l'ultimo della giornata, l'ultimo in assoluto. Ormai Ambrogio ha nove anni ed è troppo grande per queste cose; la gente non ci casca più, anzi si insospettisce: sta diventando rischioso. Allora, si dice, per chiudere in bellezza, gli regalerà il miglior tuffo della sua vita.

Lo tallona e gli sta dietro per qualche metro, imitando il ritmo della sua camminata, poi scarta a sinistra e lo supera sfiorandolo appena; in quella, l'uomo sporge in fuori la punta del piede e Ambrogio ci si trova proprio sopra. È senza dubbio la caduta migliore della sua vita, perché è vera. Non fa neanche in tempo a mettere giù le mani e in un amen si ritrova con la guancia che striscia per terra e in bocca il sapore del sangue.

« Ti sei fatto male? » domanda l'uomo.

Strano, riesce a pensare Ambrogio, *non sembra spaventato, e neanche dispiaciuto.*

« Ti sei fatto male? » ripete l'uomo, afferrandolo per il colletto e tirandolo su a sedere. Una specie di soddisfazione gli illumina il volto. Un volto scuro, con la fronte bassa, il naso largo da pugile, gli occhi piccoli e infossati, la barba che gli ombreggia la mascella squadrata.

Ambrogio scuote la testa. « No, no! » grida, più forte che può.

Non si rivolge davvero a lui, ma agli altri. *È una trappola, andate via!* Questo non è un pesce; è una guardia. Fa per scappare, ma l'uomo non molla la presa; il suo sorriso si allarga e negli occhi gli brilla una luce maligna.

Tutti gli sono attorno, chi grida, chi invoca la Madonna, chi allunga le mani verso le sue tasche. A dispetto della stazza, l'uomo è agile; non appena i marmocchi gli sono abbastanza vicini, sferra il bastone nell'aria prendendone uno alle ginocchia, poi mena colpi furiosi alle braccia e alla testa di quelli che gli capitano a tiro. In un attimo, si danno tutti alla fuga. Regola numero uno: ognuno per sé. Solo Ambrogio resta a terra, prigioniero della presa dell'uomo.

«Pensavi di fregarmi?» Gli molla un ceffone così forte che Ambrogio sente un incisivo staccarsi dalla gengiva e rotolargli in bocca come un sassolino.

Gli occhi del ragazzo si riempiono di lacrime e per tutta risposta l'uomo gli dà un altro ceffone, più forte. *Questo mi ammazza,* pensa Ambrogio. «Scusate, scusate!» lo supplica.

«Non fai tanto il gradasso adesso, eh?» Lo tira su in piedi e lo strattona. «Dove vivi?»

Ambrogio stringe le labbra. Per niente al mondo lo porterà a casa sua. Piuttosto si fa massacrare di botte, ma a casa non lo porta. Il bastone dell'uomo gli si abbatte sulle ginocchia e Ambrogio cade di nuovo a terra, poi l'uomo lo colpisce sulla testa una, due, tre volte. Nessuno nella via interviene, si fanno tutti i fatti propri, girano la testa dall'altra parte.

«Ne vuoi ancora, delinquente?»

Ambrogio fa no con la testa, poi gli indica una direzione. L'uomo lo afferra per i capelli e lo fa alzare, quindi senza mai lasciarlo se lo trascina dietro. Camminano a lungo. Ambrogio prende la via più lunga, sperando che l'uomo si impietosisca, che cambi idea, ma questo non è tipo che ha pietà per nessuno, e ogni volta che si rende conto di girare a vuoto gli pianta una bastonata nelle reni così forte da mozzargli il respiro.

Manca poco a casa, quando all'improvviso ad Ambrogio viene un'idea. È strano che non gli sia venuta in mente prima, che non ci abbia pensato. Sarà la paura che tira fuori l'astuzia, sarà la disperazione che ti fa pensare alle cose che contano davvero. «Lasciatemi andare, signore», lo supplica. «Lasciatemi andare e vi giuro che non lo dirò a nessuno.»

L'uomo si ferma e lo guarda fisso, forse indeciso se dargli un altro paio di bei ceffoni. «E cosa dovresti dire?» domanda. «Dirlo a chi?»

« A mio padre, signore. Se mi lasciate andare, vi prometto che non gli dirò che mi avete malmenato e vi sarà fatta salva la vita. »

L'uomo ride di gusto, con le lacrime agli occhi. « La vita? La *mia* vita? » È talmente scosso dal riso che per poco non molla la presa. « E chi sarebbe tuo padre? Il papa? »

Ambrogio si fa tutto serio, prende un bel respiro, alza il mento e con aria di sfida dichiara: « No, signore. Mio padre è il re, Umberto I ».

L'uomo fissa impassibile il bambino, poi sputa a terra. « Allora adesso andiamo dalla tua regina. »

5

« *Boja fauss, che rumpament ed bale!* » sbotta Umberto.

La carrozza è scivolata fuori dal Quirinale senza troppo clamore e ora percorre lenta via del Corso in direzione di piazza del Popolo. È il primo giorno di sole dopo molte settimane di pioggia, nell'aria c'è un indizio di primavera e le facciate dei palazzi si stagliano pallide nel cielo azzurro senza una nuvola. L'aria è ancora fresca, ma Margherita ha preteso la vettura scoperta.

« *Boja fauss* », ripete Umberto. Poiché lei finge di non aver sentito, si volta ostentatamente e chino sul suo orecchio insiste: « *Cos diau i fuma si, boia bastian!* »

« Umberto! » fa Margherita con un sorrisetto imbarazzato, intercettando lo sguardo impassibile della Lavaggi, seduta di fronte a loro.

Lui dà un'alzata di spalle, come a dire che, se anche la marchesa ha capito, non gliene importa un accidenti.

Al passaggio della carrozza reale, colti di sorpresa gli uomini si levano il cappello e le signore accennano un inchino. Anche se col tempo la maggior parte dell'aristocrazia « nera » ha saputo trarre vantaggio dai legami coi nuovi regnanti e ora si mescola alla « bianca » negli scranni in Parlamento e nei salotti migliori della città, alcuni portoni sono ancora ostentatamente chiusi, in segno dell'ostilità mai sopita di alcune famiglie nei confronti di Casa Savoia. Margherita, sotto la mantellina bordata di pelliccia nera che fa risaltare ancor di più il suo naturale pallore, si sforza di non sorridere troppo, limitandosi di tanto in tanto a un cenno del capo.

Il lutto - non lo ammetterebbe nemmeno con sé stessa - le è di peso: non vede l'ora di poter essere regina a tutti gli effetti, di splendere alla luce del sole, sotto gli occhi di tutti, di non doversi più frenare.

« Ieri, al Consiglio dei ministri », fa Umberto, di punto in bianco, a voce alta, ma sempre in piemontese, « non ci ho di nuovo capito un cavolo. »

Margherita avvampa per la vergogna. « Umberto, non dire così », mormora in italiano.

« Quelli parlano, mi guardano, io non capisco niente e faccio sì con la testa », continua lui, ancora in piemontese, mimando il gesto. « Allora vanno avanti tutti contenti. »

La marchesa Lavaggi e il marito si scambiano un'occhiata piena di imbarazzo. Tutto quello che riescono a comprendere è l'espressione accigliata del re.

« Era questo che faceva mio padre? » domanda a Margherita che, impietrita, si stringe nella mantellina. « Non mi ha spiegato un bel niente, neanche una parola, non so niente. »

Umberto, non qui... è sul punto di dirgli lei. Ma chi può capirli? La carrozza procede lenta e solenne tra la folla di via del Corso, i bambini agitano in aria i cappelli e per un tratto seguono la vettura saltellando allegramente. Qualcuno si affaccia alle finestre, accenna un saluto, indica nella loro direzione, lancia un bacio con la mano. Nei prossimi giorni, sui giornali ci saranno dettagliate descrizioni della passeggiata dei sovrani, del tragitto, della durata, il tutto punteggiato dalle esclamazioni di giubilo del popolo; alcuni riprodurranno disegni del cappellino della regina, dell'abito, dell'acconciatura, indovinando materiali e sarti. La carrozza - è per questo che Margherita, nonostante il freddo, l'ha voluta scoperta - è il loro palco: il re e la regina, dignitosi, bellissimi ed eleganti anche nel lutto, sono sotto gli occhi di tutti. Ma finché parlano nella lingua delle loro radici nessuno, nemmeno la marchesa che siede a un braccio da loro, può capirli. È come se fossero soli.

«Mi sento sempre il più coglione nella stanza», continua Umberto, con voce rotta, abbassando lo sguardo.

«Ma tu sei il re», gli risponde allora Margherita, in piemontese. *E io sono la regina.* «Non hai niente da dimostrare a nessuno.»

«Ah!» fa lui, contrariato. «Dovrei recitare?»

«Non sto dicendo questo.»

«A quegli altri gli ha insegnato tutto», continua. «Gli ha insegnato ad andare a cavallo, a impugnare la spada, a usare il fucile...»

«Lo sai fare anche tu», ribatte lei, che trova insultante quell'insicurezza. Non c'è stato un solo giorno della propria vita in cui Margherita abbia dubitato di essere in grado di svolgere il proprio dovere, non si è mai chiesta se ne fosse capace, se lo volesse fare: la risposta è nel loro sangue, nel sangue dei loro antenati. E ora Umberto lo vorrebbe mettere in dubbio? «Lo sai fare meglio di loro.» *Io di certo: non so fare altro, io.*

«Me lo hanno insegnato i precettori, non lui.»

«Umberto, tu sei suo figlio. Non hai bisogno di nient'altro per essere un buon sovrano, nel sangue hai tutto quello che ti serve.»

«Ah!» ripete lui sempre più amareggiato. «Se bastasse essere figlio di Vittorio Emanuele per essere re, potrebbe esserlo mezza Italia.»

Segue una lunga pausa, durante la quale nessuno parla. La carrozza raggiunge piazza del Popolo e la percorre disegnando un ampio ovale, sotto lo scrutinio della gente. La marchesa Lavaggi, rannicchiata in un angolo della carrozza, non riesce a cancellarsi dal volto un'espressione risentita per essere stata tagliata fuori dalla conversazione. Ha già avuto modo di far notare, nel suo stile diretto e schietto, che non apprezza quando il re parla in piemontese, cosa che da allora lui fa di proposito, soprattutto in sua presenza.

«Devo prendere decisioni su questioni che non conosco, che nemmeno mi interessano. Mi sento un cieco che avanza sul ciglio di un burrone. Perché non mi ha insegnato?»

«Cosa ti doveva insegnare, Umberto? Forse nemmeno tuo padre sapeva bene cosa stesse facendo, forse anche lui si sentiva cieco. Regnare non è una cosa che si possa insegnare.»

Tu però lo sai fare, sei nata per farlo, pensa Umberto. *Tu non esiti mai, sai sempre per istinto cosa è giusto.*

«Non hai bisogno che ti insegnino», continua Margherita. Le piace l'intimità creata dalla loro lingua d'origine, il codice segreto che solo loro due in tutta la città, in tutto il mondo, riescono a comprendere. In ogni caso non permetterà a questa intimità insidiosa di aprire una breccia nelle sue certezze e insinuarvi il dubbio, la paura. Non ora. «Tu sei migliore di lui, di loro, di tutti. Col tempo prenderai dimestichezza con questo nuovo ruolo e lo farai tuo, e un giorno sarai ricordato per essere stato un grande re, il più grande di tutti.»

Umberto deglutisce e stringe i pugni guantati, mentre la carrozza prende velocità di ritorno al Quirinale. «E se non ci riuscissi?» le chiede, poco prima che la vettura varchi il portone del palazzo. La voce è venata d'angoscia.

Margherita gli prende la mano e gliela stringe con una forza impressionante, mentre incolla gli occhi nei suoi. «Ci riusciremo, Umberto.» Stringe di più, fino a sentire gli spilli nelle dita. «Non sei solo.»

6

La regina Margherita, che pure apprezza il buon cibo, non tollera che i vapori delle cotture, portati dal vento, salgano al piano nobile e appestino le sale, così per la Frassi è un continuo chiudere porte e finestre; la cosa manda in bestia il capo cuoco che le inveisce contro mentre sfuma col brandy il fondo di qualche intingolo e dalla padella si levano alte fiamme. «*C'est dangereux, madame! Dangereux!*»

«Qui», ribatte piccata la governante, «siamo in Italia. E in Italia si parla italiano.» Picchia la fondina sul tavolo, poi si lascia cadere sulla sedia sbuffando: «E voi siete di Orbassano, smettetela di darvi tante arie».

Tutti gli umori del palazzo arrivano nelle cantine, come se le emozioni e le tensioni della corte gocciolassero sulla testa di quelli di sotto che, loro malgrado, le assorbono e le moltiplicano. Anche i ritmi dei piani bassi sono scanditi da quelli dei piani alti. Se è in programma un pranzo di gala con ballo a seguire, la servitù mangia presto e alla svelta, spesso in piedi, per tornare subito al lavoro; se invece non ci sono ricevimenti, la cena per il personale viene servita nelle cucine dopo che la Famiglia Reale si è ritirata, anche molto tardi. A volte Nina, i cui compiti sono raddoppiati da quando è diventata prima cameriera di Sua Maestà, è così stanca che si limita a portarsi una mela in camera e si addormenta col frutto in mano dopo appena un paio di morsi.

Le serate migliori, però, sono quelle in cui i sovrani vanno a teatro, come oggi; dopo che sono usciti, per qualche ora il palazzo diventa prigioniero di un incantesimo di pace, il personale rallenta il passo, nei corridoi le cameriere con le spalle appoggiate al muro e le mani nascoste dietro la schiena si lasciano strappare dai valletti qualche promessa compromettente, attorno al grande tavolo della cucina si scambiano chiacchiere gaie intervallate da lunghi silenzi e dal risucchio della minestra. Poi le sguattere sparecchiano e Nina tira fuori il libro.

«Leggici ancora la storia di ieri», la implorano le cameriere col mento sul palmo. «Era così bella!»

Nina arrossisce e abbassa il capo, combattuta tra la felicità e la vergogna.

Dopo la morte di Nestore, ha preso l'abitudine di leggere qualche pagina ad alta voce. All'inizio è stato solo un modo per restare legata a lui attraverso la ripetizione del gesto che li aveva fatti incontrare, come se il vecchio maggiordomo fosse ancora lì ad ascoltarla con gli occhi socchiusi e un vago sorriso in volto, l'unghia pronta a picchiettare sul tavolo al minimo errore di dizione. In poco tempo, però, il suo pubblico di cameriere, sguattere e lavandaie si è fatto numeroso e Nina si è trovata a leggere davanti a dieci, venti, talvolta anche trenta persone.

Il romanzo di questi giorni, a dirla tutta, l'annoia. Lo trova lezioso, ripetitivo, monotono; i personaggi femminili, in particolare, sono inermi dinnanzi al destino, così passivi da risultare irreali, oltre che irritanti. Ieri era sul punto di chiudere il volume con uno scatto nervoso, quando si è resa conto che bastava aggiungere una negazione per cambiare il senso di un'intera frase e rendere tutto più interessante, più vivo: una pastorella, intenta a specchiarsi in uno stagno, vi coglie il riflesso del giovane che le fa la corte e *non* alza lo sguardo. Nina non sa nemmeno spiegarsi come le siano uscite quelle tre lettere – forse l'impulso di correggere un testo che ritiene sciatto e banale? Forse un dispetto nei confronti dell'autore, colpevole di annoiarla a morte? O forse il desiderio di mettere un po' di sé stessa in questa storia, di renderla un po' più personale? – ma sa che nella pausa che è seguita ha potuto sentire lo stupore del suo piccolo pubblico in fremente attesa del seguito.

È per questo che ha iniziato a cambiare il romanzo, dapprima timida, poi, rassicurata dalle reazioni degli altri, sempre più decisa, più sfacciata, dando forma a una storia che si allontana inesorabilmente dall'originale.

Nina apre il libro e, badando bene che nessuno le si sieda alle spalle, finge di leggere. Nell'ora che segue la pastorella cresce, si fa donna, affronta la paura, scopre nuovi mondi. Diventa sempre più simile a lei.

Quando si sparge la notizia che i sovrani sono di ritorno, le altre cameriere escono sbuffando, qualcuna con gli occhi lucidi.

«Pare che ti vogliano tutti bene», commenta la Frassi più tardi, quando sono rimaste sole. «Presto o tardi questa storia dovrà finire.»

Nina tiene il libro chiuso in grembo. Non le è chiaro a cosa alluda la governante, ma non intende cadere nella trappola delle sue provocazioni, pertanto tace, sorseggiando l'ultimo caffè.

«Dovrai farti rispettare, se vuoi prendere il mio posto», continua la Frassi.

Nina le sorride per stemperare la tensione. «Non ho alcuna intenzione di prendere il vostro posto, non saprei nemmeno come fare.»

« Allora conviene che ti dia una mossa. »

Nina tace ancora, mentre cerca di capire dove finirà questa discussione.

« È inutile che mi guardi con quell'espressione di finto candore », la incalza la Frassi. « Hai capito benissimo. »

« Intendete ritirarvi dal servizio? »

La governante si irrigidisce, poi dà un'occhiata dietro di sé per sincerarsi che siano davvero sole. « Quanti anni credi che abbia? » sibila. « Se pensi che voglia fare la fine del tuo maggiordomo, che è crepato solo come un cane nella soffitta del Quirinale, ti sbagli di grosso. »

« Non era solo », ribatte Nina, alzando su di lei quello sguardo determinato che incute paura. « C'ero io con lui. » E c'era anche re Vittorio Emanuele.

Ma la Frassi ride. « E chi saresti tu? » fa, più velenosa che mai. « Io ho una famiglia, una famiglia vera. Non ho bisogno di una sguattera che mi tenga la mano mentre sto morendo. Ho una sorella, che sta ad Asti, con quindici tra figli e nipoti. Hanno una casa decorosa, grande, con una bella stanza che mi può ospitare, e tutte le comodità. Si prenderanno loro cura di me, al momento opportuno, com'è giusto che sia. »

Nina sente una fitta di dolore al ricordo del vecchio maggiordomo, dei suoi ultimi anni solitari e del suo bisogno di trovare qualcuno cui aggrapparsi alla fine della vita, qualcuno da poter chiamare famiglia. La Frassi la osserva con quello sguardo che con gli anni e l'esperienza non si è fatto meno ottuso. Se fosse più intelligente, se fosse più sensibile, si sarebbe accorta che le sue parole velenose hanno toccato una corda segreta e dolorosa: a venticinque anni, nemmeno Nina ha una famiglia e ogni tanto la assale la paura che un giorno non avrà nessuno a tenerle la mano.

Suo fratello Bruno ormai si è sposato; la moglie è una donna corpulenta, con i fianchi larghi e il seno prosperoso, che guarda tutto e tutti con la stessa superiorità con cui guarda le oche a cui sta per tagliare la testa. In pochi anni è arrivata una nidiata di bambini che – lei non fa che ripeterlo – priva entrambi del tempo e delle energie per occuparsi d'altro. E con « altro » intende Nina.

Non è cattiva, la cognata, e di sicuro non mente quando afferma che portare avanti una famiglia numerosa, con le poche risorse di cui dispongono, è una fatica immane, tra tante bocche da sfamare e sederi da pulire, ma di fatto tra loro due non è mai nata un'autentica simpatia.

Quando Nina torna a Monza, l'insofferenza con cui viene accolta è palpabile. Giuseppina sbuffa aggiungendo una manciata di polenta nel paiolo, i bambini piangono in continuazione e Bruno è sempre più silenzioso. A Nina fa rabbia vedere come suo fratello subisca le prepotenze della moglie, come si sottometta a lei e accetti supinamente ogni sua decisione, senza mai discutere. Vorrebbe chiedergli perché non si imponga una volta ogni tanto, e perché mai l'abbia scelta. Ma restare soli è impossibile, dal momento che ovunque loro siano compare la cognata con l'aria sospettosa e risentita di chi teme d'essere tenuta all'oscuro di qualche complotto. È gelosa, Giuseppina: non vuole che Nina prenda in braccio i nipotini, che la chiamino zia, che si affezionino a lei. «Quando avrai marito capirai», le ha detto più volte, e Nina non sa se lo faccia per giustificare la propria possessività o per ricordarle che non è ancora sposata.

Non è più passata in quel punto del bosco in cui Achille l'ha baciata; se ne tiene alla larga come ci si tiene alla larga dai ricordi dolorosi. Nonostante siano passati ormai molti anni, le sembra che ogni albero, ogni foglia, ogni filo d'erba siano rimasti lì, immobili, identici a sé stessi come in una fotografia, solo per ricordarle per sempre quell'esatto momento: il momento in cui la sua vita avrebbe potuto prendere una direzione diversa, a cui lei - per paura, per principio, per cosa? - ha voltato le spalle. E se si fosse sbagliata?

Col tempo, tutte le ragazze che lavoravano a corte quando è arrivata lei, dieci anni fa, hanno trovato marito; ora non sono più solo cameriere, ma mogli e madri. È per questo, si dice Nina, che è arrivata a essere la prima cameriera di Sua Maestà: non perché sia più brava delle altre, ma perché è l'unica che non ha altro che il lavoro.

Qualcosa l'ha sempre frenata.

In tanti anni di servizio a palazzo, Nina ha visto il paravento della favola d'amore dei principi di Piemonte infrangersi e svelare la squallida realtà di due estranei uniti da un vincolo contrattuale, ha visto Margherita struggersi per le infedeltà del marito, ha assistito ai loro litigi, poi li ha visti recitare a beneficio del popolo e tornare a essere, nella migliore delle ipotesi, perfetti sconosciuti; ha visto Ottilia consumarsi per l'illusione di un amore e quell'amore virare prima in risentimento e infine in odio.

La verità è che Nina, pur sentendosi sola, non è disposta ad accettare un legame che non le regali la stessa emozione di quel primo bacio nel bosco. E, fino a oggi, nessun uomo, all'infuori di Achille, è stato in grado di farlo.

« Un paio d'anni al massimo », continua la Frassi, « giusto il necessario per dare tempo alla regina di trovarsi a proprio agio nel nuovo ruolo. E poi... » La guarda con disprezzo. « Non potrai farti amare per sempre, verrà il momento in cui dovrai essere tu a comandare. »

A ben vedere, Nina già comanda e – forse questo è il motivo per cui la Frassi la detesta tanto – è ben più rispettata della governante stessa, che invece sbraita, impone punizioni e compiti degradanti, e non esita a usare le mani.

« Vedrai come ti passerà la voglia di leggere storielle, allora! » conclude la governante, uscendo.

Nina, rimasta sola nelle cucine silenziose, si porta il libro al petto e lo tiene stretto a lungo. Nel groviglio indecifrabile di emozioni che le si agita dentro, tutto quello che riesce a sentire, sul momento, è una voce interiore che le ripete: *No, no, no!*

7

La porta è accostata e a Umberto, ritto in piedi col fiato sospeso per non fare il minimo rumore, sembra di essere tornato indietro di trent'anni, quando si nascondeva in qualche stanzino a origliare i discorsi dei grandi. Non ha più i calzoni corti e non c'è in agguato qualche precettore pronto a redarguirlo – nessuno oggi si azzarderebbe a farlo –, ma il misto di curiosità e senso di colpa è esattamente lo stesso.

Curiosità, perché Umberto si domanda quali parole userà Urbano Rattazzi, se sceglierà la lusinga o andrà dritto al sodo senza perdere tempo, e come reagirà il segretario particolare di suo padre, in procinto di essere licenziato. Senso di colpa, perché questo compito spetterebbe a lui.

Natale Aghemo è un cugino acquisito della Vercellana, abilissimo nello sfruttare i legami di lei per intrufolarsi a corte e allungare le mani nelle tasche del defunto sovrano. Umberto ne prova perfino una certa stima; dopo tutto è un uomo colto e addirittura raffinato – come può esserlo, beninteso, un esponente dell'ambiziosa borghesia di questi tempi, venuta su dal niente e che sgomita senza sosta per ricavarsi uno spazio nei gangli dello Stato –, ma soprattutto abbastanza scaltro da non uscire troppo, e mai troppo vistosamente, dai confini della propria posizione. Lo si direbbe un tipo anonimo, con abiti di buona fattura ma non eccessivamente costosi e la figura curata ma senza vezzi, se non fosse per quegli occhietti dietro i quali luccica all'improvviso un inatteso lampo vitale. Un uomo disposto a tutto – si dice che il vecchio re lo usasse per risolvere le questioni più riservate, che voleva dire donne e denari, contando sulla sua più assoluta discrezione –, perfettamente in equilibrio tra gli interessi del sovrano, che lo ha ripagato con generosità, e quelli della cugina, che gli ha spalancato le porte di corte, ma davvero fedele soltanto a sé stesso e al proprio tornaconto. Un uomo al corrente di una gran quantità di segreti, pertanto un uomo pericoloso.

«Dovremo dargli qualcosa in cambio», ha suggerito Urbanino Rattazzi nel ristretto consiglio organizzato per decidere le sorti dell'Aghemo. «Un riconoscimento.»

«Non ha avuto abbastanza?» ha ribattuto Umberto con stizza. «Lo voglio solo fuori dalla mia vita al più presto, lui e tutta la sua schiatta di...»

Margherita, che fa sempre in modo di trovarsi, quasi per caso, nella stanza in cui si prendono decisioni importanti, si è lasciata sfuggire un colpetto di tosse.

«E va bene», ha sbuffato Umberto. «Dategli qualcosa che gli tappi la bocca una volta per tutte.»

«Forse gli dovremmo corrispondere una pensione...» ha mormorato Rattazzi con voce appena udibile e gli occhi bassi.

«Ah! Pure!»

«Ventimila lire l'anno dovrebbero bastare.»

«Ventimila?!» ha sbraitato Umberto.

«... diciotto?»

«Pensavo a cinque.»

«Maestà, potrebbe essere preso per un insulto.»

«Non è quello che vogliamo?»

Di nuovo un colpetto di tosse di Margherita.

«I conti dello Stato che voi stesso mi avete mostrato, Rattazzi, non ci consentono di essere tanto generosi.»

Per Umberto la questione Aghemo era chiusa. Ma quella stessa sera, poco dopo che la corte si era ritirata, l'attendente gli ha comunicato che la regina chiedeva di vederlo in forma privata.

«Il silenzio ha un prezzo, Umberto», gli ha detto, fingendosi interessata alla palma nell'angolo del salottino. «E il silenzio di quell'uomo ha un valore che va oltre le ventimila lire l'anno.»

Quell'uomo, lo chiama Margherita, sempre cortese con tutti, soprattutto con quelli di cui si ostina a non pronunciare il nome in segno di disprezzo.

«Ne abbiamo già parlato, l'Aghemo ha avuto abbastanza e i conti non ce lo permettono», ha tagliato corto Umberto, che aveva fretta di uscire.

«Ci sarebbero altri modi per risparmiare...» ha suggerito lei, facendo intuire che avesse già pensato a una soluzione. Come sempre.

«Per esempio?»

Lei si è presa del tempo, fingendo di farsi venire sul momento qualche idea brillante. «L'appannaggio del conte di Mirafiori...» Emanuele, il suo fratellastro, il figlio illegittimo ma prediletto di Vittorio Emanuele e della Vercellana, l'usurpatore, quella carogna. «Ammonta a centoventimila lire annue.»

«Cento...?» Umberto è trasecolato. È già stato costretto ad

accollarsi i debiti per Palazzo Poniatowski a Firenze, che re Vittorio ha donato nel '72 a Emanuele in occasione delle nozze con la contessina Bianca de Larderel. In tutti i resoconti, in qualsiasi registro gli mettano sotto il naso, ci trova qualche voce riconducibile a quei maledetti Vercellana, come se suo padre si divertisse anche dall'aldilà a ficcarglieli tra i piedi.

« Sì, centoventimila. Se gli revocassi l'appannaggio, anche concedendone ventimila a quell'uomo, risparmieresti... »

« Sì, sì. So far di conto anch'io, Margherita. » È seguito un lungo silenzio. « Ebbene », ha accondisceso alla fine. « Vada per venti. »

« Ma no, Umberto... »

« Cos'altro? » ha esalato lui, sfilandosi i guanti. Ormai gli era passata la voglia di uscire: nessuna donna è in grado di spegnergli il fuoco dei lombi quanto sua moglie quando si mette in testa di fare qualcosa.

« Oggi hai detto cinquemila lire. Non puoi tornare sui tuoi passi davanti a Rattazzi, non sarebbe dignitoso. »

« Dunque cinque? »

« Forse una via di mezzo. »

« E va bene! Dieci! » E vedendo che lei non rispondeva: « Quanto? Cosa diavolo vuoi? »

« Dodici, Umberto. Molto meno di quanto proponeva Rattazzi, ma sempre più della metà. Perché re Umberto è buono. »

Lui ha sorriso. *Re Buono* lo chiamano tutti da quando è salito al trono. Manco a dirlo, il suggerimento dell'amnistia, che di fatto ha cancellato la pena di morte in Italia e che gli ha fatto guadagnare questo generoso epiteto, è stato di Margherita.

« E sia. Avverti Rattazzi. » *A meno che non lo sappia già,* avrebbe voluto aggiungere.

« Oh, no, Umberto. Non mi permetterei mai. L'idea è stata tua, è giusto che sia tu a dirglielo. »

E così è stato deciso. Natale Aghemo tra pochi istanti sarà messo alla porta con un vitalizio di dodicimila lire l'anno e il titolo trasmissibile agli eredi maschi di conte di Perno. Come reagirà? Umberto non riesce a immaginarsi quell'uomo, sempre così padrone di sé, che dà in escandescenze, ma si sa che il denaro, e ancor più la mancanza di denaro, ha la capacità di trasformare le persone o di tirarne fuori la vera natura.

Oltre la porta accostata si sentono dei passi, poi l'Aghemo viene annunciato. Saluti, convenevoli. Le parole del cugino della Vercellana sono appena udibili. Un uomo, pensa Umberto, abituato a serbare grandi segreti non alza mai troppo la voce. Ma d'improvviso l'Aghemo si schiarisce la voce e con tono stentoreo, come se volesse essere certo che tutti lo sentano, annuncia: «Sono lieto che mi abbiate convocato. Debbo confessarvi che, se non lo aveste fatto voi, vi avrei fatto richiesta di un colloquio».

Rattazzi emette un «oh», guardingo e stupito.

«Oltre naturalmente al piacere di rivedere la vostra cara persona», continua l'Aghemo, «ho un annuncio doloroso, eppure inevitabile, da farvi.»

Umberto è così teso che il parquet sotto i suoi piedi scricchiola e per un attimo nell'altra stanza tutti tacciono, come se avessero percepito la sua presenza oltre la porta.

«Sapete», prosegue l'Aghemo, «la morte di re Vittorio mi ha provocato un dolore così vibrante, che ancor oggi fatico a farmene una ragione.»

Seguono frasi smozzicate sulla grandezza del padre della patria e commenti di circostanza sulla sua precoce dipartita.

«Io credo», arriva poi al punto l'Aghemo, «che il mio compito a corte si sia esaurito.»

A quel punto Rattazzi, preso di sorpresa, si affretta a contraddirlo, condendo il tutto con una gran quantità di elogi.

Bestia! pensa Umberto. *Stai a vedere che adesso lo convince pure a rimanere!*

«Vi prego, non insistete oltre. La decisione ormai è presa», conclude l'Aghemo, cortese ma risoluto. «È stato un onore servire la Corona, ma non credo che riuscirei più a farlo con il medesimo slancio.» Sospira. «I tempi cambiano, e noi dobbiamo cambiare con loro se non vogliamo essere spazzati via.»

Umberto sorride nel buio del proprio nascondiglio. In quest'ultima frase è racchiusa tutta l'astuzia dell'Aghemo.

Seguono gli ultimi convenevoli. Rattazzi che offre titoli e vitalizi, l'altro che finge di schermirsi ma alla fine accetta di buon grado, tanti complimenti reciproci e la promessa vana di rivedersi presto. In dieci minuti, è tutto finito.

A sapere che sarebbe stato così facile, lo avrebbe fatto Umberto di persona.

8

Ambrogio svolta sulla via strisciando i piedi a terra. Non dovrebbe, sua madre non fa che ripeterglielo: *Solleva bene i piedi, disgraziato, ché le scarpe costano care, vanno tenute da conto!* Ma, da quando lo hanno mandato a bottega a lavorare, arriva a sera così stanco che proprio non ce la fa a piegare le ginocchia e se ne torna a casa buttando avanti le gambe come se fossero di legno.

Aver compiuto nove anni è stata una vera sfortuna. Non può più bighellonare in giro per la città come se fosse un bambino. All'inizio il pensiero lo riempiva d'orgoglio. «Fra tre giorni», si vantava con gli altri del gruppo, cercando di abbassare la voce di un'ottava per sembrare più grande, «divento un uomo.»

Loro lo guardavano, con occhi spalancati per l'incredulità e lo stupore. Nemmeno Ambrogio sapeva bene come potesse accadere che da un giorno con l'altro un bambino si sveglia uomo, ma così gliel'avevano spiegata e così la ripeteva fingendo di aver capito. Allora, un po' per farsi bello con gli altri, un po' per colmare il vuoto dell'incertezza che gli metteva paura, arricchiva il racconto di dettagli nati dalla sua fantasia mentre la sua banda di marmocchi lo ascoltava con le bocche spalancate, in religioso silenzio. «Quando uno diventa uomo ha delle responsabilità», sentenziava. «Però dopo può fare quello che vuole.»

Ecco, la sua idea era più o meno questa: a nove anni si immaginava indipendente; non più gravato dell'obbligo noioso della scuola, si figurava lunghe giornate vuote, libero dal giogo della terribile maestra che manteneva l'ordine in classe a suon di bacchettate, senza più dover mandare a memoria poesie o numeri senza senso. Sua madre gli aveva detto che sarebbe andato a lavorare, ma lavorare è tutt'altra cosa rispetto a studiare, non foss'altro che perché ti pagano; quindi, la cosa gli pareva un buon affare.

Che fregatura! si ripete ogni sera tornando a casa con le membra indolenzite, qualche nuovo livido e il magone. *Che fregatura!*

Lo hanno mandato nella bottega di un fabbro dove, tra bagliori di fiamma e dense vampate di vapore, sembra proprio di trovarsi all'inferno, per tacere delle bestemmie che escono dalla bocca dei lavoranti, sudati e mezzi svestiti proprio come devono essere gli eterni dannati. All'inizio gli sembrava una cosa nuova e l'opportunità di veder nascere degli oggetti – una pinza o la ruota di una carrozza, una padella o un ferro di cavallo, la canna di un moschetto o un cancello – da quella materia che esce molle e luminescente dalla fornace lo incuriosiva e non vedeva l'ora di imparare a farlo anche lui, ma Ambrogio passa le giornate a spingere e tirare carretti, a sollevare pesi più grandi di lui, a ramazzare per terra e a prendere pedate nel didietro. E, se non c'è da rimpiangere la maestra che era armata di bacchetta, col padrone è anche peggio, perché quello usa il bastone, che è più duro e fa più male. La paga, poi, non ne parliamo: si guadagnava di più coi furtarelli, il che era tutto dire.

No, diventare un uomo non è stato per niente un affare, si dice sentendo ancora addosso le mani di quella guardia che lo ha strappato ai suoi otto anni a furia di ceffoni, il suo ultimo pesce, una preda molto più grossa di lui. L'uomo da quell'infausto giorno torna con regolarità a far visita a sua madre. « Esci, Ambrogio », gli dice lei, con gli occhi bassi e la voce tremante, asciugandosi le mani nel grembiule. E Ambrogio esce: tanto lo sa cosa succede dopo, ormai è un uomo e agli uomini non bisogna mica spiegarle certe cose.

Giunto in vista della casa, rallenta. La loro abitazione si compone di una stanza a pian terreno con l'uscio che affaccia direttamente sulla strada. Se la porta è aperta, significa che si può entrare; se è chiusa allora è meglio aspettare fuori. Ma come la mettiamo se non è né l'uno né l'altro? Se una lama di luce si allunga stretta stretta sulla via, la porta è da intendersi chiusa o aperta? Sua madre sta lavorando oppure no?

Ambrogio avanza lentamente spingendo in fuori la testa incassata tra le spalle. Non c'è in giro nessuno e, per quanto si ripeta che adesso è un uomo e che gli uomini si danno coraggio, la via buia gli mette sempre addosso un po' di paura e la voglia di fare gli ultimi metri di corsa, nonostante la stanchezza. Di solito a quest'ora in casa c'è solo sua madre che, estate o inverno, tiene quasi sempre la porta spalancata, come a dargli il benvenuto; quelle due ante aperte come pronte ad abbracciarlo sono la cosa più bella della sera, un tocco di dolcezza su ogni giornata amara, la cosa a cui pensa quando tutto va storto.

La casa è silenziosa e sembra immobile, così Ambrogio trova il coraggio di mettere dentro la testa. « Mamma? »

L'immagine gli resterà impressa nella memoria per tutta la vita e da oggi, ogni giorno, anche tra molti anni, proverà sempre un brivido di vergogna nel varcare un uscio.

La schiena dell'uomo, ampia e pelosa come quella di un animale, è lucida di sudore. Belluini sono i suoi versi, ora cupi come un ringhio, ora acuti come l'uggiolare di un cane. Lui è così grosso che occupa tutto lo spazio sul lettino, e potrebbe sembrare solo se da sotto il suo corpo non spuntassero due gambe esili e bianchissime, tese verso il soffitto. Le gambe di sua madre.

Ambrogio fa un balzo indietro e si ritrova col sedere in una pozzanghera gelata, a fregarsi furiosamente gli occhi per cercare di cancellare quello che ha visto. Ma, una volta che ti è entrato dentro attraverso gli occhi, l'orrore si annida nella testa e sta lì aggrappato, avvinghiato, e non se ne va mai più.

Invano Ambrogio si strofina gli occhi fino a farli piangere. Nei pochi istanti in cui si sono posati sul dorso lardoso e unto dell'uomo, il suo cervello ha colto molto di più. Dettagli inutili e raccapriccianti – il piede di sua madre, con la pianta scura di sporcizia e le dita divaricate, come per aggrapparsi al vuoto, il suo vestito a brandelli sul pavimento di terra battuta, il pugno chiuso dell'uomo che stringe una ciocca di capelli color del rame, il letto che cigola e sbatacchia contro il muro sul punto di sfondarsi e un mugolio soffocato, un pianto disperato e sommesso – che raccontano una storia frammentata e al tempo stesso perfettamente completa.

«Mamma», mormora Ambrogio piangendo. Ha sempre pensato di sapere cosa facesse sua madre per vivere, ma adesso che lo ha visto, che l'immagine gli è entrata dagli occhi e gli si è annidata nella testa, solo adesso ha capito.

Poco più tardi l'uomo esce e si allontana col passo lento e soddisfatto, senza vedere Ambrogio rannicchiato al buio che trema di freddo e paura. Subito dopo, sull'uscio spalancato, illuminato di giallo come un tuorlo d'uovo, compare la figura esile di Ottilia che scruta nell'oscurità in cerca del figlio. «Ambrogino!» fa, avanzando di qualche passo. «Ambrogino, dove sei?»

Il bambino deve farsi forza per trovare il coraggio di alzarsi e andarle incontro e, quando i loro occhi si incontrano, Ottilia capisce che stavolta lui ha visto tutto.

«Non doveva venire stasera», gli dice, stringendoselo addosso con tutta la forza che ha. «Non volevo.»

Ambrogio si irrigidisce nel suo abbraccio e lei lo lascia andare. Rientrano. Alla luce del lume, sembra che il taglio sul labbro che l'uomo le ha aperto con una manata le faccia un po' più male.

«Io non volevo», ripete Ottilia.

«E perché non gli hai detto di no?»

Sua madre sorride e il taglio sul labbro ricomincia a sanguinare.

«Perché?» fa lui, risentito per quel sorriso che ha scambiato per derisione.

Lei si prende del tempo, incerta se dirgli la verità o lasciargli ancora un briciolo di innocenza, poi decide che ormai è tardi, Ambrogio è un uomo. «Altrimenti ci denuncia. Dice che ti ha preso a rubare, che ha le prove.»

«Non è vero!» mente suo figlio.

«Non voglio perdere anche te, Ambrogino. Sei il mio principe, sei l'unica cosa bella che mi ha lasciato Umberto.»

9

Sembra che il buon Dio, quelle rare volte in cui la governante esce dal Quirinale, colga l'occasione per divertirsi a farle cadere sulla testa quel che gli capita a tiro, forse, ipotizzano le malelingue ai piani bassi, per cercare di capire dal rumore che fa se sia vuota, come molti sono pronti a scommettere: ora una grandinata improvvisa, ora le deiezioni di qualche uccello, e addirittura un piattino di porcellana volato fuori da una finestra e atterrato sul suo cappellino. In ogni caso, capita così di rado che la Frassi si prenda mezza giornata libera, che il Signore ha poco da spassarsela.

Oggi, per esempio, piove a dirotto. Quando sarà di ritorno, probabilmente fradicia e di pessimo umore, cercherà un pretesto per sfogare la propria irritazione. Le piace rientrare e trovare qualcosa da criticare, una grinza su un fazzoletto, una foglia secca in un vaso di fiori, una piuma sfuggita all'imbottitura di un cuscino: la fa sentire importante, indispensabile. Le cameriere ormai sono rassegnate a pagare le poche ore di sua assenza con qualche punizione.

Nina scende di corsa le scale, diretta alle cucine. Stamattina a messa la regina ha preso freddo e ora vuole un decotto che le lenisca il mal di gola. A corte, la catena per ottenere una semplice tisana può essere complessa: la dama d'onore riferisce a una dama di palazzo, che riferisce alla governante che riferisce a una cameriera, che scende nelle cucine e riferisce a un aiuto cuoco, che riferisce allo chef, il quale, sdegnato, si rifiuta di scomodarsi per un banale decotto. Allora il processo si inverte: l'aiuto cuoco riferisce lo sdegno dello chef alla cameriera, che finisce per preparare da sé la tisana, che un valletto, scortato dalla governante, porterà negli appartamenti reali, dove una dama di palazzo la servirà alla regina, sotto lo sguardo attento della dama d'onore, che si compiacerà per la buona riuscita di qualcosa a cui lei non ha minimamente contribuito.

Una volta assicurata che niente nella complicata procedura si sia inceppato, Nina fa un rapido giro degli appartamenti di Sua Maestà per offrire alla Frassi il minor numero possibile di opportunità di recriminazioni. Quando però passa accanto alla sala da pranzo della servitù, intuisce subito che dietro la porta, insolitamente chiusa, sta accadendo qualcosa; il corridoio è deserto e dalla sala provengono bisbigli e risolini acuti. Le cameriere raccolte dietro un giornale sono così concentrate nella lettura che non la sentono entrare e, quando se la trovano davanti, la goffaggine con cui cercano di nascondere il foglio spinge Nina a voler indagare più a fondo.

« Adele », dice alla più giovane, « la regina ha deciso che domani indosserà gli orecchini di smeraldo a goccia. Va' a controllare che siano stati lucidati. »

Le ragazze colgono tutte insieme l'occasione per darsi alla fuga e in men che non si dica Nina si ritrova da sola nella stanza. A terra, dietro la panca, è abbandonata una copia dell'*Onere*.

La prima pagina è interamente occupata da un lungo articolo dedicato al sovrano, di cui al centro campeggia una caricatura che ne enfatizza la fronte ampia, gli occhi sporgenti e i grandi baffi. Il pezzo parla delle responsabilità del nuovo re e si domanda se egli sia in grado di farsene carico, suggerendo tra le righe che la risposta sia negativa. Nonostante sia in disaccordo con la tesi pessimista del giornale, Nina si trova a leggere con interesse fino a quando non raggiunge il brano che deve aver provocato le risate maliziose delle cameriere.

La suburra per colui che non può muoversi senza diventare un avviso murale è l'uccellanda delle sue gozzoviglie carnali. Vi si sente libero, vi si crede sottratto agli spiatori. A Umberto I tocca servirsi dei mezzani e di contentarsi delle avventizie nei giorni in cui sente in lui ruggire la bestia. Le avventizie sono quasi indelibate o bellezze di fama mondiale, duchesse del marciapiede o principesse delle alcove o corpi dalle carni reali scovati dai regi lenoni nelle stamberghe, negli angiporti, nelle soffitte. Capolavori degli uteri popolari. Fra le molte avventizie che popolano la biografia del re è una stiratrice, figlia di una lavandaia di colore milanese.

Umberto non è un taccagno. I capricci d'alcova li paga con una busta chiusa che consegna lui stesso all'avventizia con i ringraziamenti. Le avventizie non vengono accettate che precedute dalla fotografia. Una volta accettate il sovrano manda la carrozza chiusa a prenderle.

Nina rimane con la bocca spalancata. Gozzoviglie carnali, bestie che ruggiscono, capricci d'alcova, stamberghe, uteri popolari. La chiusa dell'articolo è piena di oscenità dettagliate con il deliberato intento di provocare l'interesse morboso dei lettori, ma quello che l'ha sconvolta più di tutto è la firma in calce al pezzo: Achille Riva.

Dunque è tornato? E dov'è stato per tutto questo tempo?

« Mi assento un attimo e tu ne approfitti per poltrire, ingrata che non sei altro! » La Frassi ha il soprabito inzuppato di pioggia e il cappello appiattito in testa; ai suoi piedi si sta allargando una pozza d'acqua. « E io che pensavo mi avresti sostituita, un giorno! » Senza darle il tempo di spiegare, le strappa di mano *L'Onere* e lancia un'occhiata piena di riprovazione alla caricatura del re.

« No! » esclama Nina con la medesima aria colpevole delle altre cameriere prima di lei. Potrebbe giustificarsi dicendo che il giornale non è suo, ma cosa cambierebbe se anche scaricasse la colpa sulle altre? *Dio, ti prego,* pensa, *fa' che non legga l'articolo!*

« E adesso ti diletti anche con questa spazzatura antimonarchica! » esclama. « Sei la più anziana delle cameriere e, invece di dare il buon esempio, le aizzi con le tue idee repubblicane. »

« Io non ho idee repubblicane. »

« Ho sempre saputo di essermi allevata una serpe in seno. » Ripiega il giornale. « Ma lascia che lo scopra il prefetto di palazzo, e vedrai che fine ti faranno fare. » Le scappa una risata crudele e piena di soddisfazione, poi se ne va portandosi via la prova della colpevolezza di Nina.

Il giorno dopo il sole splende facendo spiccare le antiche rovine di Roma contro il cielo blu pervinca. Nina si alza presto, determinata a usare il giorno libero per trovare l'autore dell'articolo che le costerà il posto di lavoro. Ha trascorso la notte insonne a domandarsi quante probabilità ci siano che esistano due giornalisti con il medesimo nome e cognome; poi, quando si è resa conto che non sarebbe riuscita a chiudere occhio, si è messa alla finestra ad aspettare l'alba.

Come sarà Achille? Sarà cambiato, sarà invecchiato? Si sarà sposato? Avrà dei figli?

Si ricorderà di lei?

Nina si pettina osservandosi a lungo nello specchio, si veste con cura, poi esce senza fare rumore, mentre la città ancora assonnata si rianima lentamente. Un garzone che spinge un carretto pieno di ferraglia arrugginita le dice che la sede dell'*Onere* non è molto lontana dal Quirinale. Via della Gatta è poco più che un vicolo ombroso stretto tra vecchi palazzi di tre o quattro piani con le facciate sporche e scrostate. La redazione però è ancora chiusa.

« Venite più tardi! » le grida una vecchia da una finestra sopra di lei. « Prima delle undici qua non si vede mai nessuno. »

Nina torna sui propri passi e raggiunge una piazza angusta, da dove può scorgere tutti quelli che escono ed entrano dal vicolo. Stando attenta a non sporcarsi, si siede ai piedi di un grande cedro del Libano che occupa quasi tutto lo spazio e spande nell'aria profumo di resina, e apre il romanzo che si è portata per ingannare l'attesa. Tra le pagine, spuntano i fogli dove sono annotate con la sua scrittura minuta e ordinata le storie che si diverte a inventare.

Ne ha scritte parecchie, ormai; porta sempre con sé i propri appunti perché teme che qualcuno a palazzo li trovi. Non vuole che si sappia che scrive, è una cosa di cui inspiegabilmente si vergogna, anche se non riesce a smettere. Nessuno, fino a oggi, ha scoperto che le storie che legge alla servitù davanti al camino sono le proprie.

Quando i campanili battono all'unisono undici rintocchi, si rende conto di non aver mai alzato gli occhi dal libro.

Nina si tira in piedi sentendosi pervasa da una strana energia. È paura quella che prova? È felicità? Solo ora si domanda perché sia venuta. Era necessario? È davvero arrivata fin qui solo per fare le proprie rimostranze per un articolo che ha trovato di pessimo gusto? O forse è un pretesto?

Via della Gatta, intanto, si è riempita di vita e non pare più il mesto vicolo di qualche ora prima. Oltre un portone spalancato si apre un cortile da cui proviene clangore di macchine e risate maschili. Nina s'intrufola tenendosi rasente ai muri come un gatto sospettoso, poi si solleva sulle punte cercando invano di sbirciare attraverso una finestra. Le serve del tempo prima di trovare il coraggio per entrare in redazione.

Achille Riva occupa l'ultima scrivania in fondo allo stanzone ed è chino a leggere certi documenti che richiedono tutta la sua attenzione, così non la nota esitare sulla porta prima di marciare verso di lui a passo deciso.

« Oh », fa, quando se la trova davanti. Di tutte le parole che potrebbe e vorrebbe dirle non gliene esce nemmeno una.

Nina ha ancora gli stessi occhi pieni di luce, le stesse movenze aggraziate, la stessa pelle arrossata di quando l'ha baciata nel bosco. È bellissima e, se non si trovassero in redazione, tra giornalisti e tipografi che vanno e vengono urlando, correrebbe a stringersela addosso.

« Il vostro ingiurioso articolo mi costerà il posto », lo aggredisce lei, senza preamboli, come se fossero trascorsi solo pochi giorni dall'ultima volta in cui si sono visti. « Ieri mi hanno scoperta a leggerlo e proprio mentre stiamo parlando la governante lo starà mostrando al prefetto di palazzo, il quale mi licenzierà senza pensarci due volte. »

« Tanto meglio », ribatte Achille incrociando le braccia abbronzate che escono dalle maniche risvoltate della camicia. « Ho sempre pensato che tu sia sprecata là dentro. »

Nina è scossa da un impeto di rabbia che non sa dire da dove arrivi. « Perché siete tanto ostile alla Famiglia Reale? Si può sapere che male vi hanno fatto? » dice, con le labbra che le tremano per l'indignazione.

« Non sono ostile alla Famiglia Reale », precisa lui, serafico. « Sono ostile alla menzogna. »

« Quello che *voi* scrivete è menzogna! »

« Ne sei sicura? »

Nina non risponde.

« Cosa dico, dopo tutto? Rileggi l'articolo. Ma leggi senza pregiudizio, per carità », puntualizza, sventolandole il foglio sotto il naso. «Dico che quello su cui Umberto ha iniziato da poco a regnare è un Paese sfasciato, composto da una moltitudine di contadini analfabeti e di briganti pieni di rabbia, tenuto insieme da una retorica vuota che non sfama i disgraziati e finge di non vedere i mendicanti per le strade. Dico che il governo impiega più sforzi per sopprimere il dissenso che per cercarne le ragioni. Dico che il tuo re non ha le doti per affrontare tutto questo e forse nemmeno la volontà perché è... be', interessato ad altro.»

«Come potete affermarlo? Cosa ne sapete? Siete sparito per anni! Svanito, scomparso!» Solo ora Nina si rende conto di essere piena di risentimento per essere stata abbandonata.

«Perché è vero, dannazione! Perché l'ho visto coi miei occhi», tuona Achille. «E, se fossi venuta con me, lo sapresti anche tu.»

Segue un lungo silenzio imbarazzato, durante il quale i due non osano guardarsi in faccia.

«È una questione personale, dunque», mormora lei.

«Oh, perdio! Non essere ridicola, il mondo non ruota attorno a te», sbotta Achille. «Se ti degnassi di cacciare il naso fuori da quelle riviste femminili che inframezzano banalità a bozzetti delle toilette della regina e ti guardassi attorno, ti renderesti conto che la tua cara Famiglia Reale è un'enclave di privilegiati che non hanno la più pallida idea di cosa sia il loro Paese.»

«Siete odioso», gli risponde Nina, appoggiando i palmi sulla scrivania e sporgendosi verso di lui. «Siete un arrogante, saccente, inaffidabile cialtrone.»

«Lieto che tu ti sia presa la briga di venire fin qui per dirmelo di persona», ribatte lui, con un'occhiatina irriverente al suo petto in affanno. «In ogni caso, puoi stare tranquilla. Non ci saranno più articoli simili a urtare la tua sensibilità, dal momento che, poche ore fa, è stato disposto il sequestro del giornale.» Le allunga il foglio che stava leggendo un istante prima che lei irrompesse in redazione e rimane a guardarla mentre lei lo scorre con occhi febbrili. «Sembra che questo articolo sia costato il lavoro a entrambi.»

«E adesso?» mormora Nina.

«Mi inventerò qualcosa.» Achille dà un'alzata di spalle e

distoglie lo sguardo. « Non avevo comunque intenzione di rimanere a Roma a lungo. »

« Oh », esclama Nina. All'improvviso si sente ridicola. Cos'è venuta a fare? Cosa credeva di ottenere? Si illudeva forse di poter ricominciare da dove avevano lasciato, che tutti questi anni non avessero lasciato il segno? Pensava che lui fosse cambiato, che fosse una persona affidabile?

Sono stata una stupida, pensa. E lo pensa con lo stesso disprezzo che userebbe la Frassi.

Si volta e se ne va, senza riuscire a impedirsi di sperare un'ultima volta che lui la trattenga. Achille però non muove un passo, non apre nemmeno bocca. Il percorso che la riporta su via della Gatta le sembra più lungo e accidentato di quando era entrata; dopo un tempo eterno si ritrova sotto il grande albero che domina la piazza. Appoggia le spalle al tronco e si accorge di avere le guance rigate di lacrime.

Più tardi Nina rientra al Quirinale con il cuore appesantito e trova la sala da pranzo della servitù gremita.

« Eccola! » la aggredisce la Frassi che ha fatto schierare tutto il personale. « Sei stata tu! »

Nina si scambia uno sguardo perplesso con il maggiordomo.

« Dice », spiega questi con la sua tipica cantilena che allunga le sillabe « che le avete rubato *ilsuoggiornale.* »

« Non era mio », puntualizza la Frassi. « Io non leggo quella robaccia. »

« E allora *dicchieèra*? »

« Era suo, un giornale antimonarchico, pieno di schifezze! Gliel'avevo sequestrato ieri, lo stava leggendo nella sala da pranzo, invece di lavorare. »

Nina si scambia un'occhiata con le cameriere che tengono la testa bassa. Nessuna osa aprire bocca.

« L'ho tenuto per mostrarvelo », continua la Frassi rivolta al maggiordomo, « come prova. Stamattina era sul mio comodino, poi un'ora fa è sparito. Me lo ha preso lei, ladra e repubblicana! »

« Questa mattina sono uscita prima di colazione », ribatte

Nina sostenendo il suo sguardo. « E sono rientrata solo adesso. Era la mia giornata di permesso. »

« Lo posso confermare », interviene la sua compagna di stanza. « È uscita prestissimo. »

« Taci, tu! » la zittisce la Frassi. Poi di nuovo rivolta al maggiordomo: « Io vi dico che la ragazza trama per instaurare un sentimento antimonarchico tra le cameriere. Voi dovete fare rapporto al prefetto di palazzo ».

« *Massènza* prove... » Il maggiordomo fa girare lo sguardo sul personale.

« Io non ho mai visto nessun giornale », si fa avanti Adele, la cameriera più giovane, guadagnandosi un'occhiataccia dalla Frassi.

« Nemmeno io », rincara un'altra.

« Nina legge solo i suoi libri, che io sappia. »

« Sì, solo libri. Nessun giornale. »

« E poi non è antimonarchica. »

« Ma si può sapere cosa c'era scritto su questo giornale? » domanda un valletto anziano, provocando la governante con un sorrisetto malizioso. « Se voi lo avete letto, potreste riferire. »

« Io non riferisco a nessuno certe sconcezze. »

« *Eqquìndi...* »

« Ma vi dico che l'ho veduta », insiste la Frassi.

« Suvvia, ora non perdiamo tempo », la interrompe il maggiordomo. « Tornate *allavòro.* »

La servitù gira sui tacchi e si disperde rapidamente sotto lo sguardo truce della governante. Nina sale nella propria stanzetta per cambiarsi d'abito e prendere servizio. Mentre era fuori, qualcuna delle cameriere deve essersi introdotta nella camera della Frassi per far sparire la copia dell'*Onere,* salvandole il posto.

Sorride, mentre si allaccia il grembiule, constatando di avere ancora un lavoro, ma un'ombra oscura la gioia per lo scampato pericolo. *Non avevo comunque intenzione di rimanere a Roma a lungo.*

Achille è già in partenza? Lo perderà di nuovo?

È così sconvolta da tutte quelle novità che non si accorge di aver perso il libro, tra le cui pagine si nascondono i suoi racconti segreti.

10

«Dunque, *Margarethe*, finalmente il tuo destino si è compiuto.» Nella voce di Elisabetta di Sassonia c'è qualcosa di garrulo che irrita la regina.

Sua madre, per tramite della dama di compagnia, le ha fatto pervenire non meno di tre richieste di udienza, che non hanno mai ottenuto risposta. Ma l'insistenza e il tono della quarta, un misto di supplica e di risentimento, non le hanno lasciato scelta. La visita della principessa è stata pianificata nei minimi dettagli, con il deliberato intento di limitare al minimo i contatti tra madre e figlia.

«Sarai soddisfatta, immagino.»

Margherita non risponde. Cosa dovrebbe dirle? Che è felice perché il re finalmente è morto?

Da quando è arrivata al Quirinale, sua madre si è lamentata di tutto quello che ha potuto: del viaggio, che è stato lungo e scomodo – *Saresti potuta venire tu a Stresa, Margarethe!* – dei lavori di ammodernamento del palazzo, che l'hanno obbligata a risiedere in un'ala che non le aggrada, della città che a suo dire è troppo piccola, o troppo grande, provinciale, sporca, pettegola, del caldo, del freddo, dell'accoglienza non adeguata al suo rango, del nipote che ha trovato patito e sgraziato, del cibo che era troppo o non abbastanza. E naturalmente della lunga attesa per essere ricevuta.

«Ho quasi pensato che non volessi vedermi», butta lì con una leggerezza che non riesce a celare il risentimento.

«*Non, maman*», mormora Margherita. «Gli impegni...»

«Immagino, cara. Immagino», sospira Elisabetta. «Certo questa idea dei lavori, poi... tutte queste decisioni da prendere, le prove, i tessuti, le maestranze da tenere d'occhio...»

« Fortunatamente non sono io che me ne occupo », fa cadere Margherita con un risolino.

« Cielo, no! » gorgheggia Elisabetta. « Ci mancherebbe solo questo, figlia mia! »

Passeggiano avanti e indietro per i viali del Quirinale. Elisabetta continua a guardarsi le spalle per controllare a che distanza siano le dame, se si trovino a portata d'orecchio. Sanno tutti che la principessa di Sassonia è venuta fin qui per un motivo ben preciso.

« Tu sai che se avessi bisogno d'aiuto... » E, poiché Margherita non raccoglie, continua: « Io sarei ben lieta ».

« Grazie, *maman.* »

« I tempi, del resto, sono cambiati. »

Margherita finge di non aver capito. Questa recita la diverte e la annoia al contempo. Sapeva che, prima o poi, sarebbe arrivato questo momento e, in un certo senso, lo aspettava con impazienza, come una resa dei conti.

« Sono pur sempre tua madre », insinua Elisabetta, che inizia a perdere le staffe.

« Certo, *maman.* »

« E dunque perché non... »

Margherita si ferma e solleva sulla principessa occhi limpidi. « Non cosa? »

« Margarethe, non vorrai che sia io a chiedertelo. »

« Cosa? »

Elisabetta di Sassonia spinge in fuori il mento in un gesto di stizza, poi fa due passi, prima di rendersi conto che il protocollo le vieta di camminare davanti alla regina. Margherita, immobile, con lo sguardo fermo, ma sereno, la sfida.

Dopo tutto quello che ho fatto per te! pensa Elisabetta. A Margherita sembra di sentire ancora la sua voce nella testa: *Ingrata che non sei altro!*

Ventidue anni fa, le nozze con quello che poi era stato nominato in tutta fretta conte di Rapallo, nozze contratte quasi per ripicca, senza il permesso del re, senza che lui ne fosse nemmeno stato informato, le erano costate care: Vittorio Emanuele era andato su tutte le furie e gliel'aveva giurata, ma lui era tipo da infiammarsi facilmente senza tuttavia serbare rancore. La corte, invece, non dimentica mai. L'avevano minacciata di toglierle i figli, di ridurla in rovina, poi l'avevano esiliata a Stresa e per tutti quegli anni era stata tenuta ai margini della vita di corte. E, mentre, in apparenza, la principessa si godeva il meritato riposo nel suo ritiro dorato sul lago, di fatto a corte era persona non gradita, poco al di sopra di un'appestata. *Ipocriti!*

Ma ora che Vittorio è morto, ora che sua figlia è diventata regina...

« Ho scontato la mia pena, non credi? »

Margherita, stanca di questo gioco di sottintesi, si decide a rispondere: « Non posso riaccogliervi ufficialmente a corte, *maman* ».

Elisabetta sbianca, poi si guarda attorno per sincerarsi che nessuno abbia sentito. Sembrano tutti distratti, ma è ovvio che non si perdono una sola parola. Se quei ruffiani, se quei pettegoli non fossero lì, si butterebbe perfino in ginocchio. Sì, la supplicherebbe, arriverebbe a farlo. « Non puoi farmi questo. »

« Per quanto io desideri riabilitarvi, il vostro passato getterebbe un'ombra sulla Corona, e di ciò non posso assumermi la responsabilità. »

« Il mio passato ti ha dato la vita! » sibila Elisabetta. « Ti ha resa quello che sei adesso! »

« E ve ne sono grata, *maman*. Ma ora, in quanto prima regina d'Italia, il mio dovere è guardare al futuro. »

Margherita si domanda quanto della sua intransigenza sia dettato veramente dalla necessità di tutelare la Corona e quanto dal desiderio di rivincita nei confronti di quella madre che l'ha sempre fatta sentire piccola e inadeguata; quanto la decisione di non riammetterla a corte sia dettata da ragioni politiche e quanto sia invece personale, anzi intima; e se la donna a cui sta negando la riabilitazione sociale sia la principessa di Sassonia, improvvida sposa di un semplice ufficiale d'ordinanza, o la sua ingombrante madre.

Per chi porta la corona, pubblico e privato sono indissolubili, Margarethe.

Sacrificare sua madre è il prezzo da pagare alla propria emancipazione?

« Ora, *maman*, ho degli impegni ai quali non posso in alcun modo sottrarmi », la congeda Margherita. Poi rimane in attesa.

Le labbra di sua madre assumono una piega amara che la fa sembrare una di quelle maschere infelici del teatro greco. Infine, la principessa di Sassonia si decide a fare un piccolo, riottoso inchino. A Margherita sembra di sentire le membra rigide scricchiolare per lo sforzo, i muscoli del collo tendersi a fatica, le ginocchia opporsi mentre Elisabetta si piega verso di lei.

Solo allora, soddisfatta, Margherita le volta le spalle e s'incammina verso il palazzo, seguita a breve distanza dalla dama d'onore.

Margarethe! Non osare mancarmi di rispetto!

Margherita si gira di scatto, convinta di aver udito la voce di sua madre piena di collera e di risentimento, e per un brevissimo istante rivive lo stesso disagio di quando era una bambina. Ma Elisabetta di Sassonia è immobile e muta, pallida come la ghiaia di cui si compone il vialetto. Una dama, come tutte le altre. Una dei suoi tanti sudditi. Niente di più.

È l'ultima volta che sente la sua voce nella testa.

11

Il pacchetto le è stato recapitato questa mattina, accompagnato da una lettera anonima che la invitava a farsi trovare al Pincio oggi alle quattro in punto. Non era comunque necessario che fosse firmata: il tono confidenziale e arrogante, l'implicita ammissione di conoscere il suo giorno libero, quel dare per scontato che lei avrebbe accettato, che non abbia niente di meglio da fare. Tutto nel messaggio parlava di Achille Riva.

E poi quelle ultime parole: *Ti rivedrò un'ultima volta*. Un po' promessa di liberazione, un po' minaccia, alla lettrice libertà d'interpretazione. *Un'ultima volta,* e nessun'altra spiegazione. È proprio da lui esprimersi in questo stile ambiguo, ricattatorio. Che in ogni caso ha sortito l'effetto desiderato.

Nina è seduta composta sulla panchina dove, molti anni fa,

lui le ha estorto un primo, timido bacio in cambio delle informazioni per trovare il fratello di Nestore. Le quattro sono passate da non meno di venti minuti quando lo vede arrivare da lontano, col suo passo dinoccolato, per nulla in affanno.

« Buonasera », esordisce, con un gran sorriso stampato in volto. « Vedo che ti ricordavi il posto. »

« Siete in ritardo », puntualizza Nina. Poi, ammorbidendosi: « Ma grazie per avermi restituito il libro ». Non fa menzione ai fogli che conteneva, poiché è evidente che Achille li ha letti e il solo pensiero che lui abbia avuto accesso a una parte tanto intima di lei la fa morire di vergogna.

« Grazie a te. » Si china e le fa un lentissimo baciamano, gustandosi la sua reazione imbarazzata. « Passeggiamo? »

Camminano per un po' senza parlare, mentre Nina cerca di mantenere una distanza appropriata e lui invece le si accosta sfiorandole in continuazione la mano con la propria.

« Dunque hai ancora il tuo lavoro », le dice Achille. « Immagino sarai contenta. »

« E tu? » Si rende conto di essere passata al tu, ma ormai è troppo tardi per correggersi senza sottolineare ancor di più l'errore.

Lui ridacchia. « In un certo senso. »

Passeggiano ancora un po' senza parlare, poi Nina domanda: « Erano vere le cose che hai scritto in quell'articolo? »

« Io scrivo sempre la verità », fa lui, serio.

« Anche... »

« Sì, anche le avventizie. È tutto vero. »

Quando la regina è stata informata dell'articolo, è andata su tutte le furie e ne è seguita una lite furibonda col re. Nina non era presente, ma è venuta a saperlo da una delle cameriere che aveva origliato e poi riferito ogni dettaglio ai piani bassi. Quella sera Sua Maestà si è ritirata presto e, mentre Nina la pettinava prima che si coricasse, è scoppiata a piangere in silenzio. Da quando Nina è diventata la sua prima cameriera, approfittando del molto tempo che trascorrono insieme, Margherita talvolta si lascia andare a piccole confidenze.

« Perché? » domanda Nina.

« Perché bisogna raccontare le cose come stanno. »

«Dietro le cose però ci sono delle persone in carne e ossa, con dei sentimenti.»

Nina non aveva mai visto la regina, sempre padrona di sé, così vulnerabile; era scossa dai singhiozzi e tremava, ripetendo: *Canaglia! Canaglia!*

Chissà, si è domandata Nina, se si riferiva al re o all'autore dell'articolo. Chissà cosa avrebbe detto la regina se avesse saputo che la sua cameriera personale conosceva bene - fin troppo bene - la mano che aveva scritto quel pezzo infamante.

La mattina seguente, sul suo viso non c'era la minima traccia della crisi: dopo essersi raccolta in preghiera, Sua Maestà è tornata la donna affabile e al contempo inaccessibile di sempre, cortese, sorridente e distaccata. Nina ha trovato questo aspetto, se possibile, ancora più penoso.

«Non è con me che se la devono prendere, se lui è un porco.»

Nina si irrigidisce ed è sul punto di rimbrottarlo, che non si azzardi a parlare così del re in sua presenza. Ma d'improvviso le torna in mente Ottilia, la leggerezza con cui è stata usata e poi gettata via, la determinazione con cui è stata allontanata, messa nella condizione di non nuocere, la facilità con cui è stata dimenticata, abbandonata al proprio destino. Quante donne come lei ci sono in giro? Quante avventizie si sono illuse di poter avere accesso a una vita migliore e poi sono state messe da parte?

«In ogni caso, non ero venuto per questo», le dice Achille strappandola ai propri pensieri. Dalla tasca interiore del soprabito estrae un giornale ripiegato e glielo porge. «Ho fatto tardi perché aspettavo che fosse pronta la stampa. Pagina due, in basso.»

Nina apre il foglio senza capire. È una rivista per signore che già conosce, dal momento che le cameriere, e a volte anche la regina stessa, la leggono con avidità; alterna consigli di moda a riflessioni sul ruolo della donna, brevi resoconti politici, piccoli giochi d'intelletto, suggerimenti di lettura e annunci pubblicitari. Il piede di pagina due è, come sempre, riservato a un lungo racconto: Nina ne ha letto qualcuno, ma si è presto stancata, trovandoli stucchevoli. Le serve qualche istante per ritrovare sé stessa nelle parole stampate di fresco.

« Tu... » mormora, avvampando. « Non avrai mica... »

« No, no », si schermisce Achille. « Non io, tu. È tutta farina del tuo sacco, io mi sono limitato a trovarti un editore. »

« Ma perché? »

« Be', è ovvio. Il racconto era proprio bello. Non ho neanche dovuto supplicare, l'hanno accettato al primo colpo. »

« Ma io non volevo... io non ti ho chiesto... »

« Speravo più in un 'grazie'. In ogni caso, mi preme rassicurarti. Come vedi c'è solo una sigla in calce al racconto. N.A.: sta per Nina e Achille, mi piaceva l'idea. Nessuno sa che sei tu l'autrice. Per la verità, credono che sia io. »

« Cosa? » fa Nina, sempre più in collera. « Mi hai rubato il racconto? »

« Per carità, non mi permetterei mai. » Achille fa una smorfia buffa e solleva le mani in aria. « Solo che un nome ci voleva, e io non intendevo metterti nei guai. Dunque, ho detto di avere per le mani un bel racconto, di un'autrice che tuttavia preferiva rimanere anonima. Il che peraltro corrisponde al vero. Non è colpa mia se poi al giornale pensano che l'autrice in questione sia io. »

Lei lo fissa con grandi occhi pieni di sfida. « Mi hai rubato il racconto », ribadisce.

« No. Tu lo hai lasciato sulla mia scrivania. »

« L'ho dimenticato! » puntualizza Nina alzando la voce e guadagnandosi occhiate perplesse dai passanti del Pincio. « Non pensavo certo che te ne saresti appropriato e lo avresti fatto pubblicare. »

« Sarebbe stato un peccato non farlo », ribatte Achille. « Io ho impiegato mesi per riuscire a pubblicare il mio primo pezzo, sono stato rifiutato da tutti. Tu hai trovato un editore al primo colpo. Dovresti esserne orgogliosa. »

« Ma io sono una cameriera! »

Lui si ferma e le prende una mano tra le sue. « Non sei obbligata. Puoi essere quello che vuoi. »

Ricominciano a camminare e dopo un ampio giro si ritrovano nel punto in cui si erano incontrati. Nina non sa dirsi se sia più umiliata perché Achille ha scoperto il suo segreto, o felice perché le ha trovato un editore.

« Vorrebbero pubblicare un altro racconto di N.A., il prossimo mese », le dice Achille.

Nina lo guarda perplessa. « E come farai a consegnarglielo? »

« Pensavo che lo volessi scrivere tu, sei brava ed è evidente che ti piace. »

« Non so se ne sono capace. »

Certo che lo sei, pensa Achille. « Facciamo così », le propone. « Rivediamoci qui tra due settimane. Se ti presenterai con il nuovo racconto, andrò a consegnarlo all'editore. »

« E se non riuscissi a scriverlo? »

Lui dà un'alzata di spalle. « Be', allora sarò costretto a scappare. »

12

Estate 1878

Vista dall'alto del palco, con le teste brune, i cappelli di panno nero e gli abiti scuri, la folla venuta ad assistere alla parata sembra un enorme formicaio.

Una volta, Vittorio ci ha messo un piede sopra. Era alla Mandria col nonno, per la stagione di caccia. Il re parlava, parlava e, mentre tutti gli occhi erano puntati adoranti su di lui, Vittorio ne aveva approfittato per sgattaiolare via, nessuno se ne era accorto. Non sapeva di preciso dove fosse diretto, ma l'ombra dei larici che iniziavano a imbiondire lo aveva chiamato con la promessa di meravigliose avventure. Allontanandosi, aveva sentito le voci degli uomini attutirsi fino a diventare inudibili, mentre i rumori del bosco si facevano sempre più forti e netti: lo scricchiolio delle foglie sotto le zampette furtive degli animali in fuga, il vento che accarezzava le chiome degli alberi, un ruscello che rimbalzava schiumando sulle rocce. Il formicaio era un buchetto appena nel terreno, proprio in corrispondenza di un vecchio tronco segato e per metà nascosto dal muschio umido. La tentazione di metterci il piede sopra era stata così forte, come se quel minuscolo foro fosse stato messo lì da Dio apposta perché il suo piede lo tappasse. Per qualche istante, non era accaduto assolutamente nulla e Vittorio aveva sentito una gran soddisfazione allargarsi dentro di sé, a conferma che il mondo era stato proprio fatto a sua misura. Ma presto le formiche avevano iniziato a sbucare fuori da tutte le parti, laboriose e disperate, e alla ricerca della libertà gli si erano arrampicate sulla scarpa e poi su per la sua gamba nuda nei calzoni corti. Non era bastato levare il piede da quel buchetto, che dopo tutto così insignificante non doveva essere; come se volessero vendicarsi del dispetto, gli insetti velocissimi gli correvano sulla pelle provocandogli un raccapricciante solletico. Vittorio allora aveva urlato e gli adulti erano accorsi, trovandolo col sedere a terra e gli occhi fissi sull'ingresso del formicaio che rigettava migliaia di piccole creature scure, mentre il re, suo nonno, se la rideva di gusto.

Sembrano proprio formiche, pensa adesso davanti alla folla che brulica sotto di lui. Chiude un occhio, mette a fuoco con l'altro e finge di afferrare una persona tra pollice e indice. Se volesse, potrebbe anche schiacciarla, tanto è piccola.

« Vittorio! » lo scuote sua madre per la spalla. « Stai composto. »

Allora lui apre il palmo e mima un saluto come gli hanno insegnato a fare.

« Bravo, bravo », fa Margherita. « Saluta bene, sorridi. »

« Andiamo? » chiede. Sono ore che stanno a guardare l'esercito sfilare nel piazzale del Macao sotto il palchetto reale. All'inizio è stato bello, ma ora il caldo gli toglie il respiro e il rumore della folla festante è insopportabile. Vittorio vorrebbe solo essere a casa, nell'ombra delle sue stanze silenziose, mentre fuori dalla finestra la fontana canta zampillando.

Sua madre non gli bada, mentre indica qualcosa con la mano guantata e le gemme blu del bracciale catturano pezzi di cielo.

Più tardi, la carrozza reale attraversa le vie della città che traboccano di gente. Roma è vestita a festa con coccarde tricolori in ogni angolo, su ogni balcone, e fiori che addobbano le finestre dove si affacciano i curiosi. A ogni slargo un'orchestrina improvvisata intona la marcia reale.

Margherita ha gli occhi che brillano di luce, una luce che le viene da dentro e che illumina tutto ciò su cui si posano. « Oggi è un giorno importante. Che giorno è? » lo interroga.

I baffoni di suo padre si incurvano impercettibilmente verso il mento e Vittorio sente addosso il peso dello sguardo accigliato del re che, da quella vicinanza, non gli sembra tanto buono come lo dipingono.

« La festa dello Statuto », ripete senza entusiasmo, osservandosi la punta delle scarpe.

« Bene, bravo! » fa sua madre. « E cosa celebra la festa dello Statuto? »

Vittorio tentenna. Conosce la risposta, ma come sempre quando è sotto esame le parole non gli escono di bocca. Riesce solo a pensare a quelle formiche di qualche anno fa e la gola gli si secca.

« Non adesso », dice Umberto tra i denti.

« Ma su che lo sai! » lo incita Margherita, incurante delle occhiatacce del marito. « La festa dello Statuto celebra la promulgazione... »

« La promulgazione dello Statuto. »

« Bravo! Vedi che lo sai? »

Il corteo rallenta infilandosi tra due ali festanti di gente che sventola bandiere, e Vittorio osserva la madre raddrizzare ancor più la schiena e allungare il collo per mostrarsi meglio al popolo. I cordoni di carabinieri faticano a contenere la folla che si sporge per lanciare fiori verso i sovrani. Una donna mima il gesto di un bacio diretto al re, che rimane impassibile.

« Tirati su, Vittorio! Guarda! » fa Margherita, con uno strillo acuto pieno di eccitazione, indicando un gruppo di donne coi figli in braccio. « Sono venuti per vederti! »

Il bambino istintivamente si rannicchia ancor di più sul sedile, sentendo crescere la paura. La scocca della carrozza gli sembra una barriera troppo esigua e teme che la folla, stringendosi attorno a loro, li possa stritolare. Sono tanti, sono troppi. E se, come quelle formiche alla Mandria, gli si arrampicassero addosso? Cosa potrebbero mai fare loro tre, cosa potrebbero fare le guardie, se il popolo decidesse di inghiottire la Famiglia Reale?

« No! » grida, ma dalla bocca gli esce un sibilo appena e nessuno si cura di lui.

Poco dopo la carrozza riprende velocità con uno strappo e Vittorio si trova schiacciato contro lo schienale. Il movimento deforma i volti della gente, i loro sorrisi si allungano in ghigni terrificanti, le grida inneggianti al re sembrano versi belluini. Vittorio si tappa le orecchie con le mani senza badare a sua madre che gli lancia un'occhiata piena di riprovazione.

Quella sera gli viene la febbre e nel delirio scalcia, farneticando di formiche che lo vogliono mangiare. Prima di uscire per assistere ai fuochi d'artificio a Castel Sant'Angelo, Margherita gli deterge il sudore dalla fronte e lo consola con parole dolcissime, che non sa nemmeno da dove le escano.

« E se morisse? » chiede a Umberto, quando restano soli accanto al bambino che finalmente sembra addormentato.

Umberto solleva le spalle e scuote la testa. « È solo una febbre, non è niente di grave. »

« Abbiamo soltanto lui », insiste Margherita, con un'urgenza nella voce. « È il mio unico figlio. »

« Hai sentito il medico? Alla sua età è normale. »

« Non voglio che muoia, Umberto. »

« Non muore, ti dico », ribatte lui, spazientito.

« E se muore? »

« Ti ho detto di no! » grida Umberto. « Piantala, una buona volta. Gli meni gramo. »

Margherita ha un sussulto, tira su col naso e si raddrizza stringendo le labbra.

« Scusami », borbotta poi Umberto. « Vedrai che andrà tutto bene. » Fa una carezza frettolosa al bambino e si congeda. « Ti aspetto di sotto. Non tardare. »

« Fai presto, tu », gli sibila Margherita alle spalle, poco prima che lui esca. « Tu ne hai un altro. Vuoi più bene al figlio della Litta, lo so. Lo sanno tutti. »

Lui rimane pietrificato, con la mano sulla maniglia, senza il coraggio di fare un altro passo.

« Ma questo un giorno diventerà re, Umberto. È il tuo unico erede. Non te lo scordare. »

Immobile sotto le lenzuola, con gli occhi chiusi e il respiro regolare, Vittorio non dorme davvero. Ha sentito tutto.

13

Umberto sfila camminando a passo lento tra due ali di folla, fermandosi di tanto in tanto a stringere qualche mano. Non è solo, ovviamente: accanto a lui ci sono certi tizi in uniforme che si tengono a distanza di rispetto, appena un passo indietro, e altri che devono essere il sindaco e qualche nobile di alto rango. Il re indossa una redingote scura che gli arriva al ginocchio, bastone da passeggio e cilindro, e Ambrogio pensa che suo padre è proprio un signore distinto. È talmente distinto che gli viene da dubitare che sia davvero suo padre.

Ottilia è riuscita sgomitando a ricavarsi uno spazio in prima fila tra la gente. « Guarda, Ambrogio. Guarda! » Ha un tono strano, che è entusiasta ma anche pieno d'odio. Ambrogio non l'ha mai vista tanto infervorata. « Guarda, Ambrogino! » Indica col dito il re, che sosta a pochi metri da loro, e si sporge con gli occhi febbrili cercando di passare oltre il cordone di carabinieri.

È la prima volta che Ambrogio vede suo padre dal vivo, così da vicino, e già questa è una cosa strana. I suoi coetanei, i loro padri li vedono ogni giorno e, se questo non accade, è perché sono in prigione o al cimitero; il che non è bello, ma almeno c'è una ragione.

« Ma, mamma », ha chiesto Ambrogio a Ottilia proprio ieri sera, quando lei gli ha annunciato che sarebbero andati alla parata, « ma, se il re è il mio papà, perché non lo vediamo mai? »

Ottilia gli dava le spalle, così il bambino non ha potuto vedere l'ombra rapida e furtiva che le ha attraversato lo sguardo. « Perché è il re », gli ha risposto, laconica. Poi gli ha messo davanti una scodella piena di pasta, il che ha troncato ogni discussione.

Lì per lì, ad Ambrogio è parsa una risposta soddisfacente, ma ora che ci pensa gli sembra che non voglia dire niente. Certo che il re è il re, certo che sarà impegnato, certo che avrà le sue cose da fare, eserciti da passare in rassegna e leggi da firmare, ma perché in nove anni non si è mai fatto vedere neanche una volta a casa loro?

Il bambino osserva l'uomo, provando a ravvedervi delle somiglianze che possano confermare la versione di sua madre. Tutti i figli, del resto, assomigliano ai loro padri. Ma il re non ha i capelli fulvi di Ambrogio, non ha i suoi occhi d'un verde irriverente, dalla forma allungata come quelli di un felino, non ha la pelle ambrata e nemmeno una lentiggine sul naso dritto e proporzionato e, per quanto Ambrogio sappia che i signori mangiano meglio dei poveri, il corpo tozzo del sovrano è ben lungi dall'avere qualche tratto comune col suo, che è snello e lungo come un lampione. *No,* pensa, *questo non sembra proprio mio padre.* Possibile che sua madre si sbagli? Possibile che gli abbia mentito? Che sia matta, come insinuano alcuni?

È anche molto diverso dai ritratti ufficiali che si vedono in giro. Ottilia ne tiene uno strappato da una pagina di giornale, appeso sopra il letto al posto del crocifisso, e ogni sera, coricandosi, gli dedica un ultimo lungo sguardo indecifrabile.

Nelle fotografie il re è diverso che dal vivo, pensa Ambrogio. *Qui, in mezzo alla gente, accanto ad altre persone, sembra più basso. Forse è per questo,* conclude, *che nei ritratti è sempre da solo.*

«Guarda com'è bello», gli dice Ottilia.

Umberto fa due passi e si ferma proprio davanti a loro, senza mostrare il minimo segno d'averli riconosciuti. Ambrogio sente il corpo della madre come percorso da una scarica di energia che la attraversa tutta, irrigidendole i muscoli; le mani, che gli tiene posate sulle spalle, si contraggono in uno spasmo involontario. «Ahia!» fa il bambino alzando lo sguardo su di lei.

Ottilia sta fissando il re con occhi pieni di furore, occhi folli, che non le ha mai visto, e Ambrogio prova paura.

Proprio in quella, le mani di sua madre si aprono e lo spintonano con violenza. Ambrogio si ritrova catapultato in avanti, inciampa nello stivale di un carabiniere, non ha nemmeno il tempo di mettere giù le mani e si ritrova steso ai piedi del re. Tra la folla si ode un «Ooh!» i notabili fanno uno stizzoso passetto indietro, il sangue di Ambrogio macchia le scarpe lucide del sovrano.

«Non è niente, non è niente», dice Umberto, sollevando il bambino. «Stai bene?»

Lo osserva a lungo e per un po' Ambrogio si illude che suo padre lo abbia riconosciuto, che lo stia per stringere a sé e che lo faccia salire sulla carrozza. La gioia di quel pensiero è tale da annullare il dolore al labbro, che pure è lancinante.

Umberto estrae un fazzoletto bianchissimo e gli tampona la ferita. «Stai bene?» ripete.

La folla attorno a loro è in visibilio. *Guarda,* dicono gli occhi della gente che si beve la scena come se avesse finalmente il privilegio di un palco a teatro, *guarda come il re ama il suo popolo! Guarda com'è buono!*

«Quanti anni hai?» domanda Umberto, e Ambrogio è quasi lì per rispondergli: *Ma come, sei mio padre e non lo sai?* Invece solleva le mani e mostra nove dita.

«Sei bravo», commenta il re. «Il principe di Napoli, mio figlio, ha la tua stessa età, ma piange sempre.» Poi gli fa un'ultima carezza e si allontana per tornare a farsi osannare dalla folla.

Sulla strada del ritorno, Ottilia cammina smarrita nei propri pensieri e nella luce struggente del tramonto i suoi tratti riacquistano un indizio della bellezza perduta. «Hai visto, Ambrogio?» dice con voce sognante. «Hai visto?»

Il bambino arranca dietro di lei afflitto e dolorante. «Sì», mormora, anche se non sa bene cosa avrebbe dovuto vedere. Il re non ha fatto una piega, come se non li conoscesse, come se non li avesse mai incontrati prima, come se non gliene importasse niente.

Stringe in mano il fazzoletto di Umberto, macchiato del proprio sangue. Il labbro gli pulsa mandando scariche di dolore al cervello, ma a fargli male più di ogni altra cosa c'è la consapevolezza, che inizia a farsi largo dentro di lui con bruciante lucidità, che sua madre lo abbia spinto apposta. Un turbine di pensieri gli si agita dentro come mosche che ronzano attorno a un avanzo di cibo; sono così tanti che non riesce nemmeno ad afferrarne uno.

« Mamma », le dice più tardi, dopo che Ottilia lo ha messo a letto. La tranquillità della loro casa, il tepore del materasso, gli oggetti attorno a lui e il ritratto del sovrano che lo guarda dall'alto hanno rimesso ordine nei pensieri. « A me non sembra che il re mi ha riconosciuto. »

Lei fa una smorfia amara, poi si costringe a sorridere. « Ma certo che ti ha riconosciuto, Ambrogino. Sei suo figlio. »

« Ma no! » ribatte lui agitandosi. « Non mi ha nemmeno detto niente. »

E poi - pensa, ma non osa dirle -, se il re fosse veramente suo padre, impedirebbe a quel tale di venire ogni settimana e non tollererebbe quello che fa a sua madre. Il re lo potrebbe sbattere in prigione, anzi potrebbe condannarlo a morte. *Se mio padre fosse il re, ci proteggerebbe.*

Ottilia si prende un po' di tempo; sembra che stia valutando se dirgli la verità o tenersela ancora un po' per sé. « Sai, Ambrogio, lui avrebbe voluto. È solo che non può. » Il figlio la guarda con la bocca gonfia spalancata. « Loro non vogliono che si prenda cura di noi, loro vogliono tenerci lontani. Perché... » Fa vagare lo sguardo sulla loro misera stanzetta, sulle pareti incrostate di umidità e sporcizia, sulle suppellettili sbreccate, sulle tendine di tessuto liso, e ad Ambrogio non serve che dica altro. « Questo è il motivo per cui non è mai potuto venire a trovarti, sai. Lui sarebbe venuto. Ma non può, non glielo permettono. »

« Loro chi? »

« Ah, loro... quelli che me lo hanno portato via. »

« Ma lui è il re », obietta Ambrogio. « Può fare quel che vuole. »

Ottilia sospira. « No, bambino mio. Nemmeno il re può fare quel che vuole. » Poi, dopo una lunga pausa pensosa: « Forse lui meno di tutti gli altri ».

14

« Guardate! Guardate! » esclama una delle cameriere, sventolando una copia della *Novità*. « C'è un nuovo racconto di N.A.! »

Le altre ragazze le si fanno attorno, allungandosi per sbirciare oltre la sua spalla. Nina, intenta a rammendare l'orlo di un grembiule, sente di avere tutti gli occhi su di sé e avvampa per la vergogna. Nessuno, per la verità, si cura di lei; sono tutte prese dalla lettura.

Quando ha iniziato a consegnare i propri racconti ad Achille, non immaginava che avrebbero riscosso tanto successo. All'inizio lo ha fatto solo per poterlo rivedere, per essere sicura che non scappasse di nuovo. Ogni due settimane si incontrano alla panchina del Pincio, passeggiano chiacchierando del più e del meno, si scambiano pareri, discutono di letteratura e poesia, si consigliano libri a vicenda, spesso si trovano in disaccordo.

Non entrano mai nel dettaglio delle loro vite private. Achille resiste alla tentazione di chiederle se ci sia qualcuno a palazzo che le fa la corte, se in questi anni ha rifiutato qualche proposta di matrimonio, se dopo quell'incontro nel parco altri uomini le abbiano rubato un bacio; si accontenta di vederla tornare col suo passo aggraziato e gli occhi pieni di luce. Nina tiene per sé tutte le domande che, quando non sono insieme, la tormentano: dove sia stato, quali Paesi abbia visitato, perché sia stato via tanto a lungo, perché non le abbia mai scritto.

Il loro patto silenzioso è di far finta che ogni volta sia la prima e l'ultima che si incontrano, come se non avessero un passato e il futuro non esistesse.

Achille ha imparato a essere meno irriverente, a cogliere in lei i segnali di irritazione prima che sfocino in ribellione, a lasciarle spazio. Ogni tanto la osserva di nascosto, resistendo alla tentazione di allungare la mano e farle una carezza. Lei fa finta di non accorgersene e ricaccia indietro la delusione per quella carezza mancata.

Alla fine delle loro passeggiate, Nina gli consegna un plichetto di fogli senza avere il coraggio di guardarlo in volto e lui se lo mette in tasca, resistendo alla curiosità di leggerli subito, perché ha capito che questo la fa sentire a disagio. La prima cosa che fa, non appena arriva a casa, è accendere il lume alla scrivania e decifrare quella scrittura ordinata e regolare. Legge il racconto più e più volte, immaginando di averla accanto a sé.

Nina sfrutta ogni momento libero per scrivere, spesso di notte, quando il palazzo è silenzioso e lei può sgattaiolare nella sala da pranzo della servitù senza essere vista; talvolta si alza dalla sedia con la schiena indolenzita ai primi chiarori dell'alba e si infila sotto le lenzuola per dormire meno di mezz'ora. Quando non scrive, lascia che la mente vaghi e si perda in fantasticherie: mentre lucida un paio di scarpe, mentre piega le lenzuola, mentre spazzola i capelli della regina o le massaggia i piedi. Ogni piccolo dettaglio, ogni insignificante evento, ogni frase buttata lì per caso può essere la scintilla che accende un nuovo racconto. Nel corso dei mesi, diventando sempre più esperta, Nina si è resa conto che non sono i grandi accadimenti a fare grandi le storie, ma il modo in cui le si racconta, un punto di vista insolito, un equivoco che cambia le sorti della trama, un pensiero che attraversa la mente dei protagonisti.

« In fondo », ha detto un giorno ad Achille, durante una delle loro passeggiate, « raccontiamo sempre le stesse storie, da secoli. »

I racconti di N.A. hanno spesso per protagoniste giovani cameriere, ragazze di campagna che partono per la città, anziani smemorati, guardacaccia col dono di parlare con gli animali, duchesse imperiose ed elegantissime, fanciulle innamorate e non corrisposte. Nessuno sa chi si nasconda dietro N.A., ma i suoi racconti sono sempre i più apprezzati, forse proprio perché Nina scrive solo di quello che conosce, e dunque risulta autentica.

« Nina, non ti interessa sapere di cosa parla il racconto di questo numero? » le domanda una cameriera.

Lei alza gli occhi dal cucito e avvampa. E se sospettassero qualcosa? E se scoprissero il segreto che condivide con Achille Riva?

« Non fare tanto la superiore », insinua la Frassi. « Perfino alla regina piacciono i racconti di N.A. »

Sì, Nina lo sa. La prima volta che ha trovato un numero della *Novità* nel salottino di Sua Maestà l'emozione è stata tale che per poco non è inciampata nel tappeto, portandosi dietro un vassoio pieno di bicchieri.

« E se fosse *lei*, N.A.? » domanda Adele, la cameriera più giovane, con occhi che luccicano di emozione.

Nina di nuovo si sente morire, poi capisce che non si riferiscono a lei e ricomincia a respirare.

« Dopo tutto è una grande lettrice, si diletta nelle arti, si circonda di poeti, conosce anche il latino. »

« Non essere stupida », interviene la governante. « Con tutto quello che ha da fare la regina, dove lo trova il tempo per scrivere? »

« Oh, pensate quanto sarebbe emozionante se N.A. fosse la nostra amata sovrana! »

« E poi noi dei piani bassi lo verremmo a sapere », continua la Frassi. « Non potrebbe mantenere un segreto simile a palazzo. »

Non è la prima volta che circola la notizia, puntualmente smentita, che la regina si diletti a scrivere di nascosto; sono state anche fatte supposizioni su quale *nom de plume* potrebbe usare e alcune testate hanno abilmente sfruttato l'ambiguità della situazione per vendere qualche copia in più. Del resto, tutti sanno che Margherita è una donna colta, che il suo salotto è frequentato da raffinati uomini di cultura con cui la regina non teme d'esporsi, esprimendo liberamente opinioni personali su un'opera o uno scrittore, cosa che risalta ancor di più a confronto col re, che invece non ha alcun interesse per le lettere.

Nina mette via il cucito e si sforza di mostrarsi interessata alla copia della *Novità*. Quanto a lungo potrà andare avanti questa storia di N.A., si domanda, prima che qualcuno la scopra?

15

Bari, autunno 1878

Quando Vittorio viene ammesso al cospetto della madre, la trova adagiata sul sofà, con il gomito puntellato sul bracciolo e la testa poggiata sul palmo; ha gli occhi chiusi, le gambe un po' sollevate.

«Il principe di Piemonte, Maestà.»

Margherita rimane immobile, con gli occhi chiusi, come se non avesse sentito l'annuncio del valletto. L'unica reazione è un impercettibile scatto nervoso del piede.

Vittorio non è avvezzo a incontrare sua madre in un contesto tanto informale. Di solito lo riceve seduta con la schiena dritta, l'abito perfettamente stirato, il collo teso e l'acconciatura da cui non sfugge nemmeno una ciocca.

Lo sguardo di Vittorio, in piedi davanti a lei con il capo chino, in attesa di ordini, si solleva fino a incontrare la caviglia. Non le aveva mai visto le caviglie, prima d'ora, non immaginava neppure che le avesse, anche se è ovvio che sia così: la regina è pur sempre una donna. Questa banale constatazione gli provoca una vergogna tale che sente gli occhi gonfiarsi di lacrime.

«Siediti, caro», dice Margherita senza aprire gli occhi, un istante prima che lui inizi a piangere. «Da dove arrivi? Cosa hai fatto?»

Ha sempre questa capacità di intervenire sul ciglio di una crisi, questo intuito che le permette di capire quando il figlio non riesce proprio più a trattenersi ed è il momento di distrarlo per stemperare la tensione con qualche banalità. Lui gliene è grato e al contempo la detesta; il sollievo che prova nel ricevere il conforto della madre è pari alla frustrazione per non potersi sfogare con un bel pianto liberatorio.

Vittorio tira su col naso. Sa bene perché è stato mandato a chiamare. Oggi, durante un corteo, si è rifiutato di scendere a salutare il popolo che acclamava la Famiglia Reale, arrivando a stendersi a terra pur di non dover uscire. Non è la prima volta. Gli capita spesso di sentire un moto d'avversione nei confronti della folla, una paura che gli strozza il respiro e gli fa venire gli spilli nelle dita, un terrore cieco che viene scambiato per capriccio, per mancanza di ritegno. Aggira la sedia e si siede davanti alla regina, in attesa della punizione.

Da vicino, le si notano le occhiaie, il colorito grigiastro, le labbra screpolate, i capelli crespi e spenti. Il bambino sente crescere l'imbarazzo e non vede l'ora di potersi congedare.

Margherita allora apre gli occhi e lo scruta a lungo, pensosa, come se stesse decidendo che fare di lui. «Ti senti bene?» gli domanda, tirandosi su a sedere. «Sei pallido, amore mio.»

Vittorio annuisce. «Sono stanco, *maman.*»

Subito dopo la fine del periodo di lutto per la morte di re Vittorio Emanuele II, la Famiglia Reale è partita per un lungo tour del Regno. Gli hanno detto che sarebbe stato divertente, che avrebbe visto posti nuovi e meravigliosi, che avrebbe incontrato i sudditi, bambini come lui. Gliel'avevano descritta così bene che Vittorio s'immaginava una specie di vacanza e, dopo il rigore dei mesi precedenti, non vedeva l'ora di partire.

A La Spezia, la prima tappa, era stato bello. Avevano assistito al varo della corazzata *Dandolo,* la nave più grande che Vittorio avesse mai visto. Sua madre, bellissima in un abito finalmente di colore chiaro, aveva lanciato una bottiglia di champagne contro lo scafo; qualche ora prima, in carrozza, gli avevano spiegato che si trattava di un gesto beneaugurale e che, se la bottiglia non si fosse infranta, avrebbe significato cattiva sorte. Così Vittorio aveva stretto i pugni e trattenuto il fiato, riprendendo a respirare solo quando aveva sentito il suono del vetro che andava in frantumi e l'applauso scrosciante che era seguito.

Poi la corazzata aveva iniziato a scivolare lentamente verso l'acqua, rotolando su enormi pali. *Come farà un'imbarcazione così grande a rimanere a galla?* si era chiesto Vittorio. Prima di raggiungere il mare, però, la *Dandolo* si era fermata all'improvviso. Gli spettatori avevano emesso un «Ooooh» di stupore e delusione, ma sua madre non aveva smesso di sorridere, fiduciosa e incoraggiante come sempre. Duemila operai allora si erano affrettati a spingere e tirare, ma la *Dandolo* non si era più mossa.

La Famiglia Reale se n'era andata dal porto fingendosi lieta e soddisfatta dell'evento, ma nella carrozza che li riportava al treno aleggiavano, palpabili, lo sconforto e la frustrazione per quel primo impegno pubblico dei nuovi sovrani, iniziato in pompa magna e finito in un grottesco fallimento.

« Ridevano », aveva sibilato sua madre. E, siccome il re aveva dato di spalle, si era sentita in dovere di precisare: « Ridevano *di noi* ».

« Vogliamo farli fucilare? » l'aveva provocata lui, guadagnandosi un'occhiataccia. Poi aveva aggiunto: « Cosa vuoi che ti dica, Margherita. Capita: non può sempre essere tutto perfetto ». E, come di consueto, aveva fatto scivolare sul figlio uno sguardo pieno di pena, o almeno così era sembrato a Vittorio.

Dopo erano partiti per Torino. In quei giorni c'era stato - così aveva sentito - un importante congresso a Berlino, i cui esiti avevano frustrato suo padre e, soprattutto, sua madre, che non parlava d'altro che della Francia e di Tunisi. Vittorio detesta l'antica capitale del Regno sabaudo, in questa città elegante e un po' schiva, che somiglia tanto a sua madre, si sente sempre osservato e giudicato.

Purtroppo non aveva avuto il tempo di abituarsi, che subito erano ripartiti alla volta di Milano. Vittorio era rimasto senza parole davanti allo spettacolo delle fiammelle a gas che disegnavano le lettere U ed M in piazza del Duomo. Erano stati giorni molto solitari, quelli lombardi, il clima non era buono e le richieste di udienza erano state così numerose che sua madre non aveva avuto un attimo di tempo libero, mentre suo padre era spesso a Monza.

Sul finire di luglio, erano ripartiti per Venezia, con soste a Bergamo, Brescia e Vicenza. Da quel momento, tutto diventa un po' confuso nei ricordi di Vittorio: continui spostamenti, letti diversi ogni notte, al punto che si risvegliava la mattina dopo senza sapere bene dove si trovasse, migliaia di volti nuovi, nomi da ricordare e mani da stringere, ancora ore di viaggio e brevi soste in stazioni ferroviarie imbandite con arazzi e pennacchi, strepitanti bande locali e folle urlanti, e quella sensazione, che non è più riuscito a scrollarsi di dosso dopo il fatto di La Spezia, di avere addosso il peso di tutti gli sguardi, che tutti ridessero di lui.

Venezia, Mantova, Piacenza, Parma, Modena, Bologna, Firenze, Livorno, Pisa, Ancona... Vittorio vorrebbe solo tornare a casa. A ogni tappa gli sembra di essere un po' più stanco, più irritabile, meno entusiasta, e gli sembra che sia così non solo per lui, che perfino sua madre fatichi a celare lo sfinimento. Ieri l'ha vista nascondere uno sbadiglio dietro il ventaglio.

«Oh, bambino mio», sospira Margherita. Sono completamente soli nell'appartamento, non c'è neanche una dama, cosa davvero insolita e non casuale. «Anche io sono stanca, sai.»

Vittorio le osserva i piedi nudi e così gonfi che non le si vedono più i malleoli.

Margherita scivola giù dal divanetto e gli si inginocchia davanti, cingendolo con le braccia. «Sono così stanca che a volte mi viene da piangere, sai? Sono stanca dei balli, delle fiaccolate, delle inaugurazioni.» Il bambino la osserva con occhi grandi e increduli. «Non ne posso più di tutte queste persone che ci stanno attorno. Vorrei solo stare un po' con te, sdraiati nell'erba senza parlare, nel silenzio.»

«Torniamo a casa, *maman*», la supplica lui.

Lei sorride e gli fa una carezza. «Non si può, piccolo mio.» Si alza e si aggira scalza per la stanza, poi si ferma davanti al caminetto spento e lo osserva riflesso nello specchio. «Ricordi quei bambini che sono venuti a omaggiarti a Firenze per il tuo compleanno? Erano undicimila... Avevano quasi la tua età. A nove anni possono iniziare a lavorare nelle fabbriche, ma spesso lo fanno già da prima: in casa, nei campi, nelle stalle, per aiutare le loro famiglie che sono povere. Molti sudditi si ammalano ancora giovani, a causa delle fatiche e del fatto che non hanno cibo a sufficienza. Eppure quei bambini hanno fatto una colletta di un soldo a testa per offrirci questo vaso d'oro zecchino.» Lo prende e glielo mostra, tenendolo in alto con entrambe le mani. «Ti piace?»

Vittorio, scontroso, fa no con la testa, strappandole un sorriso.

«È per loro che lo facciamo, nonostante la stanchezza, per i bambini che rinunciano a un pasto per regalarci un vaso d'oro che nemmeno ci piace. Lo facciamo perché la vista della Famiglia Reale, che essi tanto amano, è come un balsamo sulle piaghe della loro miseria. A loro basta vederci per riuscire a sperare in un domani migliore, il nostro sorriso è la ricompensa più bella per tutte le loro fatiche.» Torna a inginocchiarsi davanti a lui e gli prende la testa tra le mani, guardandolo intensamente. «Ci sono Paesi, lontani da qui, dove i regnanti non sono così amati. Pochi mesi fa, in Germania, Guglielmo di Prussia è stato vittima di due attentati, grazie a Dio falliti. Sì, sei grande», gli dice, impedendogli di abbassare la testa, «lo devi sapere, Vittorio. A Pietroburgo il capo della polizia è stato pugnalato a morte e in Spagna re Alfonso è scampato a un attentato nel centro di Madrid. Non tutti i sudditi sono amorevoli e devoti come gli italiani. Dobbiamo ringraziare Iddio perché il popolo ama Casa Savoia.»

«*Oui, maman.*»

«Bravo, bambino mio.» Margherita lo bacia in fronte e di nuovo Vittorio sente il bisogno di piangere, senza però riuscire a lasciarsi andare. «D'ora in poi, ogni volta che sentirai la stanchezza sovrastarti e non avrai voglia di fare il tuo dovere, penserai ai tuoi piccoli sudditi che ti amano tanto e che si augurano per te ogni bene. Un giorno sarai il loro re e devi essere all'altezza di questo privilegio.»

«*Oui, maman.*»

Con un tempismo perfetto le porte si aprono e viene annunciata Miss Elizabeth Lee, l'istitutrice, che rimane in attesa sulla soglia.

«Ora vai, è tardi. Domani ci attende una giornata importante e io devo rivedere i dettagli del programma.»

Il bambino si congeda chinando il capo.

«E ricordati di dire le preghiere, Vittorio. Ringrazia Dio, perché il tuo popolo ti ama.»

Il giorno dopo, a Napoli, Giovanni Passannante, un giovane cuoco di Salvia, in Basilicata, si fa strada tra la folla fino alla vettura reale stringendo in mano una stoffa rossa nella quale nasconde un coltello e, riuscito a montare sulla daumont scoperta dove viaggia la Famiglia Reale con il primo ministro Benedetto Cairoli, tenta di accoltellare Umberto.

16

Napoli

Il lungomare di Chiaia è gremito di signore eleganti che passeggiano nella luce aranciata dell'ultimo sole tra bambini che corrono scalzi e venditori ambulanti. Di solito a Nina piace stare a osservare gli estranei e cercare, da un dettaglio nell'abbigliamento, da un gesto involontario, da una frase ascoltata per caso, di immaginarsi le loro vite. È un gioco che è diventato anche una necessità, perché questo mondo di sconosciuti finisce sempre per arricchire e dare vita ai racconti di N.A. Può trascorrere ore persa in queste fantasticherie, senza accorgersi del tempo che passa e dei pericoli a cui può esporsi, come le carrozze che le sfilano accanto a velocità sostenuta o i malintenzionati che seguono una ragazza sola.

Oggi, però, quando vede Achille comparire da lontano, inizia a correre e si ferma solo quando si sente al sicuro, stretta nel suo abbraccio. Lui non era preparato e se l'è trovata addosso senza nemmeno avere il tempo di aprire le braccia per accoglierla.

«Stai bene?» le chiede.

Nina trema e lui sente il bisogno di stringerla di più. «Hai sentito la notizia?» gli dice alzando gli occhi umidi di lacrime, senza liberarsi dal suo abbraccio. «Hanno cercato di uccidere il re!»

Achille annuisce. «Come stai?» le chiede di nuovo, allontanandola un po' per osservarla meglio.

«Bene, bene...» mormora Nina.

«E lui?»

«Non lo so, credo bene. Non ci dicono niente. A corte non se ne può parlare, la Frassi ha proibito a tutti anche solo di farne menzione. Abbiamo l'ordine di comportarci come sempre e fare come se niente fosse, ma l'aria è tesissima. I controlli sono raddoppiati, ci trattano tutti come dei sospettati. »

« Ah! » fa Achille, amaro. « Potevano pensarci prima. »

Si incamminano tenendosi stretti, con naturalezza, come se lo avessero sempre fatto.

« Ti rendi conto? » mormora Nina, con la voce spezzata. « Il re poteva morire. Il nostro re, il Re Buono! Che non ha fatto male a nessuno... »

Achille preferisce rimanere in silenzio.

« Sai qualcosa? Chi può essere stato? » insiste Nina. « Chi può essere così malvagio? »

« Arrivo proprio ora dalla Questura. Pare sia stato un cuoco della Basilicata, lo stanno... interrogando. » Sull'ultima parola esita. Con la complicità di un informatore, Achille ha potuto dare una sbirciatina all'uomo, giusto il tempo di vedergli il volto tumefatto e gonfio, e di sentirlo piangere come un bambino.

« Era solo? »

« Così sembrerebbe. » Scendono sugli scogli e rimangono vicini a guardare il sole che cala dietro il mare. « Dice che il giorno prima ha venduto la propria giacca a una vecchia venditrice di stracci e col ricavato ha comprato il coltello. Stanno cercando la donna ed eventuali complici. »

« Li troveranno? »

Achille sospira. « Lui ripete di aver fatto tutto da solo. »

« Ma non è possibile... »

« Non pensi che, se avesse avuto dei veri complici, gli avrebbero procurato qualcosa di più efficace di un coltello avvolto in uno straccio? È solo un povero disgraziato senza un soldo, che si è venduto la giacca per andare a farsi ammazzare. »

« Voleva uccidere il re! È un assassino! »

« Non è l'unico, Nina », replica Achille. « Sembra che l'altro giorno, a Foggia, ci sia stato un altro tentato regicidio; il tale, però, è stato fermato prima che potesse raggiungere la carrozza reale e l'accaduto è stato fatto passare sotto silenzio. Non se n'è accorto nemmeno re Umberto. » Fa una pausa e ne approfitta per stringerla a sé, con la scusa del freddo. Lei gli si rannicchia contro e rimane ad ascoltarlo, mentre il buio si fa sempre più fitto e dal mare sale il rumore della risacca. « Se vogliono tenerlo in vita, conviene che lo proteggano meglio di come hanno fatto finora. Gira voce che sia arrivata proprio qui a Napoli una lettera anonima che metteva in guardia il questore. L'hanno presa sul serio solo adesso, ovviamente. »

I campanili della città battono all'unisono sei rintocchi, segno che è ora di rientrare a palazzo. Nessuno dei due, però, si muove.

« Come... come faremo adesso? » domanda Nina.

Achille sorride. « La vita continuerà come prima. » La guarda a lungo, indeciso se chinarsi sulle sue labbra che lo chiamano come un incantesimo. « Non devi avere paura. »

Nina lo stringe a sé un'ultima volta, poi si alza e torna a palazzo con una certezza: finché ci sarà Achille con lei, andrà tutto bene.

17

Quando Umberto solleva il calice, tutta la sala lo imita e rimane in attesa. Il re si prende del tempo, fa vagare lo sguardo per la tavolata, senza dimenticare gli ultimi posti, poi lo fissa in quello della moglie, che gli sorride di rimando. Cinquecentotrentasei persone, tra nobili e notabili del Regno, sono state invitate al pranzo di gala a Capodimonte per celebrare il ventisettesimo compleanno di Margherita, il primo da regina.

Dopo gli avvenimenti di Napoli – così li ha liquidati lei, parlandone in pubblico – sono state apportate alcune modifiche al programma della serata, definito molto tempo prima; se ormai non era più possibile cambiare il menu e la scaletta dei brani dell'orchestra, che erano già stati stampati, allora che ci fossero più fiori, porzioni più abbondanti, vino a volontà, più servitori, migliore illuminazione. Sfarzo, sfarzo come *joie de vivre* in risposta alla minaccia di morte, sfarzo come manifestazione di potenza, sfarzo come dichiarazione di coraggio, sfarzo in segno di disprezzo per la povertà morale di chi attenta alla vita del re.

Lei è sempre bellissima, forse un po' pallida, ma più gioiosa che mai. Ha scelto un abito dai colori sgargianti e indossato, con fierezza, tutti i fili di perle che Umberto le ha regalato negli anni, l'ultimo dei quali glielo ha fatto recapitare proprio questa mattina.

« Sono lieto che abbiate voluto condividere con noi questo giorno di gioia in cui si celebra il genetliaco della mia amata moglie, la regina », recita Umberto, senza nemmeno abbassare lo sguardo per sbirciare sugli appunti, come se fossero parole sue e non scritte da altri.

Il discorso è un breve e sapiente misto di regalità e ironia sabauda, tutto incentrato a celebrare il presente e a prospettare un futuro anche migliore. Il re non fa menzione dell'attentato, non ne vuole più parlare. Tutto quello che c'era da dire lo ha dichiarato il giorno seguente dopo il *Te Deum* svoltosi nella cappella reale: « L'attentato è un piccolo incidente che potrà servire a ritemprare la fede nei destini della patria. È una piccola variante nella mia vita, venuta non per nuocere ma per dare occasione al popolo di manifestare la sua fede ». Nient'altro da dire. *Avanti, Savoia.*

Margherita è fiera di lui, e non lo nasconde. Anzi, ne fa sfoggio con un tale trasporto da risultare posticcio. A cena non dà troppa confidenza ai vini, ma non si priva nemmeno di un boccone, fino al dolce, una *glace à la vanille* affogata in una salsa alle fragole che proprio non riesce a mandare giù e che fa portare via intatta. Più tardi chiacchiera con tutti, fa molte domande, ricorda nomi e professioni dando prova come sempre di una memoria fenomenale, declama l'ode *Alla regina d'Italia* che Giosuè Carducci le ha dedicato e riesce perfino a scherzare sulle malignità che circolano sul poeta, un tempo fiero repubblicano e ora, pare grazie proprio al fascino di Margherita, fervente monarchico, al punto che la bersaglia di lettere.

Più tardi, quando si ritira nei propri appartamenti, congeda tutti a eccezione della cameriera, che la pettina e le divide i capelli in tre ciocche da annodare in una treccia.

« Stasera, a cena, c'erano cinquecentotrentasette invitati », fa Margherita.

Nina annuisce sorridendo di rimando nello specchio.

« Cinquecentotrentasei persone più una », continua la regina. « La paura. »

Le mani di Nina sussultano impercettibilmente.

« Avevamo tutti paura, sai. Il maestro di cerimonie aveva paura che qualcosa andasse storto, gli orchestrali che la musica non fosse abbastanza allegra, i valletti che tremasse loro la mano... Anche tu adesso hai paura, guardati. Quel dannato cuoco, che bruci all'inferno, ha piantato il seme della paura nella mia famiglia. Io per tutto il tempo ho avuto paura che si notasse che avevo paura. E il re, be', lui aveva paura che lo accoltellassero di nuovo, ovviamente. Ci scherza perfino su, pensa, fa battute, ne ride. È stata una patetica messa in scena: mal riuscita, per giunta. Gli invitati avevano paura di far menzione, anche solo lontanamente, dell'attentato: tutti cauti a non farsi scappare, che so, coltello, lama, ferita, e perfino carrozza, cuoco... Te l'hanno detto che è stato un cuoco? »

La cameriera di nuovo annuisce. È la prima volta che la regina le si rivolge con tanta confidenza, quasi alla pari. Fino a oggi il loro rapporto - se di rapporto si può parlare - si è limitato a brevi momenti che non sono mai andati oltre un sorriso, un ringraziamento garbato, qualche parola di distaccata complicità. Se non avesse imparato a conoscerla in tutto questo tempo, Nina ne sarebbe lusingata. Ora, invece, si rende conto che Margherita è sull'orlo di una crisi di nervi.

« Spero che lo condannino a morte », fa la regina, secca. « Sarebbe stato meglio se la folla lo avesse ammazzato sul posto. Giustizia immediata. »

« Non sfuggirà al proprio destino, Maestà », si sente in dovere di rassicurarla Nina.

« Nessuno, cara, vi sfugge », ribatte l'altra, poi allunga la mano al bicchiere di brandy e ne beve una lunga sorsata. « Stasera avevo perfino paura di eccedere col vino, che mi sciogliesse la lingua e mi uscisse di bocca quello che penso. Cosa direbbero i miei sudditi se sapessero che sto morendo di paura, che trattengo il pianto mordendomi l'interno della guancia e adesso sono piena di piaghe in bocca?» È evidente che si aspetta una risposta.

«Io penso che comprenderebbero, Maestà. È successo da appena pochi giorni, tutta la nazione è ancora scossa.»

«Ah, illusa! I sudditi non comprendono, al massimo credono o fanno finta di comprendere. I sudditi giudicano e basta.»

Io però vi comprendo, vorrebbe dirle Nina, ma non oserebbe mai prendersi una tale confidenza con la sovrana.

«Da quanto tempo lavori al mio servizio?»

«Da molto, Maestà. Più di dieci anni, ormai.»

«Oh!» esclama Margherita con autentico stupore. «E ti sei mai stancata?»

Certo! è sul punto di rispondere Nina. «No, Maestà. Servirvi è un onore.»

«Se tu adesso, ammettiamo, ti stancassi di acconciarmi i capelli, potresti mettere giù la spazzola, uscire dal palazzo e andare, non lo so, ovunque, dove ti pare. Nessuno ti fermerebbe, nessuno te lo impedirebbe. Cosa potrebbero farti? Se io, invece, mi stanco di portare la corona, sai, non posso andare via. Sono costretta a rimanere, a far finta di non avere paura, a ballare anche se ho le caviglie gonfie, a mangiare anche se ho le piaghe in bocca, a sorridere anche se mi viene da piangere. Io non posso togliermi la corona, l'unico modo per liberarmene è morire.» Gli occhi di Margherita si riempiono di lacrime.

Segue un lungo silenzio, in cui la regina singhiozza col corpo scosso dai singulti, senza tuttavia emettere il minimo rumore. Sa che, se si facesse udire, in pochi istanti qualcuno piomberebbe nella stanza, violando con domande inopportune e vane frasi di circostanza quel momento di intimità. Quando sente che sta per cedere, che un grido le sta risalendo dalla gola e minaccia di uscire, solleva la mano in aria a cercare quella di Nina, che la stringe forte.

18

Roma, febbraio 1879

Quando si sparge la voce che la carrozza della Famiglia Reale è di ritorno al Quirinale, i piani bassi sono come percorsi da una vibrazione nervosa. La Frassi entra nella sala da pranzo della servitù correndo. « Stanno tornando! Stanno tornando! » fa, battendo le mani. « Su, signorine. Basta poltrire! Saranno qui tra pochi minuti. Via! Via! »

Le cameriere scattano in piedi e marciano di sopra, sbuffando. Nina sbircia fuori dalla finestra: i primi lampioni accesi sembrano fiori di tarassaco che schiudono le loro corolle color ocra nel cielo umido e lattiginoso del tardo pomeriggio.

« Ma è presto! » fa la giovane Adele, guardando la pendola. « Dovevano essere qui tra un'ora! Cos'è successo? »

« Tu fatti gli affari tuoi e mettiti al lavoro », la zittisce la Frassi.

Nina fa strada e schiera le cameriere fuori dagli appartamenti di Sua Maestà, pronte a servire.

« Cosa sarà successo? » le domanda Adele a bassa voce.

Nina scuote il capo. Sono trascorsi ormai alcuni mesi dall'attentato di Napoli, ma oltre le apparenze il clima è ugualmente teso, sia sopra sia sotto; il più insignificante cambio di programma, il minimo inconveniente rendono tutti sospettosi.

La regina marcia verso le proprie stanze seguita da un codazzo di dame tra cui si percepisce il nervosismo. Non degna di uno sguardo la governante e le cameriere, che si inchinano al suo passaggio, poi, un'istante prima che le porte vengano richiuse, si ferma come se fosse stata colta da un dubbio. « Tu », indica Nina con un cenno sbrigativo della mano, « seguimi. Gli altri fuori, tutti. Non voglio essere disturbata. »

Nina evita di incrociare lo sguardo livido della Frassi e obbedisce.

L'attentato ha cambiato molte cose a palazzo e, in particolare, in Sua Maestà. Nonostante tutti i suoi sforzi di apparire sempre amabile e distaccata, Nina non ha potuto fare a meno di notare che Margherita è sempre all'erta: prima di entrare in una stanza esita un istante sull'uscio, facendo correre lo sguardo in ogni angolo, come per sincerarsi che non vi sia davvero nessuno; la sua salute è più fragile, basta un niente perché si prenda un'infreddatura e poi le servono settimane per rimettersi in forze; i rumori forti e improvvisi la fanno sobbalzare e capita che si svegli nel cuore della notte gridando. È diventata anche più insofferente, sbuffa spesso e risponde stizzita alle sue dame. Cerca di uscire il meno possibile e non si concede più come una volta al popolo, stringendo la mano alle donne, ascoltando le loro storie e prendendo in braccio i loro figli. Quando si trova in pubblico, sta sempre molto attenta che non ci sia nessuno alle sue spalle e che le guardie tengano a distanza la folla.

Come conseguenza, il suo mondo è diventato più angusto. Tutte le sue preoccupazioni sono per il principino, che negli ultimi mesi è diventato ancora più introverso, e per il re. Umberto le fa visita spesso, molto più di prima. Trascorrono anche delle ore insieme a discutere e, con un certo sgomento, si scoprono del medesimo parere, soprattutto in fatto di politica interna ed estera: le colonie d'Africa sono il loro argomento preferito. Non parlano mai dell'attentato, mai, eppure Giovanni Passannante è sempre tra loro, non li abbandona un secondo. Sembra che la paura li abbia uniti, come farebbero due disgraziati che si trovassero soli su una zattera in balia della tempesta.

In questo mondo piccolo come un guscio di noce c'è però spazio per Nina. La regina ultimamente la tiene in gran conto e non permette a nessun altro di svolgere compiti che ritiene intimi come acconciarla, massaggiarle i piedi, rifare il suo letto.

La confidenza che si sta creando tra Nina e Margherita rende furiosa la Frassi, che non perde occasione per lanciarle qualche frecciatina o cercare di metterla in difficoltà. Eppure Nina non ha fatto nulla per entrare in intimità con Sua Maestà, niente più di quanto non abbia fatto in tanti anni di servizio fino a oggi: semplicemente il proprio dovere.

« Vi faccio portare un tè, Maestà, magari una camomilla? Qualcosa di caldo? È umido, oggi. »

« No », ribatte Margherita, distratta, lasciandosi cadere sulla poltroncina e scalciando via le scarpe. « Anzi, sì. Una cioccolata, magari. No, aspetta, meglio un tè. Non troppo zuccherato, mi raccomando. »

Nina va a riferire l'ordine e quando rientra, con meraviglia, scopre che è arrivato anche il re.

« Ma si può sapere cosa è successo? » sta domandando Umberto. « Sei voluta andare via come una furia. »

« Tu non lo hai visto, mi ha fatto un ghigno. Così. » Margherita fa una smorfia cattiva mostrando i denti come se ringhiasse. « Te lo giuro, Umberto. Non me lo sono sognata. »

« Ma chi era? »

« Non lo so! » si innervosisce lei. « Un tale, non lo conosco, non ne ho idea. Era un uomo, era... » La voce le si spezza. « Era vestito da cuoco, e aveva un coltello. »

« Su, Margherita », sminuisce il re. « Le guardie lo avrebbero notato; lo sai che la sicurezza è stata raddoppiata. Deve essere stato un parto della tua immaginazione, con tutti quei libri che leggi. »

Lei lo fulmina con uno sguardo che trabocca disprezzo.

« Dopo tutto è Carnevale. Sarà stato uno scherzo... » si corregge Umberto. « Uno scherzo di pessimo gusto, qualcuno che credeva di risultare simpatico. »

« Ah, sì, proprio simpatico », ribatte lei, piccata. « Sono ancora tutta scossa dalle risate, infatti. »

Viene servito il tè e Margherita abbonda con lo zucchero.

« Se Vittorio fosse stato con noi... » mormora scuotendo il capo.

« Sono certo che non si sarebbe accorto di nulla. »

« Ah! » fa Margherita, posando la tazzina con malagrazia. « Tu lo sminuisci sempre. »

Umberto si avvia alla porta. « Ci vediamo più tardi a cena », le dice, congedandosi con un lieve cenno del capo.

« Non ci sarò, non ho appetito. »

« Margherita... » sospira lui.

« Non mi sento bene, Umberto. Non intendo cenare; potrete fare a meno di me per una volta. »

Il re annuisce ed esce.

« Secondo te, me lo sono sognata? » domanda Margherita rivolta a Nina, quando sono di nuovo sole. «Secondo te, è tutto inventato?»

«No», risponde prontamente Nina, poi si corregge: «Non saprei, Maestà. Io non c'ero, ma sono sicura che se...»

«L'ho visto», la interrompe Margherita. «Era un uomo. Travestito da cuoco. Con una brutta faccia scura. Brutta faccia. Aveva un coltello e mi ha indirizzato una smorfia cattiva, piena di odio. Lo ha fatto apposta. Ha guardato me, proprio me.» Sorseggia un altro po' di tè ormai freddo. «Se fosse successo a Umberto, gli avrebbero creduto e adesso la polizia sarebbe in giro per la città a cercare quell'uomo. Ma è accaduto a me, a una donna. Dicono che abbiamo una fervida immaginazione e che leggiamo troppi libri. Come se fosse un difetto! Detto da lui, poi, che nella sua vita ha letto appena il giuramento al Parlamento.»

«Sono sicura che Sua Maestà vi voleva soltanto confortare», prova a dire Nina.

«Ah, certo», ribatte lei, piccata. «Confortarmi dandomi della isterica.»

«Vi chiedo perdono, Maestà. Non volevo mancarvi di rispetto.»

Margherita rimane a lungo a osservare Nina, in piedi con il capo chino, poi sospira. «Sono io che ti dovrei chiedere scusa, cara. Tu non hai colpa, sei sempre tanto gentile con me.»

«È un onore servirvi, Maestà.»

Margherita sorride, poi appoggia il mento sul palmo e rimane ancora a osservarla con occhi sognanti. «Raccontami della tua vita», le dice, di punto in bianco. «Non so nulla di te, a parte il tuo nome e che sei un'ottima cameriera.»

Nina alza la testa e avvampa per l'imbarazzo. Da quando in qua la regina si interessa di lei? E cosa dovrebbe raccontarle, adesso? Se la Frassi lo venisse a sapere, avrebbe una crisi di nervi. «Io... io non saprei», balbetta Nina. «La mia vita non è molto interessante.»

«Non sai quanto vorrei fare cambio», si lascia scappare Margherita. «Ti sembrerà assurdo.»

«No, Maestà. Vi comprendo, non deve essere facile nella vostra posizione.»

«Su, non stare lì in piedi», le dice Margherita, indicandole la poltrona davanti a sé. «Raccontami qualcosa che mi distragga, dimmi da dove vieni. Sei sposata?»

Il pensiero vola ad Achille e Nina si sente percorsa da una scarica. «No, Maestà. Non sono sposata.»

«Oh», fa Margherita, delusa. «Sei una così bella ragazza...»

«Grazie, Maestà.»

«Ti prego soltanto di smetterla di chiamarmi Maestà. Oggi proprio non riesco a tollerarlo», sbotta. «Ebbene, io sono la regina e tu sei una cameriera: lo sappiamo, non è il caso di rimarcarlo. Se solo per qualche ora mi aiutassi a dimenticarmene, te ne sarei infinitamente grata.»

«Vi chiedo perdono.»

«Dunque, cosa fai quando non lavori?»

Nina di nuovo avvampa. Dovrebbe forse dirle che scrive, raccontarle del segreto che divide con Achille? Da qualche settimana, lui le ha trovato - o, meglio, ha trovato a N.A. - una collaborazione con l'editore Treves per un lussuoso settimanale destinato alle signore che si chiama *Margherita* e che al suo interno riproduce i disegni delle toilette della regina. «Io... io amo leggere», butta lì.

«Ah», fa Margherita, senza nascondere lo stupore e accomodandosi meglio nella poltroncina. «Questa è una cosa che ci accomuna. E cosa leggi, di bello?»

Nina, rassicurata dall'argomento che conosce bene, presto si perde in riassunti e analisi dei romanzi, deliziando la regina con commenti irriverenti sulle opere più in voga.

«Oh, cara!» esclama dopo un po' Margherita. «Pare tu legga più di me.»

«Non mi permetterei mai, Maestà», si scusa Nina. «Non volevo dire questo, intendevo solo...»

«Mi domando dove trovi il tempo, con tutte le cose che immagino avrai da fare.»

«Be', io ecco...»

«Suppongo tuttavia che il tempo lo si riesca a trovare, quando una cosa ci appassiona a tal punto.»

«È esattamente così.»

«E dunque non hai un marito, un fidanzato. Niente?»

Nina si irrigidisce.

«Suvvia. Tu conosci la mia vita talmente nel dettaglio...» insiste Margherita, un po' risentita. «Mi hai vista piangere quante volte? Nemmeno mia madre mi conosce così intimamente. Sai tutto di me, non ho segreti, e io di te niente... a parte che leggi molto.»

«Ho un fratello che vive nel Parco di Monza. È un vostro guardacaccia, lo vado a trovare ogni volta che posso. Gli sono molto legata, anche se ormai è maritato e ha figli.»

La regina sceglie di rimanere in silenzio, senza tuttavia smettere di guardarla intensamente.

«Ho un amico», confessa Nina. «Un buon amico, gli sono molto affezionata.»

«Ed è...» Margherita abbassa la voce, «sposato?»

«Oh, no!» esclama Nina. *Quelle horreur!* commenterebbe Nestore. *Quelle disgrâce!* «Non farei mai una cosa simile, mai!»

Segue un lungo silenzio. «E dunque?» domanda Margherita. Poi rendendosi conto che Nina non ha ben compreso: «Perché è soltanto *un amico*?»

Questa è una domanda che Nina non si era mai posta. Perché con Achille le cose sono rimaste ferme? Perché lui non si è mai più fatto avanti? Riflette a lungo. «Io, forse... ecco. Forse io l'ho respinto con troppa veemenza. E lui», continua, in cerca di risposte soprattutto per sé stessa, «lui forse ha frainteso il mio contegno. O forse non gli interesso da quel punto di vista, forse vuole solo che rimaniamo amici.»

Margherita solleva un sopracciglio, scettica. «Non conosco uomini che vogliano una cosa simile.»

Nina arrossisce. «Non saprei. Io davvero non saprei.»

Rimangono entrambe pensose, ognuna persa nelle proprie riflessioni. «Ebbene», annuncia infine Margherita, «questa piacevole chiacchierata mi ha messo appetito. La tua compagnia è un balsamo, cara.»

«Grazie, Maestà.» È tornato il momento - Nina lo sa con certezza - di ricominciare a chiamarla Maestà. «Ne sono onorata.»

«Va', e avverti che sarò presente per cena. Umberto ne sarà senza dubbio sollevato. Ah, un'ultima cosa...» le dice, ferman-

dola un istante prima che esca. Nina rimane a lungo in attesa.
«I terribili eventi che di recente hanno colpito la mia famiglia mi hanno insegnato una lezione importante: che il tempo è una cosa inafferrabile ed effimera. Se oggi quel tale avesse avuto un vero coltello, forse stasera non sarei stata qui a chiacchierare così amabilmente con te. Se questo amico ti è tanto caro come affermi, dovresti farglielo sapere al più presto.»

Nina spalanca la bocca senza trovare le parole e Margherita le sorride un'ultima volta.

«Spero solo che non sia anche lui un cuoco.»

PARTE QUINTA

Gressoney

Sono belle queste montagne e quiete, e grandi,
e portano lo spirito in su e fanno pensare
che al disopra delle miserie umane vi sono spazii
dove il pensiero può alzarsi e riposare.

MARGHERITA
in una lettera al generale Egidio Osio

1

Courmayeur, estate 1887

Il sentiero assolato si inerpica, serpeggiando tra cespugli di ginepro e rododendri, poi diventa più ripido, salendo a gradoni accanto a un torrente, dove la vegetazione si fa arida e brulla fino a sparire del tutto. Lingue di neve sporca si allungano tra le pietre del ghiaione dove il vento si insinua ululando.

Sono in cammino da più di due ore, una piccola compagnia di sei persone, oltre a Margherita. Il sudore le corre lungo la schiena in gocce che inzuppano la camicia, provocandole improvvisi brividi di freddo. Ha fame e le fanno male i piedi, ma per niente al mondo rinuncerà proprio adesso.

Nessuno parla; tengono tutti la testa bassa, badando bene a dove mettono i piedi e augurandosi che la meta sia vicina.

« Non manca molto, Maestà. » Il barone Luigi Beck Peccoz, alpinista esperto e gran conoscitore di queste terre, essendo stato introdotto presso la regina e avendo saputo della sua recente passione per le vette, si è offerto di farle da guida. È stato, come sempre, molto garbato, senza mai dar l'impressione di volersi imporre, senza far pesare la sua grande esperienza e senza risultare inopportuno. Margherita non aspettava altro e ha accettato l'invito forse con un po' troppa sollecitudine.

La montagna ha qualcosa di fatato e irresistibile. La capitale, con i suoi rituali pedanti, l'agenda fittissima e il viavai di ministri e questuanti, è lontana. Per qualche tempo d'estate anche le incombenze ufficiali diminuiscono. Sono lontani i problemi del Regno, il popolo esigente e ingrato, la minaccia perenne dell'attentato. È lontanissima Massaua, sono lontane le colonie nel Corno d'Africa e il sogno di divenire la prima imperatrice d'Italia. Umberto è lontano, così lontano che Margherita non sa nemmeno dove sia. Anzi lo sa – è sempre nel medesimo posto, anche quando non ci si trova col corpo - ma non le interessa.

La vita qui è più semplice. È la montagna a dettare i ritmi della giornata. I campanacci delle vacche portate al pascolo le danno il risveglio, mentre i primi pallidi raggi si intrufolano sotto le tende e colorano la stanza della tonalità grigiastra della pietra. Risiede col suo seguito in un'ala del Grand Hotel; dopo la messa e una colazione semplice ma sostanziosa, Margherita esce. Le piace stare all'aria aperta, sentire sul viso il calore del sole, che qui è più puro, adora annusare l'aria che profuma di legna arsa, aguzzare la vista per scorgere qualche stambecco che saltella in bilico sulla cresta, scambiare due parole con i valligiani.

La gente di montagna è schiva, discreta. Capita sovente che non la riconoscano e, se non fosse per la scorta di dame e cavalieri che attira inevitabilmente l'attenzione, Margherita verrebbe scambiata per una qualunque turista benestante, giunta ai piedi del monte Bianco a cercare un po' di frescura. Quando la incrociano sui sentieri o si imbattono in lei in paese, si fanno da parte con reverente soggezione, senza assediarla strepitando, con rispetto per il suo bisogno di tranquillità e riservatezza. I valdostani, temprati dalla dura vita di queste valli, non si lamentano mai e non chiedono nulla. Qui nessuno si stupisce se la vedono correre per i prati con le gonne sollevate, mentre canta e ride sguaiatamente.

Margherita riceve poco, lo stretto necessario. Nel tardo pomeriggio sbriga le incombenze, riordina la corrispondenza personale, legge e capita che si appisoli in veranda, col libro in mano. Quando la montagna allunga la sua ombra sul paese, cala subito la sera e l'aria diventa umida; spesso sul finire del giorno piove e il mattino dopo il cielo è terso. Si cena presto, senza troppe formalità. Le pietanze sono sazianti, ma mai troppo complesse: zuppe calde e dense, pane nero, selvaggina e dolci che profumano di burro.

Attorno alla tavolata si finisce sempre per parlare dello stesso argomento. Il barone Peccoz descrive le vette più ardite e le vie per raggiungerle con una tale accuratezza che alla fine sembra di esserci stati. Margherita non smetterebbe mai di ascoltare le imprese straordinarie degli alpinisti, è affascinata dalle loro vite avventurose spesso finite in tragedia, dal loro coraggio al limite della follia. Il barone parla tenendosi un po' discosto per non infastidirla mentre assapora il suo sigaro a lente boccate e la osserva attraverso il fumo; ha sempre un aneddoto, una curiosità, un dettaglio inatteso. Secondo la Villamarina, almeno la metà delle cose che gli escono di bocca è inventata. Margherita invece gli crede, sente che può fidarsi di lui.

Entro le nove è tutto finito. Stesa sotto le coperte che le pesano addosso, nel buio Margherita aspetta che arrivi il sonno, mentre si immagina quegli impavidi che sfidano la montagna issandosi a forza di braccia per conquistare una nuova vetta, mentre sotto i loro talloni che sporgono oltre una sottilissima cengia si spalancano centinaia di metri di vuoto.

Nell'abbraccio delle montagne, Margherita si sente un po' più libera, un po' più sé stessa.

L'ultimo tratto si percorre lungo una cresta esposta. Dopo pochi passi la Villamarina preferisce tornare indietro, e gli altri sono del medesimo parere.

Non Margherita. « Ma mancano appena pochi metri! » Nello sguardo della sua dama d'onore legge la paura, così decide di non insistere: per oggi si tornerà indietro senza aver raggiunto la vetta.

« Posso scortarvi io, Maestà, se ve la sentite di proseguire. »

Margherita si scambia un'occhiata con la Villamarina, poi rivolta al Peccoz: « Sareste così gentile? »

« Ne sarei onorato. »

Il barone fa strada a piccoli passi sicuri, seguito a breve distanza da Margherita che si sforza di non guardare giù. Il cuore le batte furiosamente nel petto, annebbiandole la vista. Quando nell'ultimo tratto la cresta si stringe, la paura le paralizza le gambe.

« Non abbiate timore », le dice Peccoz, porgendole la mano, che è grande e calda. « Manca appena una manciata di metri, vedrete che ne varrà la pena. »

La sua voce bassa e sicura le infonde calma. Margherita ricomincia a camminare aggrappandosi a lui e in pochi passi raggiungono la sommità. La vista abbraccia le vette più alte coperte dai ghiacci e i picchi aguzzi che svettano nel cielo, sotto i quali si estende la valle verdeggiante di larici e pascoli.

« Non so come ringraziarvi per avermi regalato tutto questo. »

« È solo merito vostro », le sorride Peccoz. « Siete stata molto coraggiosa, Maestà. »

2

« Dove stai andando? » La Frassi in fondo al corridoio le sbarra la strada, impedendole di scendere le scale.

« Buongiorno, signora Frassi. » L'altra non ricambia. « È il mio giorno libero. »

« Non ti ho chiesto che giorno è oggi. Ti ho chiesto dove stai andando. »

Nina inspira lentamente, poi solleva su di lei quello sguardo limpido e fiero che ha il potere di intimidirla. La Frassi si fa di lato per lasciarla passare e Nina imbocca le scale.

La regina con tutto il suo seguito alloggia in un padiglione del Grand Hotel. La servitù occupa le stanze dell'ultimo piano, quelle più piccole e meno prestigiose, dalle cui finestre, tuttavia, si gode lo spettacolo ininterrotto dei monti con le cime imbiancate.

« Ti dai tante arie solo perché Sua Maestà ti tiene un poco in conto. » La Frassi si rivolge alle sue spalle e Nina si volta. « Ma non credere di poter fare quello che ti pare. »

Nina si sforza di rimanere calma e cortese. « Ho fatto qualcosa di sbagliato, signora Frassi? »

Alla governante esce una smorfia amara che evidenzia tutte le sue rughe. « Ah! » esclama. « Ti illudi di essere importante? Di valere qualcosa? »

« Certo che no, signora Frassi. »

La vecchia le si fa sotto con fare minaccioso e Nina constata che ha l'alito pesante, motivo per cui abbassa il viso. « Lo so cosa stai cercando di fare, maledetta arrogantella. Credi che non me ne sia accorta? Tu le stai appresso tutta gentile, tutta premurosa. Non la molli un attimo, non è vero? Vostra Maestà di qui, Vostra Maestà di là... approfittatrice che non sei altro! Falsa e approfittatrice! E quella, ah! Quella ci casca come una pera, povera illusa. Ti si confida, ti rivela tutti i suoi segreti, non è vero? Sa il demonio quali segreti tu le abbia carpito con i tuoi modi da finta confidente, cosa non ti abbia rivelato. A una popolana, a una serva! Fosse per me, ti avrei già cacciata. Ma ti sei sistemata bene, hai saputo farti amare, e adesso lei ti protegge come se fossi una sua pari, razza di stupida.»

«State parlando della regina?» domanda Nina a voce ben alta.

La Frassi è percorsa da un brivido, poi pare che si rimpicciolisca tutta. «Non potrà andare avanti così per sempre. Mia sorella...»

«Dovevate ritirarvi dal servizio già molti anni fa», la interrompe Nina, stufa di ascoltare la storia della famiglia della governante e della stanzetta accogliente che la attende ad Asti, dove sua sorella la aspetta a braccia aperte. Ripete la stessa solfa ogni volta che ne ha occasione, ma finora si è ben guardata dal mollare il lavoro.

«Ah, ti piacerebbe! Così potresti prendere il mio posto, eh? Ma te lo puoi scordare! Quant'è vero Iddio, prima di andarmene farò in modo che tu venga cacciata. Ti faccio sbattere fuori, perché è questo che meriti!»

Nina non le dà retta e riparte; non vuole sprecare altro tempo. È una meravigliosa giornata di sole e i colori sono vividi. Sul fianco della montagna il verde cupo degli abeti si alterna a quello brillante delle giovani piante, che salendo si diradano, lasciando spazio alla pietra grigia. Il cielo è limpido, l'aria pungente. Nina rimane un istante sulla porta a godersi il sole sulle guance, poi si dà un'occhiata alle spalle e si avvia al suo appuntamento sentendo il petto riempirsi di eccitazione.

Non vede Achille da molte settimane, da quando si è trasferita qui al seguito della regina. Lui le scrive ogni giorno, ma ricevere le sue lettere non ha fatto altro che acuire il desiderio di rivederlo e rendere la lontananza ancora più dolorosa. Finalmente però lui è riuscito a ritagliarsi del tempo e per qualche giorno ha preso in affitto una stanza in una vecchia casa fuori dal paese, in una posizione isolata e discreta, con un ingresso laterale riservato. Ci vogliono poco più di dieci minuti per raggiungerla camminando di buon passo e, quando Nina scorge il tetto di legno scuro e il comignolo di pietra da cui esce un filo di fumo, solleva un po' la gonna e inizia a correre.

Achille la aspetta fuori, con le spalle appoggiate al muro. Ha il viso rivolto al sole, gli occhi chiusi e il sorriso che si intravede sotto la barba. « Hai fatto tardi, ero preoccupato », le dice abbracciandola stretta.

Lei gli si rannicchia addosso, annusando il suo profumo. Non importa dove siano, se tra i monti della Valle d'Aosta o sul lungomare di Chiaia, nella sua stanzetta ingombra di carte e libri a Roma o nel Parco di Monza: non importa cosa ci sia attorno a loro, il posto più bello al mondo è tra le sue braccia. « La Frassi mi ha trattenuta. Credo sospetti qualcosa. »

Si guardano entrambi attorno, poi entrano. Alla vista del letto ancora sfatto, Nina sorride. Solo poche ore fa, ieri sera, erano tra quelle stesse lenzuola, nudi e sudati, a sussurrarsi: « Ti amo ». Achille resterà in valle appena pochi giorni e non vogliono sprecare un solo istante. Di notte, dopo aver svolto il proprio dovere, Nina rientra in camera e aspetta che tutti si siano addormentati; in villeggiatura le regole per la servitù sono un po' meno rigide e la parte dell'hotel riservata alle cameriere non viene chiusa a chiave. Bisogna solo stare attenti a non fare il minimo rumore, perché il vecchio legno della struttura scricchiola sotto il passo più leggero, ma la Frassi, si sa, ha il sonno pesante. Achille la aspetta fuori, in fondo alla via. Si scambiano un primo bacio nel buio, mentre Nina trema un po' per il freddo e un po' per la paura di essere scoperta, poi si incamminano – ma forse sarebbe più appropriato dire che corrono – verso la stanza di Achille, con il letto ricavato in una nicchia nel muro che sembra quasi una tana messa lì apposta per accoglierli. Dopo lui la riaccompagna all'hotel e aspetta di saperla al sicuro.

Il risultato è che Nina in questi giorni è stanchissima e felice.

« Se anche lo scoprissero... » mormora Achille più tardi, giocando ad attorcigliarsi i suoi capelli tra le dita. « Cosa importa? »

Nina è appoggiata al suo petto e non risponde, allora lui sceglie di interpretare quel silenzio come un assenso e continua: « Non facciamo niente di male a nessuno, dopo tutto. Ci amiamo, siamo liberi, siamo adulti ». Ancora silenzio. « Sì, insomma, se il problema è che non siamo sposati... se il problema è quello, ecco... » Ora tentenna, gli manca il coraggio di finire la frase. « Ecco, se il problema è quello, io sono disposto a prendermi le mie responsabilità. »

Lo ha detto, finalmente. Ma forse non è abbastanza chiaro, forse dovrebbe essere più esplicito. Forse chiederle di sposarlo dovrebbe essere più formale, forse dovrebbe guardarla negli occhi, inginocchiarsi tenendole la mano. Nemmeno lui sa bene come debba svolgersi la cosa, non ha mai chiesto nessuna in sposa, non ha mai desiderato farlo con nessun'altra. Sa solo che adesso lo desidera, lo desidera con tutto sé stesso, non vuole altro al mondo che vivere il suo amore con Nina alla luce del sole. Che lei sia sua, tutta sua, formalmente sua. Sua sui documenti, non solo tra le lenzuola. Sua e basta, di nessun altro.

« Nina », le dice, puntellandosi sui gomiti e tirandosi su. Se è questo che lei si aspetta, lo farà con tutte le formalità del caso. « Nina... »

Lei in quella si desta e lo guarda con occhi assonnati. « Scusami, mi sono addormentata. Sono così stanca... » Sorride e gli fa cadere un bacio delicato sul petto. « Mi stavi dicendo qualcosa? »

Achille rimane deluso e si sente così stupido che non osa nemmeno guardarla in faccia. « Sì », fa, tirandosi su dal letto un po' troppo di fretta. « Mi è venuta fame. Ho comprato del formaggio e una bottiglia di vino, ne vuoi? »

3

Milano, estate 1891

Quando Umberto entra nella stanza, le tende accostate lasciano filtrare pochissima luce, così sulle prime non nota il volto del ragazzo. Eugenia è sprofondata nella poltrona ai piedi del letto, rannicchiata, con le ginocchia al petto e gli occhi gonfi di pianto. In pochi passi, Umberto le è accanto per prenderle la mano, ed è allora che lo vede.

Il bel viso di Alfonso non c'è più: il naso raffinato che aveva preso dalla madre è stato mangiato dalla malattia ed è una cosa informe; quella che un tempo era la narice ora è una voragine scura dai contorni slabbrati; vesciche rosse, livide e purulente gli coprono tutta la guancia e salgono a deformare la palpebra inferiore, in modo che, anche se ha gli occhi chiusi, è possibile vedergli una parte della sclera.

Non è mio figlio, pensa Umberto. *Non può essere lui.* Ha un capogiro e deve fare uno sforzo immane per non far trapelare l'orrore, così si aggrappa con entrambe le mani alla pediera del letto e si impone di non distogliere lo sguardo.

« Lupus », dice Eugenia. Ha la voce così bassa che la si ode appena. « Lo chiamano lupus perché il morbo è vorace come un lupo. »

Non è trascorso molto tempo dall'ultima volta in cui Umberto lo ha visto. Il ragazzo sembrava star bene, era nel mezzo di un'esercitazione militare e si era dimostrato come sempre disciplinato e valoroso, un vero Savoia. Poi la notizia – *Corri, Alfonso è peggiorato!* – e una sfilza di impegni pubblici già fissati da annullare, le solite discussioni con Margherita, lei che gli fa una delle sue scenate in cui lo accusa di essere un irresponsabile, un inetto senza dignità, che alza la voce apposta per farsi udire da Vittorio, nella speranza che il ricatto sortisca qualche effetto, e lui che non sente nemmeno una parola, perché pensa solo a partire: giorni buttati, sprecati a discutere e giustificarsi. Se avesse immaginato che era così grave sarebbe partito all'istante, sarebbe passato con la carrozza sopra tutti quelli che glielo volevano impedire, sopra i segretari e gli attendenti, sopra Margherita, perfino sopra Vittorio.

« Non c'è più niente da fare. » Eugenia parla con una mano ficcata in bocca, come se volesse mangiarsi le nocche.

« Ma non... »

Lei lo interrompe scuotendo il capo, furiosa: « Non alimentare le mie illusioni, Umberto. Non mentirmi, non posso soffrire più di così».

Ma è a sé stesso che Umberto vorrebbe mentire, aggrappandosi all'ultima flebile speranza di una guarigione improvvisa, di un miracolo, accusando i medici di non aver fatto a sufficienza, andandone a cercare altri, e poi altri ancora, implorando Dio, promettendogli in cambio qualsiasi cosa, qualsiasi cosa per la vita di suo figlio. E va bene se poi resterà per sempre sfigurato, non importa. Ma che sia vivo!

Signore, se me lo salvi io abdico e resto per sempre con lui, pensa. Poi: *Vile, non sarebbe questo gran sacrificio abdicare!*

Gira attorno al letto e si siede sul materasso accanto al figlio. Da vicino l'esito della malattia è ancora più atroce: la pelle del collo è gonfia di bubboni e le mani che escono ischeletrite dalle maniche si contraggono in spasmi involontari, con l'estremità delle unghie già livida. No, non ci sarà nessun miracolo, nessuna abdicazione, nessun ricongiungimento. Alfonso è in punto di morte e, viste le condizioni, c'è da sperare che manchino solo poche ore.

«Figlio mio...» mormora Umberto. «Povero figlio mio.» Poi si china su di lui e gli depone un delicato bacio sulla fronte, dove il morbo non ha ancora fatto scempio.

Tre giorni dopo, a Vedano al Lambro, si svolgono i funerali. Inginocchiata in prima fila, la Litta è quasi invisibile sotto il velo nero. I nobili e la gente del paese, riconoscendo tra i presenti niente meno che il re in persona, si scambiano occhiate stupite e perplesse. Tutti commentano a mezza voce il destino crudele della povera duchessa, che in una sola settimana ha perso prima il marito e poi il figlio, ed è impossibile non far caso al fatto che, al funerale del primo, il sovrano non era presente.

Al momento di porgerle le condoglianze, Umberto le tiene a lungo la mano.

«Avremmo dovuto dirglielo una settimana fa», mormora Eugenia senza alzare gli occhi.

«Non potevamo immaginare...»

Nessuno, del resto, poteva immaginare che il ragazzo avrebbe seguito il duca a così breve distanza. Sulle prime, avendo ricevuto la notizia della morte di Giulio Litta, Umberto aveva persino avuto un moto di egoistica, irreprimibile gioia. Non per il duca in sé, uomo che stimava per la dignità e il distacco con cui aveva affrontato le non poche umiliazioni a cui era stato sottoposto, ma perché finalmente lui ed Eugenia avrebbero potuto rivelare ad Alfonso la verità. Per oltre vent'anni, Umberto era tornato regolarmente a fare pressioni sulla madre, vedendosi ogni volta rispondere che no, non ancora. Forse un giorno, quando non ci fosse più stato il duca, allora...

Così Alfonso era cresciuto, aveva imparato a camminare, leggere, scrivere e s'era fatto uomo, mentre Umberto si era accontentato, spesso di malumore, di tenerlo d'occhio con discrezione, da lontano, riuscendo comunque a gioire delle sue piccole e grandi conquiste, sorridendo con bonarietà dei suoi passi falsi, ritrovando sé stesso nelle descrizioni che ne faceva Eugenia. Un giorno, forse molto presto, avrebbe potuto guardarlo negli occhi e dirgli tutto il proprio sconfinato amore. Il ragazzo, del resto, era giovane, era forte, aveva tutta la vita davanti, o almeno così credevano.

«Ormai è troppo tardi», dice Eugenia sottraendo la mano alla presa di Umberto.

Da quel giorno, nella loro relazione saranno sempre in tre; anche nell'intimità dell'alcova, aleggerà sempre tra loro lo spettro di Alfonso, della verità che gli è stata taciuta, della sua fine prematura e crudele. Umberto, pur amandola ancora molto, non riuscirà mai più a guardarla senza pensare a quell'opportunità che lei gli ha negato, a quell'unico desiderio che non è riuscita a fargli esaudire.

4

Roma

Ambrogio sbuca fuori dal palazzo all'alba e si stiracchia come un gatto soddisfatto. La baronessa pretende ancora che usi l'uscita laterale riservata alla servitù, come se tutta la città non sapesse cosa fa la gran dama non appena suo marito si allontana dall'Urbe; niente di diverso da quello che fanno anche le altre quando i rispettivi coniugi si distraggono un attimo.

Con le mani ficcate in tasca e il sorriso irriverente, il ragazzo svolta a sinistra e imbocca a lunghe falcate corso Vittorio Emanuele II, inaugurato da poco. La zona, non diversamente dal resto della città, è tutta un cantiere. Da anni, ormai, interi quartieri vengono spazzati via per far spazio a splendide dimore, a strade più ampie, a piazze maestose, e laddove ai tempi di Pio IX c'erano vigne e orti ora sorgono ospedali, teatri, magazzini e palazzi ministeriali. Il nuovo si fa largo tra le antiche rovine a suon di espropri, speculazioni e immancabili polemiche.

Una via laterale sbuca su una piazzetta dove il primo sole del mattino non riesce a intrufolarsi. Nell'angolo più estremo c'è il solito carretto di verdure non ancora preso d'assalto dai clienti, dietro cui è indaffarata una giovane dalla carnagione olivastra e i capelli corvini raccolti in una crocchia bassa sotto il fazzoletto.

«Buongiorno», esordisce Ambrogio gaio, mettendosi in bocca una fragola. È uscito di soppiatto e ora si rende conto di aver fame. «Sei sola?»

La ragazza fa un piccolo balzo, poi si guarda alle spalle con aria circospetta. «Quelle sono in vendita, *signore*», esclama, indicando i frutti. «Le potete pagare?»

Ambrogio dà un'alzata di spalle addentando un'altra fragola. «Dipende...» Le afferra il polso e con un gesto galante e sensuale si porta alle labbra la sua mano tremula. «Se posso pagarti come l'altra volta...»

Lei ritira il braccio con uno scatto e di nuovo si guarda attorno, tesa e guardinga. «Ieri ti aspettavo», fa a bassa voce, risentita.

Sul bel volto di Ambrogio si allarga un sorriso malizioso. «E cosa hai fatto tutta sola, nell'attesa, birichina?»

«Ti prendi gioco di me», gli risponde lei, sul punto di piangere. Volta le spalle e si finge indaffarata con la cesta dei pomodori. «Se mio padre lo scopre...»

«Non vorrai mica dirgli cosa facciamo nel suo orto.»

«Certo che no!» esclama la ragazza. «Ma tu mi avevi promesso... mi avevi detto...» Di nuovo le viene da piangere. «Io non sono una che fa certe cose.»

Ambrogio aggira il carretto e le cinge la vita. «Ma certo che no.» Le bacia la tempia e se la tiene stretta quel tanto che basta a calmarla. «Non devi preoccuparti.» Estrae un fazzoletto. «Lo sai di chi è questo?» le dice asciugandole le ciglia umide. «È del re. Me lo ha dato quando ero un bambino, lui in persona. Senti che cotone morbido. Guarda, non ti dico bugie: ci sono sopra le sue iniziali.» Le solleva il volto e la guarda fino a strapparle un sorriso. «Te l'ho detto che sei la mia regina, non devi preoccuparti di niente.» Poi apre il fazzoletto, lo riempie con un po' di verdura e, con tutta calma, si allontana.

«Me le dovete pagare le zucchine, *signore*!» gli grida dietro lei.

«Domani», ribatte Ambrogio, col suo solito sorriso irriverente. «Al tramonto, nell'orto. Te lo prometto.»

Quando più tardi arriva a casa, trova la madre a letto che sonnecchia. Sulla parete c'è ancora il vecchio ritratto del re che dall'alto osserva, impassibile, la sua sofferenza.

«Ha sempre la febbre», dice Nina, seduta al suo fianco.

Proprio in quella, Ottilia apre gli occhi, sorride e fa una carezza al figlio. Il palmo è cosparso di vescicole rosse.

«Ti ho portato la medicina, mamma», sussurra Ambrogio.

«Dove l'hai presa?» domanda Ottilia, tossicchiando. «Costa un sacco di soldi, non ce la possiamo permettere.»

«Non ti preoccupare, vedrai che dopo starai meglio.»

«Non l'hai rubata, vero? Non voglio che ti portino via di nuovo, Ambrogino.»

«No, mamma. Non l'ho rubata, stai tranquilla.»

Nina e Ambrogio la aiutano a tirarsi su a sedere e le fanno ingerire la medicina.

«Oh, se tuo padre vedesse come ti prendi cura di me...» Tutti sollevano lo sguardo verso il ritratto di Umberto. «Se sapesse che bell'uomo sei diventato.»

Ah, pensa il ragazzo, *mi spedirebbe nel Corno d'Africa pur di non avermi tra i piedi.*

«Non come quell'altro», continua Ottilia, «che non arriva

nemmeno al predellino della carrozza e non vale niente. È un nano deforme. »

« Adesso però devi riposare », cerca di distrarla Nina, « altrimenti la medicina non fa effetto. »

Ottilia si corica. « Saresti un re bellissimo, Ambrogino mio. Te lo meriteresti proprio », dice sorridendo con gli occhi chiusi. « Ti vorrebbero sposare tutte le principesse d'Europa, ci sarebbe la fila. » Poco dopo cade in un sonno profondo.

Nina e Ambrogio escono. Lui appoggia la schiena alla parete assolata e rimane a godersi il calore del sole sul viso.

« Dove sei stato? » gli chiede lei. « Eravamo in pensiero. »

« Sono tornato. »

« Sei stato via due giorni. » Il ragazzo sbuffa. « Ambrogio, hai ventidue anni ormai, sei un uomo. Tua madre è malata, ha bisogno di te. »

« Ho portato la medicina, no? Non va bene? »

« Dove l'hai presa? »

« Lo sai dove. »

Segue una lunga pausa piena di imbarazzo.

« Quando... » ricomincia Nina, tentennando. « Quando ti ho trovato quel lavoro dai baroni... Io non pensavo... tu avresti dovuto... Sei durato meno di un mese. »

« Non voglio fare il valletto », taglia corto il ragazzo.

« Perché? »

« I valletti stanno sulla porta a guardare i ricchi che si godono la vita. Porgono il braccio alle signore che salgono in carrozza e poi le seguono a piedi. Servono cibi che non potrebbero mai permettersi di mangiare. Lucidano argenteria non loro. »

« È un lavoro, Ambrogio. »

« No, è un'ingiustizia! » grida lui pestando un piede a terra.

« E quindi cosa pensi di fare? » lo incalza Nina.

Lui dà un'alzata di spalle.

« Non puoi continuare ad approfittare della baronessa. »

« E perché no? Se a lei piace... »

« Quanto credi che possa durare questa storia? »

« Fin quando mi serve. »

« Prima o poi si stancherà, è così che succede. Lo sai! Smetterà di pagare i tuoi conti, suo marito non lo permetterà in eterno. E allora cosa farai? Rimarrai con un pugno di mosche in mano, come... »

« No! » ribatte Ambrogio pieno di rabbia. « Non farò la fine di mia madre che prima o poi creperà di lue dopo una vita di miseria. »

Nina abbassa lo sguardo.

« E lo sai perché? » le dice con sadica soddisfazione. « Per due motivi. Il primo è che io sono un uomo: a voi donne non si perdona mai d'essere troppo belle, prima o poi vi si ritorce contro, ma per noi uomini è solo un vantaggio. Le baronesse mi vogliono e non devo temerne le conseguenze. »

« Devo andare, Ambrogio. È tardi. »

Lui le afferra il braccio per impedirle di scappare sottraendosi al confronto e continua: « E il secondo motivo è che io, a differenza di mia madre, non mi innamoro di quelle con cui vado a letto ».

5

Roma, Natale 1891

« Ma non puoi partire, è il giorno di Natale. » Margherita è talmente sconcertata da non riuscire nemmeno ad arrabbiarsi.

Durante il pranzo, Umberto non ha praticamente toccato cibo, è rimasto impassibile per tutto il tempo mentre le portate gli passavano sotto il naso e i piatti tornavano nelle cucine senza nemmeno essere stati assaggiati. Il primo ministro, marchese di Rudinì, che sedeva poco distante, non riusciva a nascondere lo stupore, e più di una volta è stato sul punto di domandargli se non si sentisse bene.

« Sforzati di mangiare qualcosa, caro », gli ha sussurrato Margherita.

Lui ha sbuffato. « Mi sto già sforzando. »

« Allora sforzati di più. Stai mettendo tutti in imbarazzo. »

Lui ha tirato fuori dal taschino l'orologio e ha guardato l'ora. Lo ha fatto con lentezza esasperante e gesti ampi, quasi a sottolineare che sì, si è portato l'orologio a un pranzo ufficiale e sì, se ne infischia del protocollo. Per un istante Margherita è illividita, poi è tornata gaia come sempre e si è disinteressata a lui.

Solo al dessert Umberto è parso sollevato, al punto di spingersi a mettere in bocca una cucchiaiata di *bonet* accompagnata da un sorso di vino, prima di ricontrollare l'ora. Subito dopo il caffè si è congedato senza nemmeno provare a addurre una scusa.

« Umberto, ascoltami, ti prego », ripete Margherita e, davanti alla sua impassibilità, sente montare la collera. « Non puoi partire. »

Margherita adora il Natale, è uno dei periodi dell'anno che preferisce per la sacralità festosa che lo ammanta. Se la Pasqua, rappresentando la resurrezione di Cristo, porta sempre con sé il ricordo del calvario che l'ha preceduta, il Natale celebra la venuta al mondo del Redentore con un misto di raccoglimento e grandiosità che la riempie di gioia. Nei giorni festosi dell'Avvento, le sembra di tornare bambina e ne rivive tutta l'attesa, lo stupore e il fascino. Proprio in ricordo di quei giorni, da quando è diventata regina, ha portato al Quirinale la tradizione tipica dei Paesi nordici di addobbare un abete; all'inizio attorno a lei c'era stato un briciolo di scetticismo per questa nuova eccentricità della sovrana, ma presto l'aristocrazia aveva preso a imitarla e in pochi anni in ogni dimora non poteva dirsi Natale senza l'albero addobbato. Umberto, invece, lo detesta – è l'ennesima differenza che li divide –, detesta il turbinio di balli, pranzi e ricevimenti, che invece danno a Margherita l'opportunità per brillare nelle toilette migliori come una stella cometa, la più bella, la più luminosa; lui detesta gli appuntamenti liturgici che vive come una lugubre imposizione e una noia, mentre per lei rappresentano un importante momento di riflessione e raccoglimento, per non dimenticare, dopo aver splenduto come il più bello degli astri, di essere pur sempre un'umile e fedele cristiana.

« È già deciso. »

« Gli invitati sono ancora di là, è una cosa inaudita. Ne parleranno tutti, non puoi partire. »

« Sì che posso. Lo sto facendo », ribatte, avviandosi alla porta.

« Ti ho già concesso di andare a quel funerale. Non è stato sufficiente? »

Umberto si ferma e si gira di scatto. « Tu cosa? »

« Sai bene che, secondo il protocollo, ai funerali i sovrani delegano... »

« Sai bene che me ne infischio del tuo protocollo, e del tuo Natale e dei tuoi invitati e delle loro lingue biforcute. »

« So bene che non hai rispetto per tutto questo, non hai rispetto per l'istituzione che rappresenti, non hai rispetto per la tua famiglia, per tuo figlio, il tuo *unico* figlio, per il tuo casato e per il popolo intero. Non è certo cosa nuova, ma partendo oggi tu dimostri di non avere rispetto nemmeno per te stesso, per la leggerezza con cui ti esponi alla critica e al pettegolezzo. » Si rende conto di aver esagerato e cerca di ammorbidire il tono. « Per cosa, poi? Non ti sto dicendo di non partire, ti sto solo chiedendo di rimandare di due giorni. Due giorni! Cosa saranno mai due giorni? »

Due giorni, pensa Umberto. *Se fossi arrivato al capezzale di Alfonso due giorni prima, avrei potuto dirgli addio, avrei potuto dirgli che ero suo padre e che lo amavo più di quanto ami me stesso.* « Ma come fai a non capirlo? » tuona. « È mio figlio, Margherita! Mio figlio! »

« *Era*, Umberto », puntualizza lei. « Ormai non c'è più, sono passati sei mesi. E comunque era figlio del duca, non tuo. »

« La tua incapacità di provare sentimenti mi fa paura, ancor più che ribrezzo. »

Margherita si sente ferita. « Ah, quella dannata Litta! » esclama, con la voce rotta dal pianto. « Non le è bastato insinuarsi nel mio matrimonio, prendersi mio marito, manipolarlo come un burattino per averlo ai propri piedi con uno schiocco di dita, no. Ha voluto anche coprirmi di ridicolo, per tutta la vita. »

« Vorresti essere tu a manipolarmi come un burattino, vorresti avere l'esclusiva? Dio sa se non ci hai provato ogni santo giorno! » Fa di nuovo per andarsene, poi ci ripensa e torna indietro, pestando i piedi. « E per la precisione: non è Eugenia che si è insinuata nel nostro matrimonio. Sei tu che ti sei insinuata nella nostra relazione, sei tu l'imbucata, quella di troppo. Lei c'era prima che arrivassi tu, c'è sempre stata e ci sarà sempre.»

6

Quando Nina rientra al Quirinale e viene convocata nell'ufficio del maggiordomo, capisce subito che sta succedendo qualcosa di molto grave. In tanti anni di servizio, non è mai stata mandata a chiamare, soprattutto non il giorno di Natale.

«*Entraddèntro*», le dice il maggiordomo con la sua solita cantilena, ma in tono cupo.

Nina obbedisce e in quella si avvede che non sono soli nel piccolo ufficio: in piedi contro il muro, con un'espressione di trionfo sul viso, c'è la Frassi e, seduto alla scrivania del maggiordomo, c'è niente meno che il prefetto di palazzo. La situazione, conclude Nina, è più grave del previsto.

«Va tutto bene?» chiede, pur conoscendo già la risposta.

La vera domanda, ad avere il coraggio di porla, sarebbe un'altra: hanno scoperto che pubblica racconti per signore sotto pseudonimo, oppure che frequenta la casa di un uomo a cui non è maritata? Ma l'esperienza le ha insegnato che in queste circostanze è meglio essere cauta, tacere e ascoltare. Magari, spera, si tratta di tutt'altro, magari è solo l'ennesimo vano tentativo della Frassi che non si rassegna a dover lasciare il servizio.

«Ah!» sbotta questa. «Sfacciata!»

«Siediti», le ordina il prefetto. Poi, indispettito: «Mi duole dovermi occupare di una simile incombenza proprio oggi che è Natale. In questo giorno di letizia dovremmo tutti dedicarci a più amene attività».

Nina constata che l'unica persona lieta nella stanza è la Frassi.

«E tuttavia la gravità dei fatti che mi sono stati riferiti ci impone urgenza», continua il prefetto. «Senza contare gli imminenti cambiamenti che si prospettano con l'anno nuovo.»

La novità è che la Frassi, finalmente, si ritira dal servizio; avrà la sua accogliente stanzetta ad Asti, le cure dell'adorabile sorella e dei premurosi nipoti, il meritato riposo. Proprio la vita che da anni dice di desiderare tanto e che tuttavia, con una scusa o l'altra, ha sempre rimandato, forse perché la stanzetta di Asti di cui parla in continuazione non è così accogliente, la sorella non poi così adorabile, i nipoti non così premurosi. Di fatto, la Frassi oggi è perfino più anziana di quando Nestore è morto ed è stato necessario un vigoroso intervento del palazzo perché si decidesse a cedere il posto a Nina, che da gennaio diventerà la nuova governante. O forse no.

«Ci puoi dire dove *seisstàta* oggi?» domanda il maggiordomo.

Dopo aver aiutato la regina a prepararsi, Nina ha avuto mezza giornata libera. Ha raggiunto Achille nel suo piccolo appartamento, dove si sono scambiati dei piccoli doni: lei gli ha comprato *Duemila leghe sotto l'America*, un romanzo di Emilio Salgari che le sembra proprio adatto ad Achille; lui l'ha stupita facendole trovare in cortile una bicicletta. *Ma sei matto? Ti sarà costata una fortuna! Sì, ma così potrai correre da me più alla svelta!* Hanno fatto l'amore e mangiato sdraiati a letto, riempiendo le coperte di briciole, ne hanno riso, hanno fatto di nuovo l'amore. Più tardi sono usciti per andare a visitare Ottilia, che è ancora molto malata. Nina ha portato un cestino con molte provviste, del pane ricco di noci e uva passa, una bottiglia di vino pregiato, qualche conserva; e poi una trapunta pesante per Ottilia e del denaro per Ambrogio, che non si sa bene come faccia a spendere sempre tutto in poche ore. In men che non si dica era già tempo di rientrare. Ed eccola qui.

«Io...» mormora. «Sono stata a trovare un'amica che è malata.»

«Ah, bugiarda!» sibila la Frassi.

«Silenzio», la zittisce il prefetto. «Siamo al corrente di questa... ehm... amica.»

«È una prostituta», puntualizza la Frassi, che non riesce a tenere la bocca chiusa.

«Ci risulta tuttavia che non sia l'unica persona che hai visto oggi. Confermi?»

«Sì, confermo», ammette Nina con la testa bassa.

«Ci risulta che frequenti un uomo, ormai da molto tempo. Un giornalista che risponde al nome di Achille Riva, celibe. Confermi?»

Nina non ha idea di come il prefetto di palazzo sia in possesso di tutte queste informazioni, ma deduce che la Frassi abbia usato il proprio tempo libero per fare ricerche approfondite. Non era ovvio che, prima o poi, lo avrebbero scoperto? Non le aveva forse promesso che le avrebbe rovinato la vita?

«Confermi?» insiste il prefetto.

«È inutile negare», fa la governante tutta soddisfatta.

«Non intendo negarlo», risponde Nina. «Confermo tutto.»

Segue un lungo silenzio. Nemmeno la Frassi si immaginava che sarebbe stato così facile farla confessare e ne rimane delusa. La fine della sua carriera a palazzo non sarà festeggiata con la sceneggiata che sognava da anni, niente grida di: *Bugiarda!* e: *Sgualdrina!* e Nina implorante e piangente che si aggrappa alla sedia per impedirle di essere sbattuta fuori al freddo. Niente di tutto questo, solo un pacato e fiero: *Confermo tutto.*

«Ti rendi conto che si tratta di un fatto gravissimo, soprattutto nella tua posizione?» dice alla fine il prefetto.

Nina non risponde.

«Una donna, sola, non maritata. Che frequenta un uomo, che rimane ripetutamente sola con lui, nella sua casa...»

«Un giornalista», puntualizza la Frassi con disprezzo nella voce. «Repubblicano. Anarchico.»

«Non è un repubblicano e soprattutto non è un anarchico», ribatte Nina.

«Questo è da vedere!»

«Nella tua posizione è un fatto gravissimo», continua il prefetto. «Hai forse scordato che eri la prima cameriera della regina? E che a breve avresti avuto il grande privilegio di diventare la sua governante? Hai idea dell'onta che hai gettato sulla Casa Reale con la tua reprensibile condotta?»

A Nina non sfugge la scelta dei tempi verbali e capisce che il suo destino, ormai, è segnato. La Frassi alla fine ha vinto. Allora tanto vale dirla tutta: « È vero, ho frequentato in segreto un uomo ». Anche la sua scelta dei tempi verbali non è casuale: da oggi non sarà più un segreto, da oggi finalmente potrà vivere la sua relazione con Achille alla luce del sole, e questa semplice constatazione le rende tutto più facile. « L'ho frequentato perché lo amo, non amo nessun altro e non ho mai amato nessuno all'infuori di lui solo. È vero, si tratta di un giornalista che ha lavorato, e talvolta ancora lavora, per dei giornali repubblicani. Posso tuttavia garantire sul mio onore di non aver mai approfittato della mia posizione per mettere al corrente quest'uomo di informazioni e dettagli sulla vita privata della regina, nei cui confronti nutro un genuino sentimento di riconoscenza e perfino di affetto. »

« Ah, il tuo onore! Affetto! Bugiarda schifosa! »

Nina alza sulla Frassi uno sguardo che la mette a tacere, poi continua: « Niente di tutto ciò che ho fatto voleva danneggiare le Loro Maestà. Ho serbato la mia vita privata rigorosamente separata da quella lavorativa, riservando all'uomo che amo esclusivamente le ore di libertà dal servizio che mi sono state concesse dal palazzo, senza chiedere un solo giorno di permesso in più di quelli accordati al personale ».

Il maggiordomo, che fino a quel momento è stato in silenzio, annuisce. « Il tuo stato di servizio è *impeccabbile*, Nina. »

« Sono stata ingenua, ne convengo, illudendomi che la mia vita privata potesse essere davvero privata e che nel poco tempo libero a mia disposizione mi fosse concesso di essere davvero libera. Ho creduto - ma evidentemente mi sbagliavo - di essere stata discreta, e non perché mi vergognassi di amare l'uomo che amo, di cui sono orgogliosa, ma perché non volevo che la mia vita sentimentale avesse conseguenze su quella lavorativa. Comprendo tuttavia che la mia condotta egoista ha esposto la Casa Reale alla vergogna e accetterò le conseguenze dei miei errori, quali che esse siano. »

« Deve andarsene oggi stesso », sentenzia la Frassi.

« Qui gli ordini li do io », puntualizza il prefetto di palazzo.

« Non potete concederle di rimanere », ribatte la Frassi, che l'imminente ritiro dal servizio rende spavalda, « non dopo quello che ha fatto. È una sgualdrina, una spia dei repubblicani, lo ha ammesso lei stessa.»

«Adesso *nonesaggerriàmo*, su.»

«Io lo esigo», si impunta la Frassi. «Sono stata responsabile di questa... ha tradito la mia fiducia, mi ha beffata. Io esigo che riceva una punizione esemplare, per rispetto della mia posizione e della mia anzianità.»

«*Maennatàle*, via...»

«Concordo. E tuttavia la sacralità di questo giorno non le ha impedito di reiterare la propria condotta riprovevole. Deve essere messa alla porta, ora.»

Nina aspetta in silenzio che la sua sorte venga decisa, e intanto non può fare a meno di pensare che, probabilmente, questo è lo stesso trattamento che è stato riservato a Ottilia molti anni fa. Se la immagina a Napoli, incinta e spaventata, in una stanzetta come questa, davanti a un piccolo collegio di estranei che giudicano la sua vita senza conoscerla affatto e che con freddezza e distacco decretano il suo destino, scaricando su lei sola responsabilità che erano state anche di altri. Ora le sembra di capire meglio le sue frasi sibilline – *Mi hanno cacciata, Mi hanno messa alla porta* – e i continui riferimenti a «loro» e a «quelli», e si pente di non averle mai creduto sino in fondo.

«È l'ultima cosa che chiedo», conclude la Frassi. «Credo mi sia dovuto, per la posizione che ricopro e per tutti gli anni di immacolato servizio che ho dedicato alla Famiglia Reale.»

«Credevo fosse stato un onore, non un sacrificio», fa il maggiordomo, questa volta scandendo bene le parole.

«Ebbene», taglia corto il prefetto di palazzo, che inizia ad aver fretta di tornare dalla propria famiglia.

Nina sente una scossa attraversarla e si rende conto di avere tutti i muscoli tesi e la mascella serrata.

«Temo di non poter soprassedere a un fatto di tale gravità, *signorina*.» Il prefetto pone l'accento sull'ultima parola e si alza. «Riunisci le tue cose. Domattina verrò personalmente a controllare che tu abbia sgomberato la stanza. Poiché è Natale, disporrò in via eccezionale che ti venga pagato tutto il mese di dicembre.»

A Nina sembra di sentire la Frassi ridere dentro, mentre la

scorta all'ultimo piano e la osserva da vicino raccogliere tutti i propri averi in una scatola. Non le concedono nemmeno di salutare le altre cameriere: di lei si dirà che è scappata nella notte e presto se ne dimenticheranno, non diversamente da quello che è accaduto con Ottilia.

Sul portone l'aspetta il maggiordomo, fuori nevica e il selciato è coperto da un leggero strato di ghiaccio. « *Middispiàce* », le dice, stringendole la mano. « Hai dove andare? » Lei annuisce. « *Seppòssoffare* qualcosa per aiutarti... »

Nina è sul punto di rispondere che no, grazie, non le serve niente, poi è colta da un ripensamento. « Vi prego, dite a Sua Maestà che sono molto addolorata. Ditele che non avrei mai voluto arrecarle danno, che le sono genuinamente affezionata e che gli anni al suo servizio sono stati un enorme privilegio. » Il freddo le punge gli occhi, che si riempiono di lacrime. « Ditele che non la scorderò mai. »

« Lo farò », dice il maggiordomo, chiudendo il portone.

7

Napoli, primavera 1893

La festa si protrae fino alle prime luci dell'alba. Il padrone di casa è un banchiere scapolo, livornese d'origine, che ospita con una generosità al limite della megalomania e che si diverte senza badare a spese, circondandosi della migliore nobiltà partenopea e delle donne più belle.

Matteo Schilizzi non può vantare una sola goccia di sangue nobile nelle vene, eppure ogni suo gesto emana fascino ed eleganza impareggiabili. Certo è più facile, pensa Vittorio, osservandolo con gli occhi ridotti a fessura e la mente ottenebrata dal troppo champagne, quando si ha la fortuna di un corpo snello e longilineo come il suo. Certo è facile, quando si ha la consapevolezza d'essere affascinanti e le ginocchia non ti scricchiolano mentre balli. È facile, quando la natura non ti è avversa.

Vittorio lo trova simpatico e non manca nemmeno un invito, eppure in sua presenza si sente un po' a disagio, come se la disinvoltura del banchiere acuisse quel senso di inferiorità che sta sempre rintanato dentro di lui. Questa sera, per esempio, le signore hanno ballato un cotillon indossando il chépi del Primo reggimento, che Vittorio comanda; voleva essere un omaggio al giovane colonnello di sangue reale, naturalmente, ma lui non è riuscito a scrollarsi di dosso la sensazione che fosse una sottile presa in giro, una caricatura.

Schilizzi, vedendo il suo aristocratico ospite corrucciato e forse intuendone il motivo, ha trovato il modo, sempre con molta eleganza, di mettergli a fianco una bella baronessa che lo distraesse per qualche ora dai pensieri cupi.

« Potete star tranquillo che questa non vi chiederà di sposarla », gli ha sussurrato, sorridendo con amabile malizia, « dal momento che è già sposata. »

Hanno riso e brindato, poi Schilizzi con una scusa li ha lasciati soli e la baronessa si è fatta prendere dalla descrizione della collezione di monete antiche del principe, mostrando un interesse così vivace, sottolineato da continui *merveilleux!* e *incroyable!* da risultare perfino stucchevole. Infine, approfittando di una pausa tra una frase e l'altra, lo ha preso per mano e trascinato a ballare senza far caso alle sue movenze rigide e impacciate. Nessuno ci fa caso, quando si ha davanti l'erede al trono. Ciò non toglie che Vittorio si senta ancora, come da bambino, un mostro dalle gambe di vetro e che solo qualche bicchiere di troppo riesca a sciogliergli le membra.

« Siete un uomo molto serio, Vostra Altezza... » gli ha detto la baronessa, ridendo, tra un ballo e l'altro. Forse voleva essere un complimento, forse una leggera provocazione tesa a strappargli un sorriso. Certo la baronessa non poteva immaginare che ogni riferimento alla sua statura, anche il più innocente, anche il più involontario, è una lama affilata che gli squarcia il petto e arriva dritta al cuore.

Vittorio per tutta risposta si è sollevato sulle punte e, afferratale la nuca, si è avventato sulla sua bocca come se volesse mangiarsela; tutto, pur di non sentirsi di nuovo chiamare « Vostra Altezza ». Cose che altrove non sono concesse, ma *chez*

Schilizzi si possono fare. Qui nessuno vede. Anzi, per la verità tutti vedono e poi vanno in giro a raccontare. Lo scopo, del resto, è questo.

Nei giorni a venire, girerà voce che il principe ereditario è tutto suo padre, tutto suo nonno, un vero sciupafemmine, un autentico Savoia. Aggiungeranno - Vittorio ne è certo - qualche battuta triviale sulla statura, perché quando si fa pettegolezzo la cattiveria è d'obbligo in tutti i ceti sociali. E la voce arriverà - anche di questo Vittorio non ha dubbi, perché il prefetto della città non manca di riferire ai sovrani ogni sua mossa, con particolari così dettagliati da far pensare che si diverta pure lui - alle orecchie di sua madre, la quale, compiaciuta per tanta regale virilità, si consolerà al pensiero che il figlio non vuole convolare a nozze non perché non sia in grado di avere una donna, come taluni insinuano, ma perché ne ha fin troppe.

«Sono così stanca», sussurra la baronessa, appoggiata al suo fianco, «eppure non ho voglia di dormire.»

Vittorio si guarda in giro. Nel salone non sono rimasti che i servitori con gli occhi stropicciati di sonno, che non vedono l'ora di potersi ritirare.

«Avete ragione», fa Vittorio, fingendo di non aver colto l'invito. «S'è fatto tardi.»

Lei si lascia sfuggire un'espressione delusa, forse anche risentita. *Ma come,* vorrebbe dirgli, *finisce tutto qui?*

Vittorio si alza, recupera la giacca, la indossa stancamente. «Porgete i miei saluti a vostro marito.» Poi le fa un lento, garbatissimo baciamano e la pianta in asso.

8

Roma

Se sua madre fosse stata abbastanza lucida da rendersene conto, avrebbe apprezzato di morire proprio nell'anniversario delle nozze d'argento dei sovrani; o magari no, ma senza dubbio avrebbe notato la coincidenza e, forse, ci avrebbe visto un qualche significato.

Ambrogio, seduto a terra con la schiena appoggiata al muro di cinta del cimitero, sorride amaramente. *Guarda, Ambrogino,* gli avrebbe detto - gli sembra di rivederla, negli ultimi giorni, già pallida come uno spettro, con le labbra invisibili, gli occhi ormai d'un verde spento e la pelle raggrinzita che sembra adagiata direttamente sulle ossa -, *sono durati più loro di me. È finita che mi hanno ammazzata.* Sì, pensa Ambrogio, lo avrebbe detto. Ottilia se n'è andata portandosi dietro la propria ossessione, l'illusione di quel grande amore nel quale ha creduto fino all'ultimo respiro, e solo adesso che riposa sotto un paio di metri di terra è finalmente in pace.

Sono state esequie frettolose e distratte, roba da poveri, nella chiesetta del cimitero dove il prete ha parlato invano alle panche nude, senza tuttavia riuscire a trattenersi dal sottolineare le conseguenze di una vita dissoluta. Ha proprio detto « dissoluta », sì, e se Ambrogio d'istinto non fosse balzato in piedi coi pugni chiusi e l'aria di uno che non si fa problemi a malmenare un parroco, chissà, forse avrebbe spiegato meglio, con sadico compiacimento, cosa intendeva dire.

Non è venuto quasi nessuno. Se si fossero presentati quelli che si sono approfittati di lei, non sarebbe bastata la basilica di San Paolo Fuori le Mura a contenerli tutti. E invece no, non se n'è visto uno di quei codardi che, non appena hanno capito che Ottilia era ammalata, hanno preso il largo. Non è venuto quello che le ha trasmesso la lue - magari più d'uno, chi può dirlo? - anche perché probabilmente è già crepato pure lui. Non sono venuti quelli che la conoscevano e nemmeno i vicini di casa, perché si vergognavano a farsi vedere ai funerali di una prostituta. Pochi giorni fa, quando ancora sua madre era agonizzante, il padrone di quella misera stanzetta, tenendosi rigorosamente sulla porta, è venuto a domandare come gli avrebbero versato la pigione ora che Ottilia era impossibilitata a farlo.

Non è venuta, ovviamente, la baronessa, che pure si diceva tanto dispiaciuta quando Ambrogio, dopo il coito, le raccontava di avere la madre malata per scucirle qualche banconota in più. Sono mesi, del resto, che non la vede: semplicemente una sera ha trovato il portone serrato e la servitù, che fino al giorno prima glielo apriva con fare complice, ha fatto finta di non conoscerlo, come se non si fossero mai incontrati prima. Fine della storia, fine dei soldi facili.

L'aveva detto, Nina. Prima o poi si stancherà e ti butterà via come fanno i ricchi con un paio di scarpe usate, che poi passano alla servitù e, quando anche per la servitù sono troppo vecchie, passano ai mendicanti in strada, per cui una suola bucata è sempre meglio che andare in giro scalzi. L'aveva messo in guardia, Nina. Non che ad Ambrogio si sia infranto il cuore, beninteso; tra le gambe della baronessa aveva trovato una banca, mica l'amore. Il fatto è che adesso ne deve trovare un'altra, di banca o di baronessa, è la stessa cosa, perché altrimenti non saprebbe come pagarsi l'affitto.

L'unica che si è fatta vedere è stata Nina, con Achille naturalmente. Sembravano quasi una famiglia, loro tre, in prima fila, tutti vicini con la testa bassa e il naso rosso per il pianto. Ambrogio ci ha sperato, in un certo senso. Per quanto ora gli sembri assurdo, ha davvero sperato che quei due lo prendessero con sé, nella loro casetta accogliente, piena di libri e di amore, ma Nina è stata chiara al proposito: basta coi furtarelli e basta con le baronesse. La condizione per andare a stare con loro era che mettesse la testa a posto, che si trovasse un lavoro, un lavoro vero, che se lo tenesse stretto e che si comportasse da uomo. Ambrogio vuole troppo bene a Nina per prometterle una cosa che sa di non poter fare, così ha ringraziato e si è allontanato senza dire dove andasse.

Si rimette in cammino e vaga senza una meta, perso nei propri pensieri. *Grazie, ma no, non diventerò uno schiavo di quelli.* Quelli non hanno amici, quelli ti usano e basta. Non lo diceva sempre anche sua madre? Non glielo ha ripetuto finché ha avuto fiato per parlare? Quelli le hanno portato via l'amore. Quelli le hanno impedito di stare con lui. Quelli l'hanno fatta crepare in miseria.

Ambrogio non ha mai saputo di preciso chi fossero « quelli », che faccia avessero, come si chiamassero, ma d'un tratto gli sembra di vederseli davanti. È bastato attraversare il Tevere e raggiungere i quartieri più eleganti: nella città in festa per l'anniversario dei sovrani, tra la gente che sgrana gli occhi davanti all'ostentazione di un lusso ai più inaccessibile, *quelli* stanno sulle daumont scoperte con le loro facce altezzose sotto i cappellini piumati e prendono parte ai garden party al Quirinale senza preoccuparsi dell'orlo dei loro vestiti che si macchia d'erba, perché *quelli* non si fanno mai il bucato da soli.

Ambrogio vaga per la città come un gatto che ha perso la strada di casa, e intanto osserva la gente. Sembrano tutti felici, le loro vite da fuori sembrano tutte complete, perfette. Anche la povera gente gli sembra più fortunata di lui. Di sicuro anche loro hanno qualche problema, un parente malato, dei debiti che non sanno come pagare, qualche grana coi vicini, un padrone che muove le mani, ma oggi Ambrogio si sente il più misero essere vivente, il più disgraziato.

Guarda su e cerca sua madre, domandandole che ne sarà di lui, come farà ad andare avanti, dove troverà la forza adesso che è solo. Sopra di lui, oltre la cima dei pini marittimi, oltre il profilo dei tetti e la punta dei comignoli, il cielo senza una nuvola sembra un telo color pervinca; neanche il volo di un uccello lo anima. Quando abbassa la testa, gli occhi ancora pieni di lacrime si posano sull'insegna di una fiaschetteria. Lo prende come un segno del destino, un messaggio dall'alto di sua madre: decide che userà le ultime banconote che gli restano per berci su. Domani, poi, vedrà cosa fare. Il dolore passerà, si dice, sì, passerà. È quello che dicono tutti. Deve passare.

Spinge la porta ed entra nel posto che gli cambierà la vita.

9

Quando bussano alla porta, Achille è uscito da poco. Nina pensa che, come al solito, si dev'essere scordato qualcosa: la sciarpa, il taccuino, il pranzo. Apre la porta come una furia, decisa a dargli una bella lavata di capo, che impari una buona volta a badare alle proprie cose, lei non è la sua serva, e quando si trova davanti un signore elegante che evidentemente viene dal Quirinale - quel modo ricercato nel vestire, i baffi tenuti con cura maniacale, lo stesso taglio di capelli del re - rimane di stucco. Sono quasi due anni che non ha notizie dal palazzo, da quando l'hanno cacciata in malo modo la notte di Natale. Cosa possono volere adesso?

«La signorina Nina Riva, suppongo.»

«No», ribatte lei. «Quello è il cognome del mio... ehm... della persona con cui vivo.» L'uomo solleva scettico un sopracciglio. «Cosa desiderate?»

«Sua Maestà la regina vi convoca a palazzo.» Una pausa. «Con la massima urgenza.»

Nina sbianca. Quale altro trabocchetto sarà riuscita ad apparecchiarle la Frassi prima di lasciare il servizio? «Va tutto bene?» domanda, asciugandosi le mani nel grembiule. «C'è qualche problema?»

«Questo non sono tenuto a dirvelo, signorina. Mi è stato solo ordinato di condurvi al Quirinale, motivo per cui mi trovo al vostro cospetto.»

«Ora?» L'uomo fa una faccia come se avesse visto un cavallo a due teste volare sopra il Colosseo. «Be', io... Ecco...» Perché adesso ha paura? Cosa teme, che la rapiscano? «Datemi solo qualche istante.»

Gli chiude la porta in faccia e corre allo scrittoio, dove si affretta a scrivere un messaggio, che - qualunque cosa accada - Achille troverà al proprio rientro. Poche righe sono sufficienti: lui ha ancora buoni contatti e, se Nina non dovesse fare ritorno, saprebbe senza dubbio come rintracciarla. Poi si cambia d'abito, scegliendo il migliore che ha, e infine si dà un'ultima rimirata allo specchio prima di scendere in strada, dove l'attende un *coupé* nero, senza insegne.

Nel breve tragitto in carrozza, il silenzio è teso, imbarazzato. Nina si domanda cosa possa essere accaduto e cerca di immaginarsi tutte le alternative possibili. Quando infine varcano il portone laterale dove è entrata tante volte da prima cameriera, prova sollievo e nostalgia. Per un attimo le sembra di essere tornata indietro nel tempo e rivede sé stessa nelle giovani cameriere che si affrettano nei corridoi parlando a bassa voce.

L'occhio le cade sulle loro divise scure e istintivamente si ritrova a controllare che i grembiuli siano stati annodati *comme il faut* - un nodo simmetrico, elegante, non fatto di fretta, magari con le mani sporche -, come farebbe se fosse la governante. Una fitta di dolore le fa distogliere la vista.

La conducono in una stanzetta del lato sud del palazzo, detto Manica Lunga, adiacente agli appartamenti della regina e la lasciano sola ad attendere per un tempo che le pare lunghissimo. È un tuffo nel passato dolce e doloroso al tempo stesso. Il valletto, immobile sulla porta come una statua, sembra che non respiri nemmeno: è tutto esattamente come quando se n'è andata, gli stessi stucchi, lo stesso arredo, le stesse livree, gli stessi gesti. Solo Nina non è più la stessa e questa presa di coscienza la fa sentire a disagio.

Quando ormai è rassegnata a trascorrere tutto il giorno a palazzo e lo stomaco le brucia per la fame, le porte si aprono e la marchesa di Villamarina le va incontro.

«Sua Maestà desidera conferire in privato», dichiara, scortandola al cospetto della regina.

Nina le rivolge un lento e profondo inchino. Margherita ha qualcosa di diverso, anche se Nina non saprebbe dire cosa. Forse ha messo su qualche chilo? O forse è la postura a non renderle onore: un po' accasciata, sgraziata, come se fosse molto stanca e non vedesse l'ora di andare a dormire.

Avrà litigato con il re, pensa Nina. Quando era a servizio, era in grado di capire se qualcosa non andava soltanto guardandola camminare. Sua Maestà quando è giù di corda tende a pendere un po' di lato, come se spostasse tutto il peso a destra. Poi si rende conto che ormai queste deduzioni non hanno più importanza e, di nuovo, la tristezza la coglie.

«Vieni, cara. Siediti», fa la regina, con i suoi soliti modi spicci e amabili, mentre la squadra attentamente. «Non ci vediamo da un po'. Raccontami di te. Ti sei decisa a sposarti, infine?»

«No, Maestà. Non ancora.»

Margherita prorompe in una risata spontanea. «E come mai? Non si è ancora proposto?»

Nina le sorride di rimando, ritrovando all'istante la stessa complicità di un tempo. « Al contrario, Maestà. Molte volte, a ben vedere. »

« Oh », si lascia sfuggire la Villamarina, seduta non molto distante da loro.

« Ma mai con le giuste motivazioni. »

Margherita di nuovo ride. « E costui si prende comunque cura di te? Provvede ai tuoi bisogni? »

« Sì, be'... ecco, io in ogni caso... » *Io sono indipendente, Maestà. Scrivo ancora racconti dietro pseudonimo, racconti che mi fruttano piuttosto bene, sapete. Un giorno vorrei scrivere un libro, un libro vero, anche se non so se ne sarei in grado. A ben vedere sono alquanto soddisfatta della mia vita, anche se non può dirsi perfetta secondo i canoni del nostro tempo.* Dovrebbe aprirsi con lei a tal punto, dopo tutto questo tempo? È davvero interessata a saperlo, dopo quello che è successo?

La regina interpreta la sua titubanza come un « no » e sceglie di cambiare discorso. « Dunque, abbiamo un problema. Anzi due », continua. « Vediamo se puoi essermi d'aiuto. »

« Ne sarei onorata. »

« Il primo è che la nuova governante non mi piace », fa, secca. « Saresti stata di gran lunga migliore, tu. »

« Sono addolorata, Maestà », risponde Nina con la voce rotta dall'emozione. « Non avrei mai voluto... »

« Sì, sì », la interrompe Margherita. « Mi è stato riferito che avresti condotto una vita dissoluta, mentre eri al mio servizio. »

« No, Maestà. Io vi giuro che... Voi del resto eravate al corrente... » balbetta Nina.

« Certo che lo ero. A proposito, come sta? Scrive ancora per quelle testate discutibili? » Poi, senza lasciarle il tempo di rispondere: « Non potevo accettare che la mia governante si accompagnasse a un uomo di quel tipo, per di più senza essere maritata ».

« Ma... »

« Sì, sì. Lo so, sono stata io a incoraggiarti. Personalmente ritengo che non vi sia nulla di male in quello che hai fatto: l'amore rende tutti un po' scellerati, o almeno così mi dicono. Ma, capisci, la corte non è a tal punto tollerante. » Lancia un'occhiata alla marchesa di Villamarina, che ha stampata in volto un'espressione impenetrabile. « Ma veniamo al secondo problema. Il secondo problema è che non mi piace nemmeno la mia nuova prima cameriera. Ha certe mani... quando mi pettina, che sembra impugni un rastrello. » Sbuffa. « Due su due: iniziano a dire che sono una sovrana incontentabile. »

Nina le sorride di rimando.

« Per farla breve, io desidero che tu torni a palazzo. »

« Co... come? » *Dopo tutto questo tempo?*

« Ho chiesto, e naturalmente ottenuto, che tu sia riammessa a servizio e che si sorvoli sulla tua condotta privata. Non ti sarà tuttavia concesso di divenire governante, questo né ora né mai, nemmeno se sceglierai di sposarti. Ormai è troppo tardi, il danno è fatto. Capisci, le apparenze devono essere salvate. » Una nuova occhiata alla Villamarina. « A ogni costo. »

« Lo comprendo, Maestà. »

« Bene », conclude Margherita agitando con grazia le mani, come a dire che la cosa è risolta. « Prenderai accordi per tornare al più presto al tuo posto. Magari già dalla prossima settimana. »

Questo non è più il mio posto, pensa Nina. Le torna in mente Achille, e tutte le volte in cui le ha ripetuto di valere di più, di poter aspirare a qualcosa di meglio, di non doversi accontentare. Solo ora, davanti a questo bivio improvviso che la vita le sta mettendo davanti, le sembra di comprendere cosa volesse dire davvero. Solo ora capisce che Achille ha ragione, ha sempre avuto ragione, da quella prima volta nel Parco di Monza.

« C'è qualcosa che vuoi domandare? » fa Margherita, vedendola perplessa.

« Maestà, io... » Come può dirle che non è disposta a tornare? « Io non credo di essere pronta. »

« Oh », ridacchia Margherita. « Sono sicura che ti basterà poco tempo per abituarti. Non dovrebbe essere difficile, dopo tutto. »

Segue un lungo silenzio.

« Ebbene? » insiste Margherita.

« Maestà, io vi sono molto grata. Il vostro gesto conferma la grande magnanimità di cui sempre avete dato prova. »

« Veniamo al punto », sbotta Margherita, che inizia a indispettirsi.

« Non posso tornare a servizio », le dice con voce limpida. « La mia vita è altrove, adesso. »

Margherita cerca con lo sguardo la Villamarina, in piedi dietro di lei, poi per un attimo resta confusa e senza parole. « Altrove? » dice, come se scoprisse solo ora che esiste un altrove all'infuori della corte e non si capacitasse che qualcuno possa davvero desiderare viverci.

« Mi dispiace, Maestà. »

« Non devi dispiacerti », risponde Margherita dopo un po', senza tuttavia riuscire a celare il risentimento. « Non lo avevamo forse detto, in una delle nostre chiacchierate? Erano così piacevoli... Avevamo detto che, se avessi voluto, avresti potuto andartene. Ricordi? »

« Sì, Maestà », sorride Nina.

« Ebbene, cara. Tu puoi. A quanto pare, lo hai appena fatto. » Con la mano cerca la campanella sul tavolino accanto a sé e la agita nell'aria con un gesto che rivela la stizza.

Le porte si aprono e Nina viene scortata fuori.

10

Monte Rosa, estate 1893

Margherita, col fiato corto, avanza nella traccia scavata nella neve, impedita nei movimenti dagli abiti pesanti. È una giornata meravigliosa, fredda e limpida. Il bianco abbacinante, stordente, dei ghiacciai si staglia nel cielo blu pervinca; l'aria impalpabile rende doloroso respirare e gli occhi pizzicano feriti dal riverbero.

Stanotte hanno dormito in una tenda oltre i tremila metri. Il barone Beck Peccoz ha organizzato ogni cosa nei minimi dettagli, come sempre con piglio deciso e garbo squisito. Arrivato a destinazione, il gruppo di alpinisti ha trovato un piccolo campo perfettamente attrezzato, con tutte le comodità che era possibile immaginare. Margherita ha diviso lo spazio limitatissimo della tenda con la marchesa di Villamarina e sua figlia e, nonostante fosse esausta per la lunga escursione, ha faticato a addormentarsi. Ha ascoltato gli uomini, fuori dalla tenda, che discutevano a voce bassa dell'itinerario da percorrere l'indomani, poi s'è alzato il vento e anche gli ultimi impavidi si sono ritirati. Eccitazione e paura hanno reso il suo sonno vigile e frammentato, così quando la Villamarina l'ha svegliata scuotendola piano aveva la sensazione di non aver chiuso occhio.

Era notte fonda. Sopra le loro teste il cielo era gravido di stelle.

Peccoz le ha servito personalmente la colazione, mentre la marchesa cercava un luogo adatto per espletare le necessità più riservate. «Sforzati di mangiare un po'», le ha sussurrato mettendo la testa nella tenda e porgendole un piatto di pane alle noci imburrato. Quando nessuno lo sente, si danno del tu. «Ci aspetta una salita impegnativa.»

«Sarò in grado?» ha esitato Margherita.

Lui ha sorriso. Quando sorride gli si formano certe rughe profonde ai lati degli occhi che lo fanno sembrare più felice. «Sei in grado di fare qualsiasi cosa.» È uscito un attimo prima che la Villamarina rientrasse infreddolita e di pessimo umore.

Erano anni che si parlava di tirare su questo rifugio alpino, ricovero per gli alpinisti e laboratorio scientifico. All'inizio sembrava quasi uno scherzo, una *boutade*, un sogno ardimentoso, poi le cose hanno preso una piega seria. Si sono trovati i fondi, si è valutato il punto migliore di ubicazione, gli ingegneri hanno steso i progetti. L'edificio in legno e lamiera è stato costruito a Biella, poi è stato smontato e portato pezzo per pezzo fin sulla punta Signal, dove è stato riassemblato. Alla notevole quota di 4554 metri sul livello del mare, è il più alto mai costruito dall'uomo e porta il nome di Capanna Margherita.

Ogni estate, tornando a Gressoney, dove il barone Beck Peccoz le mette generosamente a disposizione la propria villa, Margherita si informava sull'avanzamento del progetto, appassionandosi al racconto.

« Voi ci siete stato lassù, Peccoz? » gli ha domandato una sera, dopo cena. « Com'è? »

Lui si è preso del tempo, poi ha detto: « È come abbracciare il mondo intero ».

« Sarebbe meraviglioso poterla vedere, una volta completata », si è lasciata sfuggire.

« Se me lo concedete, Maestà, sarò lieto di scortarvi. »

Ha dovuto insistere per venire. All'infuori del barone, gli altri non volevano portarcela, dicevano che l'altitudine avrebbe potuto nuocere alla sua salute, che l'avrebbero esposta a un inutile rischio, che sarebbe bastato inaugurare una targa a valle. Ora che la Capanna che porta il suo nome è pochi metri sopra la sua testa non le sembra vero d'essere arrivata fin qui.

Margherita si volta: dietro di lei la lunga cordata è una fila di formichine scure smarrite su un enorme lenzuolo bianco. Davanti c'è solo Beck Peccoz.

« State bene, Maestà? »

« Non potrei stare meglio. »

Pochi metri prima di raggiungere la sommità, il barone si ferma e le cede il passo. Margherita esita.

« È la tua vetta », dice Beck Peccoz a bassa voce, per non farsi sentire dagli altri.

Margherita lo supera, tutti applaudono. Il rifugio è più piccolo di quanto si aspettasse o, forse, è l'ambiente circostante che lo fa apparire minuscolo e insignificante. È come aggrappato a quello spiazzo su uno sperone di roccia affacciato sul burrone. Aveva ragione, il barone, da qui sembra di abbracciare il mondo intero. Lui le si affianca e le indica le vette che li attorniano: sono tutte più basse di loro. Poi ci sono i laghi, le colline, le città. Tutto il Regno è ai loro piedi.

Eppure Margherita non riesce a scrollarsi di dosso la sensazione di essere insignificante. Nella maestosità della montagna forgiata in miliardi di anni dalla mano di Dio, anche la prima regina d'Italia è una cosa da poco, e questo pensiero, questa consapevolezza d'essere nulla, la fa sentire stranamente bene, forse liberata del peso delle responsabilità del proprio ruolo.

Le esclamazioni di meraviglia e giubilo violano questo luogo sacro e immoto, la loro semplice presenza qui reca offesa all'intero Creato.

« Come ci siamo permessi? » mormora, guardando la Capanna. « Nessuno sarebbe dovuto venire quassù. » Mai come ora la retorica di cui lei stessa si è fatta artefice e che incarna con tanto successo la disgusta. Mai come ora vorrebbe essere sola.

Vede la marchesa Villamarina e Beck Peccoz scambiarsi uno sguardo allarmato. Forse temono che l'altitudine la faccia delirare. La fanno accomodare dentro, le offrono una bevanda zuccherata, la tengono d'occhio con discreta preoccupazione.

Più tardi, poco dopo la cena, il barone decide di uscire a fumare. Solo Margherita lo segue, sfidando il freddo. Si siedono con la schiena appoggiata contro la parete in un punto protetto dal vento. È l'ora del tramonto. Sopra la valle si sono compattate le nuvole, che il sole morente colora d'arancio.

« Ne è valsa la pena? » domanda Beck Peccoz, guardando il manto soffice che si stende a perdita d'occhio.

Margherita sposta il peso del corpo e si appoggia alla sua spalla. « È la cosa più bella che abbia mai visto. »

Lui le prende la mano e la tiene tra le sue, poi rimangono in silenzio a guardare il sole che si spegne sotto di loro.

« Sai, sono felice che la Capanna sia stata intitolata a me. Questo rifugio aggrappato alla sommità di un monte altissimo, visibile anche dalla pianura come un baluardo di civiltà e progresso, il primo, l'ineguagliabile, sempre in bilico sul vuoto, sferzato dai venti delle bufere eppure impassibile, ammirato da tutti ma circondato dal nulla... delle molte cose che portano il mio nome, questa è quella che mi somiglia di più. »

11

Gressoney, estate 1894

« Dunque, caro Crispi, mi recate qualche novità interessante? »

L'uomo indugia in un lento inchino, saettando con gli occhi

a destra e a sinistra, come se stesse prendendo le misure della stanza o cercasse una via di fuga: sembra un animale selvatico finito in trappola. Da quando Paolo Lega ha cercato di ammazzarlo, il mese scorso, il primo ministro ha paura perfino della propria ombra. Come non capirlo? Se la pistola di quell'anarchico non si fosse inceppata, ora sarebbe al camposanto.

Margherita nota che gli tremano impercettibilmente le mani e per un attimo è tentata di domandargli come stia, di mostrargli un briciolo di vicinanza. Anche lei, dopo tutto, sa bene come ci si sente sapendo di avere il popolo contro, anche lei si è vista la morte passarle accanto. Sono trascorsi molti anni, ma non sono cose che si possono scordare. Ma a cosa servirebbe, dopo tutto, piangersi addosso? Bisogna tirare dritto, farsi coraggio, fingere che tutto sia normale, nascondere la paura perfino a sé stessi. È l'unica via.

« Vi ho portato la fotografia che chiedevate », dice Crispi con voce incerta. « È molto recente, l'ho avuta del ministro plenipotenziario che si è recato su mia richiesta appositamente a Cettigne. »

« Una? Non avevamo parlato di entrambe le sorelle? »

« Sfortunatamente quella di Anna non è giunta. Pare che non ne avessero nemmeno una. » Crispi estrae l'immagine e la porge alla sovrana, osservando la sua reazione. « Dovete sapere, Maestà, che alla corte del principe del Montenegro i fotografi sono una rarità, non come da noi. »

« Oh! » fa Margherita, tra lo sconcertato e il divertito.

Rimira a lungo l'immagine: la giovane che vi è ritratta è di una bellezza molto semplice, proprio come gliel'avevano descritta. Non guarda il fotografo, quasi non osasse sfidarlo. Ha una pelle ambrata posta in risalto dall'abito bianco accollato e non indossa gioielli, a eccezione di una piccola spilla appuntata sul petto; ha occhi scuri e penetranti, capelli bruni acconciati in una foggia antiquata. Potrà piacere a Vittorio? Sarà di suo gradimento?

« A me pare insignificante. »

« Non è bella quanto voi, bisogna riconoscerlo... » butta lì Crispi.

Margherita finge di non dare importanza a quel complimento così smaccato, ma intimamente si sente lusingata, anzi sollevata. Niente come la ricerca di una moglie per il figlio la sta facendo sentire vecchia. È come se tutto d'un tratto le fossero piombati addosso due decenni.

Sei mesi fa si sentiva piena di vita, e poi d'improvviso ecco che nota rughe attorno agli occhi e palpebre cascanti che non aveva mai notato prima, e gli abiti che un tempo la valorizzavano iniziano a starle stretti. Doppio mento, colorito spento, pelle secca e opaca. Deve forse confessare a sé stessa di temere che la presenza a corte di una giovane sposa la metta in ombra? Che il matrimonio segni la fine di un'epoca, la *sua* epoca? È ora di cedere il testimone, di farsi da parte?

No, Margherita si rifiuta di arrendersi al passare del tempo, le sembra ancora troppo presto, anche se ha già quarantatré anni.

Il ragazzo, a ogni modo, si deve maritare, e alla svelta. Comincia ad avere un'età che per gli scapoli dà adito a pettegolezzi. Qualcuno ha messo in giro la voce che, nonostante le molte avventure sentimentali, il principe di Napoli non sia in grado di procreare, e chi sia questo «qualcuno» è facile intuirlo: il ramo Aosta brama a tal punto il trono che il duca non ne fa più nemmeno mistero.

«Voi credete che gli piacerà?» domanda.

«Non saprei, Vostra Maestà. Lo spero.» Crispi tentenna. «Mi sono state riferite buone cose sul conto della ragazza. Parrebbe adatta.»

«E quali buone cose? Dite, su, non tenetemi sulle spine come vostro solito.»

«Be', è giovane, di corporatura abbastanza robusta da far ben sperare per il futuro. È graziosa, ma non troppo appariscente. Ha ricevuto un'ottima istruzione, e tuttavia è umile, mi dicono obbediente, di carattere mite. Veste con sobrietà, senza voler apparire. In generale, sapete, il casato da cui proviene è alquanto modesto.» Fa una pausa carica di significato. «Naturalmente non volevo dire...»

«So bene quel che volevate dire», lo interrompe Margherita.

Il fatto è che di giovani di sangue reale ancora nubili non ce ne sono poi molte, soprattutto di religione cattolica o disposte ad abbracciare la fede cattolica. La duchessa Maud del Galles, per esempio, non avrebbe mai abiurato la fede anglicana prima delle nozze, e così è stata scartata. Meglio, dopo tutto, perché a Margherita non piaceva affatto.

C'erano state delle possibilità con Luisa di Schleswig-Holstein-Sonderburg-Glücksburg, ma Vittorio si è opposto con una tale veemenza da mandare tutto a monte. *Ch'am garda nen, a sa ben ch'io son fotù ant'le gambe!* Il ragazzo non fa che ripetere a tutti questa storia che ha le gambe corte, che è frutto di un pessimo incrocio, che si sente un mostro... Ebbene, non svetta sugli altri, questo è evidente. Ma è pur sempre un principe di sangue reale, con una brillante carriera nell'esercito, cui presto o tardi toccherà di regnare sull'Italia e sulle sue colonie: qualunque donna sarebbe onorata di venir scelta, a prescindere dalla statura. E allora perché Vittorio si svilisce pubblicamente in questo modo, quasi ci provi gusto? Perché umilia il suo casato, i suoi genitori?

A complicare tutto, poi, c'è la ferma, stolida opposizione a un matrimonio di Stato. A Margherita viene quasi da ridere quando ci pensa.

« Non essere ingenuo », gli ha detto appena pochi giorni fa, tornando sull'argomento per l'ennesima volta. « Per un erede al trono, qualunque matrimonio è un matrimonio di Stato. »

« Se l'unica possibilità è che il mio matrimonio sia una triste farsa orchestrata dalla politica come il vostro », ha ribattuto Vittorio, « allora non ci sarà alcun matrimonio. »

C'è mancato poco che Margherita si mettesse a piangere. Era così scossa che non ha avuto nemmeno la prontezza di redarguirlo. Per cosa, poi? Non è forse vero che il matrimonio con Umberto è stata una triste farsa?

Vittorio non vuole che la sposa gli venga imposta, vuole scegliersela lui, ma poi perde tempo frequentando attricette e baronesse maritate. Non vuole che venga selezionata sulla scorta di un mero calcolo dinastico, come se ci fossero altri criteri per trovare una futura regina. Non vuole che primi ministri, diplomatici e sovrani europei si impiccino della questione. È convinto che il suo matrimonio debba essere una questione privata, come se fosse un borghese qualunque e la sua unione non avesse implicazioni politiche ben più ampie dei confini nazionali. Qualche mese fa al kaiser Guglielmo II che lo sollecitava a trovarsi una consorte al più presto, ha risposto garbato, ma fermo, di farsi gli affari suoi.

« L'unica possibilità », ha suggerito Crispi, « è fare in modo che se la trovi da sé. »

« Ma come? Ogni volta che gli parlo di matrimonio, fa una faccia come se bevesse qualche cattiva medicina. »

« Ebbene, Maestà, la prima cosa da fare è trovare una candidata... e io, col vostro permesso, avrei un'idea. »

È così che si è giunti a Jelena Petrović-Njegoš, che dalla foto adesso sorride umilmente a Margherita, senza guardarla negli occhi. Sarà, un giorno, una buona regina? Sarà in grado di eguagliare o addirittura superare lei?

« Stando a quanto mi riferisce l'ambasciatore italiano a Vienna, Costantino Nigra, la corte del Montenegro accoglierebbe con favore questa unione. »

« Oh, lo credo bene! » sbotta Margherita, restituendogli la fotografia con gesto stizzito. « Siamo la più antica casa regnante d'Europa, la figlia di un principe di un piccolo Stato come il Montenegro non potrebbe aspirare a niente di meglio. » Si prende del tempo per ricomporsi. « Rimane comunque il problema della fede religiosa di questa ragazza... »

« Non dovrebbe essere insormontabile. Il padre è ambizioso... voglio dire, è cosciente dell'opportunità che gli si prospetta. Non porrà obiezioni all'abiura di Jelena, ne sono certo. »

« Dev'essere *prima* delle nozze, Crispi. Non voglio urtare la suscettibilità del pontefice. »

« Assolutamente. »

« E sia, dunque. Procedete. Ma vi raccomando la massima discrezione. Il principe di Napoli non deve nutrire il più piccolo sospetto di questa... » Macchinazione? Trappola? Imboscata?

« Premura? » suggerisce Crispi.

« Se Vittorio subodorasse anche una minima ingerenza della politica nella faccenda farebbe saltare tutto per mero principio. È un tale testardo... »

«Non temete, Maestà. Faremo in modo che Sua Altezza abbia la convinzione di aver fatto tutto da sé.»

12

Roma

I suoni gli arrivano attutiti da sotto il cuscino e Ambrogio, ancora assonnato, ci mette un po' a capire cosa sta accadendo: è un succedersi di tonfi, strilli acuti, basso ringhiare, legno che scricchiola, altri strilli, un vetro infranto, suppliche e preghiere, ancora un ringhio. Quando la porta viene spalancata, una corrente d'aria fresca accarezza il suo corpo nudo, facendolo rabbrividire.

«Eccoti, bastardo!» grugnisce l'uomo, avventandosi su di lui con la mannaia.

«No!» strilla la moglie in preda a una crisi isterica.

Ambrogio si desta di colpo e, con l'agilità di un gatto, rotola giù dal letto. La lama lo manca di pochi centimetri e squarcia il materasso, sollevando nuvolette di polvere e paglia.

«Lo sapevo!» grida l'uomo. «Io ti ammazzo! Ti ammazzo!»

«Ti prego, no!» La donna gli si aggrappa, cercando invano di trattenerlo. «Non è come pensi. Stava solo dormendo. Solo dormendo!»

Ambrogio, con le spalle addossate alla parete, le lancia un'occhiata interrogativa. *Ma non era alla fiera del bestiame?*

L'uomo sembra tentennare, come se stesse prendendo in considerazione la versione della moglie. Poi torna a posare lo sguardo su Ambrogio e la vista del suo corpo perfetto, la pelle dorata, gli occhi verdi e irriverenti, la bocca sensuale, il petto ampio, i muscoli affusolati delle braccia, l'addome piatto e tonico, lo infiamma di gelosia.

«Bastardo!» grida, avventandosi contro di lui e conficcando la mannaia nel muro. «Ti scanno come un maiale, quant'è vero Iddio!»

Ambrogio non lo aveva mai incontrato prima, almeno non

tanto da vicino, e ora capisce perché sua moglie gli sia così poco devota. È basso e tarchiato, di forma tondeggiante da qualunque parte lo si guardi: sembra una palla, con la testa calva incassata nelle spalle, la pancia rotonda come una mongolfiera e brevi braccia che finiscono con piccole mani grassocce che hanno fossette al posto delle nocche. A sentire quello che ne dice lei, poi, gli puzza l'alito come una latrina e non è nemmeno tanto gentile. Ha un solo pregio: è il macellaio più ricco della città e, da quando frequenta la sua casa, ad Ambrogio non manca mai un buon taglio di carne.

«Ti ammazzo! Ti ammazzo!» grida l'uomo.

Ambrogio fa appena in tempo a raccogliere da terra i pantaloni e la giacca, poi si dà alla fuga, correndo a perdifiato giù dalle scale, prima che l'uomo gli faccia fare la fine di pecore, agnelli, manzi e vitelli. Sbucato in strada, si riveste in tutta fretta, poi corre lontano fino a quando non riesce più a sentire le grida provenire dalla casa.

Più tardi, assicuratosi di non essere stato seguito, entra nella solita fiaschetteria.

«Niente carne, oggi?» fa l'oste, senza badare al suo abbigliamento mancante di alcuni pezzi.

«Eh», ribatte Ambrogio mesto, lasciandosi cadere su una sedia, «mi sa che per un po' ce la scordiamo.»

L'uomo dà un'alzata di spalle, come a dire che troverà un nuovo modo per campare. Da quando il ragazzo frequenta il suo locale, ne ha viste di tutti i colori e non si stupisce più di niente. Ambrogio alterna giorni in cui ha le tasche gonfie di banconote e offre da bere a tutti, ad altri in cui rientra pesto e sanguinante, una volta perfino vestito da donna, con tanto di guanti e cappellino. Guai, però – questo gli va riconosciuto –, non ne ha mai portati in fiaschetteria ed è sempre generoso nel dividere il bottino, motivo per cui l'oste gli concede, nei periodi in cui non riesce a trovare di meglio, di dormire sulla panca, dopo la chiusura. Gli mette davanti un bicchiere di vino e col mento fa un cenno all'altro avventore.

Non è la prima volta che viene qui, Ambrogio lo ha notato perché gli mancano tre dita e regge il boccale tra pollice e indice. Se ne sta per gli affari suoi, coi gomiti sul tavolo e con la schiena ricurva. Ogni tanto sparisce per giorni, poi ricompare con qualcuno con cui si apparta a parlottare, mentre con lo sguardo saetta in ogni direzione, come se cercasse sempre una via di fuga.

È metà mattina e a quest'ora il locale è sempre vuoto. Ambrogio solleva il bicchiere in direzione dello sconosciuto, che ricambia agitando in aria la mano a due dita.

« Giornata difficile? » gli chiede Ambrogio, sedendoglisi accanto. Non è uno coi soldi, si vede subito, pertanto non si è mai interessato a lui, ma oggi ha voglia di fare quattro chiacchiere, almeno per levarsi dalla testa il baluginio della lama del macellaio.

« E la tua? » ribatte l'uomo.

« Mah! » fa Ambrogio, prima di mandare giù tutto il contenuto del bicchiere. « Poteva andarmi peggio. »

« Allora bisogna brindare. » L'uomo fa un cenno all'oste, che lascia sul tavolo una bottiglia di rosso. « Mi chiamo Zeno », dichiara, allungandogli la destra, o quel che ne rimane. « Zeno Pala. »

« Bonomi Ambrogio, al vostro servizio. »

Per la prima volta le labbra sotto i baffi spioventi dell'uomo si incurvano in un sorriso.

« Lo sai, Zeno Pala... » gli dice dopo un po' Ambrogio, su cui gli effetti del vino iniziano a farsi sentire. « Lo sai chi hai al tuo cospetto? »

« Un uomo che si è giocato ai dadi la camicia? »

Ambrogio ride, poi infila la mano nella giacca e dalla tasca interna estrae il ritratto del re, l'unica cosa che si è portato via dalla casa dove è cresciuto e dove ha visto morire la madre. La porta sempre con sé, ovunque vada, come un santino.

« Io », dice spiegando il foglio e stendendolo bene col palmo, « sono il figlio del re. »

« Non gli somigli tanto », fa Zeno, impassibile.

« Lo dicevo sempre anche io a mia madre. » Picchietta col dito sulla faccia di Umberto. « Sono più bello di questo qui. Ma lei era proprio convinta. »

« E tu le credi? »

« Mah! » fa Ambrogio, versandosi un altro bicchiere. « È stata con così tanti uomini che potrei pure essere figlio tuo. »

« Mio non credo proprio », ridacchia Zeno.

« Ma in fondo cosa importa? » continua Ambrogio serio. « A lui non gliene frega mica niente, sta bene dove sta, si gode la vita, mangia a sbafo della povera gente. » Beve un sorso e rimane un po' con lo sguardo smarrito nell'aria, come se fosse preso da profonde riflessioni. « Ti domanderai allora perché mi porto appresso il suo ritratto. »

« Me lo domando, in effetti. »

« Perché », scandisce Ambrogio picchiettando di nuovo sul ritratto del re, « non voglio dimenticarmi la faccia della canaglia che ha ammazzato mia madre. » Negli occhi dell'uomo si accende una luce sinistra, che Ambrogio, infervorato dal proprio racconto, non coglie. « Era bella, sai, proprio bella. La più bella di tutti. L'avessi vista quando non era malata! Forse era pazza, non lo so, però era una brava donna. Onesta, nonostante tutto. E quelli l'hanno rovinata. »

L'altro non risponde e rimane a osservarlo con attenzione.

« Quella gente lì pensa che sono tutti ai loro comodi. Ti usa e quando non gli servi più ti butta via, in malo modo. » Gli esce una risata amara. « E noi, cosa possiamo fare? Possiamo solo subire. Subire e crepare in miseria, ecco. E poi vengono a farci i bei discorsi sulla patria, canaglie schifose che non sono altro. »

« Non deve andare così, non per forza », ribatte Zeno con voce nitida e forte.

Ambrogio scuote il capo con rassegnazione.

« Guarda, per esempio, Paolo Lega », continua Zeno, stringendogli il braccio con quelle due dita che si rivelano fortissime. Meno di un paio di mesi fa l'uomo, un anarchico noto con lo pseudonimo di Marat, ha cercato di ammazzare Francesco Crispi, sparandogli con una pistola che tuttavia si è inceppata.

« Ah! » esclama Ambrogio. « Coraggioso, certo, mica lo nego. Ma voglio proprio vedere che fine gli fanno fare adesso, a quel disgraziato. »

« Cosa importa? » fa Zeno, animandosi. « Marat sapeva bene

a cosa andava incontro. Non ha paura delle conseguenze, e nemmeno della morte. Lo ha fatto per un bene superiore.»

«E quale sarebbe?» ridacchia Ambrogio con occhi rimpicciolti dal vino.

«Per la liberazione di tutti i popoli dall'oppressione», ribatte serio Zeno. «Per la giustizia, per l'uguaglianza. Per la tua libertà, per quella dei tuoi figli.»

Io non avrò figli, pensa Ambrogio. «E comunque gli è andata male, al tuo Marat.»

«Ma non a Sante Caserio.» Pochi giorni dopo il tentativo fallito di Paolo Lega, a Lione un altro anarchico italiano ha pugnalato a morte il presidente della Repubblica francese Marie François Sadi Carnot. «E ne verranno altri, puoi starne certo. E altri ancora.»

«Li conosci tutti?» domanda Ambrogio scherzando.

«No», si affretta a rispondere Zeno, dando un'occhiata attorno a sé. «Ma conosco il popolo, e so che è stanco di subire le ingiustizie dei potenti. Siamo tutti stanchi. Tu no?»

Ambrogio è costretto ad ammettere a sé stesso che sì, è stufo, anzi esausto.

«Non esistono leggi antianarchiche che possano fermarci. Non in eterno.»

13

Gressoney

È l'ultima escursione dell'estate, *deve* essere grandiosa. Per settimane, Margherita ha studiato le mappe e dalla villa che il barone le mette a disposizione ha guardato in su, verso il Rosa, cercando di immaginarsi il percorso. Non parlava d'altro, è diventata un'ossessione.

Peccoz le ha detto che sarebbe accaduto, l'ha messa in guardia. «Quando inizierete, Maestà, non riuscirete più a farne a meno. L'alta montagna fa questo effetto, su alcune persone.»

Poi ha guardato il sigaro che stava fumando ed è scoppiato a ridere, contagiando anche Margherita.

È una cosa che hanno in comune, lei e il barone. Una delle tante, forse la più evidente.

Quando è a valle, studia le cime e vorrebbe conquistarle tutte; fa il conto di quelle che le mancano e si domanda se mai riuscirà a salirci, se sia possibile.

« Niente è impossibile per chi ha una volontà di ferro come la vostra », dice Peccoz.

L'idea è di arrivare al colle del Lys e, attraverso il ghiacciaio del Grenz, scendere a Zermatt, una vera avventura. Stanotte hanno dormito alla Capanna Linty e sono ripartiti subito dopo l'alba. Una piccola compagnia di alpinisti, i soliti impavidi, oltre alla Villamarina che segue la sovrana con spirito di abnegazione e qualche sospiro rassegnato. Questa cordata, però, è diversa dalle altre: c'è qualcosa nell'aria, una tensione, una specie di malumore.

« Ve la sentite, Maestà? » le ha chiesto Peccoz con l'aria pensosa, annodando la corda che da quel momento in poi li avrebbe tenuti uniti.

« Io sì, e voi? » ha ribattuto Margherita scrutandolo a lungo. « Possiamo rinunciare. Possiamo rimandare all'anno prossimo. »

Lui ha scosso la testa e le ha sorriso. « Bisogna far subito le cose che si vogliono fare. »

Il barone è stanco ultimamente, le dà da pensare. I medici gli hanno sconsigliato l'altitudine – Margherita lo ha saputo dalla Villamarina, lui non le avrebbe mai rivelato una cosa simile, per non preoccuparla –, ma Peccoz non vuole sentire ragioni: « Se devo morire, morirò sulle mie Alpi, facendo quello che mi piace, e non in un letto come un invalido! »

Fa freddo, il fiato si addensa in nuvolette di vapore che il vento spazza subito via. Peccoz avanza piano, vigile. Non nevica da un po' e sul ghiacciaio sono evidenti le cicatrici dei crepacci. Il percorso di salita li aggira cautamente, ma il ghiacciaio – le hanno spiegato – a dispetto delle apparenze è una creatura viva, che si muove, che respira, cambia e si adatta di giorno in giorno, di ora in ora. Nessuno può sapere di preciso cosa ci sia sotto i piedi, se si trovino in un punto sicuro o se, coperto da un esile ponte di neve, si spalanchi una voragine di diverse decine di metri. Ogni tanto qualcuno lo scopre a proprie spese, e raramente riesce a tornare a valle per raccontarlo. Il ghiacciaio non perdona, ogni anno chiede il suo tributo.

La consapevolezza di trovarsi sempre in pericolo, che rende nervosa la Villamarina, a Margherita provoca un brivido irresistibile, la fa sentire più viva che mai. E la necessità di rimanere sempre concentrata, di essere più fredda del ghiaccio su cui cammina è un esercizio di volontà che torna utile soprattutto quando non è in montagna: calma, autocontrollo, lucidità. Si dice che la regina abbia più coraggio dei suoi soldati che partono per le colonie.

Il sole è alto sopra l'orizzonte quando raggiungono il colle del Lys e il manto bianchissimo brilla come una gemma purissima. In lontananza, è possibile scorgere la Capanna inaugurata lo scorso anno, un quadratino scuro che ha sfidato l'inverno ed è ancora là, impavida e fiera, a picco sullo sperone di roccia che domina la valle.

Siamo in ritardo, pensa Margherita, ma non osa dirlo, per non offendere l'esperienza di Peccoz, che sa bene quel che fa.

Si decide di fare una breve pausa, giusto per riprendere fiato prima della discesa, che non è meno impegnativa della salita. Si tolgono gli zaini, si tira fuori qualcosa da mangiare. Non parla nessuno, sono tutti esausti e tesi.

D'improvviso, Beck Peccoz si china come se volesse allacciarsi uno scarpone, poi diventa paonazzo e portandosi le mani al petto emette un grido fortissimo. Il corpo ricade rigido in avanti, a faccia in giù nella neve, come inanimato.

«Luigi!» strilla Margherita che gli è subito accanto. Si aggrappa alla sua giacca e lo scuote furiosamente, gridando il suo nome.

Tutti accorrono, lo girano su un fianco, lo si avvolge in una coperta per ripararlo dal freddo, si cerca di rianimarlo. Margherita, un po' discosta, osserva i soccorsi piangendo.

Il barone ha gli occhi spalancati, la bocca contratta in un ghigno di dolore. Non reagisce agli stimoli.

«Dobbiamo scendere», dicono. «Dobbiamo portarlo giù.»

«È morto?» domanda Margherita.

Gli altri hanno un'esitazione, si guardano reciprocamente.

«È morto?» strilla lei in preda a una crisi isterica.

«No, Maestà», interviene la Villamarina. «Ma la situazione è grave, deve essere condotto al più presto a valle perché gli siano prestate le cure di cui ha bisogno.»

«Ma non reagisce. Perché non reagisce? Cos'ha? Non mentitemi!»

«È... è svenuto, Maestà.»

«Svenuto?»

«Sì, Maestà. Per il freddo. Può accadere.»

«Andrà tutto bene», le dice la Villamarina, stringendole la mano.

Margherita si calma un po'. La cordata si divide, quattro uomini ripercorrono veloci la via da cui sono saliti, portando a braccia il barone. Gli altri scendono più lentamente, senza parlare.

Margherita si aggrappa con tutte le forze alla speranza che il barone stia bene. «Non avrei dovuto insistere», mormora. «Non se la sentiva, era stanco.»

«Non potevate immaginare... nessuno poteva», la rincuora la Villamarina.

«E se morisse?»

«Non morirà. Starà bene, andrà tutto per il meglio.»

È una menzogna. Tutti, forse anche Margherita, che però non vuole ammetterlo nemmeno a sé stessa, sanno che il barone Beck Peccoz, grande alpinista, intimo amico della regina, è morto sul colle del Lys, proprio come aveva predetto: facendo quello che gli piaceva, accanto alla donna che ha sentito di amare più di ogni altra.

14

Venezia, aprile 1895

Vittorio ha la strana sensazione di essere chiamato da una voce silenziosa e ostinata che gli intima di voltarsi. È così che posa gli occhi su di lei. La sala dei pittori stranieri della prima Esposizione internazionale d'arte è affollata, eppure gli sembra che ci sia soltanto lei o che solo lei sia degna d'attenzione. Si accompagna a una giovane dama che le somiglia e pertanto dev'essere la sorella o una cugina molto prossima; pare sia stata messa lì apposta per far risaltare la bellezza dell'altra. La ragazza è alta, statuaria, di un'eleganza discreta, senza fronzoli. Ha una gran massa di capelli scuri acconciati con cura in uno chignon che ne sottolinea il lungo collo e la fa sembrare ancora più alta. Tiene lo sguardo basso e sorride timidamente, come se fosse consapevole d'essere osservata e se ne vergognasse.

Vittorio cerca di concentrarsi sui dipinti, anche se l'arte non lo appassiona particolarmente; i suoi accompagnatori gli descrivono ogni quadro, il suo significato, il motivo per cui si trova in concorso. Vittorio si mostra interessato, fa qualche domanda, si complimenta, senza tuttavia riuscire a risultare convincente nemmeno a sé stesso. *Dov'è andata la ragazza? Sarà ancora qui?*

Non la rivede fino a sera, poi all'improvviso se la trova accanto a un ricevimento che lo stava annoiando a morte. Accade proprio in uno di quei rarissimi momenti in cui Vittorio è solo; anche lei è sola, il che è forse ancora più strano.

« Fortuna che vi ho ritrovata », le dice in francese. « Mi stavo giusto domandando se fossi rimasto abbastanza a lungo da potermi congedare senza offendere nessuno. »

Lei cerca di nascondere il sorriso dietro la coppa di champagne. « Avrei voluto esservi presentata oggi alla mostra, Altezza », risponde con un accento indecifrabile, dando prova di sapere chi si trova davanti, « ma eravate talmente interessato alle opere esposte... »

Lui dà un'alzatina di spalle tutta impacciata. « A dire il vero, ero più interessato ad andare via. »

La ragazza si fa seria, mentre mormora: « Sembrate un uomo che non si trova mai dove vorrebbe essere ».

Vittorio si volta e la guarda quasi risentito, poi deve ammettere che la bella sconosciuta, in fondo, ha ragione: è lei che è tanto arguta, o è la sua infelicità a essere così evidente? Forse entrambe le cose?

Il loro momento di pace non dura che poche battute e subito si trovano accerchiati da altre persone. Si fanno le presentazioni: la ragazza si chiama Jelena Petrović-Njegoš e, quando Vittorio capisce che si tratta di una delle figlie di re Nicola I del Montenegro, e che dunque è una principessa di sangue reale, prova uno strano, inspiegabile sollievo.

Si parla d'arte e lui si scopre inusualmente loquace. L'arte in sé non lo attrae, ammette con candore, ma le tecniche pittoriche lo affascinano.

«Potrei decretare il vincitore tra cento tele dipinte tutte di un unico colore, solo sulla scorta di come è stato impugnato il pennello», sentenzia senza falsa modestia.

Tutti ridono, domandandosi a quale pazzo verrebbe mai in mente di dipingere un quadro d'un solo colore. Poi il principe si addentra a citare artisti e correnti pittoriche, dando prova di conoscere a memoria nomi ed epoche, con una precisione impressionante. Lo fa, forse, un po' troppo ad alta voce, con gli occhi che saettano in continuazione verso di lei, per saggiarne le reazioni, e sentendosi al contempo ridicolo. Quando gli fanno notare che in fatto di capacità mnemoniche assomiglia tanto a sua madre, la regina Margherita, si irrigidisce al punto di sentire una scarica nervosa lungo le gambe.

Più tardi, mentre l'aiutante di campo lo aiuta a svestirsi, non riesce a resistere alla tentazione di informarsi su di lei.

«Mi risulta che sia la sesta figlia di re Nicola, Vostra Altezza. La chiamano tutti Jela, diminutivo di Jelena. Come le sorelle, ha studiato al prestigioso Istituto Smol'nyj di Pietroburgo. Chi la conosce dice che abbia una vera passione per la pittura, in cui pare eccella.»

Vittorio ripercorre con la memoria la serata: rivede sé stesso, piccolo e goffo, snocciolare nomi di artisti e tecniche pittoriche per cercare di farsi grande agli occhi di lei, statuaria, bellissima ed elegante, e probabilmente anche più esperta in materia. Si sente così ridicolo che gli sembra di prendere fuoco, poi gli torna in mente la frase, quell'unica pennellata con cui Jela – nella sua testa si prende già la libertà di chiamarla così –

lo ha tratteggiato tanto bene: *Sembrate un uomo che non si trova mai dove vorrebbe essere.*

« I Petrović vantano vincoli di stretta amicizia con i Romanov », continua l'aiutante di campo, « al punto che lo zar Alessandro è stato il padrino di Jelena e le principesse montenegrine sono considerate alla stregua di appartenenti alla famiglia imperiale russa. »

« Quanti anni ha? » domanda il principe un istante prima che l'attendente esca dalla stanza.

« Credo ventidue. »

« Quattro meno di me », mormora Vittorio, come se parlasse a sé stesso.

« Esattamente, Vostra Altezza. » Segue un lungo silenzio, durante il quale l'aiutante di campo rimane sull'uscio in attesa di ordini.

« Grazie, potete andare », fa Vittorio. Poi, colto da un ripensamento: « E, per cortesia, non fatene parola con nessuno ».

L'aiutante annuisce e si inchina, poi richiude piano la porta.

In ogni caso, Margherita era già stata informata della buona riuscita dell'incontro.

15

Roma, primavera 1896

All'inizio ci veniva solo per lei. Antonia è l'ultima dei fratelli Pala, e la sua famiglia numerosa, allegra, caotica e chiassosa è proprio il contrario di quella avuta da Ambrogio: ammesso che, nel suo caso, si possa parlare di famiglia. C'è sempre qualcosa che bolle sulla stufa, le bocche sono tante, i turni di lavoro confusi, i bambini corrono attorno al tavolo, gente che va, gente che viene. Ognuno contribuisce per quel che può, non esiste « mio » e « tuo », anche i figli sono un po' di tutti e i problemi si spartiscono, così non sembrano mai troppo grossi.

« Cosa sarà mai una bocca in più da sfamare? » gli ha detto

Zeno, qualche settimana dopo che si sono conosciuti. « Vieni a stare da noi. »

Quel giorno in fiaschetteria avevano preso a parlare e, di boccale in boccale, Ambrogio gli aveva raccontato tutta la propria storia, come non l'aveva mai raccontata a nessuno. Gli aveva raccontato anche di sua madre e della sua discesa agli inferi, da cameriera della principessa di Piemonte ad amante dell'erede al trono, poi prostituta a Trastevere e infine morta di sifilide. Avevano brindato a lei e continuato a bere.

Mentre la taverna si riempiva e si svuotava alle loro spalle, avevano brindato ancora e ancora: ai figli illegittimi! A quel nano dell'erede al trono! A tutte le puttane di Trastevere! Ai ladri della Banca Romana! Alle tre dita di Zeno! Al telaio che se le è mangiate!

Di quello che era successo dopo, Ambrogio ha un ricordo sbiadito. Ricorda Zeno, tutto infervorato dalle sue chiacchiere sulla libertà e sulla giustizia, e poi altre persone che si univano a loro, la fiaschetteria che chiudeva, una vecchia caffettiera piena di colla, un pennello e un plico di volantini inneggianti alla rivoluzione appiccicati su ogni muro della città. Poi lui – questo gliel'hanno raccontato, e quindi dev'essere vero – che, nonostante la sbornia, cercava di arrampicarsi sulla statua di Campo de' Fiori con l'intento, pare, di ammantare Giordano Bruno di una bandiera rossa; naturalmente cadeva senza neanche aver raggiunto il piedistallo, veniva raccolto e trascinato via prima che le guardie potessero acciuffarli. Una notte memorabile, di cui purtroppo ha solo vaga memoria, che tuttavia ha cambiato la sua vita.

La mattina dopo, risvegliandosi a casa dei Pala, Ambrogio si era trovato davanti Antonia. Erano soli nella grande stanza al piano terra. Entrando dalla porta aperta, il sole disegnava un rettangolo giallo sul pavimento, dove un gatto sonnecchiava acciambellato; lei armeggiava con la stufa che faceva fumo, con le maniche della camicia arrotolate fino ai gomiti e il grembiule tutto sporco.

« Ah, vi siete svegliato finalmente », aveva detto con un sorriso. « Russavate come una sega. » Non sembrava indispettita dal trovarsi per casa uno sconosciuto, evidentemente ci era abituata.

Com'è bella, aveva pensato Ambrogio, provando qualcosa che fino a quel giorno non aveva mai creduto di poter provare: uno struggimento, una specie di gioia mista a un grande dispiacere, e il desiderio di non andare più via, di fermarsi per sempre.

Qualche settimana dopo, si era trasferito dai Pala ed era diventato uno di famiglia.

Deve tutto ai Pala, Ambrogio. Lo hanno accolto, lo hanno sfamato, vestito, consolato. Gli hanno anche trovato un lavoro, che Ambrogio si tiene stretto più per gratitudine che per autentico interesse. La mattina, prima che sorga il sole, è già in fabbrica che corre appresso alle macchine da oliare, al pavimento da spazzare, al padrone che si lamenta in continuazione e non è mai ricco abbastanza, allora picchia gli operai per ripicca. Ambrogio tiene la testa bassa e ogni volta che sente la rabbia salire pensa a lei, ai baci delicati che gli fa cadere sulle palpebre chiuse dopo che si sono amati, alle sue mani rosse come fragole nei giorni del bucato, al sorriso che rivela un piccolo spazio tra gli incisivi. Ambrogio lavora e intanto con la testa è da un'altra parte, tra le sue braccia, tra i suoi seni, a respirare il suo respiro. È così distratto che inciampa nei secchi, ruzzola a terra, si rialza con un'espressione ebete e le prende dal padrone.

Quasi ogni sera, poi, vengono qui. La fiaschetteria in cui Ambrogio e Zeno si sono conosciuti poco più di un anno fa ha una stanza sul retro dove, quando tutti gli avventori occasionali se ne sono andati, una trentina di uomini viene a bere e a parlare di rivoluzione. È gente che viene da ogni parte della città, soprattutto operai, artigiani, qualche studente; si tira tardi insieme, si beve, si leggono e si commentano le notizie, ci si arrabbia molto.

Ogni settimana gli affiliati versano una quota destinata a sostenere spese di vario tipo: può essere il mantenimento della famiglia di un associato finito in galera o la stampa di manifesti e opuscoli informativi, i biglietti del treno di un compagno in contatto diretto con altri socialisti, le spese legali di qualcuno sottoposto a processo, drappi rossi per le manifestazioni, talvolta anche esplosivo o qualche arma. Ogni anno, il 18 marzo, si festeggia in gran segreto l'anniversario della Comune di Parigi.

È Zeno Pala che comanda. Quando parla lui, tutti ascoltano in religioso silenzio, perché Zeno ha la testa, sì, e che testa! Legge molto, anche certi romanzi francesi che sembrano delle storie semplici, ma sotto sotto hanno un significato, e a volte fa dei ragionamenti che capisce solo lui. Zeno, soprattutto, ha dei buoni contatti: riceve della posta, fa dei lunghi viaggi e talvolta si fa accompagnare da uno del gruppo, sempre più spesso da Ambrogio, che ormai è come un fratello. Zeno riesce sempre a sapere le cose prima che accadano, e come fa lo sa soltanto lui.

All'inizio, Ambrogio in fiaschetteria ci veniva solo per Antonia, per avercela vicino, per sfiorarle la mano sotto il tavolo e farsi stordire dal suo profumo di agrumi e sapone. Della rivoluzione non gliene fregava mica niente, era Antonia la sua rivoluzione. La prima donna che gli abbia mai occupato tutti i pensieri, quella con cui si vede tra vent'anni.

Poi il governo, in risposta alle agitazioni e ai moti insurrezionali, ha dichiarato lo stato d'assedio in Sicilia e i tribunali militari hanno inflitto condanne gravissime anche per reati di poco conto. Il gruppo di amici che dopo la fabbrica viene in fiaschetteria a parlare di rivoluzione è sempre più arrabbiato, specie da quando il governo ha fatto approvare le cosiddette «leggi antianarchiche», che altro non sono che un modo per privare i cittadini della libertà. È stato introdotto il reato di «apologia del regicidio»: i primi due condannati sono stati un sacerdote e un frate! Poi sono stati chiusi molti giornali, la polizia ha iniziato a tenere d'occhio la taverna, si è scoperto che sono tutti schedati, che ci sono rapporti su ognuno di loro.

All'inizio, Ambrogio ci veniva solo per Antonia, ma adesso comprende il significato delle parole di Zeno, lo sente suo. Sente su di sé il peso dell'ingiustizia sociale, dei soprusi di quelli sopra, e da quando ha conosciuto Zeno non si limita più a lamentarsi, come faceva prima, ma vuole poter fare qualcosa, aggiustare la situazione, porre fine alle disparità, costruire un mondo migliore per quelli che vi saranno dopo di lui.

« Ci vorranno anni, forse decenni », dice Zeno, che negli ultimi tempi è teso, nervoso. L'altro giorno hanno arrestato un compagno con l'accusa di aver affisso manifesti sovversivi – cosa vera – e di aver tramato per organizzare un attentato con una bomba a mano « all'Orsini » –, cosa, questa, del tutto falsa: è Zeno, infatti, che lo sta organizzando. « Seguiranno leggi ingiuste e repressioni ancora più gravi, ma noi non ci arrenderemo. »

In quella, fuori dalla stanza si sentono scalpiccio di piedi sull'assito, grida, voci imperative. Zeno si scambia un'occhiata allarmata con Ambrogio, poi scatta verso la finestra e, nell'istante in cui i carabinieri fanno irruzione, si butta di fuori e inizia a correre.

Corri, Zeno! pensa Ambrogio. *Scappa più lontano che puoi, non farti prendere!*

I gendarmi puntano le armi, la gente viene fatta disporre in fila contro il muro e Ambrogio pensa che li vogliano giustiziare tutti. Chiude gli occhi e inspira. Accanto a lui Antonia trema, ma non piange. Il suo profumo di limone gli infonde serenità. Le prende la mano e la stringe forte. Se deve morire, se davvero è giunto il suo momento, allora è felice che sia accanto a lei.

Con poco garbo li perquisiscono, mentre dall'esterno provengono urla e spari lontani. A qualcuno viene trovato addosso un coltello: è quello con cui stava affettando il pane poco prima dell'irruzione, ma tanto basta perché l'uomo venga ammanettato e arrestato.

Poco dopo rientra Zeno, sorretto da due carabinieri. Ad Antonia sfugge un grido acuto. Potevano portarselo via, e invece hanno deciso di tornare dentro per mostrarlo agli altri. Ha una ferita alla spalla, dove un proiettile lo ha colpito. Gli leggono le imputazioni – apologia di reato, istigazione a delinquere, incitamento all'odio... – mentre lui annuisce con orgoglio.

Quando viene portato via, ha la testa alta e un sorriso soddisfatto, arrogante. Passando accanto ad Ambrogio, si ferma e gli si aggrappa alla camicia. « Io non torno. Questi mi vogliono ammazzare», gli dice opponendo resistenza alle guardie che lo strattonano. «Prenditi cura di Antonia.»

Quella sera, a casa dei Pala c'è un silenzio che non si era mai sentito; sono tutti attorno al tavolo con lo sguardo basso sui piatti, ma non mangia nessuno.

Più tardi nel buio Antonia si rannicchia contro Ambrogio e piange. Lui sente il suo dolore penetrargli addosso e scavargli dentro, acuito dalla consapevolezza di non poter fare nulla per lenirlo; una rabbia nera si dilata e scalpita per uscire. Aveva trovato la felicità e adesso *quelli* gliela portano via.

La stringe a sé con tutte le sue forze. «Sposami, Antonia», le sussurra di getto. «Ti prego, sposami.»

16

Dieci passi il lato corto, ventitré quello lungo, venticinque in diagonale. Tre finestre esposte a ovest, tre passi di distanza l'una dall'altra. Due porte identiche, della larghezza di un passo e mezzo ciascuna, che si fronteggiano. Un caminetto - due passi - sulla parete più corta, esattamente nel mezzo; sulla mensola in marmo, una pendola che segna il tempo, indifferente all'impazienza umana.

Vittorio aspetta di essere ricevuto misurando il salottino a falcate nervose. Il tappeto che occupa tutto il pavimento dista due piedi dal muro. Il lampadario è leggermente decentrato, cosa che lo irrita quasi più di questa attesa estenuante.

La decisione è presa, non si torna indietro. Tutto si è svolto così velocemente che adesso vorrebbe fosse già finita e ogni minuto in più d'incertezza lo fa impazzire.

Due settimane fa, ha rivisto Jela. Nell'ultimo anno non ha avuto sue notizie e, di tanto in tanto, si è trovato a domandarsi che fine avesse fatto quella graziosa principessa con lo sguardo timido e profondo. Il ricordo del loro primo incontro andava e veniva come la risacca.

Suo cugino Emanuele Filiberto di Savoia-Aosta, intanto, è

riuscito a spuntarla e ha sposato Elena d'Orléans, superando le resistenze del re e del governo, che si aggrappavano alle regole dinastiche, stando alle quali il primo a sposarsi avrebbe dovuto essere l'erede al trono. Ma dal momento che Vittorio non si voleva decidere...

Poi a Mosca, durante l'incoronazione dello zar Nicola, l'ha ritrovata. Il ricevimento era sfarzoso e noioso, come tutti i ricevimenti. Vittorio non aveva voglia di ballare e così aveva trovato una saletta attigua dove rintanarsi in pace, lontano dal chiasso e dalle risate. Jela era entrata poco dopo, sola e smarrita, reggendo in mano una coppa di champagne come se non sapesse che farsene.

«Se non lo bevete, finirà che si scalda e non sarà più buono...» le ha detto.

La ragazza è arrossita. «Posso rivelarvi un segreto?» ha risposto, abbassando lo sguardo.

«Non ci siamo che noi, qui.»

Jela si è guardata attorno con aria circospetta, poi gli si è accostata e abbassandosi un poco gli ha sussurrato all'orecchio: «Detesto lo champagne».

Vittorio ha riso, una risata così incontrollata, così spontanea, che l'ha contagiata. Hanno riso insieme di loro stessi, del mondo che li circondava, delle sue regole assurde.

Nei giorni a seguire, si è saputo che, mentre si svolgevano i festeggiamenti per l'incoronazione dello zar, tra la folla che si accalcava nel campo di Chodynka, in meno di quindici minuti, c'erano state oltre mille vittime, svenute per la ressa, spintonate, cadute e calpestate a morte.

Forse è stato allora che Vittorio ha deciso di chiederla in sposa: perché Jela, informata della tragedia, ha pianto. Lacrime vere, non lacrime di circostanza. È così diversa da sua madre...

Jelena Petrović-Njegoš non è un'algida principessa sassone, non è erede di un'antichissima dinastia le cui radici affondano in un passato così lontano da essere indecifrabile. I Petrović-Njegoš non sono una delle più importanti famiglie reali d'Europa; il loro palazzo di Cettigne, a confronto con la magnificenza delle residenze sabaude, può essere scambiato, al massimo, per un casino di caccia.

Jela è diversa da tutte le donne che hanno provato a imporgli, ne è l'opposto, e forse proprio per questo a Vittorio piace. Perché a sua madre, è pronto a scommetterci, non piacerà affatto.

E soprattutto l'ha scelta lui. Jela è sua, solo sua.

In quella si apre la porta. « Le Loro Maestà sono pronte a ricevervi, Vostra Altezza. »

Era ora, pensa Vittorio, marciando nel lungo corridoio. Sua madre lo accoglie seduta su un divanetto mentre sorseggia una tazza di tè. Suo padre è in piedi che guarda fuori dalla finestra e gli volge le spalle.

Vittorio, sulla porta, piega il capo in un inchino rigido e formale.

« Vieni, caro », dice Margherita, allungando una mano verso di lui. « Dammi un bacio. Stai bene? »

« *Oui, maman.* » Vittorio si accomoda davanti a lei.

« Ho sentito quello che è successo a Mosca. Tutta quella gente! È terribile, non trovi? » fa, rivolta a Umberto, che emette un borbottio indistinto e li raggiunge.

« Una pessima gestione », commenta Vittorio, secco. « Se il granduca Sergej avesse previsto misure di sicurezza adeguate... E adesso, naturalmente, scarica la responsabilità su altri, come se non fosse lui il governatore generale. »

« Caro, non essere sempre così severo. Prendi un po' di tè? »

« *Non, maman.* Grazie, ma vado di fretta. »

« Dicci, dunque », domanda Umberto. « Per quale motivo hai chiesto di vederci con tanta urgenza? »

Vittorio tentenna. Proprio ora gli vien meno il coraggio? E di cosa ha paura, poi? Cosa potrà mai fare, sua madre, per impedirgli di sposare Jela? La decisione è presa, si ripete per darsi coraggio. « Ebbene, ho una notizia importante di cui volevo mettervi al corrente. »

Margherita e Umberto rimangono impassibili davanti a lui.

« Io... » Vittorio si schiarisce la voce. « Io intendo sposarmi al più presto. »

« Oh! » esclama Margherita. Per un istante, una luce maliziosa brilla nei suoi occhi, così li abbassa sulla tazzina.

« Spero non con una qualche sciantosa », ridacchia Umberto.

« È una cosa seria », ribatte Vittorio piccato.

« Ma hai sempre detto di essere contrario alle nozze... » obietta sua madre.

« Ho sempre detto di essere contrario a nozze di Stato », puntualizza Vittorio. « Ma questa donna non è stata scelta dalla politica. L'ho scelta io. »

« Dunque è un'attrice? » lo punzecchia Umberto.

Vittorio cerca di mantenere la calma. « Si tratta della principessa Jelena Petrović-Njegoš, figlia del re di Montenegro. »

La tazzina di Margherita tintinna sul piattino.

« L'avete veduta, *maman*, all'esposizione d'arte di Venezia, poco più di un anno fa. »

« Sì », fa lei, distrattamente. « Ne ho un vago ricordo. Mi pare fosse una ragazza graziosa... »

« Volevo essere io a dirvelo, personalmente. Mi rendo conto che il Montenegro non è che un piccolo regno, e che la sua dinastia non è... ecco... »

« Be', certo », concorda Margherita. « Non lo si può negare. »

« Tuttavia... » continua Vittorio, prima che la madre possa avanzare obiezioni. « Tuttavia io credo che Jela... voglio dire, Jelena, sarà un giorno un'ottima regina, e voglio che sia la madre dei miei figli, che immagino numerosi e... felici. »

« Oh! » esclama Margherita, perplessa.

« Vi prego, *maman*, di non opporre rifiuti, dal momento che la decisione è presa. »

« È il re, mio caro, che deve darti il suo benestare... » obietta Margherita. « Io sono solo tua madre e, in quanto tale, se tu lo desideri... »

« Lo desidero, *maman* », esclama Vittorio. « Non desidero altro al mondo. » Poi si volta verso suo padre con sguardo implorante. « Volete concedermi il vostro permesso? »

« Ebbene, se questa principessa è tanto graziosa... »

Umberto non riesce a finire la frase che Margherita è già in piedi e si getta tra le braccia del figlio. « Caro! » esclama. « Caro il mio bambino! »

« Vi prego, *maman* », si schermisce Vittorio, non avvezzo a tanta espansività da parte della madre.

«Suvvia, fatti abbracciare un'ultima volta. Lo so che sei uomo, ma tra poco ti sposerai e non potrò più farlo.»

Vengono mandati a chiamare la marchesa di Villamarina con la figlia e i componenti più stretti della corte.

«Vittorio!» esclama la regina, garrula. «Il mio Vittorio si sposa!»

«Oh!» fa la Villamarina, scambiandosi uno sguardo complice con Margherita. «Che notizia inattesa.»

Si apre dello champagne e si brinda in un'atmosfera di intima allegria famigliare. Tutti si complimentano e concordano che dopo la sconfitta di Adua serviva proprio una bella notizia, qualcosa che desse una nuova speranza al Paese.

Vittorio, stordito da tanto calore, da tutta quella gioia manifesta, incredulo per la facilità con cui ha ottenuto il consenso alle nozze, osserva a lungo sua madre, che non era così allegra da mesi, e si domanda se la conosca davvero.

PARTE SESTA

Monza

Gli errori commessi da Passannante e da Acciarito
ci hanno insegnato che oggi una pistola a ripetizione
è più sicura di un pugnale.

GIUSEPPE CIANCABILLA
su *L'Aurora*, 1899

1

Roma, estate 1900

La luna è uno spicchio ancora alto nel cielo quando Ambrogio si tira su piano dal materasso. Antonia dorme supina con la pancia all'ottavo mese che tende la stoffa della camicia da notte. Dopo due femmine, questo forse sarà un maschio e si chiamerà Zeno, come lo zio, morto in una colonia penale appena due mesi dopo l'arresto.

Chissà se è davvero un maschio, si domanda Ambrogio, *chissà se riuscirò mai a saperlo...*

No, non è questo il momento per pensarci, non è il momento per tentennare. Ormai è tardi, la decisione è stata presa. In strada lo aspettano i compagni che lo scorteranno fino a Milano. Non c'è tempo da perdere.

Si veste al buio cercando di fare il minimo rumore. Ha messo tutti i propri risparmi in una scatola che appoggia in bella vista sul comodino. Quando tra qualche ora Antonia si sveglierà, troverà la scatola e, dentro, una lettera.

Avrebbe voluto dirle di più, spiegarle: lasciarla così gli sembra da codardo, ma i compagni glielo hanno sconsigliato. Se i carabinieri un giorno perquisendo la casa trovassero la lettera, potrebbero pensare che lei sia stata complice, e allora passerebbe dei grossi guai.

No, Antonia verrà a sapere tutto dalla gente, come succede sempre in questi casi. Ambrogio non si illude certo che gliela faranno rivedere o che gli concederanno qualche minuto per dirle addio. Addio è adesso, in questo ultimo sguardo silenzioso.

Si è discusso a lungo su chi dovesse farlo; a un certo punto volevano tirare a sorte. Poi si è fatto avanti lui. « Lo faccio io », ha detto picchiandosi il petto.

Lo hanno guardato con tanto d'occhi. *Tu? Che tra poco ti na-*

sce un bambino? Lo sanno tutti come andrà a finire: l'hanno visto con Alberigo Altieri, con Giovanni Passannante, con Paolo Lega, con Sante Caserio e poi con Pietro Acciarito, che nel '97 ha cercato di uccidere re Umberto, e con Luigi Lucheni che due anni fa ha pugnalato a morte l'imperatrice Elisabetta d'Austria. Altri eroi. Tutti finiti male.

Questo è un viaggio di sola andata. Chi ammazza il re, o anche solo ci prova, non torna più a casa. Se gli va bene, lo lincia la folla sul posto e muore come un martire; se gli va male, finisce come Passannante, che è stato graziato dal Re Buono per finire a impazzire incatenato al muro in una cella buia sotto terra.

Ambrogio sa cosa lo aspetta, e non è che gli faccia piacere lasciare moglie e tre figli per andare a farsi ammazzare a Monza. Eppure non c'è nessuno che abbia più motivi di lui per farlo.

Dà un ultimo sguardo ad Antonia, al suo bel viso che gli darà il coraggio per andare avanti, al pancione in cui cresce un figlio che, forse, avrà un futuro migliore.

« Addio, amore mio », le dice a bassa voce. « Sei stata la cosa più bella che mi ha dato la vita. »

Le fa una carezza delicatissima, si calca il cappello in testa e va incontro al proprio destino.

2

Parco di Monza

La casa accanto al vecchio serraglio dei cervi non è cambiata negli anni, circondata dal grande parco che la nasconde e la protegge. Lungo i muri, rimasti dello stesso colore che l'umidità ha sbiadito, si aprono a intervalli regolari le finestre. Da quando Bruno ha preso moglie, la famiglia si è ingrandita alla svelta, così anche le stanze al primo piano vengono abitate; da fuori, l'unico indizio di mutamento sono le persiane di legno scrostato, che ora sono spalancate sul bosco. Dall'interno proviene la litania acuta di un bambino che piange.

Nina stringe forte la mano di Achille, senza trovare il coraggio di fare un passo verso la casa che un tempo è stata sua. Oltre la porta troverà il corpo di suo fratello, vestito con l'abito migliore, steso sul letto, il colore cereo delle cose senza vita, le grandi mani che stringono il rosario; sarà scalzo, pensa, perché ormai è morto e le scarpe sono più utili ai vivi.

Quando due giorni fa le è giunto il telegramma, Nina non riusciva a crederci: Bruno aveva solo cinquantadue anni ed era in salute. Perfino ora non le sembra vero che lui non sia più qui, che lei non abbia fatto in tempo a salutarlo.

Sulla porta di casa appare la sagoma scura di un bambino che indugia appena, poi rientra di corsa. Poco dopo, appare Giuseppina, e Nina si trova costretta ad andarle incontro.

«Come stai?» le domanda Nina, tirandola a sé. Con gli anni la cognata è diventata sempre più grassa. A Nina sembra di abbracciare un enorme dolce lievitato, ma, nonostante la morbidezza delle forme, Giuseppina è rigida e si sottrae presto al suo abbraccio.

«Che disgrazia», esclama lei, facendo scivolare su Achille un lungo sguardo diffidente. «Che disgrazia!»

Rientrano, la famiglia è al completo, vestita a lutto - i figli di Bruno che gli somigliano così tanto, ormai diventati a loro volta genitori, con una nidiata di bambini, tutti con gli stessi occhi buoni color nocciola tondi come quelli di una volpe -, ma i convenevoli questa volta sono intrisi di mestizia. Nina volge lo sguardo verso la camera da letto, da dove attraverso la porta socchiusa si sente mormorare il rosario.

«Non c'è posto», si affretta a precisare Giuseppina, scambiando quello sguardo come una richiesta di asilo. «Non possiamo ospitarti.»

Nina, che pure lo immaginava, ne rimane comunque ferita. «Non importa. Abbiamo preso una stanza in affitto.»

Nessuno fa domande su chi sia l'uomo che la accompagna e a quale titolo sia lì, dal momento che - questo è risaputo - Nina non si è mai sposata. La strategia scelta dalla famiglia è di far finta, semplicemente, che Achille non esista, che non sia lì, che sia trasparente come un fantasma.

Rassicurati del fatto che non si fermerà per la notte, le fanno strada verso la camera da letto, quella che molti anni fa Nina ha lasciato per trasferirsi alla Villa Reale, la stanza dov'è cresciuta, dove anche Bruno è nato e dove ora giace senza vita. Nell'aria c'è odore di incenso, di candele che si consumano lentamente, di fiori appassiti.

« È stato fuori tutto il giorno, non lo abbiamo visto rientrare e ci siamo preoccupati. Era sempre puntuale, non tardava mai », spiega Giuseppina, mettendosi una mano davanti alla bocca e scoppiando in singhiozzi che la fanno tremolare come se fosse di gelatina. « Lo hanno trovato il giorno dopo all'alba. »

Nina si inginocchia accanto al letto e prende la mano di Bruno, fredda tra le sue non meno fredde. *Avresti dovuto aspettarmi*, gli dice col pensiero. Aveva già in programma di tornare a Monza e di fermarsi qualche giorno, e forse questa volta avrebbe avuto il coraggio di presentargli Achille. Gli avrebbe parlato dei racconti di N.A., che sono sempre molto apprezzati, anche se ormai scriverli è diventato quasi noioso, e del romanzo che invece la appassiona, del sogno di riuscire un giorno a vedere il proprio nome - quello vero, non uno pseudonimo - sulla copertina di un libro. *Oh, Bruno!* esclama in silenzio, piangendo. *Come avrei voluto avere più tempo per stare insieme, come mi pento di non essere tornata abbastanza spesso a Monza! Come rimpiango tutte le cose che non ho saputo dirti, come mi dispiace di non aver trovato la forza di impormi su tua moglie e reclamare un po' di spazio per noi due, come quando eravamo bambini!*

« La Famiglia Reale ci ha mandato le condoglianze », le dice Giuseppina, allungandole un foglio tutto spiegazzato per quante volte è già stato mostrato. « Per tutti gli anni di servizio reso... Era un uomo d'oro, il re lo teneva in grande considerazione. »

« Già », dice Nina, e intanto ripensa ad altri servitori come Bruno e ad altri telegrammi come quello che ha visto partire dal Quirinale, il medesimo tono, le medesime parole, scritti e inviati da qualche segretario senza che nemmeno Umberto ne fosse messo al corrente.

« È proprio un peccato che non lavori più per la regina... Io non so come hai fatto a farti cacciare a quel modo, cosa ti è venuto in mente. »

Non mi hanno cacciata, vorrebbe risponderle. *Me ne sono andata io.*

« Tuo fratello ne ha sofferto così tanto... Gli hai dato una tale delusione! »

Prima che Nina possa ribattere, la piccola stanza si riempie di gente; chi piange, chi prega, chi parla sottovoce. Nella confusione, Nina perde di vista Achille e lo ritrova tempo dopo, fuori dalla casa, seduto al buio su un vecchio tronco tagliato; anche se non riesce a vedergli gli occhi, sa che sono velati di risentimento. « Mi dispiace », gli sussurra, baciandolo in fronte.

Lui la prende per mano e la riporta alla locanda, dove la tiene stretta a sé tutta la notte, nonostante il caldo sia insopportabile.

L'indomani partono di buon'ora diretti alla chiesa di San Martino Vescovo. Nina ha un vestito scuro che non le piace ed evita di guardarsi allo specchio prima di uscire.

« Forse dovresti andare solo tu », dice Achille, facendole una carezza. « Ti posso aspettare qui. »

« Non credo di riuscirci senza di te. »

Fuori dalla chiesa non c'è nessuno, il campanile segna le nove meno un quarto, sono in anticipo di più di un'ora. Più tardi li raggiunge un nipote: è così alto e magro che il vento potrebbe portarselo via, e ha una zazzera di ricci castani che gli cascano sulla fronte nascondendo in parte gli occhi. Nina lo ha visto bambino e non le sembra vero che sia già a sua volta padre, che sia passato così tanto tempo; d'improvviso si sente vecchia e pesante, ancor più brutta e infelice nell'abito scuro.

« Zia », le dice ansando. Si è fatto la strada correndo e non ha il coraggio di guardarla in faccia. « Stanno arrivando. Non potete rimanere », mormora. « La mamma non vuole. »

Nina sente la mano di Achille contrarsi sulla sua. « Come? Perché? »

Gli occhi del ragazzo saettano verso Achille, poi si abbassano di nuovo. « Dice che è una vergogna. »

« Ma non è giusto... » esala Nina. « Era mio fratello. Non ho fatto niente di male. »

« Posso andare via », ripete Achille. « Puoi rimanere solo tu. »

« Il prete... » farfuglia il ragazzo. « La gente... Non farebbe differenza. » Poi alza su Nina occhi imploranti, pieni di imbarazzo e di pena. « Ti prego, zia. Non farti vedere in chiesa. Tra pochi giorni ripartirai; tu non vivi qui, questo non è più il tuo posto. Ma noi dobbiamo rimanere: le persone ci conoscono, parlano. Già così è abbastanza difficile. »

Nina si accorge che Achille ha mosso un passo avanti e per un istante teme che voglia battersi.

« La mamma sta già soffrendo tanto », supplica il ragazzo, dando un'occhiata alle proprie spalle dove il corteo funebre si sta avvicinando. « Andate via, per favore. Per favore! »

Nina annuisce, mesta, poi trascina via Achille. Da una vietta laterale spiano il corteo, il prete che avanza ondeggiando nei paramenti funebri, Giuseppina che si guarda attorno per sincerarsi che la piazza sia vuota, figli, nipoti, il feretro portato a braccia che viene inghiottito dal portone della chiesa, la campana che batte i suoi lugubri rintocchi, poi un silenzio irreale che segna la fine di tutto.

« Addio, Bruno », mormora Nina. Poi gira sui tacchi e se ne va con Achille.

3

Monza

Il caldo è soffocante. Margherita si sente addosso un insopportabile odore di sudore e non vede l'ora di potersi togliere questo dannato abito che pesa come un'armatura medievale; o forse l'olezzo che le entra dalle narici e le arriva fino al cervello, rendendole i pensieri vischiosi, non è il proprio: qui del resto sudano tutti, e non si capisce perché il prefetto di palazzo non abbia aperto le finestre sul parco per far girare un po' d'aria. Le si sono anche gonfiati i piedi, li sente pulsare nelle scarpe e non osa pensare allo stato in cui li troverà stasera.

« Mio Dio, che strazio! » fa Margherita rivolta alla Villamarina, in piedi dietro di lei.

La marchesa, però, non dà segno di averla udita: c'è talmente tanta confusione, con gli invitati che ballano berciando e assaltano il buffet sotto gli occhi impassibili dei valletti. L'orchestra suona un valzer stonato in cui pare che gli archi seguano uno spartito diverso, inventato sul momento.

«Fateli smettere, per carità!» implora Margherita, portandosi le mani alle orecchie. Cosa diranno i suoi invitati constatando che è stato scelto un quartetto d'archi che non sa nemmeno impugnare una viola? Ne spettegoleranno per settimane, è pronta a scommetterci. Finirà su uno di quegli insulsi giornali repubblicani. A chi diavolo è venuto in mente di portarli qui?

Margherita si guarda attorno. Nessuno sembra infastidito, né dal caldo né dall'accompagnamento musicale - a volerlo definire tale -, né dalla confusione. Anzi, nessuno sembra proprio avvedersi di tutte le stramberie di questa pessima serata. *È colpa mia?* si domanda. *Come dice Umberto, pretendo sempre troppo?*

Non molto distante da lei, il sindaco della città si sta ingozzando di bignè, la cui farcitura gli cola dalle mani macchiando lo sparato della camicia.

«Oh, santi numi!» esclama Margherita, dando col ventaglio un colpetto al braccio della marchesa di Villamarina, per attirare la sua attenzione. «Guardate là!»

Di nuovo la sua dama non dà segno di averla sentita, allora Margherita solleva il volto verso di lei. La marchesa ha lo sguardo perso in lontananza, calamitato da qualcosa che le dilata perfino le pupille conferendo al suo volto un'aria sinistra. Margherita allunga il collo per vedere, ma davanti a lei c'è un muro di persone che le ostruisce la visuale. Solo in quella si rende conto che le stanno tutti voltando le spalle. *Ah, io sono la regina!* riflette amaramente. *Che maleducazione!*

Si puntella sui braccioli della poltroncina e si alza. *Questa gente ha bisogno che le si ricordi di chi si trova al cospetto.* In quella la musica si interrompe e poco dopo parte la marcia reale. *Finalmente, era ora!* pensa Margherita. Ma la gente che le sta davanti non si accorge di lei e anzi, mentre nella sala si solleva un brusio di ammirazione, inizia a indietreggiare, piegandosi in un inchino collettivo. Margherita, pigiata tra terga altrui e gomiti sporgenti, ricade indietro nella poltroncina. In quella, la folla si apre creando un lungo corridoio che taglia la grande sala da ballo, alla cui estremità appare, bellissima in un abito color smeraldo, la duchessa Litta.

« Ancora voi! » esclama Margherita puntandole contro l'indice.

La Litta percorre la sala con la grazia di un angelo mentre gli invitati si inchinano al suo passaggio, rivolgendole parole di ammirazione. Tra i presenti Margherita riconosce il poeta Carducci, il barone Beck Peccoz, Rosa Vercellana con entrambi i figli e l'Aghemo al seguito, il principe Filippo Orsini, la marchesa Lavaggi, Francesco Crispi, Benedetto Cairoli, sua madre Elisabetta di Sassonia, Giovanni Passannante, suo figlio Vittorio Emanuele con la moglie Elena, lo zar di Russia, l'imperatrice Elisabetta d'Austria - *Ma non era morta?* si chiede Margherita -, il cognato Amedeo, Urbano Rattazzi, Alessandro Manzoni, Giuseppe Garibaldi, re Vittorio Emanuele...

« Siete venuta per la mia incoronazione », le dice la duchessa. « Me ne rallegro. »

La sala prorompe in una risata crudele, ammutolendo solo quando il sovrano fa il suo ingresso.

« Umberto! » sibila Margherita. « Cosa diavolo stai facendo? Manda via questa gente dalla nostra Reggia. Subito! »

« Sono venuto per l'incoronazione », dichiara lui serafico, rivolgendo alla duchessa uno sguardo pieno d'amore. « Dopo tutto questo tempo, finalmente, io ed Eugenia ce l'abbiamo fatta. »

La Litta gli sorride di rimando, poi gli porge la mano e i due si allontanano, seguiti da una moltitudine di aristocratici adoranti.

« Umberto! » grida Margherita sull'orlo di una crisi di nervi. Cerca di rimettersi in piedi, ma qualcosa glielo impedisce, e d'improvviso si accorge che le hanno cucito l'abito alla fodera della poltroncina. Per alzarsi dovrebbe spogliarsi. « Sono io la regina! Dove stai andando? Torna indietro! » Ma nessuno si cura di lei. La gente la sorpassa mollandole gomitate, spintoni e spallate. « Umberto! » grida di nuovo.

La cameriera entra nella stanza e apre le imposte. Margherita si ritrova nel proprio letto, puntellata sui gomiti con la schiena sollevata dai guanciali e la veste da notte madida di sudore. « Ho urlato? » domanda.

« Stavate sognando, Maestà », fa la cameriera con un lieve sorriso, che a Margherita pare di scherno.

La marchesa di Villamarina le porge la prima tazza di tè. « Avete dormito bene? »

« Questo caldo mi sfinisce », sbuffa Margherita, prendendo un sorso e notando con sollievo che il liquido è dolce al punto giusto e non troppo caldo. *Sono ancora la regina,* si dice.

« Ho sognato la Litta », le racconta, quando rimangono sole. « C'era un ballo, qui alla Villa, e nessuno si curava di me. Nemmeno voi. »

La Villamarina le sorride complice. « Allora doveva proprio essere un incubo. »

« La duchessa era venuta per prendere il mio posto, la volevano incoronare », continua pensosa Margherita. « Io ero stata... dimenticata, messa da parte, come una persona che non conta nulla. Anzi, no: come un oggetto. Come un vecchio oggetto inutile. »

« Oh, Maestà », fa la Villamarina. « Questo non accadrà mai. »

Margherita sospira e si lascia vestire cercando di scacciare quella sensazione, come di non valere più nulla. Il ricordo dell'indifferenza della gente nel sogno la tortura perfino durante la messa.

« Avete mai considerato », dice più tardi alla sua dama, mentre fanno colazione davanti alla finestra aperta da cui entra il canto degli uccelli, « che la posizione che ricopriamo, che io ricopro, non dipende da me? »

La marchesa la guarda perplessa, in cerca di una risposta sensata che non le manchi di rispetto.

« Intendo dire che se il popolo, d'improvviso, mi voltasse le spalle, se non mi riconoscesse più... mettiamo caso, per esempio, a un ricevimento... Se le persone non mi riconoscessero più, io non sarei più la regina. »

« Maestà, voi siete la regina per volere di Dio », obietta garbatamente la Villamarina. « E questo il popolo lo sa bene. »

Margherita sospira, scuotendo il capo. È da quando è arrivata a Monza che si sente inquieta. Sarà il caldo, un caldo così a Monza non se lo ricorda proprio. Saranno i pensieri: Vittorio che non ha ancora messo al mondo un erede, quella insipida di sua moglie Elena, una gran brava donna, sì, per carità, ma che si atteggia come una pastorella, così remissiva, così poco regale. Alla sua stessa età, Margherita diventava regina, la prima regina d'Italia: ventisette anni, era sposata già da dieci, aveva generato un erede e si trovava sulla testa il peso della corona di un Paese ancora tutto da fare, di una nuova capitale ancora da addomesticare. E loro? Loro sono in crociera nel Mediterraneo, come una qualsiasi coppia di ricchi borghesi, e di tanto in tanto mandano un telegramma giusto per far sapere che stanno bene, innamorati e del tutto dimentichi delle responsabilità del loro rango.

Margherita sbuffa imburrando il pane, che le sfugge di mano e casca sul tappeto. «Ecco, lo sapevo!» Da quando è arrivata a Monza le sembra di cogliere nel più piccolo imprevisto un cattivo auspicio. Sarà che è stanca e ogni viaggio le pesa un po' di più. Sarà quella Litta che se ne sta, al suo solito, a pochi chilometri da lì e trama nell'ombra.

«Mio marito è là?» domanda, seguendo il filo dei propri pensieri.

«Temo di sì, Maestà», mormora la Villamarina, con una breve esitazione.

A Margherita passa l'appetito. Ripone le posate sul piatto, poi si prende la testa tra le mani. «Non ce ne libereremo mai...»

La sua dama non risponde.

«E suppongo che quell'idea non gli sia ancora passata dalla testa...» continua Margherita.

Le è giunta voce che Umberto prenderà parte a una messa commemorativa in ricordo del giovane Alfonso Litta; pare inoltre che gli vogliano intitolare qualcosa, una scuola, un ricovero per orfanelli, e che Umberto si sia speso in prima persona per il progetto, che intenda farsene carico con una generosa donazione. Tutti pettegolezzi, beninteso, voci, spifferi che girano per il palazzo, non si sa bene se con un fondo di verità o messi in giro ad arte, magari proprio dalla duchessa, per mandarla su tutte le furie e guastarle anche questa villeggiatura.

Naturalmente lui – il codardo – si è ben guardato dal dirglielo di persona, anzi si nega, adducendo mille impegni e fa in modo di incontrarla solo quando sono attorniati da molta gente. Già si immagina la discussione, uguale, identica ad altre dieci, cento che hanno avuto in questi anni, sempre per lo stesso motivo. Lei che lo rimprovera: *Avresti dovuto dirmelo.* Lui che risponde: *Io non ti devo niente.* Lei che rincara: *Sono pur sempre la consorte del sovrano.* Lui che la provoca: *E, se anche te l'avessi detto, cosa sarebbe cambiato?* Lei che non trova una risposta e si innervosisce ancora di più, allora torna all'attacco: *Il re d'Italia non presenzia a una messa qualsiasi.* E lui che puntualizza: *Non si tratta di una messa « qualsiasi »*, ponendo l'accento su quell'ultima parola.

« Umberto, poi », continua Margherita, stizzita, « che per portarlo in chiesa bisogna implorarlo. »

Si alza. Il programma di oggi prevede riposo. Una passeggiata in carrozza prima di pranzo, poi del tempo per la corrispondenza nel pomeriggio e una cena *en famille.*

« Trovatemi mio marito », fa, più tardi, montando in carrozza. « Ditegli che gli devo parlare con urgenza. »

4

Ambrogio non era mai venuto a Monza. Anzi, sì: sua madre gli aveva raccontato di quella volta in cui ce lo ha portato ancora piccolissimo, anche se lui non ricorda proprio nulla. *Oh, Ambrogino,* diceva Ottilia con sguardo sognante, *vedessi che posto! Una reggia enorme, da perdersi dentro, con quasi ottocento stanze, l'una più bella dell'altra. E il parco, grande, praticamente infinito, con alberi altissimi e tanti animali, cervi, volpi, da diventare matti: un parco tutto del re!* Quando era un ragazzino, Ambrogio pensava che avere ottocento stanze e un parco infinito tutto per sé fosse una cosa bella, ma adesso la vede per quello che è, ossia un'ingiustizia. La terra, lo ripeteva sempre il povero Zeno, e aveva ragione, deve essere di tutti oppure di nessuno.

I compagni che lo hanno accompagnato fino a Milano aspettano di ricevere sue notizie in una locanda fuori mano, dove si sono spacciati per mercanti di stoffe. È Ambrogio che lo ha preteso: non vuole trascinare nessun altro in questa faccenda, è una cosa personale. Dopo che avrà fatto quello che deve fare, se tutto andrà bene, tornerà da loro e verrà scortato fino al confine con la Francia, dove le loro strade si divideranno di nuovo, per sempre, o almeno per un bel po'; se invece venisse ucciso o, peggio, catturato, i compagni hanno l'ordine di rientrare subito a Roma e prendersi cura di Antonia e dei bambini.

Da questo momento, Ambrogio è solo e può contare soltanto sulle proprie forze. Poco dopo l'arrivo, lasciati i bagagli in una locanda cui ha fornito delle generalità fasulle, decide di andare in esplorazione. Prima di uscire, rimane a lungo incerto su cosa fare della pistola, se lasciarla in camera, con il rischio che una cameriera zelante e impicciona la trovi, o portarsela appresso; alla fine, se l'assicura con la cintola all'altezza dell'anca e la copre con la camicia, il gilet e poi la giacca; è rischioso, certo - se lo fermassero le guardie per un banale controllo, potrebbe anche finire male -, ma in fondo, si dice, deve prendere dimestichezza con l'arma, si deve abituare al suo peso, alla sua forma, deve imparare a camminare disinvolto tenendosela addosso.

Per le strade, il caldo è da togliere il fiato. Ambrogio passeggia senza una meta, guardandosi in giro come un turista qualsiasi, saluta le signore portandosi una mano galante alla tesa del cappello, sorride e indugia gustandosi i loro sguardi ora imbarazzati, ora lusingati, e intanto il ferro della rivoltella a contatto con la pelle gli dà un senso di importanza. *Ah, se sapessero chi hanno di fronte*, pensa, riempiendosi di orgoglio. *Se sapessero cosa sono venuto a fare!* Tra qualche giorno, chissà, magari una settimana, vedendo il suo ritratto su tutti i giornali forse si ricorderanno di lui, e allora con orrore capiranno.

Il sole alto disegna sul piazzale l'ombra seghettata del duomo col suo alto campanile. Sarà che lui viene dai quartieri popolari di Roma, e qualsiasi posto in confronto pare il paradiso, ma questa città dopo tutto gli piace: è piccola, ma vivace, laboriosa e al contempo elegante. È evidente perché al re piace tanto. Sua madre la chiamava « la città del destino », come se intuisse quello che un giorno suo figlio sarebbe venuto a fare: il luogo ideale per una resa dei conti.

Ambrogio si lascia guidare dalla folla. Oggi è giorno di mercato e le bancarelle coi loro tendoni bianchi occupano la maggior parte di una grande piazza gremita di gente, così decide di approfittarne per andare a ripararsi dal sole a picco, curiosando tra la mercanzia in vendita.

I compagni hanno fatto una colletta e insieme con la rivoltella gli hanno dato del denaro, una bella cifra; sono stati generosi come si fa coi condannati a morte. C'è la bancarella di un tizio che vende delle bambole. Ce ne sono di tutti i tipi e per tutte le tasche, da quelle più economiche in cartapesta, passando per quelle di legno dipinto e infine in delicato *bisquit*. Ambrogio si sofferma sulla più costosa immaginandola tra le mani impazienti delle sue figlie che se la contendono: ha una testa di capelli folti e biondi sotto un cappellino di paglia, occhi azzurri ben dipinti e una boccuccia rosa che sorride appena.

« Quanto costa? » domanda al mercante.

Dovrà comprarne due, si dice, sì: quella bionda e quella bruna andranno bene. E poi pensa che forse sarà meglio farle avere a qualcuno che le porti subito a Roma, perché *dopo* probabilmente tutti i suoi averi verranno sequestrati, e lui non vuole che il suo ultimo regalo finisca nelle mani di qualche sbirro arraffone.

« Ambrogio? » esclama una voce familiare alle sue spalle.

Lui sobbalza, come se fosse stato colto in fallo. Nina è sconcertata non meno di lui.

« Cosa ci fai a Monza? »

« Io... io... » balbetta lui, e la mano gli va istintivamente alla pistola e nello stesso momento si dà dello stupido. « Sono venuto per lavoro. »

« Che lavoro? » È evidente che Nina non gli crede. « Cos'hai lì? »

« Niente, niente », bofonchia, e nella fretta di scappare per poco non si porta via anche una delle bambole di *bisquit*. « Volevo vedere com'è. »

« Ambrogio », insiste Nina, tallonandolo, « dove stai andando? Cosa stai facendo? »

Lui non risponde e si allontana a lunghe falcate, ma la piazza è gremita e Nina molto determinata.

« Ambrogio! » gli dice lei afferrandolo per il braccio e costringendolo a fermarsi.

Il ragazzo sente la pistola assicurata in vita cedere verso il basso e di nuovo porta la mano lì. Nina segue il gesto e sbarra gli occhi, pieni di paura.

« Cosa stai facendo? Che cos'hai in mente? »

« Ti ho detto niente », ripete lui, ma poi si dice che l'unica via d'uscita è prenderla di petto. « Ti devi fare gli affari tuoi! » le abbaia in faccia. « Ho già deciso! È così che deve andare. »

Nina sbianca e arretra di un passo, ma non smette di fissarlo con uno sguardo atterrito. Lui le legge la delusione negli occhi e si sente morire per la vergogna. Nina è sempre stata buona con lui, una seconda mamma. La gente in piazza li osserva, una donna vestita a lutto e un ragazzo alto, di bell'aspetto, vestito bene, con una zazzera rossa che pare abbia preso fuoco e occhi non meno infuocati, che si fronteggiano come due cani pronti ad azzuffarsi.

« Sto bene », riprende lui, come per dirle qualcosa, anche se non sa nemmeno lui cosa intende. « Sono un uomo, ho le mie cose a cui pensare, mi devi lasciare in pace, adesso. »

Nina saetta con lo sguardo dalla mano di Ambrogio posata sulla pistola alla fronte corrucciata, e poi lontano, mentre la mente svelta e acuta raccoglie gli indizi – Ambrogio, il rigonfiamento sotto la camicia, Monza, Ottilia, la Villa, la villeggiatura dei sovrani, la camicia, Ambrogio, il re... suo padre – e li compone in un quadro che possa avere senso, anche se il quadro che riesce a ricostruire le sembra troppo terribile per essere vero. « Ambrogio, pensa alle bambine », dice poi. « Non fare sciocchezze. »

« Ho le mie cose a cui pensare », ripete lui. « Ormai ho deciso. »

Si libera dalla presa con uno strattone e corre via, lasciandola sotto il sole torrido di luglio a tremare di paura.

5

« Nina », le dice quella sera Achille, sporgendosi sul piatto.

Ma lei è assente e lui pensa che sia per via del fratello e del funerale al quale non le hanno permesso di prendere parte.

Dopo aver detto addio a Bruno da lontano, Nina è tornata alla stanza quasi correndo, con Achille che faticava a starle al passo. « Voglio ripartire subito per Roma », ha sentenziato, mentre con mani nervose appallottolava la loro biancheria e la buttava alla rinfusa nella valigia.

Avevano in programma di trascorrere qualche giorno a Monza: lei avrebbe dedicato un po' di tempo a nipoti e nipotini che non rivedeva da tanto, e lui ne avrebbe approfittato per lavorare; ufficialmente, per scrivere un pezzo sui reali da poco giunti a Monza, in verità per incontrare in tutta segretezza l'editore Treves di Milano.

« Non ha più senso restare », ha concluso Nina.

Achille ha resistito alla tentazione di opporsi. Non poteva certo dirle che quella faccenda con Treves era maledettamente seria, che ci aveva impiegato mesi per organizzare l'incontro e che se fosse andato tutto bene, come sperava... no, non era quello il momento buono per darle la notizia. Nina non sa niente di Treves, e *non deve* saperne niente, almeno fin quando la cosa non sarà sicura.

L'ha aiutata a rifare i bagagli, ascoltando il suo sfogo sulla cognata e sui nipoti, sul loro egoismo e sulla loro ignoranza, sulla gelosia che Giuseppina ha sempre covato dentro di sé, su tutte le volte in cui l'ha intenzionalmente ferita, su come ha manipolato Bruno allontanandolo da lei, sulle menzogne che si è inventata.

« Se fossimo sposati, però... » ha provato a buttare lì Achille.

« Ah! » C'è mancato poco che Nina si mettesse a urlare per

la disperazione. « È stato solo un pretesto, solo una scusa per cacciarmi via. Non mi voleva, non mi ha mai voluta! Quella... Quella... »

Achille ha sorriso. Nina è troppo educata per dare forma di parole ai propri pensieri, perfino quando è così arrabbiata. « Perché non vai a fare un giro? » le ha detto. « C'è mercato, prova a distrarti. So che non cambierà le cose, ma... »

Lei ha sorriso e obbedito. Achille ha atteso guardandola allontanarsi dalla finestra, poi è corso a cercare un telegrafo per mettersi in comunicazione con Treves.

Stasera ceneranno presto e domattina di buon'ora prenderanno il treno che li porterà a Milano e da lì, poi, a Roma. L'editore dovrà aspettare, sperando che il piano di Achille non vada a monte.

« Nina », ripete piano, prendendole la mano. « Perché non mi vuoi sposare? »

Lei ha come un sussulto.

« Se fossimo stati sposati, oggi non avremmo avuto problemi. Perché non hai mai voluto sposarmi? »

« Non possiamo partire domani mattina », fa Nina, come se non lo avesse nemmeno sentito.

« Cosa? »

L'oste compare con i piatti e Achille ricaccia indietro la stizza.

« Oggi è successa una cosa strana... » riprende Nina, non appena restano soli. Non gliene ha ancora parlato perché non sa spiegarsi nemmeno lei la sensazione sinistra che le è rimasta addosso, perché non vuole credere al proprio istinto. *Forse mi sbaglio,* si è ripetuta per tutto il resto della giornata. *Forse mi sbaglio. Dio, fa' che mi sbagli!* « C'era Ambrogio al mercato, in piazza. »

« Ambrogio? A Monza? »

Nina annuisce, pensosa. « Era sfuggente, così aggressivo... non mi sembrava nemmeno lui. Trafficava con qualcosa che teneva in vita, io temo che fosse... » *Un pugnale, una rivoltella*: non osa nemmeno pronunciare quelle parole, anche se sa cosa ha visto, la forma dell'oggetto sotto la stoffa della camicia, la gestualità del ragazzo, quell'aria colpevole e circospetta. Più ci ripensa e più ne è sicura, e al contempo più le sembra impossibile.

«Cosa ci fa così lontano da casa?»

«Cosa ci fa *a Monza*», puntualizza Nina. «E proprio durante la villeggiatura dei sovrani.»

No, si ripete, non è possibile. Certo, Ambrogio è sempre stato un tipo irrequieto, una testa calda, uno che si ferma poco a riflettere e che agisce d'impulso senza pensare alle conseguenze e, da quando sua madre non c'è più, è diventato sfuggente, imprevedibile, forse più arrabbiato, ma dopo tutto è un bravo ragazzo, un animo generoso; ora ha una moglie, dei figli, perfino un lavoro che si tiene stretto nonostante non gli piacciano né la fabbrica né il padrone. Nina sa che frequenta gruppi socialisti e anarchici, ma fino a oggi ha sempre pensato si trattasse di una specie di divertimento, per quanto disdicevole e rischioso, di una ribellione puramente teorica: riunioni «segrete» nel retrobottega di una vineria a tirare tardi parlando di rivoluzione, leggendo romanzi francesi e alzando il gomito, serate che finiscono al massimo con l'affissione di manifesti illegali o con qualche statua innocente imbrattata di vernice rossa. Cose pur sempre gravi, certo, per cui si rischia la prigione o il confino, ma che non fanno davvero male a nessuno.

«Vuoi dire che ha in mente qualcosa?» domanda Achille, perso anch'egli nelle medesime riflessioni.

Di nuovo Nina scuote il capo. «Non possiamo partire domani. Sono preoccupata per lui, temo voglia fare qualche sciocchezza.» Le torna in mente Ottilia e all'improvviso le sembra di rivedersela davanti, con gli occhi ormai velati e la bocca che si muove senza che ne esca un suono. *Stai attenta al mio Ambrogio,* mima con le labbra. È l'ultima cosa che le ha detto, il suo ultimo pensiero, la sua eredità. *Stai tranquilla, Ottilia, non lo lascio solo.* E lei che, rassicurata, finalmente si lascia andare all'oblio.

E se invece lo avesse abbandonato? Se avesse tradito la promessa che le ha fatto di prendersi cura di lui? Il fatto che Ambrogio si sia allontanato da lei, che l'abbia respinta, che tenerlo d'occhio sia stato sempre più difficile è forse un buon motivo per lavarsi la coscienza? Nina si domanda se quanto ha fatto per il ragazzo fino a oggi sia sufficiente, se non abbia addotto mille scuse per sottrarsi all'impegno preso con la madre in punto di morte.

« Non possiamo lasciarlo solo », sentenzia.

« No », concorda Achille, alzandosi da tavola. I piatti sono ancora intatti, nessuno dei due ha più fame. Domattina, come prima cosa, andrà dai suoi informatori a fare qualche domanda. Forse il ragazzo non è solo, forse è stato così avventato da lasciare tracce e indizi, ha parlato dei propri piani con qualcuno; se lo conosce bene, non è tipo da riuscire a tenersi un segreto troppo a lungo.

« E se stesse architettando qualcosa? » domanda Nina più tardi, mentre camminano per le vie vuote del centro. « E se fosse qualcosa di brutto? Di pericoloso? Se avesse in animo di... » *Di provare ad ammazzare il re?* Il sospetto a cui non riesce a dare voce aleggia nell'aria mettendole i brividi.

« Lo scopriremo », la rassicura Achille. « E glielo impediremo. »

6

Il giorno dopo, il caldo è ancora più asfissiante. Umberto ha trascorso la giornata impegnato in piccole incombenze, tra cui evitare in ogni modo un confronto con Margherita.

« Lasciateci », ordina, irrompendo nel salottino privato della regina poco prima di cena.

Margherita cerca di parlargli da ieri ed è comprensibilmente molto frustrata; ha dipinta in volto un'espressione di cupo risentimento e, quando le sue dame si alzano per uscire, incrocia le braccia al petto e distoglie lo sguardo. Sul tavolino davanti a lei c'è una coppa dove il ghiaccio galleggia in un liquido rosso come il sangue.

Umberto si lascia cadere sulla poltrona con un sospiro e la scruta con ostinazione per vedere quanto a lungo riuscirà a non guardarlo in faccia, ma presto si rassegna: è inutile fare a gara con sua moglie, vince sempre lei. Allora si china svelto sul tavolino e agguanta il bicchiere, poi si scola in un solo sorso quel che resta del vermouth.

«Era il mio», sibila Margherita.

Lui sorride da dietro il bicchiere – alla fine è riuscito a farle alzare gli occhi –, poi fa spallucce. «Si stava annacquando», le dice, gustandosi la sua espressione inorridita. «E, a guardarti, non mi sembra il primo che ti sei fatta stasera.»

Restano a lungo in silenzio, un'altra gara a chi cede per primo. Il sole è ancora alto e la luce che entra dalle finestre fa brillare i cristalli del lampadario come stelle sopra la loro testa.

«Non posso non andare», fa Umberto. Non serve dirlo: sanno entrambi che si riferisce alla messa in ricordo di Alfonso, il motivo per cui lei ha cercato in ogni modo di parlargli e lui di evitarla.

«Certo che puoi.»

«No, non posso.»

«Basta non farlo!» strepita lei. Che la sentano pure! Non è mica la prima volta. «Ma a quella maledetta Litta – ah, quella vecchiaccia! – tu le devi sempre obbedire come un cane, non è vero?» Scuote il capo esasperata. «Lei dice salta e tu salti, da bravo. Seduto, e tu stai seduto. Abbaia, e tu abbai.»

«Come puoi capire che non si tratta di Eugenia?»

«E di cos'altro? C'è sempre stata lei di mezzo, ovunque sia andata, per tutta la mia vita.»

«Era mio figlio, Margherita!» grida Umberto, esasperato, scattando in piedi. «Che ti piaccia o meno, Alfonso era mio figlio! Possiamo fare finta di no, ma la sostanza non cambia. Era mio figlio e io ho perso un figlio! Tu non hai idea di cosa voglia dire perdere un figlio, dannazione! Sforzati, per una volta! Avrei preferito morire io stesso, lo capisci o no?»

«Non dire sciocchezze.»

«Immagina che Vittorio non torni.» Lei fa per alzarsi, ma lui la trattiene per le spalle. «Immagina che ti dicano che è morto. Immagina di vederlo steso in una bara, di doverlo seppellire, di sapere che non gli parlerai mai più.»

«Ti ho detto di smetterla.»

« Lo vedi che non riesci nemmeno a pensarci? Io l'ho vissuto sulla mia pelle: ho perso un figlio, una parte di me non c'è più, e non importa quanto tempo sia trascorso da allora. Alfonso era e sarà sempre mio figlio. »

Si aspetta che lei ribatta col suo solito veleno, ma questa volta Margherita sceglie di tacere e, come accade di rado da quando sono sposati, la sente vicina. Dal loro arrivo a Monza l'ha vista poco, ma ora le sembra stanca, anzi sfinita.

Anche lui si sente inquieto, o forse malinconico. Poco fa, sono venuti a dirgli che è morto l'oste del ristorante dove ha pranzato proprio ieri. Un bel tipo, pensa Umberto, che era rimasto colpito nel constatare quanto loro due si somigliassero. L'oste gli aveva confessato che in molti, sulle prime, lo scambiavano per lui; avevano riso e poi l'uomo era entrato in dettagli che ora gli paiono inquietanti: ad accomunarlo al sovrano non c'erano solo la corporatura, i capelli bianchi e i baffi a manubrio, ma perfino la data di nascita e il fatto di aver sposato entrambi una ragazza di nome Margherita.

« Anche voi vostra cugina? » aveva riso Umberto, che a dire il vero non gli credeva del tutto.

L'altro aveva agitato le manone e poi, tutto fiero: « No, Maestà. Ma pensate che, il giorno in cui voi siete salito al trono, io ho aperto questo ristorante ».

« A ognuno, insomma, il proprio mestiere », aveva risposto Umberto, sollevando il bicchiere.

Accadeva ieri. Il suo sosia era sano, pieno di vita, ilare, e niente lasciava intuire che fosse prossimo alla fine.

« Mi dispiace di averti dato tutti questi dispiaceri. Mi dispiace davvero », sospira Umberto.

Forse la notizia della morte dell'oste lo ha scosso più di quanto non voglia ammettere. *E se anche io, un giorno, morissi all'improvviso?*

« Oh! » fa lei, con noncuranza, alzandosi e lisciandosi la gonna. Ha le gote arrossate e gli occhi lucidi, magari per il troppo vermouth, più probabilmente per l'emozione del confronto che hanno appena avuto.

Umberto la conosce bene e sa che vorrebbe scappare via,

perché tutta questa intimità la mette a disagio. « Non sono stato un buon marito, lo so. »

Margherita quasi già alla porta si ferma e gira su sé stessa. Tra non molto serviranno la cena e non si è ancora cambiata d'abito. « Ti ricordi quando siamo arrivati qui la prima volta? » gli dice, tornando sui propri passi. « Eravamo così giovani! Io ero così inesperta, così... » Si guarda attorno come per cercare le parole adatte in quelle stesse stanze che hanno visto i suoi primi passi da principessa reale. *Piena di speranze e illusioni,* vorrebbe dire. « Il nostro matrimonio è stato deciso da altri nell'interesse del Regno, senza che nessuno abbia mai pensato al nostro, di interesse. »

Umberto le fa un sorriso mesto. « Non è stato facile. »

« No, non lo è stato », concorda Margherita con fierezza. « Ma siamo riusciti ad arrivare fin qui, non trovi? Abbiamo fatto quello che andava fatto, abbiamo adempiuto a tutti i nostri doveri, tra alti e bassi, al meglio delle nostre possibilità. »

Umberto sospira di nuovo pensando che lei, in ogni caso, lo ha fatto meglio, con più convinzione, senza mai un cedimento, senza un dubbio, senza una lamentela. Come una vera prima regina.

« Ci siamo fatti carico di un peso enorme e sconosciuto a tutti gli altri, il peso della Corona », continua. « Lo abbiamo fatto insieme, noi due soli. »

È l'unica cosa che ci accomuna, pensa Umberto. « E continueremo a farlo », conclude.

Il destino per lui ha deciso diversamente.

7

L'aria è ancora torrida, nonostante ormai si sia fatto buio e in lontananza la luna appaia dietro nuvole gonfie che promettono un po' di sollievo dalla calura. Ambrogio esce dalla locanda e risale via Carlo Alberto a testa bassa, resistendo alla tentazione di portare la mano alla cintola, dove tiene sempre la pistola;

scaccia la sensazione che tutti lo fissino e si mescola alla folla che si muove vociando in direzione della Villa Reale, non distante da dove pare che questa sera il re assisterà a una manifestazione sportiva.

« Da giovane », gli ha detto poco fa il locandiere, tutto orgoglioso, « il nostro amato sovrano ha praticato molto sport, attività nella quale eccelleva, come in tutto il resto. » A sentire lui, pare che in città tutti amino Umberto, il quale qui si sente a proprio agio e volentieri si intrattiene con il popolo senza troppe cautele per la propria incolumità. « E pensate che c'è gente che viene a Monza apposta per vederlo da vicino. »

Imbecille, pensa Ambrogio, un po' del locandiere, un po' del popolo e un po' del re.

Anche lui, comunque, è venuto apposta; è proprio curioso di vederlo. Sono passati tanti anni da quella volta in cui vi si è trovato faccia a faccia; Ambrogio era solo un ragazzino a quel tempo e forse per questo non ne aveva avuto una brutta impressione: gli era sembrato un uomo forse un po' troppo formale, ma in fondo gentile e premuroso. Se lo ricorda ancora benissimo, come fosse ieri; sua madre che lo spinge in avanti e lui che gli ruzzola tra i piedi come un sacco di patate, Umberto che lo raccoglie da terra e che gli tampona la ferita al ginocchio col proprio fazzoletto, quello di cotone finissimo ricamato con le iniziali sormontate dalla corona, che Ambrogio conserva ancora. Poi non ha più avuto occasione di incontrarlo, non è del resto che il re lo si veda tutti i giorni. I loro sono mondi separati, anche quando si incontrano non si mescolano mai davvero.

Sarà cambiato? Sarà invecchiato? Avrà negli occhi l'ombra della colpa per il massacro di Bava Beccaris, per tutti i disgraziati che ha mandato a morire in Africa, per quelli che ha fatto deportare nelle colonie penali come Zeno Pala? *Ah*, si dice Ambrogio, *quella è gente che non sa cosa siano i sensi di colpa. Facile pure che ne vada fiero, dei morti di Milano. Guarda, si dirà questa gran canaglia, è così che si rimette in riga il popolo ribelle.*

O magari nello sguardo non riuscirà a celare la paura? Gli hanno detto i compagni – e non è difficile crederlo – che da quando Passannante ha cercato di ammazzarlo appena divenuto re, e soprattutto dopo che Acciarito ci ha riprovato a Roma appena tre anni fa, è diventato alquanto sospettoso e che se ne va in giro con uno speciale gilet in seta che dovrebbe proteggerlo dai colpi di arma da fuoco, metti il caso che qualcuno ci riprovi: cautela, dicono. Ambrogio preferisce chiamarla coda di paglia.

È proprio curioso di rivederlo, sì, di leggergli negli occhi e vedere cosa c'è. Quando se lo troverà davanti stavolta, però, il sangue che scorrerà non sarà quello di Ambrogio.

La manifestazione è di una noia mortale, uguale a tutte le altre. Umberto reprime uno sbadiglio e si trattiene dal dare una sbirciatina all'orologio. È stanco, non vede l'ora che tutto sia concluso. Quanto mancherà alla fine?

Aveva ragione Margherita che stasera, dopo cena, gli ha detto di non andare. «Fa caldo, Umberto. Sei così pallido. Perché non ti riposi?» Ma ormai l'aveva promesso e il re non si rimangia mai la parola data, mai. Terrà duro per un po', non può volerci ancora molto, un piccolo sacrificio per questa gente così orgogliosa di avere il sovrano alla premiazione. E poi via, alla Villa e, da lì, lungo il viale illuminato nel parco, diretto da Eugenia che lo aspetta sveglia.

«Guardate, Maestà!» Ponzio Vaglia, il suo primo aiutante di campo, indica un atleta dal corpo perfetto, i muscoli gonfi sotto la maglia a righe. «Guardate che portento!»

Umberto, seduto nella tribuna d'onore, applaude sorridendo bonario. «Incredibile! Bravo!» *Davvero un portento, speriamo faccia presto.*

Gli sta venendo un terribile mal di testa, dev'essere qualcosa che ha mangiato per cena o, più probabilmente, la discussione che ha avuto con Margherita, che gli ha lasciato addosso una specie di inquietudine.

Umberto è smarrito nei propri pensieri quando in lontananza si ode uno scoppio. La paura è una scarica che lo attraversa all'istante da capo a piedi e che gli annebbia la vista, una serie di battiti ravvicinati da togliere il respiro, la gola che si secca, le mani che vanno d'istinto al cuore e il corpo che si piega su sé stesso. Fa caldo, stasera non si è messo il gilet di seta antiproiettile come gli suggerivano. *Non si respira! E poi cosa volete che mi succeda? Siamo a Monza, per la miseria!*

«Niente di grave, Maestà», gli sussurra all'orecchio Ponzio Vaglia, che ha capito tutto. «Solo qualcuno che festeggia lontano.»

Umberto annuisce e si raddrizza cercando di darsi un tono. *Niente di grave*, ripete a sé stesso. *Niente di grave.*

Dalla sua posizione Ambrogio gli vede bene la nuca, la pelle bruna del collo che sbuca dalla giacca, l'attaccatura dei capelli già bianchissimi, un po' più radi in cima alla testa tonda, anzi no, si direbbe più quadrata.

Se tirasse fuori l'arma adesso, chi potrebbe impedirgli di fargliela saltare in aria? Non l'hanno nemmeno perquisito all'ingresso, questi imbecilli. E dovrebbero proteggerlo? Auguri, Maestà!

Ambrogio porta la mano alla cintola e col palmo accarezza la rivoltella sotto i vestiti. Gli torna in mente Zeno, l'ultima volta che lo ha visto subito dopo il processo, il volto gonfio di botte, lo sguardo pieno di terrore e, nonostante tutto, il sorriso di uno che non si pente di nulla. Gli torna in mente il suo funerale, a cui hanno preso parte anche gli sbirri, mischiati tra la folla - come se non ce l'avessero scritto in faccia chi sono, quegli infami! - per prendere nota di volti e nomi. Gli torna in mente Antonia, che ha lo stesso sorriso di Zeno, solo più bello e più dolce, e le loro bambine, per le quali sogna un mondo migliore di questo, un mondo in cui non ci sia più posto per uno solo che vive nell'agio a scapito di tutti gli altri. Gli torna in mente sua madre, ed è il ricordo più doloroso e ostinato. Ottilia, bella e triste, che cammina un po' storta per tutte le botte che ha preso nella vita. La sua voce dolcissima, *Ambrogino, sei il mio principe, sei l'unica cosa bella che mi ha lasciato Umberto.* Quella porta socchiusa di molti anni fa, come se fosse ieri, l'uomo con la schiena sudata e pelosa, la pianta del piede scura di sporcizia, il pianto sommesso e l'immagine del re, appeso al muro sopra la sua testa, che assiste impassibile e indifferente ad anni di violenze. *Quelli mi hanno portato via tutto, mi resti solo tu, princi-*

pino mio. Ora gli sembra di riuscire a vedere perfino Umberto, quando era ancora un giovane principe ereditario, che la seduce con l'illusione di un po' di lusso, denaro che a lei deve essere sembrato tantissimo, lenzuola profumate e magari un « ti amo », buttato lì con noncuranza per porre fine a una discussione.

Si accorge di essere sudato e che la mano sulla rivoltella gli trema. La folla prorompe in un grido di giubilo, balzano tutti in piedi e applaudono. Ambrogio grida per lo spavento, si alza e si rende conto di averlo perso di vista.

Dove sei, canaglia, che stasera ti ammazzo?

« Svelto, Achille, la cerimonia sta quasi per finire! » Nina corre in direzione della folla e intanto si guarda a destra e a sinistra in cerca di Ambrogio.

Quando Achille le ha detto che il re stasera avrebbe preso parte alla cerimonia di premiazione della società di ginnastica « Forti e Liberi », le è stato tutto chiaro.

Nina ha vagato tutto il giorno in cerca del ragazzo. Lo ha cercato in centro, là dove ieri c'erano le bancarelle e oggi la piazza vuota sembrava ancora più grande, poi verso la Villa Reale e nell'immenso parco, dove le carrozze dei signori trottavano in cerca di un po' di frescura. Sapeva che non lo avrebbe trovato, ma non ha smesso di sperarci sino alla fine. *Ambrogio, cosa fai?* gli avrebbe detto. *Vuoi rovinarti la vita, rovinarla a tua moglie, alle tue bambine? Vuoi buttare alle ortiche il tuo futuro per qualcosa che ormai appartiene al passato?*

Quando è rientrata nel tardo pomeriggio, stanca, sudata e sconfortata, Achille le ha detto di averlo rintracciato senza difficoltà in un albergo del centro; è facile ricordarsi di un giovane uomo alto e affascinante che viene da fuori, con l'accento della capitale e una gran massa di ricci color del rame. Il locandiere conosce bene Achille e gli ha permesso di dare un'occhiata alla stanza: nessun'arma in giro, niente sotto il letto, nessuna lettera che suggerisse il proposito di commettere un gesto estremo.

« Però non si è registrato col proprio nome », ha spiegato

Achille. « Ha parlato di un viaggio di lavoro, poi si è contraddetto e ha raccontato di essere venuto per rivedere il padre in fin di vita. » Nina si è sentita morire per lo spavento.

È già buio sul viale quasi deserto, sembra che tutta la città sia andata alla manifestazione sportiva. « Corri! » grida di nuovo Nina e, sentendo la marcia reale provenire da lontano, pensa che se la banda sta suonando significa che non è successo niente di grave. Non ancora.

Nina svolta a sinistra e imbocca un vicolo da cui la gente esce sciamando in direzione opposta alla sua. Achille la perde di vista.

« Ambrogio! » grida Nina mentre lo cerca con occhi febbrili nella folla che torna a casa dopo la manifestazione.

Gli uomini attorno la guardano con sospetto e si fanno da parte per farla passare, qualcuno la spintona e le dà della matta. « Guarda dove vai! Sei cieca? »

« Avete visto un uomo? Un uomo con i capelli rossi? » domanda lei a tutti quelli che incontra. « Alto, giovane! »

« Cerchi marito? » le dicono ridendo. « Sei arrivata tardi, la premiazione è finita! »

Poi le viene in mente che, se Ambrogio è venuto con cattive intenzioni, il posto dove deve cercarlo è vicino al re. Allora china il capo e si fa strada nel fiume di gente senza badare ai loro improperi.

Umberto sospira e con discrezione dà un'ultima occhiata all'orologio da taschino. Tra non molto sarà tutto finito. Ancora qualche stretta di mano, qualche sorriso, e poi potrà tornarsene in Villa, cambiarsi d'abito e andare da Eugenia. Già pregusta la poltrona comoda che in tutti questi anni ha preso le sue forme, sollevare i piedi nudi sulla sedia e sentire il peso della giornata che scivola via, far tintinnare il ghiaccio nel bicchiere con un movimento rotatorio del polso, fumarsi un sigaro in maniche di camicia davanti alla finestra spalancata da cui entra la notte, mentre lei racconta qualche aneddoto o fa un pettegolezzo con quella leggerezza un po' sprezzante che la rende irresistibile, e la sua voce nel buio gli tiene compagnia.

Avogadro di Quinto gli fa cenno che la carrozza è pronta. Altre strette di mano, qualche ultima battuta col sindaco e le autorità locali, commenti sulla bella serata e le incredibili prestazioni degli atleti. Sarebbe scortese far capire che è stanco e ha fretta. Poi con sollievo si fa guidare verso la daumont scoperta con quell'espressione di complicità e rammarico che ha imparato a mettersi in faccia quando è ora di congedarsi, come a dire: *Fosse per me, resterei fino a domani, ma questi tiranni dei miei attendenti non mi lasciano un attimo di tregua*. Funziona sempre.

Non appena poggia il piede sul predellino si sente un po' più libero. Mezz'ora, tre quarti d'ora al massimo e sarà da Eugenia. *Credevo non venissi più, stavo quasi per andarmene a dormire*, dirà, perché lo dice sempre quando lui è in ritardo e vuole farglielo pesare.

Si traffica attorno alla carrozza, poi la daumont parte lentamente facendosi largo a fatica tra la gente. Umberto solleva la mano alla tesa della tuba e si congeda.

Il re è appena montato in carrozza, quando Nina finalmente lo vede. È dalla parte opposta, a pochi metri da lei, ma i cavalli e decine di persone si frappongono tra loro. Il ragazzo ha occhi folli e pieni d'odio puntati su Umberto, Nina non riesce a vedergli le mani.

« Ambrogio! » grida con tutto il fiato che le resta, sollevandosi sulle punte e sbracciandosi verso di lui.

Il ragazzo allora si risveglia come da un incantesimo e la guarda pieno di stupore, come se non sapesse nemmeno lui cosa ci faccia lì. *Non lo fare, Ambrogio. Non lo fare, per l'amor di Dio! Hai tutta la vita davanti.*

La carrozza del re si muove piano tra le esortazioni delle autorità. « Via, via. Fate largo. Attenti, è pericoloso! Lasciate passare Sua Maestà. Da parte, su, fatevi da parte! »

Nina perde di nuovo di vista Ambrogio. Un istante dopo, si odono tre spari.

Prima ancora di rendersi conto di essere stato colpito, Umberto sente l'odore della polvere da sparo saturare l'aria. È inconfondibile, la polvere da sparo, ha un sentore persistente come di ferro e zolfo, rancido e piccante, che gli ricorda sempre le prime battute di caccia con suo padre; gli richiama alla mente la vita militare, la sua gioventù nell'esercito, l'eroismo di Villafranca. È un odore di morte che tuttavia gli è familiare e pertanto gli risulta dolce.

« Maestà! » grida Ponzio Vaglia, con una voce stridula, piena di terrore. « Vi hanno colpito! »

« *A stag ben* », mormora Umberto, poi si guarda le mani e le trova imbrattate del proprio sangue. « *A l'è nen* », fa, lasciandosi andare contro lo schienale.

Attorno la gente strepita in preda al panico, ci sono spintoni, il principio di una rissa. La carrozza parte con uno strattone e Umberto sente una fitta bruciante al petto che gli annebbia la vista. Quando lo fanno stendere sul sedile gli pare di sentirsi peggio, così cerca di rialzarsi.

« Giù, Maestà. State giù », dice Vaglia. « Siamo quasi arrivati. »

La sua voce è così piena di angoscia che Umberto prova una paura che gli mette freddo. Alza la mano e afferra quella del primo aiutante, vi si aggrappa con forza, anzi con disperazione, mentre sente le gambe farsi molli fino a divenire liquide.

Presto tutti i suoni si mescolano, le urla della folla, gli zoccoli dei cavalli, lo schiocco della frusta e le ruote della carrozza, Avogadro di Quinto, o forse è Vaglia, che strilla: « Non ce la fa! Non ce la fa! » il suo stesso respiro che gli sembra il rantolo di una bestia, il cuore che gli pompa nelle orecchie sempre più flebile e lontano.

Questa volta ci sono riusciti, pensa. È il suo ultimo pensiero, poi scivola verso l'oblio.

Tutto si svolge in così poco tempo che Ambrogio ne rimane deluso, più che sconvolto. L'assassino non è molto lontano da lui, Ambrogio lo vede bene: è un tipo vestito elegante, con certi baffi mori da seduttore e una faccia che non diresti mai. Non appena la carrozza reale fa per muoversi, si sporge in avanti, tira fuori un revolver, lo punta verso il sovrano e fa fuoco tre volte. Una freddezza encomiabile, nemmeno un istante di esitazione.

«No!» grida Ambrogio quando capisce cosa sta accadendo. Poi rimane immobile, come paralizzato con le braccia lungo i fianchi mentre attorno si scatena subito un pandemonio.

La carrozza reale parte a tutta velocità e per poco non tira sotto qualche innocente. L'assassino cerca di darsi alla fuga, ma riesce a fare qualche metro appena. Gli atleti lo riacciuffano quasi subito, volano spintoni, calci, insulti. La gente per poco non lo ammazza, ci vogliono i carabinieri per salvarlo da un linciaggio.

«No...» ripete Ambrogio.

Nello stesso istante, Achille gli è addosso e con tutto il proprio peso lo butta a terra, poi lo trattiene per i polsi.

«Non sono stato io!» grida Ambrogio, scalciando per liberarsi. «Lasciami andare!»

Ma l'altro non gli crede e gli molla un ceffone, poi lo perquisisce in cerca dell'arma. Serve Nina a separarli, e non è una cosa facile. Ambrogio si agita come una furia, menando calci e pugni a caso, al punto che i carabinieri iniziano a interessarsi a loro.

«Non è stato lui!» dice Nina, aggrappandosi alle spalle di Achille e strappandolo via dal ragazzo. Ha la voce piena di sollievo e di paura, di felicità e di terrore. «Non è stato lui.»

Achille, distratto, rimedia un pugno nello stomaco e rotola a terra senza fiato.

Ambrogio si libera e balza in piedi. «Non sono stato io, porca miseria!» grida con disperazione nella voce, indicando lontano, verso la carrozza che corre alla Villa Reale. Poi, rivolto a Nina: «È stato un altro. Sei contenta? Dovevo essere io! Spettava a me! Era il mio dovere!» Stringe i pugni e scoppia in un pianto rabbioso, pieno di angoscia e risentimento. «Era mio padre! Dovevo ammazzarlo io!»

8

Fuori dalla stanza, la corte e il personale di servizio sono in fermento da quasi due giorni. È incredibile la quantità di cose che bisogna organizzare, cambiare, predisporre, decidere, a partire da quelle in apparenza più banali, ma non meno importanti. Il guardaroba da lutto della regina, per esempio, nessuno si aspettava che sarebbe servito, e ora bisogna rimediare al più presto; non le si può certo far indossare sempre gli stessi tre abiti. Poi c'è la corrispondenza: il palazzo è letteralmente inondato di telegrammi e lettere di partecipazione al cordoglio, di fiori, di doni e di richieste di udienza le più strane e ingiustificate. Bisogna trasferire la salma a Roma, organizzare i funerali, disporre i posti in chiesa, dettare i tempi e i modi della cerimonia, ricevere le delegazioni italiane e straniere. Tutto è complicato dallo sconcerto che regna tra le mura della Villa e che rende difficili anche le operazioni più semplici e ordinarie, come occuparsi delle pulizie e stabilire le turnazioni della servitù; il personale è sconvolto, le cameriere piangono nei corridoi, i valletti vagano con lo sguardo perso nel vuoto, gli chef dimenticano di salare le pietanze, cosa di cui non si accorge quasi nessuno, dal momento che i cibi tornano nelle cucine senza nemmeno essere stati assaggiati. È come se la morte di Umberto avesse privato di significato la vita di tutti quelli che gli ruotavano attorno.

E poi, soprattutto, bisogna trovare al più presto Vittorio Emanuele, che il 29 luglio è diventato re a sua insaputa: è in crociera da qualche parte tra l'Asia Minore e la Grecia, dove di preciso non si sa, il Mediterraneo è grande e riuscire a scovarvi una nave non è cosa facile.

La concitazione si ferma appena sulla porta della camera da letto, dove il corpo del re è stato ricomposto. Margherita non lo ha abbandonato un istante, rifiutandosi di mangiare e dormire e, per concedere ai medici di stilare il referto, è stato necessario portarla via di peso. Ora è di nuovo seduta sulla poltroncina bassa accanto a Umberto e gli tiene la mano, piangendo sotto il velo di pizzo nero che le copre quasi interamente il volto, gonfio e arrossato.

« Ho perso tutto », ripete in continuazione.

La marchesa di Villamarina le si accosta con estrema cautela, poi si china sul suo orecchio e dopo una breve esitazione sussurra: « Maestà, è qui ».

Margherita è tutta scossa da un brivido, poi tira su col naso e annuisce; i presenti vengono invitati a uscire.

Un'ultima occhiata a Umberto che giace sul letto nella solenne immobilità dei morti, con una grossa croce sul petto che di sicuro in vita non avrebbe gradito. *Ah*, gli dice col pensiero. *Anche questa umiliazione mi dovevi far sopportare*. Era inevitabile che questo momento arrivasse.

La porta viene aperta e la duchessa Litta entra quasi in punta di piedi, senza trovare il coraggio di guardare verso il letto. « Vi ringrazio, Maestà », dice, profondendosi in un lentissimo inchino, e nella voce c'è una sincera, autentica gratitudine. Aveva chiesto che le fosse consentito di rivedere il re, e di certo non immaginava che sarebbe stata accontentata.

Margherita solleva il mento, stirando i tendini del collo.

Ha immaginato a lungo cosa le avrebbe detto. Non in questa circostanza, certo che no: ha sempre pensato che Umberto sarebbe morto in pace nel proprio letto, di vecchiaia. E poi è sempre stata convinta, chissà perché, che la Litta sarebbe morta prima di lui, forse perché era più vecchia, o forse semplicemente perché Margherita se lo augurava.

Da quando le loro vite si sono incrociate, Margherita ed Eugenia negli anni si sono viste molte volte - ai balli, ai ricevimenti, nei salotti, a teatro - scambiandosi freddi saluti e ancor più gelide occhiate, facendosi la guerra a distanza, contendendosi un pezzettino di Umberto alla volta a suon di piccole scorrettezze e crudeli pettegolezzi. Ma la verità è che, anche quando erano lontane, lei era presente: era nei pensieri di Umberto, nella sua fretta di finire alla svelta una cena per correre da lei, in certe sue decisioni frutto di lenta, sapiente manipolazione, in qualche piccolo dono che si teneva in tasca per sentirsela sempre accanto, nell'odore che si riportava a casa dopo averla baciata, nel dolore per quel figlio amatissimo, che lui sentiva figlio più del proprio figlio legittimo.

In passato, Margherita ha immaginato molte volte di incontrarla, un giorno, loro due appena. Le avrebbe detto... Cosa le avrebbe detto? Le sue fantasticherie variavano a seconda dei giorni e degli stati d'animo, da una atroce sfuriata - *Ah, maledetta! Voi siete stata la sciagura del mio matrimonio!* - a un contenuto e dignitosissimo confronto - *Ebbene, riuscite a giustificare il vostro comportamento?* - da una supplica - *Vi imploro, duchessa, lasciate libero mio marito* - a una minaccia: *Mi servissero anche cento anni, priverò voi e il vostro casato di ogni bene!* E, ora che si trovano l'una davanti all'altra come due semplici donne spogliate di tutto, niente di quello che immaginava le viene alle labbra.

« Lo avete amato molto, non è vero? » dice, come parlando a sé stessa.

Eugenia annuisce, col capo chino.

« Anche lui vi ha amata. » Le costa uno sforzo immane ammetterlo. « Non ha amato altre che voi. Siete stata il suo unico, grande amore, al punto che... Credete nel destino? »

La duchessa scuote il capo.

« Io sì. Forse era destino che Umberto morisse a Monza. Dopo tutto, non è mai andato via da questa città, non si è mai allontanato da voi. »

« Vi chiedo perdono, Maestà. » Anche a lei costa molto dirlo. « Per tutto il dolore che vi abbiamo procurato. »

Margherita è sul punto di sminuire; la regina non si espone mai. « Sì, ho molto sofferto », ammette. A che pro mentire? Non è la regina ormai, non più. La regina, adesso, è Elena. « Penso abbiate il diritto di rimanere qualche istante sola con lui per un ultimo addio », conclude, avviandosi alla porta. « Darò ordine che non siate disturbata. »

9

Il treno parte con uno sbuffo di fumo che si alza in cielo; immobile sulla banchina, Nina lo guarda prendere velocità e rimpicciolire in lontananza. A bordo, seduto in terza classe, c'è Ambrogio che torna da Antonia.

« Non sono stato capace », ha ripetuto per due giorni.

Nina e Achille non lo hanno lasciato solo un attimo. Dopo l'attentato, hanno ficcato tutte le sue cose in un sacco e se lo sono trascinato via senza troppe delicatezze, prima che i gendarmi facessero domande.

« Vostro figlio si è unito a voi? » ha domandato il locandiere a Nina, vedendoli rientrare in tre quella stessa sera.

Lei ha recitato la parte, provando un po' vergogna e un po' orgoglio: il figlio di Ottilia, in fondo, è sempre stato un po' anche suo. Erano sconvolti, ma ormai la notizia della morte di re Umberto si stava facendo largo per la città, e nessuno si stupiva di vedere piangere la gente per strada. Quella notte, dopo aver atteso che Ambrogio si fosse addormentato, Achille è uscito di soppiatto e, trovato un punto in cui il Lambro era abbastanza profondo, vi ha gettato la pistola.

Nei giorni seguenti si sono sincerati che il ragazzo mangiasse, che si riposasse a dovere e che non incontrasse nessuno, poi hanno spedito un telegramma per rassicurare Antonia.

« Avrei dovuto ucciderlo io », continuava a ripetere Ambrogio. E Nina ha dovuto calmare anche Achille, che lo voleva prendere a sberle.

Sarebbero dovuti partire anche loro, Nina sarebbe stata più tranquilla se avesse potuto scortarlo fino a Roma, ma Achille ha insistito per rimanere ancora qualche giorno, adducendo impegni di lavoro della massima importanza.

« E se commettesse qualche sciocchezza? » gli domanda lei, quando ormai il treno è indistinguibile nella foschia in lontananza.

« Non credo che gli possa venire voglia di fare qualche sciocchezza più grossa che ammazzare il re », ribatte Achille. « Almeno non subito. » Poi si fa serio in volto. « Devo parlarti, Nina. È una cosa importante. »

No, pensa lei. *Non ti sposerò per mettere a tacere i pettegolezzi della gente. Non ti sposerò perché così vuole la buona creanza. Non ti sposerò perché dobbiamo. Non ti sposerò per le ragioni sbagliate.*

Achille glielo legge in volto, e si sente ferito. « Vorrei che venissi con me in un posto », le dice, porgendole la mano col palmo rivolto verso l'alto. È lo stesso gesto di molti anni fa quando, nel fitto della vegetazione del Parco di Monza, le ha proposto di scappare via insieme, forse con troppa poca convinzione.

« Ora? » dice Nina, esitando.

Achille annuisce e senza aspettare risposta le afferra la mano. Sono settimane, anzi mesi che lavora in gran segreto per organizzare l'incontro: questa volta non permetterà alla paura di vincere.

Attraversano la città quasi correndo. Attorno a loro sono palpabili la tensione e lo smarrimento dopo il regicidio. Il Paese apprende dai giornali che la regina Margherita, affranta, attende l'arrivo a Monza di suo figlio, Vittorio Emanuele, divenuto re a trent'anni, mentre navigava nelle acque del Mediterraneo. Iniziano intanto a venire alla luce i primi dettagli sull'attentatore, chi fosse e cosa facesse per vivere, perché si sia spinto a compiere un atto così crudele, se sia stato aiutato da qualcuno, come sia riuscito, armato di una rivoltella, ad avvicinarsi così tanto al re. La gente per le strade dice la sua, avanza ipotesi, si dichiara a conoscenza di particolari sconosciuti ai più. Anche quelli che fino a una settimana fa avevano troppi problemi per poter pensare agli augusti sovrani ora non parlano d'altro. Perfino quelli che fino a una settimana fa non lo amavano affatto ora piangono Umberto I.

Manca poco all'ora di pranzo e il sole è così alto che i palazzi non proiettano ombre sulla strada. Achille imbocca una stradina ombrosa stretta tra case storte, poi si ferma davanti alla porta di un *bistrot* con le vetrate opache e prende un bel respiro, aggiustandosi il cappello.

« Dove siamo? » domanda Nina. « Dove stiamo andando? »

« A pranzo », risponde lui con il suo bel sorriso, che gli anni non hanno reso meno irriverente.

Spinge la porta ed entra, poi, senza degnare di uno sguardo i camerieri, la scorta diretta a un tavolo, dove sta seduto un uomo pingue e calvo, con grossi favoriti bianchi, intento nella lettura di alcuni documenti.

« Ci siete riuscito, dunque », fa questi, per nulla meravigliato.

« Sì, signore », replica Achille. « Ci sono riuscito. » Poi, rivolto a Nina, senza saper contenere l'emozione nella voce: « Ti presento il signor Emilio Treves, l'editore ».

« Oh! » esclama Nina. Lo conosce bene, anche se non lo ha mai incontrato; già il solo fatto di averlo davanti è un grande onore: Treves è l'editore di molti degli autori che l'hanno emozionata - De Amicis, Verga, Cordelia, De Marchi, D'Annunzio, Zola, Flaubert... - oltre a pubblicare il giornale *Margherita* sul quale sono apparsi con regolarità i racconti di N.A. Chissà perché, se lo aspettava più giovane, più prestante.

L'uomo si alza a fatica dalla poltroncina e le rivolge un sorriso affabile. « Sono lieto di fare la vostra conoscenza. » La saluta con un garbato baciamano. « E così voi siete... »

No, pensa di nuovo Nina, sentendo salire un moto di stizza. *Non sono sua moglie.*

« Sì, signor Treves », la precede Achille. « Come vi dicevo, lei è Nina, la persona che fino a oggi ha scritto tutti i racconti di N.A. »

10

Monza

« Eccoli », mormora Margherita, portandosi la mano alla bocca, come se volesse ricacciarvi indietro le parole. Attraverso gli scuri accostati, riesce a vedere appena uno spicchio del cortile assolato: un lembo di cielo azzurro che finisce sulla chioma degli alberi all'orizzonte, le punte acuminate della cancellata e il suolo da cui si solleva la nuvola di polvere del piccolo corteo.

La biblioteca è in penombra e le scaffalature scure stipate di volumi la rendono ancora più tetra.

« Ci riuscirete, Maestà. » La marchesa di Villamarina è con lei nella nicchia della finestra. Sono lì da ore a scrutare in lontananza, da quando si è saputo che il principe di Napoli - anzi ora sarebbe meglio chiamarlo re d'Italia - era in arrivo.

Margherita prende un respiro profondo, sentendo il petto

premere contro il vestito, come se stesse spingendo per liberarsi. «Non lo so», dice. Ha il naso arrossato e gli occhi che le bruciano per il pianto.

«Sì», insiste la Villamarina, prendendole la mano.

Le porte si aprono e un valletto viene ad annunciare che Vittorio Emanuele tra poco entrerà alla Villa. Nessuno sa ancora come chiamarlo, dal momento che «erede al trono» è ormai un titolo vecchio, e così si opta per un generico, inoffensivo ma comunque sempre corretto «Vostro figlio».

«Non ora», dice la marchesa, sbucando con la testa tra le pesanti tende di broccato. Poi, più padrona di sé: «Sua Maestà sarà pronta tra poco».

Nello spicchio di luce del cortile, le carrozze si sono fermate proprio sotto lo scalone. Margherita le osserva strizzando gli occhi per mettere a fuoco. «Guardate. Il destino che viene a prendere il suo posto.»

«Ci riuscirete», ripete ancora la Villamarina. «Siete forte.»

«Sono tanto stanca, cara marchesa», mormora Margherita con la voce rotta dal pianto. E non si riferisce a questi frenetici giorni di lutto, ma agli ultimi trent'anni. «Ho lavorato tanto, sapete.»

«Lo so, Maestà.»

«Da quando sono nata, attraverso tutte le disgrazie che si sono abbattute sulla mia famiglia, tenendo sempre la testa alta, con dignità e orgoglio, senza mai un lamento. Ho obbedito a quello che mi è stato detto di fare, mettendo da parte me stessa, ho adempiuto ai miei doveri anche quando essi hanno comportato sacrifici disgustosi. Ho dissimulato il disprezzo, la paura, il dolore.» Fa una pausa osservando Elena - la *regina* Elena - smontare dalla vettura e lanciare su, istintivamente verso di lei, come se si sentisse chiamata, uno sguardo pieno di angoscia. «Ho lavorato per tutta la mia vita, da quando sono nata, per questo momento? Per stare alla finestra a guardare scendere dalla carrozza la regina che prenderà il mio posto?»

«Maestà», prova a obiettare la Villamarina. «Voi siete e sarete sempre...»

«No, cara marchesa. Io *sono stata* fintanto che mio marito è stato in vita. Ah! » Le scappa una risata amara. « È stato proprio qui che Umberto me lo ha fatto notare per la prima volta, pochi mesi dopo le nozze. Lo ricordo ancora come se fosse ieri. 'Quello che sei, quello che hai, quello a cui puoi aspirare dipende unicamente da me. Tu da sola non vali niente.' Credevo si sbagliasse; per tutti questi anni mi sono impegnata a dimostrargli che si sbagliava. E credevo di esserci riuscita. Margherita, la prima regina. Margherita a cui intitolano asili infantili e città, riviste per signore e perfino le pizze. Margherita che ai balli adombra il suo coniuge, quella che fa impazzire le folle. Sono stata brava, non trovate? »

« Siete stata la migliore, Maestà. »

« Poi, però, lo vedete: basta che un pazzo qualsiasi spari tre colpi al re e Margherita non c'è più. Come se uno di quei proiettili avesse colpito anche me. Mio marito muore, e io con lui vengo relegata nell'ombra. Aveva ragione Umberto, dopo tutto. »

Le porte della biblioteca si aprono nuovamente.

« No », dice Margherita trattenendo la Villamarina, sul punto di cacciare via il valletto. « Sono pronta. »

Elena sta salendo i gradini con titubanza, quasi volesse scusarsi di trovarsi lì e temesse ciò che l'aspetta oltre le porte spalancate della Villa. *E non sai ancora cosa ti aspetta, povera cara,* pensa Margherita, lisciandosi la gonna.

« Andiamo, marchesa. Non facciamo attendere i nuovi sovrani d'Italia. »

Raddrizza la schiena, solleva il mento, prende un bel respiro. Uscire di scena con garbo, dignità ed eleganza: è l'ultimo sacrificio che le impone la Corona.

EPILOGO

Mi aiuti Iddio e mi consoli l'amore del mio popolo
perché io possa consacrare ogni mia cura di Re
alla tutela della libertà ed alla difesa della Monarchia, legate entrambe,
con vincolo indissolubile, ai supremi interessi della Patria.

VITTORIO EMANUELE III
nel suo primo proclama agli italiani,
2 agosto 1900

Roma, gennaio 1902

Nina viene fatta accomodare in un salotto piccolo ma accogliente in un'ala del Quirinale dove non era mai stata prima.

Sono trascorsi meno di due anni da quel terribile luglio del 1900, eppure tutto è cambiato. Nel palazzo, che in apparenza è sempre uguale a sé stesso, si respira un'aria nuova. Nina non saprebbe dire cosa, anche se trovare un nome alle emozioni adesso è diventato il suo lavoro. Nell'aria c'è qualcosa di dimesso e malinconico, come un rimpianto, una sottile nostalgia dei giorni in cui Margherita era regina e le sale di rappresentanza del Quirinale la vedevano risplendere come un astro sopra la città e l'Italia.

Ma forse, si dice Nina, sedendosi e sistemandosi la gonna con un gesto aggraziato, è solo una sua impressione, la malinconia che quelle pareti le risvegliano dentro. Forse sta invecchiando e si aggrappa al passato perché non riesce più a capire il presente. *Quelle absurdité!* le sussurra Nestore. *Mi pare un po' troppo presto, bambina.*

È tornata a Monza una sola volta per deporre un mazzolino di fiori sulla tomba del fratello, un bouquet di non ti scordar di me, tarassaco e margherite di campo che ha raccolto sulla strada. Giuseppina ha lasciato la casa accanto al vecchio serraglio dei cervi e si è trasferita da uno dei figli, per la gioia della nuora. La casa ora è disabitata. Forzando la porta dai cardini allentati, Nina si è introdotta di soppiatto in quella che un tempo è stata la loro tana, ritrovando con la memoria lo stesso profumo di muffa e pane abbrustolito sulla stufa. Poi ha attraversato il parco, annusando l'odore dell'aria come fanno gli animali quando escono dal letargo.

Anche lì è tutto cambiato.

Tra le prime modifiche volute dal nuovo re, Vittorio Emanuele III, l'illuminazione del vialetto che collegava la Villa Reale a Vedano al Lambro è stata rimossa: il filo luminoso che teneva uniti Umberto ed Eugenia è stato spento per sempre.

La Villa è stata svuotata e ora è immobile alla fine del largo viale, con le persiane chiuse e i cancelli sbarrati, in attesa che si decida cosa ne sarà di lei. Gli arredi più belli, i libri della preziosa biblioteca, le piante, tutto ciò che un tempo era vivo è stato portato via, trasferito a Roma e nelle altre residenze reali. Margherita, divenuta regina madre, non ha più voluto mettervi piede. Per suo volere, nel punto in cui Umberto è stato ucciso sorgerà un imponente monumento alla sua memoria.

Mentre aspetta di venire ricevuta, Nina riflette che i cambiamenti più importanti sono quelli che non si fanno notare: erbacce che spuntano su un vialetto che non viene più percorso, polvere che si deposita su mobilio trascurato, gioielli che non si indossano più e in breve vengono dimenticati. Così il futuro avanza silenzioso e inesorabile e, quando ce ne rendiamo conto, non riconosciamo più nemmeno la nostra casa.

Le porte si aprono e Nina si sente percorsa da un brivido di emozione. Anche Margherita sarà cambiata? Anche lei sarà irriconoscibile?

La introducono in un'anticamera, dove le spiegano come dovrà comportarsi in presenza della regina madre. Vigono ancora le stesse regole: ci si inchina, non si parla se non si è stati interpellati, non si tocca, non ci si siede, non si voltano le spalle. Nina finge di non sapere e annuisce, seria.

« Ebbene, cara », l'accoglie Margherita coi suoi soliti modi spicci e un po' altezzosi. « Ci rivediamo, finalmente. »

Nina fa un profondo, lentissimo inchino, sentendo ancora su di sé lo sguardo giudicante del vecchio Nestore. Quando solleva lo sguardo trova quello divertito e irriverente di Margherita, dietro gli occhiali da vista.

Veste un abito accollato scuro, una vistosissima spilla in perle e diamanti appuntata all'altezza della scapola, la solita acconciatura che adesso pare un po' antiquata. Forse è dimagrita e sul volto scarno il naso pare più imponente di un tempo, forse ha qualche ruga in più ai lati delle labbra e qualcosa in meno negli occhi, una luce che si è spenta. Ma, anche in questo caso, Nina non sa dire se sia tutta una sua impressione.

« O forse dovrei darti del voi? Sei celebre, adesso », continua Margherita. « Ho letto con interesse il tuo romanzo pubblicato da Treves. L'ho trovato... » Si scambia un'occhiata con la marchesa di Villamarina. « Eccentrico. »

« Grazie, Maestà », butta lì Nina, che non sa se « eccentrico » sia da considerarsi un complimento o meno. « Mi onora che abbiate dedicato del tempo alla lettura della mia opera. »

« Oh », fa Margherita con un gesto noncurante della mano. « Leggo ancora molto, sai. Ho tanto di quel tempo libero, adesso... »

A Nina sembra di cogliere una vena di rammarico e si ritrova a domandarsi come possa una donna che un tempo è stata così importante rassegnarsi a vivere nell'ombra del figlio e della nuora, e se Margherita sia il tipo che si rassegna.

La stanza è calda, anzi torrida. Sulla mensola del caminetto, tra due candelabri dorati, un vaso di fiori quasi nasconde una fotografia di re Umberto: il sovrano, in uniforme, con la mano stretta sull'elsa della spada, guarda lontano, accigliato.

« E dunque accomodati. Ho chiesto di servire il tè, immagino non ti dispiaccia. »

Sul tavolino le delicate porcellane arricchite da fiori dorati recano ancora le iniziali U ed M sormontate dalla corona. È lo stesso servizio in cui Nina le ha servito il tè tante volte quando era la sua cameriera, e il pensiero di potervi ora appoggiare le labbra le provoca un brivido.

Si guarda attorno mentre sorseggia la bevanda calda e profumata. Il salottino, ingombro di oggetti e memorabilia che lo fanno sembrare ancor più piccolo e intimo, assomiglia un po' a una tana. Le pesanti tende in velluto con lunghe frange dorate chiudono fuori il mondo. Oltre i vetri che si affacciano sulla via, la gente corre e si affanna appresso ai propri guai, mentre qui dentro il tempo sembra scorrere denso come melassa. Sul tavolino da gioco c'è una collezione di portapillole, in argento, in osso, in madreperla; una vetrinetta conserva porcellane cinesi dipinte in un delicato azzurro; sullo scrittoio ingombro di libri, un fermacarte in argento a forma di spada è posato su un plico di fogli in carta pregiatissima.

Nina non può fare a meno di pensare alle cameriere che tre volte al giorno devono spostare tutti quei soprammobili per spolverarli, per poi riposizionarli esattamente nel punto in cui li hanno trovati.

Trascorre più di un'ora senza che Nina se ne renda nemmeno conto. La regina madre si mostra interessata alla sua opera e al processo di creazione, ai riferimenti letterari, ponendo domande sul perché di determinate scelte stilistiche e azzardando paragoni con opere di altri scrittori, addirittura citando a memoria interi brani, e rievocando questo o quell'incontro.

« Ricordo Manzoni », fa Margherita con un sospiro. « Il *grande* Alessandro Manzoni. Fu a Monza, sì, nell'aprile del '70. Avevo un tale desiderio di conoscerlo che poi ne rimasi delusa. » Sorride. « Un uomo di così poche parole... una cosa inaudita! Era già molto anziano, bisogna riconoscerlo. Tre anni dopo, morì. »

Se non si trovasse davanti colei che è stata la prima regina d'Italia, Nina penserebbe quasi che Margherita stia cercando la sua ammirazione, che voglia dimostrarle di essere ancora la brillante, colta, spigliata donna di una volta.

Le porte vengono aperte. Un valletto compare per annunciare che a breve sarà servita la cena.

Margherita sbuffa con impazienza. « Si è fatto tardi », dice poi. « Mi ha fatto piacere ritrovarti, cara, e sapere che sei felice. »

« Grazie, Maestà. » Un attendente aspetta Nina sull'uscio per scortarla fuori dal palazzo. Lei però rimane seduta: sa che non ci sarà un'altra occasione per rivederla. « Spero che anche voi, Maestà, siate felice. »

Margherita ha una piccola esitazione, quasi un moto di stizza che volge subito in un sorriso di circostanza. « La felicità del mio popolo è ciò che mi rende felice. »

Nina sbuca fuori dal palazzo che è già buio e trovandosi all'aria aperta prova un inspiegabile sollievo, come la sensazione di essere evasa da una prigione. Guarda su, verso le finestre illuminate del Quirinale e ripensa a Margherita, al salottino angusto e alla sua felicità che è tutta rivolta al passato, aggrappata ai ricordi, nella collezione di portapillole d'argento che tiene sul tavolino, nei ritratti alle pareti, nelle vetrinette ingombre di ninnoli, nei piccoli e grandi doni ricevuti quand'era la regina, nelle perle da cui non si separa mai.

Nel cono di luce gialla del lampione vorticano alcuni timidi fiocchi di neve. Appoggiato al palo, con le mani in tasca, la sciarpa che nasconde la barba e il cappello calato quasi fin sul naso, Achille la aspetta. Nina corre a rifugiarsi nel suo abbraccio.

«Sai», gli dice, offrendogli le labbra per farsi baciare. «Se mi chiedi di sposarti adesso, ti rispondo di sì.»

NOTA DELL'AUTRICE

Come mia madre prima di me, sono cresciuta giocando nel Parco di Monza, ancora oggi meta delle mie passeggiate quotidiane alla ricerca di pace e ispirazione. Essendo nata e vivendo a brevissima distanza dai luoghi da cui questo romanzo prende avvio, la Villa Reale, la palestra Forti e Liberi, la Cappella Espiatoria e la Corona Ferrea sono una parte del mio mondo al punto che, per molto tempo, non mi sono soffermata a riflettere sull'importanza storica dei simboli che per me sono, semplicemente, « casa ».

Quando, dunque, proprio durante una delle mie passeggiate verso l'antico serraglio dei cervi, ha iniziato a germogliare l'idea di dare vita alla storia di Nina e di Margherita, mi ha meravigliata scoprire che, se esiste una mole pressoché infinita di saggi sui Savoia, nessuno ha mai pensato di scrivervi un romanzo: non, almeno, su Umberto e Margherita.

Elencare in questa sede tutti i testi che ho consultato per documentarmi sarebbe impossibile, oltreché inutile, e riportarne una selezione comporterebbe fare un'ingiustizia a quelli non citati. Mi limiterò, dunque, a menzionare alcune delle opere e degli autori coevi.

I Savoia sono la dinastia più antica d'Europa, le cui radici secondo alcuni storici risalgono addirittura al 1025. La decisione di aprire il romanzo a Monza nel 1868, anno in cui la Villa Reale « riprende vita » grazie all'arrivo di Umberto e Margherita, che la ricevono da re Vittorio Emanuele come dono di nozze, è facilmente comprensibile dalla mia nota biografica; allo stesso modo, la scelta di concludere sempre a Monza con la morte di Umberto è abbastanza ovvia, dal momento che il regicidio ha comportato per lungo tempo la caduta nell'oblio della Villa.

In mezzo ci sono più di trent'anni di Storia, documentati minuziosamente non solo nei numerosissimi saggi, ma soprattutto attraverso le lettere degli stessi protagonisti, come quelle che Margherita e Marco Minghetti si scambiarono tra il 1882 e il 1886, oggi raccolte nel volume a cura di Carlo M. Fiorentino, *Alla corte della Regina*, o quelle tra il giovane Vittorio Emanuele e il responsabile della sua educazione, il generale Egidio Osio, che ritroviamo in *La giovinezza di Vittorio Emanuele III* di Mario Bondioli Osio.

Più ancora della corrispondenza, scritta per essere letta e quindi frutto di più o meno consapevole autocensura, a rivelarci i retroscena della Storia sono i diari dei contemporanei, fitti di dettagli e di considerazioni spesso tanto acute quanto spietate, come quelle di Henry d'Ideville nel suo *Journal d'un diplomate en Italie*, dell'aiutante di campo di re Umberto, Paolo Paolucci, che possiamo leggere in *Alla corte di re Umberto. Diario segreto*, o di Carlo Dossi che ritroviamo sparse nelle *Note azzurre*.

Fonti preziose sono i giornali dell'epoca, come il *Corriere della Sera*, *Il Gazzettino*, *La Folla*, *Il Diavolo*, come pure *Margherita. Giornale delle signore italiane*, edito dai Fratelli Treves a partire dal 1878 e che viene citato in questo romanzo. Le parole del giuramento di re Umberto sono prese dalla *Gazzetta del Popolo* del 20 gennaio 1878.

Per *La Folla* ha scritto uno dei più grandi giornalisti dell'epoca, Paolo Valera, definito « il Victor Hugo milanese ». Il brano sulle avventizie riportato nella quarta parte è tratto integralmente dal suo *U. Il secondo re d'Italia* e vuole essere un tributo alla sua penna irriverente e immaginifica. Anche Ugo Pesci fu un importante scrittore di quegli anni che, per esempio, in *Come siamo entrati in Roma*, ci consegna le sue memorie di cronista al seguito del regio esercito italiano durante la Breccia di Porta Pia.

Abbiamo poi i biografi ufficiali, quindi non imparziali e sovente agiografici, tra cui cito a titolo di esempio Giuseppe Massari, di cui i Fratelli Treves nel 1878 diedero alle stampe *La vita ed il regno di Vittorio Emanuele II di Savoia, primo re d'Italia*, e Aldo Frigieri, che per i tipi della casa editrice F.E.R.T. pubblicò una raccolta di aneddoti su Margherita dal titolo poco accattivante *Margherita di Savoia aneddotica*. E abbiamo i *Calendari Reali*, una via di mezzo tra un annuario e un *Who's Who*.

Il *Manuale sulla cachessia acquosa o marciaja delle pecore compilato dall'ispettore Antonio Salvagnoli Marchetti* e gli altri volumi su cui Nina impara a leggere e scrivere sono stati realmente pubblicati. Due dei manuali dell'epoca che mi sono stati utilissimi sono *Come devo scrivere le mie lettere* di Jacopo Gelli e *Le buone usanze* di Gina Sobrero, meglio nota con lo pseudonimo di Mantea.

Fonti insospettabili e preziosissime sono anche i ricettari che ci raccontano non solo modalità di preparazione delle pietanze e tempo destinato al consumo dei pasti, ma soprattutto i gusti e le abitudini alimentari delle élite. Édouard Hélouis fu uno degli chef più noti dell'epoca, di cui Charles Noblet nel 1878 pubblicò *Les royal-diners. Guide du gourmet*. Grazie poi alle raccolte delle minute di pranzi e cene di Casa Savoia sappiamo, tra le altre cose, che la sera prima di essere ucciso Umberto si concesse una *glace groseille*, ovvero un gelato al ribes.

Vi sono infine le opere coeve di narrativa italiana e straniera nelle cui pagine, non diversamente da quanto accade oggi, rivive l'anima del tempo di cui sono figlie.

I volumi e le testate qui citati sono, beninteso, una minima selezione della bibliografia sull'argomento e intendono essere uno spunto di lettura per tutti coloro che saranno curiosi di immergersi, come ho fatto io, nell'*esprit du temps* di Margherita e Umberto.

Questo libro non vuole essere una ricostruzione cronachistica, ma è il frutto di una rielaborazione narrativa realizzata in chiave artistica e creativa. Se infatti saggi, biografie, quotidiani e documenti ci mostrano la superficie visibile degli avvenimenti, i romanzi – o, almeno, *questo* romanzo – provano a raccontarci anche il mondo sotterraneo e affascinante delle emozioni. Si tratta, com'è ovvio, di mere supposizioni. Nessuno può sapere di preciso cos'abbia provato Margherita nel giorno delle proprie nozze o Umberto pronunciando il suo giuramento da re. Ma è proprio questo che io, da appassionata di Storia, volevo sapere: come si sono sentite quelle persone. In altre parole, in cosa loro sono simili a me, e io a loro.

Un'ultima nota riguarda i personaggi. Oltre alla Famiglia Reale, tutti i componenti della corte e dell'aristocrazia e gli esponenti politici che vengono menzionati sono realmente esistiti, così come il barone Luigi Beck Peccoz, Matteo Schilizzi, Giovanni Passannante, Gaetano Bresci.

Se tuttavia le informazioni sui membri di Casa Savoia abbondano e sono di facile reperimento, così non può dirsi di cameriere, cuochi, lavandaie, valletti e quanti ricadono nel grande calderone dei dimenticati che va sotto l'ingenerosa etichetta di «gente comune». Volendo raccontare anche questa parte della società, che a mio avviso non è meno importante, qui inventare è stato inevitabile. Nina e suo fratello Bruno, Nestore e Tarcisio Martini, la signora Frassi, Ottilia Bonomi, Zeno e Antonia Pala, Achille Riva sono frutto della mia fantasia. L'Ottocento è stato anche definito «il secolo dei regicidi» per l'impressionante quantità di attentati a imperatori, sovrani e governanti, non solo in Italia. Ambrogio Bonomi non è mai esistito, ma i tentativi di uccidere Umberto I sono stati così tanti da rendere plausibile la sua storia.

RINGRAZIAMENTI

Questo romanzo è stato, prima di tutto, una straordinaria opportunità di studio, di scoperta e di apprendimento. Il primo ringraziamento va dunque alla mia casa editrice e alle persone straordinarie che la animano: Marco Tarò, Stefano Mauri, Cristina Foschini, Grazia Rusticali, Emanuele Bertoni, Elena Pavanetto, Lara Spagnol, Giulia Fossati, Marta Lacchini, Barbara Trianni, Egle Santonocito, Giorgia di Tolle, Valentina Abaterusso, Chiara Negri, Viviana Vuscovich, che mi hanno consentito di affrontare questo percorso di crescita con serenità e divertendomi. Ringrazio in particolare Cristina Prasso e Paolo Caruso, senza i quali non solo questo libro non esisterebbe, ma non esisterei io come scrittrice.

Non avrei trovato lo slancio per scrivere *La prima regina* senza l'entusiasmo delle lettrici e dei lettori di *Al di qua del fiume*. Grazie inoltre ai librai, ai bibliotecari, ai gruppi di lettura, agli studenti e ai loro professori, ai giornalisti che mi hanno sostenuta e spronata a fare sempre meglio, con gioia.

Con lo storico Francesco d'Ambrosio dell'università di Trento, che mi ha aiutata e sostenuta nel lavoro di ricerca, ho trascorso piacevolissimi mesi dentro e fuori l'Ottocento: la nostra amicizia è stata uno dei regali più preziosi che questo libro mi ha fatto. Sono dunque grata anche alla professoressa Maria Malatesta per avermelo fatto incontrare.

Ringrazio le tante persone che, a diverso titolo ma con eguale straordinaria generosità, mi sono state vicine in questo percorso di scoperta: Federica Barbieri, Paolo Ratti, Massimiliano Rossin, Graziella Rotta. Grazie anche a Emanuele Cappello per essere andato in paradiso a scovare imperdibili reminders. Grazie a Daniela Prasso per la bagna cauda e per le traduzioni dal piemontese, e a Francesco Aimone per quelle dal napoletano e per la pizza fritta. Ringrazio la guida alpina Christian Zanolli per avermi portata alla Capanna Margherita.

Ringrazio tutti coloro - amici, colleghi, collaboratori, clienti - che hanno portato pazienza, hanno atteso, hanno garbatamente ricordato e sollecitato, capendo l'importanza e la delicatezza di quello che stavo facendo, pur ignorando ancora di cosa si trattasse.

Ringrazio Stefania Auci che con profondità d'animo e leggerezza di spirito ha condiviso il peso di questo mestiere bellissimo e difficilissimo.

Ringrazio Jacopo Viganò, amico, complice, socio e agente letterario, per esserci sempre.

Ringrazio gli amici, che mi hanno smarrita nell'Ottocento e che ho ritrovato quando ne sono uscita. Ringrazio Alessandra Allegri e Mislin Streito, i gatti che ci hanno fatte incontrare e l'inafferrabile signor I.

Ringrazio la presidentessa del fan club Silvana Selmi, che ha le chiavi per entrare, si siede e ascolta, senza mai giudicare.

Ringrazio mio marito Giulio, che è il modo con cui la vita si è fatta perdonare tutto il resto.

Ringrazio mia madre e mia nonna che sono nei fiori del ciliegio, nei merli sul ramo, nella neve che cade, nel mio cuore sempre.

GRAFICA VENETA CARBON NEUTRAL

Fabbricato da Grafica Veneta S.p.A.
con un processo di stampa e rilegatura certificato 100% carbon neutral
in accordo con PAS 2060 BSI

PEFC
PEFC/18-31-226
Certificato PEFC
Questo prodotto è realizzato con materia prima da foreste gestite in maniera sostenibile e da fonti controllate
www.pefc.it

Fotocomposizione Editype S.r.l.
Agrate Brianza (MB)

Finito di stampare
nel mese di febbraio 2025
per conto della Casa Editrice Nord s.u.r.l.
da Grafica Veneta S.p.A. di Trebaseleghe (PD)
Printed in Italy